몽키스 구단

미해결 사건집

차례
>>>>

내 이름은 신별. 누군가는 '뉴스타'라고 근사하게 부르고, 누군가
는 '시별이'라고 상스럽게 부른다. 신문사에서 야구 담당 기자 생
활을 8년, 그러다가 지난해 고양시를 연고지로 하는 제10 구단 조
미 몽키스로 스카우트 돼 왔다. 몽키스 구단에는 특이하게 단장 직
속 '에이스팀'이 있다. 전력분석 일을 하는 것도 아니고 현장 운영
부서도 아니다. 고급스럽게 표현하면 전략대응팀, 저렴한 표현으
로는 고충처리반이랄까. '음지에서 일하며 양지를 지향한다'는 국
정원의 모토를 닮았다.

나는 대학 동창인 홍희 단장 연줄로 내려온 낙하산 인사라는 사
실을 굳이 부인하고 싶지 않다. 은밀한 내부의 일일수록 믿는 측근
과 고민을 나눌 수밖에 없다. 그 원칙은 야구판에도 적용된다. 서
른 중반이 되면서 매일매일 기사 마감에 치이는 반복적인 일상에

지치기도 했고, 새로운 세계를 경험하고픈 욕구도 컸다. 이직은 그런 이해관계가 딱 맞아떨어져서 이루어졌다.

이 이야기는 몽키스 구단 에이스팀이 겪은 사건 기록이다. 사람 목숨이 오가는 무시무시한 일도 있었고, 세상 살아가는 데 아무런 지장 없는 허망한 일도 있었다. 수십 명의 선수와 수십 명의 프런트, 수십만의 팬들이 함께 엮이다 보니 늘 바람 잘 날이 없었다. 지난 스토브리그 때만 해도 회의실에서 도청기가 발견됐고, 스타 선수가 한밤중 숙소에서 사라지지를 않나, 육성선수의 아버지가 구단 사무실 앞에서 막무가내 시위를 벌이고, 유망주는 전지 훈련 중 약물복용 의혹에 시달리고……. 별의별 사건들을 다 겪었다. 지난 주말에 개막한 올 시즌에는 또 어떤 고단한 일들이 에이스팀을 괴롭힐지 걱정 반 설렘 반이다.

까칠하나 호탕하고, 치밀하나 허당끼 넘치는 조미 그룹 회장님의 장녀 홍희 단장. 태권도 무도 경관 출신에 끝내주는 눈썰미를 가진 하나뿐인 팀원 기연을 믿고 내달리는 수밖에 없다.

그리고 내게는 오래된 숙제가 하나 있다. 1998년 한국시리즈에서 벌어진 승부조작 사건과 당시 선발투수였던 나의 아버지의 죽음. 일명 '레인맨의 저주'라고 불리는 그 사건의 전모도 꼭 밝혀내리라.

마운드 위의 에이스처럼 음지에서 일하는 에이스팀도 고독하다. 이런저런 활약상을 누군가에게 자랑하고 싶어서가 아니라, 훗날 나 자신의 위안을 위해 기록으로 남겨둔다.

1막

얼룩말 코치 살인사건

정확히 5할 승부. 시즌이 개막하고 초반 8경기에서 연승도 연패도 없었다. 좋지도 나쁘지도 않은 출발이었다.

고양시를 연고지로 하는 제10 구단 조미 몽키스의 새로운 시즌은 그렇게 시작이 됐다. 퐁당퐁당 승패가 계속 이어지면 단순 산술적으로 5할 안팎의 승률. 가을에 준플레이오프를 바라보기도 간당간당하다. 출발이 기대만큼 못 미친다고 생각했는지 홍희 단장이 얼굴을 찡그리는 횟수가 많아졌다. 내색하지 않아도 숨길 수 없는 진실의 양미간. 시즌은 충분히 길며, 조급해하지 말라고 내가 그토록 당부했건만 맘대로 안되는 모양이다. 지난 스토브리그 동안 전력 보강에 많은 공력을 들였고 사령탑까지 새로 모셔왔다. 초짜 단장 입장에선 벌써 한 경기 한 경기 속이 탈 수밖에 없으리라.

반면에 고충처리반 에이스팀은 시즌 개막이 반가웠다. 확실히 업무가 줄었다. 사고 치는 선수가 속출했던 지난겨울과 비교하면 지금은 사실상 개점 휴업 상태. 팀이 지방 원정이라도 떠나면 구단 사무실은 휑한 분위기마저 감돌았다. 지금 몽키스는 대구를 거쳐 광주에서 경기 중이다. 이번 주말에나 홈으로 돌아온다. 홍 단장의 속 타는 마음과 달리, 분주함이 사라진 내근 직원들 얼굴엔 모처럼 느긋함이 감돌았다.

오늘도 에이스팀의 하나뿐인 팀원 기연의 점심시간이 과하게 길어졌다. 새봄이 왔고 산책하기 좋은 계절이다. 군살 뺀다고 새로 구입한 자전거를 타고 호수공원 쪽으로 간 듯하지만 잔소리는 하지 않을 생각이다. 맡은 일 하나는 똑 부러지게 하는 데다, 일일이 근태 간섭하는 상사가 되고 싶지도 않았다. 사실 호기심 많고 음주가무에 능한 스물여덟의 부하직원은 그간 과도한 업무에 시달렸다. 고충처리반이 가장 한가할 때는 시즌이 한창일 때라는 아이러니라니.

나 또한 별다른 취미가 없는지라 홀로 사무실에 앉아 인터넷 서핑이라도 하면 심신이 충전됐다. 때마침 포털에서 재미있는 뉴스를 하나 발견했다. 시간이 조금 흐른 기사였다. 춘천 인근에 위치한 유명 리조트를 확장 공사하는 과정에서 십수 년 된 백골 시신이 발견돼 경찰이 수사를 나섰다는 내용. 삭지 않는 합성섬유로 된 야구점퍼를 입고 있었다는 대목이 호기심을 끌었다. 경찰은 그걸 단서로 신원 파악에 나선 듯싶었다. 분명 뭔가 사연이 있음 직한 사건이었다. 80년대 명포수로 이름을 날렸던 박판수가 베트남에 야구 보급을 위해 현지 대표팀 감독으로 부임한다는 소식도 보였다.

뚝뚝!

묵직한 노크 소리가 평온함을 깨웠다. 누굴까 생각하기도 전에, 낯선 중년 남자가 떡하니 문을 열고 들어섰다. 그제야 생각났다. 잠시 깜빡하고 있었다. 오전에 고양경찰서 강력2팀장이라는 사람이 전화 연락을 해와 좀 찾아뵙겠다고 했을 때 의아하긴 했다. 또 몽키스 선수가 불미스러운 일에 연루됐나 싶어서 한순간 심장이 덜컥 내려앉기도 했고. 다행히 야구와 관련된 관내 사건의 자문을 구하고 싶다고 해서 마음은 놓았지만.

곱슬머리에 은테 안경을 낀, 호리호리한 체형의 남자는 40대 중반으로 보였다. 형사라기보다 학자풍의 외모였다. 검은 맥코트를 걸치고, 왼쪽 어깨에 큼직한 서류 가방을 메고, 오른손에는 커피가 두 잔 담긴 종이 캐리어들 들고 서 있다.

곱슬머리는 요식적인 인사를 주고받기가 멋쩍어서인지, 아니면 마음이 급해서인지 의자에 앉자마자 바로 용건을 꺼냈다.

"혹시 김동식이라는 야구선수를 아십니까? 오래전에 은퇴한 데다 워낙 무명이라서."

기억을 더듬어 머릿속을 돌려봐도 검색되지 않았다. 내가 고개를 젓자 형사가 고개를 끄덕였다.

"당연할 겁니다. 호크스에서 9년 전에 방출됐으니. 1군 출전 기록도 한 경기밖에 없고. 어린 나이에 큰 부상을 당했다고……. 그 후 여기 고양시에서 사회인 야구팀을 가르치는 강사로 생계를 유지했더군요."

"흔히 있는 일입니다. 실력자만이 생존할 수 있는 냉정한 세계라서."

"네. 그런데 그 김동식이라는 친구가 그만 죽어버렸습니다. 지난주에."

형사 앞이라서 그럴까, 비현실적으로 들려야 할 죽음이란 단어가 전혀 놀랍지 않았다. 사망자가 개인적으로 친분이 있는 사람이 아니라서 그럴 수도 있겠지만.

"형사님. 일부러 찾아서 검색하지 않으면 몰랐을 뉴스군요."

"그렇죠. 신 팀장님도 아시겠지만 저기 한강 하류 끼고 있는 조흘동에 가면 둔치 앞쪽으로 사회인 야구 전용 구장이 조성돼 있습니다. 김동식은 거기 관리 사무실로 사용하는 컨테이너 안에서 발견됐습니다."

"음……. 형사님이 여기까지 찾아오신 걸 보니 단순 자살은 아닐 테고, 아직 사건을 해결하지 못했다는 뜻이겠죠?"

"역시 눈치가 빠르십니다. 네, 타살입니다. 등짝이 흉기에 찔려 죽었는데 아직 범인을 못 잡았습니다. CCTV랑 전화 통화, 카드 사용 내역 들여다보고 주변 탐문하면 대충 걸려들겠지 싶었는데 이게 막혀버리네요. 우리끼리 이런 얘기 합니다. 한주 샅샅이 뒤져서 뭐라도 안 나오면 똥줄 탄다고. 게다가 피해자는 그 촌동네에 은둔자처럼 틀어박혀서 살았나 봅니다. 뭔 사연이 있는지는 모르겠지만 혈기 왕성할 서른 살치고는 좀 그렇죠? 흉기와 휴대전화는 현장에서 사라지고, 주민들과 접점이 없으니 탐문도 소득 없고. 아무튼 이렇다 할 단서를 하나도 못 찾으니 조바심이 나더라고요. 자칫

하다간 단기 미제에 빠질까 봐 조심스럽습니다."

"야구팬 입장에서 야구인의 죽음이라 더 안타까우신 거군요."

"아……, 오해가 있으신데 저 야구 안 좋아합니다. 올림픽이나 WBC 같은 국가대표 한일전이라면 모를까, 리그 경기는 따로 챙겨보지 않습니다. 고향이 강원도라서 딱히 응원할 팀도 없고. 왠지 야구는 심장이 뛰지 않더라고요. 땀도 흐르지 않는 운동 같아서. 참고로 저 조기 축구회 출신입니다. 희한한 게 우리 2반 팀원들 넷 다 그래요. 그러기도 쉽지 않은데 말입니다. 참 나. 하하."

너무 솔직한 대답이었다. 곱슬머리는 말해놓고는 머쓱한지 헛웃음을 지었다.

"형사님. 그럼 저를 찾아오신 이유가?"

"말씀드렸다시피 우리 애들이 다 야구 세계에 무지해서, 혹시 그쪽에서 놓친 게 있는지 자문을 좀 구하고 싶습니다. 신별 팀장님 소문은 익히 들었습니다. 일산서에 근무하는 동기 놈이 그러더군요. 지난겨울 여기 길 건너 오피스텔에서 일어난 살인사건*을 해결하셨다고. 그 자식이 그 건 담당이었거든요. 덕분에 빨리 해결이 됐다면서. 그러니 문득 찾아뵙고 싶더란 말이죠."

"과찬이십니다. 우연찮게 얽어걸린 겁니다. 저는 단지 몽키스 구단을 위해서 할 일을 했을 뿐이고. 그런 일과 경찰 일은 무게감 자체가 다릅니다."

말해놓고 나니 민망했다. 칭찬은 그냥 칭찬으로 들어도 좋았을

---

* 『수상한 에이스는 유니폼이 없다』 중 4막 「스트라이크존에는 경계선이 없다」 참조.

것을.

곱슬머리가 조금 긴 얘기를 늘어놓으려는지, 커피를 후루룩 한 모금 크게 들이켰다. 가방에서 패드를 꺼내 탁자 위에 올려놓았다.

* * *

김동식은 호크스 소속의 내야수였다. 정확히 10년 전, 당시만 해도 신고선수라 불리던 연습생으로 입단해 이듬해 처음으로 1군에서 딱 한 경기를 뛰었다. 하지만 운명의 장난이었는지, 훈련 도중 무릎 반월판과 십자인대가 모두 파열되는 중상을 입었다. 검증된 선수라면 전 세계 명의를 뒤져서라도 수술과 재활에 온 힘을 썼겠지만 연습생 출신의 부상에 구단 역량을 총동원하는 일은 현실 야구에서는 일어나지 않았다. 사실상 반강제적인 은퇴가 선택지일 수밖에 없었다.

할 줄 아는 게 야구뿐이었던지 김동식은 그 후 이곳에서 사회인 야구인들을 가르치는 일로 생계를 유지했다. 인근 지주가 투자해서 만든 야구장 시설을 관리하는 일이었다. 심판도 봐주고, 개인 강습도 하고, 리그 운영 업무까지 해야 하는 일종의 월급쟁이 만능 코치.

경찰 탐문에 따르면 농사짓는 노인들이 대다수인 주민들과 왕래는 없었다고 한다. 쉬는 날 강변에서 낚싯대를 드리우거나, 집 마당에서 고기 구워 술 한잔하는 모습 정도만 목격이 됐다. 말수가 적고 무뚝뚝했다는데 원래 성격인지, 의도적으로 그랬는지는 확인

되지 않았다.

그렇게 살아가던 김동식이 한밤에 살해당했다. 야구장 내 컨테이너로 만든 사무실 안이었다. 길쭉한 흉기에 등이 깊이 찔렸고 많은 출혈이 있었다. 격한 몸싸움을 했거나 내부를 뒤진 흔적은 없었다. 방심한 상태에서 일격에 당했을 확률이 높은데, 경찰이 원한 관계에 의한 면식범 소행에 무게를 둔 이유였다. 시신이 발견됐을 땐 이미 사후 이틀이나 지난 상태였다. 이유가 있었다. 주중이라 회원들 방문이 없기도 했고, 컨테이너 내부에 캐비닛을 세워 공간 구분을 해놓아 사무실로 사용하는 안쪽까지 미처 눈길이 안 갔을 수도 있다.

시신을 처음 발견한 사람은 권태술이라는 마을의 노인네였다. 야구장 소유주이기도 했다. 그의 진술을 통해 중요한 사실이 하나 드러났는데, 야구장 터가 택지로 개발되면서 김동식은 다음 달까지만 일하기로 했던 것. 다른 의미에서 실직을 의미했다. 충분히 범행의 동기가 될 수 있는 셈인데, 권 영감 주장은 또 달랐다. 지난 겨울 김동식이 먼저 그만두겠다는 의사를 밝혔고, 짐을 정리해 해외 어딘가로 떠나고 싶어 했다는 것. 퇴직 문제로 갈등은 없었다고 했다. 하지만 김동식이 죽어버린 이상 일방적으로 믿을 순 없다. 범행에 사용된 흉기와 피해자 휴대전화도 찾지 못했다. 경찰 수사는 여기서 막혀버렸다.

"형사님, 그래도 용의자는 있겠지요?"

곱슬머리에게서 사건 개요를 전해 듣자마자 바로 내뱉은 질문이었다.

"두 사람이 있습니다. 말씀드렸다시피 우선 현장을 처음 발견한 권태술. 퇴직 자체는 이견이 없었지만, 퇴직금 정산 문제로 갈등이 컸다는 제보입니다. 그 둘은 전혀 다른 문제죠. 8년이나 일했으니 합당한 대가를 주장할 수 있고, 해외로 나간다면 당장 한 푼이 아쉬울 상황이라. 야구장 부지에 한강뷰 아파트가 들어설 예정이라면 더 그런 마음이 들었을 테고. 근데 영감이 동네에서 제일가는 부자인데도 소문난 구두쇠랍니다. 이 정보는 다른 레슨 회원한테서 들은 얘깁니다. 물론 영감님은 부인하고 있고."

"다른 한 명은?"

"사실 우리는 이쪽에 더 무게를 두고 있습니다. 인근 행신동에 사는 나철이란 사람입니다. 나이는 서른 초반이고 여의도에서 일하는 증권맨입니다. 주말마다 김동식이한테서 개인 레슨을 받았답니다. 사내에 야구단이 결성됐는데 주전으로 뛰고 싶은 욕심에 시작했다네요. 그런 사람 어느 조직에나 한둘씩 꼭 있죠? 최고급 장비까지 갖추고 어떻게 해서라도 목적을 이루려는 집념의 한국인. 김동식이가 살해당하던 날 밤, 나철이가 야근하고 퇴근길에 글러브 챙긴다고 컨테이너에 들른 게 확인됐습니다. 본인은 캐비닛에 가려서 사무실 안쪽까지 들여다보진 않았다고 주장합니다."

"흠……. 예민한 사람이라면 느낌으로 알 것도 같은데. 살인 현장에는 스산한 기운 같은 게 감돌잖습니까. 하지만 그런 육감을 객관화할 순 없으니. 초봄이라 피비린내도 심하게 올라오진 않았을 테고."

"맞습니다. 민감도야 개인마다 다르니까. 참고로 진술이 모두 거

짓은 아닌 듯합니다. 퇴근길 나철의 회색 SUV가 마을 진입로 삼거리 CCTV에 잡혔습니다. 차량을 이용해서 야구장이 있는 조흘 마을로 들어가려면 반드시 삼거리를 거쳐 강변까지 쭉 직진해야 하거든요. 거기가 외길이라서 말이죠. 나올 때 모습도 찍혔는데 채 20분이 걸리지 않았습니다. 피해자와 다투거나 했다면 그 시간 안에 흉기까지 처분하고 그러기엔 빡빡하긴 한데. 그래도 일단 범행 동기가 있고, 사망 추정 시간대 현장에 들렀고, 컨테이너 도어록 비밀번호도 알고 있으니까요."

"형사님. 차 안에 한 사람만 탔다는 법은 없죠. 들어갈 땐 두 명, 나올 때 한 명이라면요?"

"예리하십니다. 아쉽게도 탑승 인원까지는 확인이 불가했습니다. 우리야 이런저런 가능성까지 조합해서 들여다보는 거고. 아무튼 본인은 글러브가 안 보이자 바로 컨테이너 사무실을 나왔다네요. 원래는 수선해서 선반 위에 놔두면 다음 날 아침 출근길에 가져가기로 약속한 모양인데, 미리 찾아두는 게 마음 편할 듯해서 들렀다고. 그 후 김동식이에게 여러 차례 확인 전화를 걸었지만 전원이 꺼져있었답니다. 자신은 살인사건과는 무관할뿐더러 사라진 글러브나 얼른 찾아내라고 되레 큰소리입니다."

"말씀하신 증권맨의 동기는 뭡니까?"

"구장이 폐업하면 목돈으로 지불한 레슨비 절반을 못 돌려받나 봐요. 사실 이건 소유주한테 따질 문제인데 사실상 운영자가 김동식이라…… 짠돌이 영감은 들은 체도 안 하니 어이없게도 두 사람의 감정싸움이 됐답니다. 둘이 동년배라 그나마 친했다는데 이 일로 관계에 금이 간 거죠. 빡친 증권맨이 급기야 자기에게 시간적 손해를 끼쳤으니 잔금 반환이 아니라 전액에 위로금까지 붙여서 뱉어내라고 했답니다. 이 정보는 권태술 영감이 준 겁니다. 퇴직금 갈등은 증권맨이 말해줬고. 혐의가 몰리자 두 사람이 서로서로 뒤집어씌우는 거죠."

"역시 돈의 가치를 아는 증권맨이군요. 영감님도 사람대접이 소홀했고."

"그렇죠 뭐. 아무튼 증권맨의 혐의가 짙긴 한데 확실한 물증을 못 찾았다는 거. 우린 지금 그걸 찾는 데 집중하고 있습니다."

곱슬머리가 씁쓸히 입술을 뒤틀더니 패드 화면에 폴더를 하나 띄웠다.

"감식에서 찍은 사진들입니다. 한번 보시죠."

역시나 살인사건 현장은 비현실적인 그림이다. 컨테이너 안쪽의 사무실. 낡은 책상 옆에 한 남자가 고개를 절반쯤 돌리고 엎드린 채 누워있다. 의외로 얼굴이 고통스러워 보이진 않았다. 등짝에서 흘러내린 검붉은 피가 바닥에 불규칙한 얼룩을 그리며 번져나갔다.

폴더에는 상처 부위만 확대한 사진부터 유류품을 찍은 사진까지 수십 장이 들어있지만, 전체를 한 앵글에 담은 사진만큼 눈길을 끄는 건 없었다. 간이 사다리 위에 올라서서 내려찍은 듯한데 피해자 전신과 부근 유류품 위치까지 한눈에 들어왔다. 내가 그 사진에서 한참 시선을 못 떼자 곱슬머리가 거들었다.

"뭔가 묘하게 이질적이지 않습니까? 우린 딱 보면 감 오거든요.

자살이다 타살이다, 현장이 조작됐다 아니다, 살해 장소가 옮겨졌다, 뭐 이런 것들. 근데 이 사진은 어딘가 불편하단 말입니다. 분명 조작은 아닌데 인위적으로 건드린 느낌이랄까. 설명할 수 없는 형사의 감 같은 건데. 쩝."

"인위적으로 건드렸다……. 누가요? 가해자 아니면 피해자?"

"그러니까요. 그걸 모르겠다는 겁니다. 내 느낌은 그런데 찾지는 못하겠고. 혹시 야구를 아예 몰라서 그런가 싶기도 하고. 하도 속 답답해서 오늘 신 팀장님 뵙자고 한 겁니다."

어쩔 수 없이 다시 사진에 눈을 갖다 댔다. 일격에 의한 죽음이라 시신은 난도질 없이 비교적 깨끗했다. 바닥에 굳은 피가 그나마 경계심을 일으키는 정도. 유류품 옆에 세워 놓은 번호표도 수사 드라마에서 본 그대로였다. 굳이 거슬리는 걸 찾자면 하나가 있긴 했다.

"형사님, 피해자 팔목에 차고 있는 게 혹시?"

"팔목에 찼으니 팔찌겠죠. 건강용으로 하나씩 차는 거 아닙니까? 게르마늄 제품은 특히 해외여행 가서 많이들 사 오시고."

"사실 야구선수들은 목걸이를 많이 합니다. 실리콘 재질로 된 거. 메이저리그 따라서 우리도 한때 유행했었죠."

"근데 진짜 효과가 있습니까? 축구인들은 이런 거 별로 안 해서."

곱슬머리는 이해하기 힘들다는 표정을 지었다.

"대놓고 물으시니까. 하하. 사실 과학적 근거는 부족합니다. 혈류 개선에 좋다고 하고 폼도 나니까. 행운의 부적처럼 정신적으로 자신감을 심어 주기도 한답니다."

"게르마늄이든 실리콘이든 뭐 중요하겠습니까. 강력 수사는 소소한 궁금증보다 큰 그림을 들여다봐야 합니다."

훈계조 말투에 기분이 상하려는 찰나, 곱슬머리가 두 손을 탁자 위에 얹고 또 사정조로 말했다.

"신 팀장님. 지금 당장 뭘 찾아달라는 게 아닙니다. 금방 눈에 띄지도 않을 겁니다. 파일 보내드릴 테니 찬찬히 봐주십사 부탁드리는 겁니다."

나는 마지못해 고개를 까딱했다. 사실 막 호기심이 발동했다.

곱슬머리가 입가에 미소를 띠고 묵례를 했다. 야구는 몰라도 확실히 사람 다루는 데는 능했다. 상대를 적당히 띄워주고 적당히 요구한다. 말투도 거침이 없는데 또 묘하게 점잖아서 신뢰를 준다. 자기 의견에 고집을 부리지도 않았다. 소문만 듣고 낯선 사람을 찾아와 강력 사건 자문을 구하는 일 또한 관례상 드문 일이다. 보통의 형사에서 볼 수 없는 유연한 태도. 결국, 엮여버렸다.

내가 검지로 패드 사진들을 다시 한 장씩 밀며 물었다.

"흉기가 현장에서 안 나왔죠?"

곱슬머리가 고개를 끄덕였다.

"뾰족한 쇠꼬챙이 같은 건데. 피해자 휴대전화도 못 찾았고. 위치 신호가 끊긴 곳이 야구장입니다. 만약 범인이 둘 다 인근 강바닥에 던져버렸다면 찾기가 난감하죠."

"당연히 통화기록이야 확인하셨을 테고?"

"물론입니다. 유의미한 번호를 추려봤는데 일단 통화량 자체가 많지 않아요. 대부분 레슨 회원이나 각 야구팀 총무들. 아니면 소유주인 권 영감. 070이나 잘못 걸린 전화도 몇 통 있고. 맨 마지막은 글러브를 찾으러 간 증권맨입니다."

"막막하군요."

"딱 하나, 사건 발생 나흘 전쯤 대전 지역번호로 찍힌 게 하나 있긴 합니다. 확인해보니 호크스 구장 내 라커룸의 전화기였습니다. 구단에 문의 해봤더니 발신자를 특정하기는 불가능하다더군요. 사무실 공용 전화처럼 아무나 막 쓰는 거라서."

"김동식이 호크스 출신이었으니 지인들이 있을 수 있죠."

"범위가 너무 모호하잖습니까? 시간이나 거리를 봐도 현장과 멀고. 피해자 폰만 찾으면 한결 수월할 텐데 참 안 도와주네요. 이럴 때 초조한 살해범이 살살 움직여주면 진짜 좋은데."

곱슬머리는 또 커피를 후루룩 들이켜고 큰 한숨을 내쉬었다.

* * *

강변과 접경한 현장은 4월 초순인데도 바람이 세찼다. 갑갑한 사무실에만 들어앉았다가 바깥 공기를 쐬니 그나마 가슴이 좀 열리는 기분이었다.

'히트 구장'은 한강 둔치와 조흘 마을 사이에 조성돼 있었다. 바닥에 깔린 초록색 인조 잔디는 산뜻했으나, 외야 펜스 너머로 그물망도 없이 뺑 뚫려서인지 뭔가 집중이 힘든 환경이었다. 부실해 보이는 조명탑 기둥이 네 개 박혀있고 관중석은 따로 없었다. 1루와 3루 쪽 차양 천막 안에 나무 벤치를 넣어서 간이 더그아웃으로 활용했다.

"시설이 열악하지 말입니다. 관중석이 없으니 더 삭막하고."

기연이 손바닥을 이마에 얹고선 휑한 구장 풍경을 훑었다. 마치 땅 구경 온 부동산 업자처럼.

"정규 구장과 비교할 순 없지. 그래도 흙바닥보단 낫잖아. 완벽하진 않아도 야간 조명시설이 있는 곳에서 동호인들이 야구를 즐긴다는 자체가 우리 인프라도 성장한 거고."

내 대답에 기연이 고개를 까딱하면서도 궁금증을 하나 더 제기했다.

"근데, 팀장님. 대개 야구장은 불펜 시설을 해놓지 말입니다. 여기는 배팅 케이지를 해 뒀습니다."

안 그래도 독특하기는 했다. 경기 중 다음 투수 준비를 위해서라도 한쪽에 불펜 투구 공간을 만드는 게 일반적인데.

"고인이 야수 출신이니까, 타격 레슨 때문이 아닐까?"

당연한 얘기지만 우리 관심사는 구장 시설이 아니다. 홈플레이트 뒤쪽에 나란히 보이는 두 동의 회색 컨테이너를 향해 걸어갔다. 한 동은 관리 사무실 겸 장비 보관창고. 다른 동은 회원들 탈의실로 사용됐다. 간이 화장실이 한쪽 컨테이너 측벽에 붙어있었다.

김동식은 관리 사무실이 있는, 즉 오른쪽 컨테이너 안에서 죽었다. 경찰이 출입문에 걸어놓은 노란색 띠 한쪽이 떨어지면서 바람에 너덜거렸다.

도어록 비밀번호를 눌렀다. 길쭉한 직사각형 형태의 내부는 냉기가 감돌고 어둑했다. 출입문 옆에 붙은 스위치를 켜자 천장 형광

등에 침침한 불빛이 들어왔다. 감식 사진에서 봤다시피, 철제 캐비 닛 두 개를 중간에 벽처럼 세워 놓아 시신이 발견된 안쪽은 바로 시야에 들어오지 않았다.

사무실이라고 해봤자 나무 책상 위에 낡은 업무용 PC가 덩그러 니 놓여있는 정도. 손때가 많은 미니 냉장고와 접이용 간이 침상이 곁에 보였다.

업무용 PC 안에는 구장 운영에 관한 자료만 잔뜩 들어있었고, 사건과 연관 지을 만한 사적인 단서는 발견되지 않았다고 들었다. 말 그대로 회원 관리용.

한쪽 무릎을 꿇고 바닥에 쪼그려 앉아서 좀 더 살펴봤다. 꽤 많 은 혈흔이 바닥에 굳어있었다. 시신은 치워졌고 시간이 흘러서인 지 괴괴한 느낌은 없었다. 실내를 떠도는 듯한 옅은 피 냄새가 살 인사건 현장임을 깨닫게 했다.

증권맨이 글러브를 챙기러 왔을 때 진짜 피비린내를 맡지 못했 던 걸까. 찬 공기가 다 희석을 시켜버렸던 걸까. 글러브를 찾는 데 집중하느라 무관심했을 수도 있다. 검증 불가능한 의구심만 자꾸 따라붙었다.

떠밀리다시피 현장을 찾기는 했지만 수사 문외한들이 둘러본다 고 얻을 정보는 많지 않았다. 아니면 중요 단서를 눈앞에 뻔히 두 고도 놓치고 있거나.

"팀장님. 출혈량이 만만찮았을 텐데 말입니다. 증권맨이 비염이 라도 앓았나 봐요."

기연도 똑같은 생각이지만 역시 일반화할 순 없다. 형사 말대로 사람마다 민감도는 다르니까.

"기연 씨. 여기까지 왔으니 피해자가 살던 집도 가봐야겠지?"

외야 펜스 뒤편의 나지막한 둔덕을 오르자 바로 강변 둔치였다. 강 수면이 햇빛에 반사돼 맑은 보석처럼 반짝거렸다. 길 따라 늘어선 버드나무들이 운치를 더해주었다.

김동식이 살던 조흘 마을까지는 강변을 따라가면 10여 분 정도 걸리는 거리. 차를 세워둔 주차장까지 되돌아가려니 귀찮았고, 강바람이 좋아서 그냥 걷기로 했다. 야구장 바로 옆이 마을버스 종점이었다. 연두색 소형버스 앞에서 덩치 큰 젊은 기사가 맨손으로 스윙 연습을 하면서 몸을 풀었다. 강변을 따라 산책로와 자전거도로가 깔끔하게 깔려있었다. 강섶에 낚싯대를 드리운 사람도 보였다.

"팀장님. 여기가 한강 하류 쪽이죠. 낚시가 합법인가요? 예전부터 궁금했는데."

"글쎄. 상류 상수원 아니면 가능하지 않을까? 허용 구역 정해놨겠지."

기연이 뜬금없는 질문을 했고, 나는 성의 없이 대답했다.

멀리서부터 음악 소리가 들렸다. 저 앞쪽에서 사이클 동호인들이 노래를 틀어놓고 무리를 지어 달려왔다. 의외로 속도감이 있어서 우리 곁을 스쳐 가는 건 순식간이었다. 선두에서 무리를 이끄는 라이더는 여성이었다. 행주대교 쪽에서 시작된 길이 서울 한강을 따라 저 멀리 상류의 팔당댐까지 이어진다고 듣기는 했다. 한적한 평일에 여가활동을 즐기는 사람이 부러웠다. 직장을 안 나가도 생계를 꾸릴 수 있는 사람들이 아닐지. 아니면 주말에 빡세게 일해야

해서 평일밖에 쉴 수가 없다면 좀 슬프지만.

얼마 전 자전거를 구입한 기연이 아는 체를 했다.

"요즘 한강 라이딩이 대세입니다. 스케줄 빈 날 행주산성까지 와서 해물 국수 한 그릇 먹고 가는 연예인들도 많더라고요. 저기 우뚝 솟은 곳 보이시죠? 행주산성입니다."

조흘 마을은 얼핏 보면 30가구 정도 모여 사는 작은 동네였다. 신도시와 접해있어 고즈넉한 목가적인 시골 풍경과는 거리가 멀었다. 그렇다고 구획 정돈이 반듯하지도 않았다. 방치된 옛집과 수리한 새집이 혼재해있고 논밭 사이사이 비닐하우스도 보였다. 조립식 건물로 지은 공업사, 장어 식당, 물품 창고도 눈에 띄었다. 뭔가 어수선했다. 듣자니 여기 주민들은 모두 땅 부자라고 했다. 고개를 조금만 돌려도 병풍처럼 둘러싼 신도시의 아파트 단지가 먼발치에 보였다. 딱 봐도 이 지역에서 마지막으로 남은 알짜 땅이었다. 김동식이 살던 집은 몇 가구 안 되는 동네에서 또 외떨어져 있었다.

* * *

"맞네요. 진짜 어디론가 떠나려고 싹 정리했지 말입니다. 제 또래 남자애들은 보통 늘어놓고 사는데."

"기연 씨가 어떻게 잘 알아?"

"아……, 그냥 느낌이지 말입니다. 자취하는 TV 예능을 너무 많이 봤나? 하여튼 은둔자에서 도망자로 변신 직전이네. 하하."

기연이 살짝 얼굴을 붉혔다.

확실히 피해자가 살던 안방은 위화감이 들 정도로 휑했다. 이불처럼 큰 짐은 이미 종이박스에 포장돼 쌓여있고 옷장도 텅 비었다. 잡다한 집기도 일괄 처분했는지 보이지 않았다. 일을 관두는 문제로 갈등은 없었다는 권 영감 주장이 사실이다 싶었다. 긴 세월 은둔자로 살다가 해외로 떠나기로 했다면 뭔가 극적인 계기가 있지 않았을까.

싹 치워진 책상 위쪽 벽에 달력이 덩그러니 걸려있었다. 몇몇 날짜에 빨간 동그라미를 세 개 연달아 그려놓았다. 한 장씩 넘겨보니 몇 달에 걸쳐서 드문드문 같은 표시가 있었다. 기념일 같지는 않아 보였고, 사회인리그 일정 같은 것일까. 무슨 의미인지 당장은 알 수 없었다.

"팀장님. 형사들이 여기는 설렁설렁 돌아봤나 봐요."

"아무래도 범행 현장이 아니니까. 용의자를 좁혀놓으면 그래서 위험하다고."

한옥 격자 문틀 사이로 비치는 햇살이 방바닥에 사각 패턴의 그림자를 만들었다. 피해자가 살던 집은 오래된 단층 한옥이었다. 일자 형태의 방 두 개짜리 본채와 창고용 단칸 별채가 딸린 구조. 콘크리트와 철제 섀시를 여기저기 덧대서 고치는 바람에 외관은 기품을 잃고 조잡해 보였다. 마당 경계를 따라 나지막한 돌담이 둘러쳐져 있고 곳곳에 누런 잡풀도 돋아나 있다. 한구석에 놓인 역기가 그나마 삶의 지탱 의지를 느끼게 했다.

피해자는 이곳에 기거하며 야구장 일을 돌봐왔다. 경찰 조사에 따르면 인근 신도시 마트에 가는 일 정도를 빼면 외출은 거의 하지 않았단다. 이웃들은 다 연로한 토박이들이라 교류도 없었다고 한다. 무슨 귀양살이도 아니고 젊은 혈기를 생각하면 갑갑하였을 듯한데. 하지만 스스로 선택한 삶이었다.

"진짜 은둔자였군요. 죄지어 숨어 사는 사람처럼. 이제 직장마저 잃고 또 떠나려고 했군요. 저 멀리 어디론가."

기연이 냉소적으로 흥얼댔다.

대청마루 반대편은 작은 방과 부엌이다. 낡은 냉장고 역시 내부는 휑했고 묵은 김치 냄새만 풍겨왔다.

"역시 도망자인가요. 솔로남 자취방에는 라면, 김치, 소주 한 박스 씩 쟁여놔야 정상 아닌가요?"

기연답지 않게 자꾸 감정을 실어서 대꾸했다. 같은 세대의 죽음이 짠해서인지 뭔가 세상을 향한 비아냥 같은 게 배어있었다. 듣기가 살짝 거북해 말을 돌렸다.

"큰 물건은 정리했다 치고, 작은 집기나 쓰레기는 어디다 치웠을까?"

대청마루에 서서 주변을 살펴보는데 마당 너머 기와지붕에 달린 양철 굴뚝이 보였다. 창고 용도로 만들어진 별채였다. 출입문은 따로 없었고 안에는 잡동사니가 가득했다. 바퀴 빠진 자전거와 녹슨 농기구, 각종 부품들. 아궁이 옆에는 책과 수첩, 서류, 스크랩북, 신문지를 쌓아 놓았다. 불쏘시개용으로 쓰기에는 양이 많았다. 연소 가능한 종이류는 이사를 나가면서 한 번에 태워버리려고 했던 모양이다.

문득, 형사들이 이곳까지 꼼꼼하게 챙겨봤을까 싶었다. 범행 현장이 아니라고 소홀히 했다. 과학수사에 의존하다 보면 의외로 많은 것들을 놓친다. 기자 생활을 하면서 봐 왔다. 휴대전화 포렌식과 CCTV의 맹신. 그것으로 사건 해결이 불가능해졌을 땐 방향성을 잃고 헤맨다. 한 늙은 형사가 예전 술자리에서 했던 말이 기억난다. '위치추적이 없었던 80, 90년대에도 잡을 범인은 다 잡았지. 발품 팔아서 말이야.' 면전에서 들었을 땐 참 꼰대구나 싶었는데, 돌이켜보니 틀린 말은 아니었다.

스프링이 달린 두툼한 노트가 맨 위에 보였다. 표지 제목은 따로 적혀 있지 않았고 안에는 타격 분석 내용을 메모처럼 기록해 놓았다. 손의 위치와 왼쪽 어깨의 각도, 스윙의 궤적, 왼발의 리듬 등 타격 과정에 따른 상세한 설명이 적혀 있었다. 작성 날짜는 없었지만 오랫동안 틈틈이 정리해온 듯 볼펜 색깔이 달랐고 종이 일부는 누렇게 변색이 됐다.

"그동안 거쳐 간 회원들 지도용이겠죠? 개선점을 정리한 것 같은데 내용이 좀 어렵네요."

"지도자로선 성실했나 보다. 어쩐지 불펜보다 배팅 케이지에 더 관심을 기울였더라니. 사회인 레슨에서 이 정도 정성 보이기가 쉽지 않은데. 그런데 이렇게 너무 전문적이면 회원들이 따라오질 못하잖아."

"그래도 관리받는다는 느낌은 늘 좋지 말입니다. 오래 다니게 만들려는 영업 필살기 아니었을까요? 날짜와 이름까지 적어 놓았으면 나중에 찾기 편했을 텐데, 그 정도 디테일은 또 없었나 봅니다.

이렇게 해놓으면 섞여서 누가 누군지 모르잖아요. 그래도 불쏘시 개로 쓰긴 아깝네."

기연이 노트를 처음부터 끝까지 휘리릭 넘겨보더니 메고 있던 숄더백에 던져넣었다.

"누구 오셨는가?"

그때 대문 쪽에서 인기척이 들렸다. 땅딸한 노인 하나가 팔자걸음으로 마당을 자박자박 걸어들어오는 게 보였다. 근처에 사는 이웃 같았다. 챙이 넓은 모자에 발목까지 오는 장화를 신었다. 전형적인 농사꾼 행색이다.

"뉘신가? 경찰인가?"

영감이 목장갑을 벗으면서 수상쩍다는 눈길로 우리를 쓱 훑었다.

순간 말문이 막혔다.

"아, 그게, 저희는 야구단에서 나왔습니다. 고양경찰서에서 협조 요청이 와서 자문을 위해 돌아보고 있습니다. 물론 출입 허락도 받았습니다."

뒷말이 불필요하게 길었다. 그렇다고 대충 말하면 경찰 사칭에 불법으로 남의 집을 뒤진 신세가 된다. 내가 진땀을 흘리며 자세히 설명해야만 했다.

"그나저나 어르신은 뉘신지요?"

"옆집 사는 사람일세."

"아! 마침 잘됐습니다. 그럼 여기 살았던 김동식 선수를 잘 아시겠네요?"

"잘 알다마다. 그래 뭣이 궁금한가? 범인은 아직 못 잡았는가?"

"그런 모양입니다. 혹시 피해자가 어디 아프다거나 누구한테 원한을 사거나 그런 일이 있었을까요?"

"운동한 애라서 몸이야 튼실했지. 다만 좀 어둡다고 해야 하나? 말수가 없고 얼굴도 가끔 넋 놓은 것처럼 그늘이 있었지. 장가라도 갔으면 좀 나았을 텐데. 하여튼 젊은 놈이 그러고 앉았으니 보기 그랬지."

"어둡다?"

"행실은 건실한데 싹싹하지 않았단 말이지. 속내를 안 드러내니 보는 사람은 답답해서 속 터지고."

"혹시 야구장 일을 그만두게 됐다는 소식은 들으셨는지요? 주인과 갈등이 있었다고 들었습니다만."

"와전된 걸세. 개도 때마침 다른 계획이 있었더라고. 태국인지 베트남인지 하여튼 동남아로 일 나간다고 들었어. 서로 좋게 정리된 거고."

이웃 노인은 피해자를 가까이서 지켜봐서인지 의외로 많은 정보를 가지고 있었다. 얼굴을 다시 보게 됐다. 까무잡잡한 피부에 꼿꼿한 허리. 깡말랐어도 농사꾼 특유의 기운과 강단이 있어 보였다. 길고 하얀 눈썹이 얼굴빛과 대비돼 유난히 띄었다.

수사보고서에는 없는 몇몇 얘기를 더 들을 수 있었다.

"칩거하다시피 살았다면서요?"

"설마 그랬으려고. 가끔 야구장 회원들과 술 한잔하거나 영화 정도는 보러 다니는 듯했어."

"평소 찾아오는 사람은요?"

"아마 없지. 아니다. 두어 달 전쯤 유명한 야구 감독이 한번 왔었다. 내 지나가다 우연히 봤네. 얼굴은 알겠는데 이름이……. 80년대 세계선수권 일본전에서 역전 홈런 친 포수 있잖아?"

"박판수 감독?"

"맞다. 그 양반."

그에 관한 소식은 최근에 뉴스를 통해 들었다. 베트남 감독으로 내정됐다고 했던가. 두 사람이 친분이 있는지는 모르겠지만 직접 찾아올 정도면 목적을 가지고 방문했을 가능성이 크다. 혹시 영입 제안을 받았던 걸까. 해외에서 홀가분하게 새로운 출발을 하려고 짐 정리를 했고. 이건 쉽게 확인해볼 수 있는 내용이다.

마지막 궁금증이 생각났다.

"혹시 어르신, 권태술이라는 분을 아십니까? 이 마을에서 제일가는 부자라고 들었습니다."

영감이 모자를 한 번 벗었다가 다시 쓰며 끄응, 앓는 소리를 냈다.

"쯧쯧. 젊은 양반이 그렇게 둔해서야. 그래서 뭔 일을 하겠노."

에헴, 헛기침을 뱉더니 미련 없이 뒤돌아섰다.

* * *

"팀장님답지 않게 방심했다고요. 한 방 먹었지 말입니다."

기연이 스파게티 먹듯이 국수 가닥을 숟가락 얹어 말면서 깔깔 웃었다. 나를 향한 면박이었다. 권 영감을 눈앞에 두고서 엉뚱한 질문을 해버렸다고. 잘 차려입은 졸부 이미지를 생각했는데 남루한 농사꾼 행색으로 나다닐지 몰랐다. 역시 선입견은 무섭다.

우리는 돌아오는 길에 행주산성 아래, 그 유명하다는 해물 국수집에 들렀다. 일렬로 길게 세워 놓은 자전거들이 맨 먼저 눈길을 끌었다. 2층짜리 식당 규모에도 놀랐다. 점심시간이 지났는데도 손님들로 북적였다. 이곳에선 몸에 쫙 달라붙는 사이클복과 원색 슈즈를 신고 다녀도 어색하지 않았다. 확실히 동호인들의 성지 같은 곳.

하지만 핏빛 살인사건 현장을 목격하고 와서인지 내 입에는 소문만큼 대단한 맛이 아니었다. 비린내도 과한 것 같고. 확실히 입맛은 주관적인 영역이고 분위기가 좌우한다.

기연은 호록호록 잘도 삼켰다. 손목에 차고 있던 고무밴드로 긴 머리를 묶어 올린 다음 작정한 듯 뚝배기를 깨끗하게 비웠다.

"팀장님, 음식이 영혼을 덥힌다는 말이 있죠. 배 속이 든든하니까 머리가 살살 돌아가지 말입니다. 사건 해결의 의욕도 샘솟고. 정리 한번 해볼까요?"

"딱 봐도 증권맨보다 졸부 영감탱이가 더 의심스럽잖아. 경찰이 잘못 짚은 거지."

입맛을 잃은 내가 숟가락을 내려놓으며 입술을 씰룩이자 기연이 또 키득거렸다.

"오늘 뒤끝 심하시지 말입니다."

"자, 들어봐. 외부인이라면 범행 시간대에 타고 들어온 차량이 마을 삼거리 CCTV에 걸려야 하잖아. 그렇지 않다는 건 마을 내부 사람일 확률이 높지? 영감은 피해자와 금전 문제로 갈등이 없었다고 말하지만 사람이 죽어버린 이상 그걸 어떻게 증명해. 일방적인 주장일뿐이지. 피해자도 8년 가까이 구장 운영을 해왔으니 영감님의 약점이란 약점은 다 알 거야. 예를 들면 탈세 같은 거. 곧 택지 지구로 개발된다니 퇴직금 크게 뜯어낼 기회로 보고 협박했을 수 있고. 어차피 그만두는 마당에 베팅할만하잖아. 결국 둘이 다투다가 그 꼴 난 거고."

"피해자는 젊고 건장합니다. 영감님이 쉽게 제압할 상대가 아니지 말입니다. 그간 은둔자처럼 생활한 행적을 봐선 돈 문제에 휘둘릴 사람은 아닌 듯하고. 살인할 정도의 동기는 아니라고 생각합니다만."

"그러니까 계획적인 게 아니라 우발적 범행이지. 아까 봤지만 영감탱이가 작달막해도 한 깡다구 하게 생겼잖아. 방심한 틈에 뒤에서 공격하면 천하장사도 못 이겨. 순간순간 사람 마음이 어떻게 변할지는 아무도 모르는 거야. 또 피해자 통화 내역을 봐도 별다른 걸 찾지 못했지? 그건 피해자와 가해자가 서로 전화 없이도 쉽게 만날 수 있다는 의미 아닐까? 예를 들면 바로 이웃에 사는. 그러면 마을 앞 삼거리를 통과하지 않았고, 경찰이 추정하는 면식범에다, 통화기록이 남아있지 않은 것까지 맞아떨어지지."

기연이 얘기를 듣자마자 바로 반박했다.

"모욕감을 줬다고 너무 밀어붙이시는 거 아닙니까? 팀장님 논리라면 마을 안 사람들은 다 면식범이 될 수 있습니다. 당연히 통화

기록은 없을 테고. 늘 말씀하셨잖아요? 100% 증명할 수 있을 때 비로소 의심을 거둘 수 있다고."

듣고 보니 틀린 말은 아니다. 감정이 앞서기는 했다. 확인 불가능한 의심일 뿐이다. 그렇다고 팀원 앞에서 바로 인정하기는 싫었다. 적당히 말을 돌려서 희석시키는 나쁜 버릇의 발동.

"그럼 어떡해야 하나. 경찰이 간과한 단서에서 새로 접근해봐야 하나."

기연이 탁자 위에 손을 올려놓으며 목소리 톤을 낮췄다.

"팀장님, 제 생각이 그렇습니다. 경찰의 통상적인 수사가 막혔다는 건 다른 쪽 접근이 필요하다는 뜻이죠. 제 눈에는 딱 하나가 거슬리지 말입니다. 너무 생뚱맞아서 버림받은 단서."

'버림받은 단서'라는 말에 바로 감이 왔다.

"대전에서 걸려 왔다는 전화?"

"네네. 원래 통화는 주고받아야 하는데 단 한 번의 일방적인 통화. 1분 이상 기록이 남았다는 건 잘못 걸려 온 전화는 또 아니라는 거죠. 게다가 지방 구장의 라커룸 안이라니, 호기심이 확 당기지 않습니까. 적절한 비유일지 모르겠지만 잔잔한 수면 위에 튀어 오른 물 한 방울 같다고 할까."

그렇다. 흥미가 안 당길 수가 없다. 선수들이 발가벗고 다닐 정도로 은밀한 공간. CCTV도 없고 외부의 시선도 없다. 이번 사건 흐름에서 가장 특이성이 강한 장소다.

"팀장님, 경찰은 왜 조사를 안 했을까요?"

"인지야 했겠지. 흘려버린 게 문제지. 일단 먼 지방이고 범행 발

생 나흘 전이야. 누가 걸었는지 특정도 못 해. 거기다 눈앞에 용의
자가 둘씩이나 있으니 수사력 낭비라고 외면해버리고 싶었을걸.
어제 찾아온 팀장도 그런 눈치더라고."

"그렇죠. 출장 가서 헛심 쓸 시간도 두려웠을 테고. 사건과 직접
적인 연관이 없다고 미리 선을 그어버린 거겠죠."

기연은 경찰의 고충을 이해했다. 확실히 익명의 전화는 너무 멀
리 있다.

식사를 끝내고 바로 일어나지 않아서인지 종업원이 눈치를 줬
다. 평일이라 대기 손님도 없는데 살짝 반감이 생겼다. 사장님 지
침인지 종업원 성격 탓인지 모르겠지만 잘 나갈수록 초심을 유지
해야 하거늘. 불쾌한 기분으로 식당을 나서는데 외투 주머니에서
전화벨 소리가 울렸다. 고양서 곱슬머리 형사였다.

"신 팀장님, 새로운 상황입니다. 얼마 전 춘천의 리조트에서 백골이 나
온 사건 아시지요?"

안다. 인터넷에서 기사를 읽었고 어제 서로 얘기도 나눴잖은가.
두개골에 타박 흔적이 있고 산 속에 유기됐다가 오랜 세월이 흘러
서 발견이 됐다. 특히 호기심을 자극했던 썩지 않은 야구점퍼.

전화 너머에서 곱슬머리가 침을 꿀꺽 삼켰다.

"그 야구점퍼 덕에 백골 신원이 확인됐습니다. 누군지 아십니까?"

알 턱이 있나. 급히 전화를 걸어왔다는 건 야구장 살인사건과 관련이 있다는 얘기인데. 곱슬머리답지 않게 이번에는 뜸을 들였다.

* * *

객차가 서울역을 거쳐 한강철교에 올라서자 창밖으로 여의도 63빌딩이 스쳐 갔다. 불과 한 시간 전만 해도 즉흥적으로 대전으로 향하게 될지 몰랐다. 해물 국수 집에서 KTX 차량기지가 있는 행신역까지는 지척이고, 우리는 막 떠나려는 열차에 바로 올라탔다. 부탁을 거절하지 못해서 현장이나 훑어보려고 했던 일이 춘천의 백골 신원이 확인되면서 집중하게 돼버렸다. 만에 하나 몽키스 선수들과 엮인 일이면 어쩌나 하는 일말의 불안감도 있었지만, 그보다 몇몇 단서가 눈앞으로 모여들자 궁금증을 누를 수 없었다.

예정에 없던 지방 출장길이라 일단 홍 단장에게 보고는 했다. 친분을 떠나 직장 상하관계는 그렇게 움직이니까. 옆자리의 기연이 조금 신경 쓰여서 연결통로로 나왔다.

전화기 너머 홍 단장은 일단, 이 의문의 야구장 살인사건에 크게 관심이 없었다. 매일 밤 희비가 갈리는 현장 승부에 더 집중해서겠지. 당장 몽키스 구단과 직접 엮이지 않아서겠고. 그렇다고 쓸데없는 일에 헛심 쓰지 말라고도 하지 않았다. 약간의 자율권 부여랄까.

"원정 다니기는 어때? 견딜만해?"

통화 말미에 내가 안부를 물어도 시큰둥했다. 어젯밤 연장 접전 끝에 패한 탓일까.

"고역이지. 단장이 선수단 따라다니는 거. 2층에서 야구를 보기만 하는 게 진짜 속 터지는 일이잖아. 낭만은 개소리고. 머니볼에서 우리 빵 피트 단장 오빠님이 왜 야구 안 보는지 알겠더라."

"그런 말씀은 곤란한데. 선수들 사기 떨어진다."

"단장 얼굴 안 보이면 더 편해할걸? 우리 내근 직원들도 그렇잖아. 나 없다고 바로 밖으로 나돌고 말이야."

나 들으라고 하는 소리 같아서 살짝 찔렸다. 역시 홍 단장은 까칠한 재주가 있다.

안 그래도 지금 외부 계열사 건물에 따로 입주해있던 사장, 단장실과 지원부서를 몽키스 파크 안으로 일괄 이전하는 작업이 진행되고 있다. 그동안 프런트의 현장 불간섭 원칙 아래, 전력분석과 운영 부서만 구장 내에 뒀었다. 애초 의도와 달리 그런 물리적 거리감이 오히려 소통을 더 어렵게 한다고 판단이 됐다. 지금의 야구는 현장과 프런트가 같은 목표를 위해 모든 힘을 모으는 것이 중요하다.

통화를 끝내고 창밖으로 획획 스쳐 가는 도심 풍경을 내다보며 곱슬머리가 전해준 쇼킹한 소식을 되뇌어봤다. 불과 열흘 새 나란히 주검으로 발견된 아버지와 아들. 이 사실을 어떻게 받아들여야 할까. 과연 우연일까. 이런 식의 우연은 로또 당첨 확률보다 더 희박하지 않을까.

춘천 리조트 공사 현장에서 발견된 백골은 김동식의 아버지였다. 이름이 김구조. 썩지 않은 야구점퍼와 몇몇 유류품을 통해 신원이 밝혀졌고, 사망 시기도 특정할 수 있었는데 바로 10년 전 초겨울이었다. 노인이 옛날 방식으로 운영하던 인근 민박집에 자필 숙박기록이 남아 있었다. 유족을 찾는 과정에서 고양시에서 발생한 아들의 죽음과 이어져 버렸다.

곱슬머리가 그쪽 경찰에게서 들은 꽤 세세한 얘기까지 전해주었다.

김구조는 사망 직전까지 대전에 소재한 제일고교 야구부 감독이었다. 주변 평판은 최악이었다고 한다. 잦은 술주정에 도박 빚이 있었고 몇몇 학부형한테서 돈을 끌어 썼다. 선수 진로와 관련해 권한을 쥐고 있던 만큼 사실상 갑질이었다. 여러 제보가 재단으로 날아들었고, 해고를 당하기 직전 홀연히 사라졌다. 다들 사채업자를 피해 야반도주한 걸로 생각했다. 그 후 그의 행방과 관련된 소식은 끊어졌다. 이듬해 봄 아들 김동식이 실종신고를 했다. 경찰이 미적미적 수사에 나섰지만 종적을 찾을 순 없었다.

부자지간이라는 이유로 10년 전 사건과 이번 사건을 바로 연관 짓기는 애매해 보이는데 딱 하나가 신경을 건드렸다. 바로 김동식이 제일고를 졸업했다는 점. 그러니까 부자는 사제지간이었다. 10년 전 김구조는 연고도 없는 춘천에 왜 갔고 죽은 채 산속에 파묻혔을까. 바로 그런 의문이 따라붙었다.

자판기에서 생수를 하나 뽑아 자리로 돌아왔을 때, 기연은 탁자에 패드를 펼쳐놓고 뭔가를 두드려댔다. 나를 올려다보더니 바로 의기양양. 검색의 여왕답게 알찬 단서를 낚았는지 입이 근질근질한 모양이다.

"팀장님. 라커룸에서 걸려 온 의문의 전화 말입니다. 피해자와 관련이 있는 인물이라는 가정하에 발신자를 좀 좁혀봤습니다."

그러면서 침을 꼴깍 삼켰다. 얘기를 집중해서 들어달라는 신호였다.

"우선 피해자는 10년 전 호크스에 육성선수로 입단해서 이듬해 딱 닷새 1군에 등록됐습니다. 한 경기밖에 출전을 못 했고 부상으로 그해 겨울 방출. 그게 호크스와 인연의 전부이지 말입니다. 그래서 당시에 엮인 사람들을 중심으로 좀 추려봤습니다. 우선 생각해볼 수 있는 게 입단 동기들과 코칭스태프. 찾아보니까 지도자로 남아있는 사람은 없고 입단 동기들도 다 떠나서 현재는 셋뿐입니다. 백승안과 민요석 그리고 기정수."

프로의 삶은 짧다. 역시 냉정한 세계. 숫자로 들으니 더 실감이 났다. 이제 기껏 서른 안팎일 텐데 타의로 다른 삶터로 내몰렸다고 생각하니 짠한 마음이 들었다.

내 기분과 상관없이 기연이 패드 화면을 톡톡 두드리며 담담히 말을 이어나갔다.

"그다음 주목한 게 전화 시각입니다. 낮 2시 18분에 걸어서 1분 정도 통화를 했지 말입니다. 찾아보니 그 시각 호크스는 홈구장에서 스타즈와 마지막 시범경기 중이었습니다. 다들 더그아웃에 있었을 테니 라커룸은 비었다고 봐야겠죠?"

"단정은 무리. 경기 중이라도 청소하시는 분들이 드나들 수 있으니까."

"그렇지만 그분들은 피해자와 직접적인 연결고리가 없지 말입니다. 또 청소는 경기가 끝나고 내부가 난장판이 된 후에 하겠지요."

나는 마지못해 고개를 끄덕했다. 어차피 확률 게임. 용의자를 최대한 좁혀놓고 역으로 단서를 찾아 메우는 것도 방법이다.

"팀장님, 동기 셋 중 당시 통화가 불가능했던 이들을 제외했습니다. 기정수는 구원투수니 그 시각 불펜에서 대기했고, 백승안은 외야 수비 중이었습니다. 이건 그날 경기 영상을 보면 바로 확인 가능합니다."

결국 남은 사람은 지명타자로 출전한 한 명뿐. 기연은 굳이 그 이름을 입 밖에 내지 않았다.

호크스 프랜차이즈 스타이자 리그를 대표하는 교타자 민요석. 스카우트의 능력을 따질 필요도 없이 입단 당시부터 이미 초고교급 선수였고 즉시 전력감이었다. 언론의 집중조명을 받는 1순위로 입단해 예상대로 팀의 핵심 전력으로 성장했다. 경이로운 점은 긴 세월 활약하면서 이렇다 할 슬럼프조차 없었다. 타격 자세가 좀 뒤틀린다 싶으면 바로 팬카페에 열혈 팬이 전문가 수준의 분석 글을 올렸다. 전담 코치도 모르는 시시콜콜한 부분까지. 타고난 재능에다 능력자 팬까지 거느린 복 받은 선수다.

입단 동기라고 다 같은 동기가 아니다. 연습생으로 들어와 이듬해 방출된 김동식과는 애초 넘을 수 없는 신분 차이였다. 아무튼 호크스 최고 선수가 기연의 레이더에 걸렸다. 쉽게 건드릴 수 없는 거물이다. 엉뚱한 일로 접근했다가 역풍을 맞을 수도 있다. 갑자기 조심스러웠다.

"팀장님, 마지막으로 주목할 점! 휴대전화를 놔두고 왜 굳이 공용 유선전화를 사용했느냐입니다. 그것도 경기 중 사람들 눈을 피해서 말입니다. 통화는 해야 하고 발신 기록은 들키기 싫다? 이런 의미겠지요. 뭔가 껄끄러운 사이라는 유추가 가능하죠."

기연이 술술 풀어낼수록 내 속이 살살 타들어 갔다. 뭔가 허술한 듯 또 얘기가 착착 떨어진다. 퍼즐이 맞춰질수록 쾌감보다 불길함이 컸다.

아무튼 정황이 그렇지 물증은 없다. 단지 10년 전 입단 동기라는 이유만으로, 라커룸 전화기 사용이 가능했다는 이유만으로 단정하기에는 위험 부담이 크다. 눈동자에 애써 힘을 주면서 담담하게 말했다.

"많은 부분 공감해. 다만 증명할 수 없는 추측이라 안타까울 뿐이지."

"인정합니다. 지금으로선 한계입니다."

기연도 담담하게 받아쳤다. 아마 내 표정에서 걱정을 읽었는지도. 늘 덜렁대는 것 같지만 일할 땐 집요한 구석도 있고 타인을 배려하는 구석도 있다.

여의도 증권맨과 졸부 시골 영감에 이어 제3의 용의자가 떠올랐다. 다 춘천에서 발견된 백골 때문이다.

기연이 깜빡했다는 듯이 덧붙였다.

"아 참, 팀장님. 김동식과 민요석은 고등학교도 동기입니다."

＊ ＊ ＊

"말이 됩니까. 천하의 몽키스에서 다 무너져가는 지방 구장 라커룸 견학을 오다니요. 그것도 갑자기."

턱수염이 덥수룩한 산적 모습의 호크스 투수 기정수가 누런 치아를 드러내며 낄낄댔다. 내 얼굴이 화라당 붉어질 정도였다. 바로 들통날 거짓말일 줄은 알았지만 다른 방도가 없었다. 어떻게라도 문제의 전화기를 직접 눈으로 확인하고 싶었다.

구장 1층 안쪽의 선수 라커룸, 샤워실, 식당, 감독 코치실과 더그아웃으로 이어지는 구역은 당연히 외부인 출입 금지다. 야구 관계자라 하더라도 출입 카드가 없으면 대충 손 인사만으로 입구 보안대를 통과할 수 없다. 프로야구 초창기 호크스를 이끌었던 유명 감독 천일덕이 오랜만에 야구장을 찾았다가 용역업체 직원에게 출입을 제지당한 뒤 "내가 누군지 몰라" 한 마디만 남긴 채 야구장 발길을 끊은 게 벌써 몇 년 전의 일화다.

내가 대전역에 도착해서 고심 끝에 연락한 사람이 기정수다. 피해자의 입단 동기 셋 중 하나. 의문의 통화를 한 시각에 불펜에서 대기한 사실이 확인됐으니 혐의에서 벗어나 있기도 하지만, 그보다 셋 중 유일하게 안면이 있어서다. 친분 있는 고참을 앞세우면 불필요한 오해 없이 현장을 들여다볼 수 있을 것 같았다. 몽키스 파크에도 신축 구장이라는 이유로 다른 구단에서 견학을 오니까. 팬들을 위한 구장 투어 프로그램을 운영하기도 하고. 다행히 지금 호크스가 수도권으로 원정 중이라서 주변 시선도 많지 않았다.

라커룸 자체가 선수들만의 은밀한 공간이긴 하지만, 또 막상 상상하는 모습과 큰 차이도 없다. 고급 피트니스나 사우나의 탈의실에 온 느낌 정도. 출입구를 제외한 삼면에 원목 탈의장이 늘어서 있고 선수 이름표가 붙어있다. 옷장 위치를 두고 고참들끼리 은근히 자존심 싸움을 벌이기도 한다. 그만큼 프로 세계는 하나하나 서열에 예민하다. 최근 유행하는 브랜드 전신 안마의자가 라커룸 가운데 두 대 보였다. 예전에는 볼 수 없던 풍경이다.

문제의 회색 전화기는 출입문 옆 테이블에 놓여있었다. 손때가 많이 묻은 구형이었다. 기정수가 눈치채지 못하도록 슬며시 돌려 물었다.

"여기는 아직도 이런 전화를 쓰네?"

"예전에 사용하던 걸 그냥 둔 건데 때론 요긴합쥬. 운영팀이나 의무실에 급히 연락하거나, 피자나 커피 배달시킬 때 편하고. 아무래도 경기 들어가면 폰 사용이 자유롭지 않잖슈. 아 참, 팀장님도 계기남 형님 아시쥬? 그 형님이 바람기가 어마어마하잖유. 옛날에 꼭 이 전화로 전국 각지의 누님들한테 전화돌렸다니께유."

진짜로 전화기 옆에 부서 내선과 몇몇 음식점 번호를 스티커에 적어서 붙여놓았다. 확실히 경기 중 사적인 통화를 하기에는 최적이다.

상상하는 장면을 눈앞에 그려봤다. 시범경기 도중 누군가가 텅 빈 라커룸에 들어와 김동식에게 전화를 걸었다. 그만큼 조심스러웠다는 얘기다. 혹시 모를 추적을 대비해서 철저히 발신자 신분을 숨겼다. 김동식은 그 전화를 받고 나흘 뒤에 죽었다. 고양서 형사들이 외면한 전화 한 통이 과연 사건과 관련이 있을까? 관련이 있다면 발신자와 살해범은 동일인일까? 전체 윤곽이 보일 듯하면서도 아직은 흐릿했다.

기정수가 웬일로 술술 호의를 베푼다 싶더니, 결국 그냥 넘어가지 않았다. 내 행동이 수상쩍다고 느낀 모양이다.

"형님, 낡아빠진 전화통에 왜 그리 관심 많슈? 견학이 아니라 염탐꾼처럼 말이유. 우리 솔직해집시다."

순간 말문이 딱 막혔다. 어떤 핑곗거리도 생각이 안 났다. 기연도 마찬가지인지 나의 SOS 눈빛을 실실 피하며 반 발짝 뒤로 물러섰다.

죄책감이 일었다. 처음부터 솔직히 말하는 게 나았을 것을. 자책하는 차에 기정수가 쩝쩝대며 먼저 입을 열었다.

"동식이 죽은 거 때문이쥬? 맞쥬?"

깜짝 놀랐다. 미안한 표정을 담아 고개를 크게 끄덕였다. 기연도 기계처럼 끄덕.

"사실, 동식이가 칼 맞아 죽었다는 소식은 들어서 알고 있었쥬."

"어떻게?"

"퇴단한 동료 단톡방에서. 신욱이 놈이라고 예전에 대주자로 발발이처럼 잘 뛰던 애 아시쥬? 걔가 소식 올렸더라고. 사회인 야구 가르치는 코치들끼리 또 인맥이 연결돼 있으니깐."

서로 무심한 듯하면서도 좁은 바닥이다. 더 기분 나빠하기 전에 대충의 이야기를 들려줬다. 민감한 부분은 적당히 포장해서. 그냥 경찰 부탁을 받고 확인차 들렀다고 강조했다. 뭐 그래도 믿진 않겠지만.

"그래서 우리 구단과 관련이라도 있슈?"

"에휴. 그럴 리가 있나. 벌써 유력 용의자가 두 명이나 나왔다고. 확인차 왔다니깐."

내가 거듭 강하게 부정하자, 그제야 기정수는 찡그렸던 인상을 풀었다.

"형님, 오늘 견학은 다 옛정으로 해드린 겁니다. 혹시라도 내 이름은 언급되지 않았으면 합쥬. 동식이 죽인 범인은 잡아야쥬. 녀석 원혼이 억울하게 떠돌까 봐 말씀드리는 겁니다. 아시쥬? 의리!"

"당연하지. 걱정 마."

"요즘은 소문 하나 잘못 엮였다간 바로 까이는 세상이라. 내년에야 겨우 FA인데 떨어지는 낙엽도 조심해야쥬. 그래서 저 SNS도 끊었잖유."

"백해무익. 현명한 방법이지."

"그나저나 형님. 몽키스는 요즘 어떻습니까? 완전히 자리 잡았쥬? 분위기 좋다는 소문 파다하던데? 게다가 형님 입김이 상당하다고 들었습니다. 단장님과 그런 관계의 실세라고."

아…… 저 질문을 어떻게 받아들여야 할까. 씨름 선수처럼 덩치 큰, 서른 살 먹은 그저 그런 불펜. 구속도 보통이고 제구도 보통이다. 게다가 개막식 때 허벅지를 다쳐 지금 짧게 재활 중이다. 오늘도 텅 빈 홈구장 트레이닝 룸에서 재활 운동을 하다가 내 전화를 받고 달려온 참이다. 저 정도 급은 매 시즌 공급이 넘쳐난다. 짠돌이 구단에서 벗어나고 싶은 심정에 내게 밑밥 던지는 것도 이해한다. 의도는 알겠는데 표현 방식이 좀 서툴렀다. '그런 관계'란 표현이 특히나. 대화의 기술을 좀 배웠으면 좋았을 것을.

"정수는 그냥 프랜차이즈 스타로 남는 게 좋지 않나?"

"아이고, 스타는 무슨. 구단에서 대접해주는 것도 없는데 그 말이 굴레 같다니깐. FA 신청하면 오라는 데는 있을지. 참말로 애매하쥬."

기정수는 엄지와 검지로 원 모양을 그려 보이며 애매한 웃음을 지었다. 안타깝지만 그의 진로와 관련해서 해줄 말은 없다. 나는 결정권자가 아니다. 아니, 결정권자였다면 단호하게 '노'라고 했을 텐데.

"내가 재량껏 입소문 정도는 내보지. 일단 빨리 복귀해서 숫자를 쌓는 게 급선무 같아. 알지? 모든 건 성적으로 말하는 거."

빈말이지만 좋은 게 좋은 거다. 적당히 띄워주면서 피해 나갈 구석도 박아놓았다. 나답지 않게 약간의 미소까지 더했다. 속이 미식거리는 기분이지만 라커룸을 안내해준 답례는 해줘야 한다. 나는 하나의 정보를 얻었고, 상대는 하나의 연줄을 얻었다. 나쁘지 않은 거래였다.

표정이 한결 밝아진 기정수가 생각난 게 있는 듯 점퍼 주머니에서 휴대전화를 꺼내 들었다. 뭔가를 한참 찾아서 화면을 잘 볼 수 있도록 내 앞으로 돌려놓았다. 오래된 사진이었다. 앞줄에 여섯 명, 뒷줄에 여섯 명. 호크스 트레이닝복을 입은 앳된 선수들이 팔짱을 낀 채 포즈를 취하고 있다. 언제 찍었는지 바로 알아차렸다. 바로 입단 동기들 기념사진.

"이 시절이 그립쥬. 아무 걱정 없이 운동만 열심히 하면 됐는데. 동식이 놈이 유니폼을 입고 어찌나 좋아하던지. 원체 말수 없고 느려터진 놈인데 그날은 팔짝팔짝 뛰더라니깐. 사실 우리 사이에선 왕따였는데."

"왕따?"

"이제 와서 뭔 말을 못 할까. 다 지명 입단인데 혼자만 육성군이 잖유. 동기지만 약간 급이 다른 느낌이 없지는 않았고. 동식이가 애는 착한데, 아실지 모르지만 걔 아버지가 진짜 심했슈. 제일고 감독이었잖유. 학부형들한테 노골적으로 슈킹하고, 돈 안 주면 못 뛰게 할 뿐만 아니라 막 괴롭혔다니께유. 하여간 말도 마슈. 동식이 놈 육성군도 걔 아버지가 힘썼다는 소문이 파다했었쥬. 민요석이를 1순위로 보내면서 아들을 깍두기로 끼워 넣었다고. 알고 보니 민요석이가 힘써 준 걸로 나중에 드러나긴 했지만. 그니까, 아무래도 동기 사이에서 약간 미운털이 있었쥬."

풀렸다! 사기꾼 아버지와 착실한 아들과의 관계. 불과 10년 전이지만 그 시절엔 있을 법한 얘기다. 다시 사진을 찬찬히 들여다봤다. 뒷줄 맨 왼쪽 앳된 김동식 얼굴은 그림자 하나 없이 행복해 보였다. 감식 사진 속 모습과 대비돼 더 짠했다.

"어? 잠깐만!"

나도 모르게 소리쳤다. 곁에서 훔쳐보던 기연도 바로 알아챘다. 모두가 똑같이 생긴 스포츠 목걸이를 목에 차고 있었다. 흰색과 검은색이 번갈아 섞인 얼룩말 무늬.

"그해 납회 때 선물로 받은 거쥬. 당시 단장님인가 사장님인가 미국 출장 다녀오면서 입단 기념품으로 동기들에게 돌린 거라."

설명을 듣자마자 기연이 숄더백에서 패드를 꺼냈다.

"기 선수님. 힘드시겠지만 확인 좀 꼭 부탁드립니다."

감식 사진을 본 기정수가 바로 양미간을 찡그렸다. 아는 얼굴이라 더 고역이리라. 괜한 부탁을 했나 싶었다. 그래도 눈썰미가 있어서 의도하는 바를 바로 알아봤다.

"어라? 이 얼룩말 목걸이. 보아하니 동식이가 계속 기념으로 간직했던 모양이쥬. 디자인도 유행 지나서 개 구린데. 사실 요즘은 단색을 더 선호하고, 또 잘 차지도 않쥬. 근데 왜 이걸 둘둘 말아서 팔목에 찼대? 누가 보면 팔찌인 줄 알겠네."

기정수가 고개를 갸웃거렸다. 그건 내가 묻고 싶은 질문이다.

"혹시 목걸이를 팔찌로 차는 경우 있을까?"

"언 미친놈이 아니고서야 그 짓을 왜 합니까. 필요하면 새로 사고 말지. 얼마나 한다고. 기념품으로 간직하고 있는 것까진 이해되는데 참 별나네유."

"동기들 사진 정확히 언제 찍었지? 유니폼이 아닌 걸로 봐서 경기장은 아닌 것 같고."

"입단 확정되고 그해 납회 때쥬. 나중에 돈 많이 벌어서 굵직한 금목걸이 차자고 우리끼리 으샤으샤 했었는데. 세월이 참……."

"혹시 춘천 리조트에 열린?"

"형님이 그걸 어떻게? 모그룹에서 운영하는 곳인데 마침 그해 완공이 됐쥬. 그 기념으로 1, 2군 선수들 외에 프런트까지 모처럼 야구장을 떠나서 대대적으로 단합대회 했었쥬."

머릿속이 핵폭발했다. 10년 전 한 시점에 김동식, 민요석의 곁에서 그들의 나쁜 스승인 김구조가 타살 흔적을 안고서 죽었다. 숙박부 기록과 납회 날짜가 일치했다.

* * *

납회.

모든 단서가 한 단어를 향해 모여들었다. 납회란 시즌을 마감하는 정리 겸 단합 모임을 말한다. 10년 전 사건이 휙 날아와 현재와 척 들러붙는 전개가 혼란스러웠다. 실종됐다가 백골로 발견된 고교 야구부 감독과 그와 동시에 살해당한 아들. 그리고 두 사건의 교집합 안에 들어온 한 사람.

증권맨과 통화를 위해서 연결통로로 나갔던 기연이 자리로 돌아왔다. 우리는 대전역에서 KTX를 타고 상경 중이었다.

"팀장님. 확인했지 말입니다. 피해자는 항상 그 얼룩말 목걸이를 목에 차고 다녔답니다. 한 회원이 신제품을 선물했는데 거들떠보지도 않았대요. 너무 애지중지해서 다들 얼룩말 코치라고 불렀답니다. 짧은 선수 생활이었지만 1군 출신이라는 자부심이 강했다고. 그 얘기만 나오면 어둡던 얼굴도 밝아졌다네요."

이해할 수 있는 행동이다. 무명으로 야구판을 떠났을수록 추억에 집착하는 경향이 있다. 스타 선수들과의 친분도 과시하고 싶었을 테고.

"10년 전 납회가 열리던 밤, 셋이 숲에서 만나서 뭔 일이 있었던

거야. 빚 때문에 도망자 신세였던 김구조 처지를 생각하면 대충 감
오잖아. 범죄의 냄새가 짙다고."

내가 단정적으로 중얼거리자, 기연이 사건 해결의 의지를 다지
듯 한쪽 주먹을 쥐었다.

감식 폴더에서 얼룩말 목걸이만 확대해 놓은 사진을 열었다. 피
묻은 손으로 만졌는지 중간에 혈흔이 잔뜩 묻어있었다. 평소 목에
서 벗지 않던 것을 왜 굳이 생사 절명의 순간 손목에 말아 찼을까.
기묘했다. 모든 행동에는 의도가 있다. 생사의 촌각에 벌인 일이라
면 더 흘려버려선 안 된다. 곱슬머리 형사가 느꼈다는 현장의 부자
연스러움이 이것 때문이었을까.

잠시 후 서울역에 도착한다는 안내 방송이 흘러나왔다. 창밖으
로 다시 63빌딩이 보였고 한강 너머로 검붉은 노을이 깔렸다. 퇴근
길 정체가 시작되는 참이었다. 올림픽대로를 달리는 차량들이 꼬
리에 꼬리를 물고 하나의 선을 이루며 떠밀려갔다. 내 머릿속도 의
문이 꼬리를 물었다. 뇌세포가 몇몇 논리의 가지를 치기 시작했다.

김구조 사망과 납회 시점이 일치한다는 사실은 유류품 조사와
숙박기록으로 이미 확인됐다. 빚 독촉을 피해 떠돌던 도망자가 어
떤 목적을 갖고 리조트 부근에서 기웃거렸다는 얘기다. 단순히 아
들 얼굴 보자고 그런 수고를 했을 리 없다. 가장 절박했던 이유, 바
로 돈 때문이 아니었을까. 육성선수인 아들에게는 빚 청산을 해줄
능력은 없었을 테고, 1차 지명을 받은 민요석이라면 억대 계약금
을 쥐고 있다. 김구조가 만약 아들을 이용해서 민요석을 숲으로 불
러냈다면? 민요석은 내키지 않아도 거부하기는 힘들었을 테다. 직

전까지 감독님이었다는 위압감. 거기에 동기 놈의 재촉까지 있었다면.

매장을 당했다는 건 타인에 의한 범죄를 의미한다. 스스로 땅에 파묻힐 수는 없다. 계획적이든 과실치사든 흙을 덮은 누군가가 분명히 있다.

바보같이, 그제야 기사 출고 날짜를 확인해봐야겠다는 생각이 들었다. 그리고 예상은 딱 들어맞았다. 춘천 백골 기사가 인터넷에 처음 뜬, 바로 그날 오후에 라커룸에서 의문의 전화가 걸려 왔다. 민요석이 우연히든, 아니면 늘 신경이 쓰여서 주기적으로 검색을 해왔든 리조트 인근에서 시신이 나왔다는 뉴스를 보고 놀라서 김동식에게 연락해야만 했겠지. 혹시 흔적을 남길까 봐 몰래 공용 전화기를 사용했고. 최고의 정교함을 자랑하는 타자다운 치밀한 조심성. 숲속의 비밀을 가슴에 묻고 단절돼 지내던 두 사람이 다시 연결되는 순간이 아니었을까.

김동식 또한 백골이 실종된 아버지라고 직감했다면, 관할서에 확인 정도는 해봐야 정상이다. 그런데 도리어 민요석과 접선에 나섰다. 그렇다는 것은! 머릿속에 스파크가 튀면서 끔찍한 상상이 돋았다. 아버지의 죽음과 어떤 식으로든 연루가 됐다. 둘이 공동정범인지 한 명은 방조자인지 알 순 없지만.

그 사이 두 사람은 어떤 삶을 살았는가. 한 명은 생계 위기에 몰린 사회인 야구 코치. 다른 한 명은 대형 선수로 성장해 FA 계약으로 수십억 원을 챙겼다. 아이러니하게도 10년 전 상황과 빼닮았다. 처지의 불균형이 절박함을 불렀고, 영원할 줄 알았던 비밀 협정에

균열이 생긴다면? 아들이 아버지의 악의를 물려받았다면? 만약 입을 닫는 대가로 민요석을 협박했다면? 눈치 빠른 민요석이 꼬리 자르기 역공에 나섰다면?

이 추론이 맞다면 스포츠 목걸이도 설명할 수 있다. 백골의 신분이 드러나면 수사망이 좁혀 온다. 둘은 어떻게든 대책 협의가 필요했고, 사람들 눈에 띄지 않는 히트 구장 사무실에서 한밤에 접선하기로 한다. 협박과 살해. 서로 다른 목적을 가진 만남이었다.

방문자의 기습에 당한 김동식은 숨이 끊어지기 직전, 배신감에 분노하면서 살인범을 가리키기 위한 수를 짜냈다. 스포츠 목걸이는 민요석과 연결고리가 되는 징표였다. 위치를 바꾸는 돌발행동으로 범인을 지목하려고 했던 게 아닐까. 물건을 이용한 다잉메시지처럼.

피해자가 집 달력에 그려놓은 동그라미 세 개. 아른아른 잔상이 계속 스트레스를 주더니 그 의미도 이제 막 떠올랐다. 새로운 단서들이 속속 민요석을 향하고 있다. 범행동기도 찾았겠다 사건 당일 컨테이너를 방문한 사실만 입증하면 완벽한 용의자다.

"기연 씨. 조흘 마을에 다시 가봐야 해. 퇴근 늦어져도 괜찮지?"

"오우! 뭔가 느낌이 오십니까! 감 잡으신 겁니까!"

기연이 다시 주먹을 쥐어 보였다. 의외로 신이나 보였다.

* * *

초승달 아래로 검은 구름이 흘러갔다. 불빛이 사라진 밤마을 풍경은 한낮과 달리 음침했다. 검은 윤곽만 드러낸 집채가 마치 폐가처럼 보였다. 어디서 개 짖는 소리가 경계심을 일으켰다. 담장 아래 숨어있던 고양이 한 마리가 사람 발소리에 놀랐는지 슬며시 움직였다.

행신역에 세워뒀던 차를 끌고 다시 찾은 조흘 마을. 조심스레 한옥 대청마루를 거쳐 피해자가 살던 안방에 섰다. 달력에 연달아 그려진 빨간 동그라미 세 개. 야구와의 연관성을 고려했을 때 처음엔 선뜻 감이 잡히지 않았다. 스리볼? 스리아웃? 그러다가 KTX 안에서 민요석이 범행 현장에 왔다는 가정을 하다가 불현듯 떠올랐다.

"3연전. 이번 시즌 호크스가 여기 몽키스 파크로 원정경기 오는 날이었어. 굳이 달력에 표시까지 해놨다는 건 설마 친정 팀을 응원하려고?"

"9년 전에 방출당했는데 천사표 마음이 아니고서야. 연고도 없는 동네에서 말입니다. 당연히 누구를 만날 목적이었겠죠."

"그렇지. 바로 민요석! 민요석은 사건이 있던 날, 이곳 원정 숙소에 있었어."

"대전과 고양이란 두 도시가 물리적으로 확 가까워져 버렸군요."

나는 KTX 안에서 정리한 내용들을 들려줬다. 기연은 대부분 긍정적으로 끄덕였으나 몇몇 부분은 논리의 허점을 지적했다.

"팀장님. 그래도 목걸이를 팔찌로 둔갑시킨 행동이 범인을 가리키려는 의도였다는 건 어색합니다. 정작 경찰도 우리도 전혀 알아채지 못했잖습니까?"

그런 시각으로 봐버리니 할 말이 없어졌다. 확실히 꿰맞춘 감은 있다. 몇몇 부분 해석이 매끈하지는 않지만 사건 전개상 민요석의 연루는 확실해 보였다. 증거가 부족할 뿐. 다시 한번 정리가 필요했다.

"백골이 발견됐다는 뉴스를 보자 초조해진 민요석이 라커룸에서 전화를 걸었어. 때마침 며칠 후 이곳으로 원정 일정이 있어서 약속을 잡은 거야. 즉, 전화를 건 시점은 대전이지만 살인사건이 있던 날은 일산 호수공원 앞 선수단 숙소에 묵었어. 몽키스와 개막전을 앞둔 밤이었지. 동기도 있겠다 이제 범행 현장에 왔다는 사실만 입증하면 돼."

수면 아래 숨어있던 존재가 마침내 수면 위로 모습을 드러냈다. 남은 일은 알리바이를 부숴서 수갑을 채울 수 있느냐의 문제. 원정 숙소에서 히트 구장까지는 차로 20~30분 거리. 증권맨 이외 범행 시간대에 마을로 진입한 낯선 차량이나 택시는 보이지 않았다고 했던가. 유선전화로 접선할 만큼 치밀했다면 쉽게 흔적을 남겨놓진 않았으리라.

사건 해결의 마지막 고비였다. 뇌리에 저장된 어제, 오늘 스쳐간 이미지들을 끄집어냈다. 형사의 방문부터 시작된 장면 하나하나가 파노라마처럼 흘러갔고, 무의미한 장면들은 빠르게 삭제했다. 해물 국수 집에서 기연이 팔목에 차고 있던 고무링으로 긴 머리를 묶었던가. 사물의 용도와 행동. 그 둘이 맞아야만 흐름이 자연스럽다. 그렇다면 건강 목걸이는? 감식 사진 속 위화감은 원래 용도와 동떨어진 그 위치 때문이 아니었을까. 행주산성이 보이는 장쾌한 한 풍경이 떠오르는 순간 화면이 딱 멎었다. 머릿속이 폭발하면서 비로소 깨달았다.

"기연 씨. 재미없는 얘기 좀 들어봐. 1800년대 후반에 쓰인 프랑스 소설이 하나 있어. 예전에 우연히 읽었는데 제목은 기억이 잘……. 바닷가 어느 집에서 잠수부가 죽고 유언장이 사라졌는데, 유력한 살인 용의자는 25킬로미터나 떨어진 마을에 살았대. 도보로는 시간상 범행이 불가능했고, 말이나 마차를 탄 흔적도 없었어. 결국 알리바이가 성립돼 혐의를 벗어나지만 나중에 진범으로 밝혀지지. 왜냐하면 당시로는 첨단의 방법을 이용했거든."

"아아…… 팀장님. 뭔 말씀하시려는지 바로 감 잡았습니다만, 소설 얘기는 참 재미없지 말입니다. 다음부터는 돌려서 뜸 들이지 말고 바로 말해 주십시오."

기연이 해맑은 웃음으로 불만을 드러냈다. 이럴 땐 또 해석이 어렵다. 진심 어린 충고인지, 장난으로 하는 말인지. 그렇다고 물어볼 수도 없고.

기연이 잊고 있었다는 듯 말을 꺼냈다.

"아 참, 아까 증권맨이 저랑 통화할 때 분실한 글러브를 경찰이 신경도 안 써준다고 하소연했지 말입니다. 그게 메이저리그 선수들도 쓰는 명품이랍니다. 왜 엉뚱한 저한테 그럴까요? 레슨비 환불도 엉뚱한 데다 그러더니."

"장비 욕심은 아무도 못 말리지. 고가의 글러브를 창고에 보관했다면 부주의했어."

"얼룩말 코치한테 수선을 부탁했던 거랍니다. 가죽끈 끊어진 부분이 있어서. 근데 글러브를 도둑맞은 게 사실이면 뭔가 좀 안 맞지 않습니까? 지금 용의자는 셋. 경찰이 의심하는 증권맨은 분실 당사자이고, 민요석은 굳이 글러브를 탐낼 사람이 아니라서요. 졸부 영감님도 좀……. 별개의 사건이려나?"

기연이 과하게 고개를 갸웃거렸다. 단순하지만 중요한 지적이다. 역시 깔끔하지 않다.

"민요석이 자백하면 그 의문도 풀리겠지."

이렇게 얼버무릴 수밖에 없었다.

밤 9시가 막 넘어섰다. 차를 몰고 조흘 마을을 빠져나오는데 앞에서 마을버스 한 대가 앞길을 막고 느릿느릿 달렸다.

* * *

머릿속이 먹먹한 아침이다.

지난밤 홍 단장은 구단 버스 안에서 서울을 향해 야간 이동 중이었다. 대전 출장에서 얻은 정보는 밤늦게라도 보고하지 않을 수 없었다. 다른 구단과 엮인 일이라 민감하고 조심스러웠다. 혹시 기정수가 나불대서 오해라도 부르면 최악이다. 또 원정 숙소와 관련된 정보를 얻으려면 미리 부탁을 해놔야만 했다.

캔맥주 몇 개를 곁에 두고 사건 연결고리를 찾아 밤새 PC 앞에 앉았다. 창밖으로 동이 텄고 네 시간의 숙면. 샤워를 하고 외출 채비를 했다. 고충 처리반이자 막장 해결사인 에이스 팀장의 숙명이다.

점심때 홍 단장을 만난 곳은 일산 호수공원 앞에 위치한 호텔 레이크힐 정문. 몽키스 구단 모기업인 조미 그룹에서 운영을 하는 곳이다. 인근 쇼핑가와 지하 통로로 이어져 있어 늘 북적대는 장소이기도 하지만, 몽키스 파크와도 차로 5분 거리라서 원정 온 지방 구단들은 다 이곳에 묵었다.

한 주 만에 보는 홍 단장 얼굴이 핼쑥해졌다. 그래도 변함없이 짙은 눈화장과 심플한 무채색 정장. 남자들이 장악한 바닥을 헤쳐 나가려다 보니, 본인 스스로 진중한 캐릭터를 의도했다. 어리다고, 여자라고 얕잡아 보이기가 싫어서. 옷 입는 방식도 그렇고 능글한 말투도 그렇고. 대학 시절과 너무 다른 변신이 처음에는 어색했는데 곁에서 지켜보다 보니 또 그런대로 어울렸다.

"그래서 우리 단장님, 첫 원정을 따라다닌 소감은?"

"진짜 어머 씨발이더라. 말로만 들었는데 원정 라커룸 개 구려. 경기 전에 웨이트트레이닝 할 데가 없어서 묵던 호텔에서 한다는 게 말이 되냐. 리그 단장 회의 들어가서 떠들어야 할 게 한두 가지가 아냐."

역시나 입술을 내밀고 불만부터 쏟아냈다. 하지만 지방 6연전 성적은 나쁘지 않았다. 4승 2패. 처음으로 연승을 했고 5할 승률을 넘겼다.

이번엔 홍 단장이 물었다.

"그래서, 민요석이가 진짜 발목 잡힌 거야? 우리 상대로 꽤 잘 쳤지? 그런 선수는 영입하거나 아니면 날려야 하는 건데."

냉정하게 이해득실부터 따졌다. 팀을 향한 애정이 늘 과몰입이라 가끔 정제되지 않은 표현이 있지만, 팔이 안쪽으로 굽는지 불편하진 않았다.

잠시 서서 그간의 일을 브리핑했다. 홍 단장은 직접 내 눈빛을 보면서, 얘기를 다 듣고서야 사건에 호기심이 당기는 모양이다.

"그럼 우리 손에 민요석의 운명이 달렸군."

"아마도. 확인해보면 곧 알겠지."

레이크힐 호텔은 홍 단장이 외부 손님을 자주 접대하는 곳이라 몇 번 따라와 봤지만 에이스팀 업무로 찾기는 처음이다. 따라서 목적지는 로비 카페도 아니고 3층 레스토랑도 아니었다.

로비의 리셉션 뒤편, 외부에서는 잘 보이지 않는 곳에 사무실이 있다. 홍 단장과 나는 간이 회의실에서 탁 이사라는 사람과 마주 앉았다. 이곳 영업 실무를 관리하는 사람이었다. 호텔리어 출신답게 잘 빚어 넘긴 머리와 감색의 정장 조합이 깔끔했고 온몸에서 친절함이 배어 나왔다.

"단장님. 부탁하신 자료입니다. 급히 확인했습니다."

탁 이사가 서류 봉투를 탁자 위에 올려놓았고, 홍 단장은 온화한 듯 단호하게 답했다.

"사적인 용도로는 이용하지 않을 겁니다. 서로 입조심만 하면 자료 유출을 걱정하실 필요는 없습니다. 혹시나 해서 말씀드리는 겁니다."

그러면서 내 얼굴을 한번 봤다. 나는 고개를 끄떡했다. 홍 단장의 일 처리는 언제나 노련하고 능글맞다. 자료를 부탁한 사람은 자신이면서 바로 탁 이사까지 공범처럼 엮어버렸다.

"별말씀을. 넓게 보면 다 회사 일인데. 보안 파트에도 잘 말해놓겠습니다."

조미 그룹에서 밥벌이하는 사람답게 제법 애사심 넘치는 말투였다. 눈동자를 굴려 상황을 살피면서 말을 살살 가려서 했다. 샐러리맨으로서 저 정도 처세는 나쁘지 않아 보였다.

봉투 안에서 CCTV를 프린트한 종이 두 장이 나왔다. 탁 이사가 설명을 곁들였다.

"부탁하신 개막 전날 밤입니다. 말씀하신 그대로입니다."

트레이닝 복장의 건장한 남자가 호텔 뒷문으로 자전거를 끌고 나오는 장면이 포착됐다. 헬멧과 마스크가 얼굴을 반 이상 가렸지만 눈매와 체형까지 감출 순 없었다. 민요석이 틀림없었다. 우측 아래에 촬영 시각도 표시가 돼 있다. 허리춤에 맨 힙색에 뭔가가 들었는지 묵직하다. 자전거 거치대에 꽂혀 있는 물병을 고려하면 생수병을 넣은 것은 아니다. 단순한 운동 목적의 나들이가 아니라는 것을 보여주는 증거일지도 모른다.

후드를 뒤집어쓰고 자전거로 강변을 달리면 히트 구장까지 한 시간 안에 닿을 수 있다. 그가 10년 전의 공범과 접선하는 방식이었다. 허를 찌르는 가장 단순한 승부를 택했는데 경찰은 눈치채지 못했다. 에이스팀도 어제 직접 현장을 둘러보지 않았더라면 놓쳤으리라.

레이크힐의 자전거 대여는 히트 상품이었다. 빌딩이 늘어선 도심 호텔에서는 불가능한, 차별화된 친환경 서비스였다. 투숙객들은 호수공원과 한강까지 이어지는 산책로를 달렸다. 체력이 있으면 행주산성까지 다녀오기도 했다.

원정 온 타 구단 선수들 반응도 좋았던 걸로 기억한다. 예전처럼 한밤에 호텔 옥상에서 스윙 연습을 하는 게 능사가 아니다. 자전거를 타면서 근육을 부드럽게 푸는 방법이 컨디션 조절에 나을 수도 있다.

"신 팀장, 예상하지 못한 슬로커브에 당한 기분이네. 상대 허를 제대로 찔렀어. 민요석다워."

"영악함의 끝판왕이야. 전화를 건 방식부터 범행의 실행까지. 공부를 했어도 잘했을 머리야."

이걸로 범행 당일 민요석의 외출이 입증됐다. 모든 상황이 그를 점점 옥죄어간다. 경찰이 곳곳의 관제 CCTV로 추적해 가면 히트 야구장에 닿는 모습을 포착할 수 있으리라. 200년 전 프랑스 소설에서 알리바이를 깨는 '첨단기구'가 지금도 유효하다니.

공원길에는 살랑살랑 봄바람이 불고 있었다. 가로수에 노란 싹이 올라왔다. 한두 주 후면 진짜 야구 하기 좋은 계절이 온다.

홍 단장과 구단 사무실이 있는 대화역까지 슬슬 걸었다. 대학 시절의 추억이 돋으면서 기분 전환이 됐으나 잠시뿐이었다. 들이닥칠 사건의 파장과 그 무게감이 만만찮게 느껴졌다. 리그 최상위급 스타 선수가 살인사건의 유력한 용의자라면 보통 일이 아니다. 경찰도 에이스팀 존재에 대해서 끝까지 침묵해줘야 한다. 《서울스포츠》의 '개코' 손은재가 냄새라도 맡으면 끝장이다. '단독'이란 이름으로 마구 써낼 기사가 벌써 겁이 났다. 모든 게 내 오지랖 때문이었다. 곱슬머리 칭찬에 순간적으로 들떠서는. 그것이 미끼였던 것을. 단호하게 거부했어야 했거늘. 이제 와서 후회가 됐다.

홍 단장도 같은 우려감을 느끼는 모양이다.

"야구판 흥행에 악영향을 미칠까 봐 두렵다. 그렇다고 범죄를 모른 척할 수도 없고."

나는 홍 단장이 솔직하지 못하다고 생각한다. 발언에 공감해 줄 순 없었다.

"내심 바랐던 장면 아닌가? 민요석이 몽키스 파크에만 오면 평평 쳐댔으니. 말했잖아? 꺾는 방법은 두 가지. 모셔오거나 날려버리거나. 호텔이 우리 쪽 소속이 아니었으면 증명에 애먹었을 텐데. 엮어 넣으려고 하늘이 도왔나 보다."

"전에도 말했지만 신 팀장 가끔 잔인할 때 있다. 굳이 안 해도 될 말이잖아. 아니 일부러 더 과장하는 느낌이야. 함께 업무를 처리하려면 감정의 공유가 필요해. 좀 배우라고. 맞장구치는 법."

홍 단장이 기분이 상했는지 양미간을 구겼다. 얼굴 화장이 구겨졌다. 서로의 단점이 겹치는 순간이다. 감정이 부딪치는 순간이다. 대학 시절부터 그랬다. 친하게 잘 지내다가도 한순간 감정대립이 있었다. 너무 잘 맞거나 너무 안 맞거나. 그래서 서로에게 더 다가설 수 없었다.

어색한 침묵이 흘렀고 침묵을 깨는 사람은 늘 나였다.

"일을 벌인 사람이 마무리해야지. 우리 단장님은 몰랐던 걸로 하자. 혹시 모를 악소문으로 커지면 곤란하니까."

이런 것이 맞장구치는 방법인지 모르겠다. 인생도 야구도 참 어렵다. 그리고 궁금했다. 민요석이 수많은 카메라 앞에서 어떤 표정을 지을지.

* * *

"하하. 제가 말했지요? 범인이 살살 움직여주면 참 좋겠다고. 바람대로 미끼를 콱 물어버렸네요."

애태우던 사건이 의외의 방향에서 풀려버려서인지 곱슬머리 표정이 밝았다. 말투와 행동에 여유가 넘쳤다. 원래 저렇게 쾌활한 사람이었나 싶었다.

우리는 나흘 만에 다시 만났다. 나른한 오후에 커피를 사 들고 구단 사무실로 찾아왔다. 팀원의 존재를 몰랐던 터라 한잔이 모자랐는데 기연이 두 손으로 손사래를 쳤다.

"저는 커피 괜찮습니다. 신경 쓰지 마십시오."

어제, 김동식의 살해범이 긴급체포 됐다. 그냥 얻어걸렸다고 해야 할까. 야구로 치면 눈 딱 감고 휘두른 스윙에 만루홈런이 터졌다고 할까.

"형사님, 결국 분실한 글러브가 몸값을 했군요."

"그런 셈이죠. 훔친 걸 바로 내다 팔 생각을 하다니 간덩이가 부은 놈이지. 우리가 미끼로 베팅한 가격이 유혹적이긴 했죠. 크하하."

곱슬머리는 자기의 전략이 먹혔다고 어깨를 들어 우쭐댔다. 수사가 막히자 방향을 틀어서 도둑맞은 글러브에 집중했고, 동일한 제품을 급히 구한다는 글을 중고 마켓에 올렸다. 젊은 마을버스 기사에게는 참기 힘든 유혹이었으리라.

"그래서 혐의 사실은 인정했습니까?"

곱슬머리가 고개를 끄덕였다. 자백했다면 다 끝난 일이다. 얘기를 들어보니 단순 절도가 부른 허망한 살인. 사람 목숨을 내놓기엔 동기가 너무 하찮았고.

그날 밤, 종점에서 대기하던 마을버스 기사는 갑자기 설사기를 느껴 컨테이너에 달린 화장실로 달려갔다. 그간 야구장 코치의 묵인 아래 이따금 이용을 했었다. 볼일을 보고 나오는데 살짝 열린 문틈으로 옅은 불빛이 흘러나왔고, 정면 선반에 야수와 포수 글러브 세트가 눈에 띄었다. 사회인 야구를 했던 마을버스 기사는 바로 값어치를 알아봤다. 가죽 위에 노란 실밥으로 박은 명품 로고. 사위는 한없이 조용했고 의심하는 시선은 없었다. 참을 수 없는 물욕이 발동했다. 살금살금 들어가서 글러브를 점퍼 안에 쓸어 담는데, 갑자기 안쪽 사무실에서 인기척이 났다. 뜻을 알 수 없는 말과 함께.

"어서 와라, 친구야."

마을버스 기사는 당황했다. 도둑을 잡으려고 몰래 파놓은 함정으로 착각했다. 코치와는 안면이 있는 사이라 바로 정체가 들통나게 생겼다. 바로 곁에 공구함이 보였다. 글러브를 수리할 때 구멍을 뚫고 끈을 꿰는 송곳날이 번득였다. 그것을 움켜쥐고, 등을 지고 서 있는 그림자를 향해 돌진했다. 가속을 이용해 날 끝을 몸 깊숙이 박아넣었다. 살의에서 결행까지 채 10초도 걸리지 않았다. 얼룩말 코치 살인사건의 전모였다.

범인을 움직이게 만든다더니……. 곱슬머리는 첫 느낌대로 사고가 유연한 사람. 똥고집 피우는 형사들과 달리 막혀버린 사건을 돌려서 볼 줄 알았다. 얻어걸렸다고 운으로 치부하면 안 된다. 야구 역시 열심히 준비한 다음 '바빕신'*의 도움을 기대해야 고타율을 기록할 수 있다.

다만, 살해범은 잡혔지만 여러 궁금증이 여전히 의문으로 남아 있다. 오늘 곱슬머리가 다시 발걸음을 한 이유도 마음 한구석의 찝찝함을 지우고 싶어서였다. 논리에 빈틈없는 수사보고서를 위해서.

유력 용의자로 떠올랐던 민요석은 어떻게 됐을까. 나는 호텔에서 자전거 외출 사진을 입수하자마자 곱슬머리에게 전송했다. 그이후가 궁금했는데 수사 결과를 듣고서 왔다.

"민요석이 애초 악의를 가졌던 건 맞습니다. 다만, 결행을 주저했더라고요."

무슨 말인지 금방 와닿지 않았다. 곱슬머리가 커피를 한 모금 들이켜고 말을 이었다.

"신 팀장님 예상대로 한밤에 자전거를 타고 강변을 따라 은밀히 약속 장소로 향했습니다. 관제 CCTV로 행적을 추적했더니 두 군데서 포착이 됐습니다. 그런데 행주산성 근처까지 와서 갑자기 멈춰서더니 뭔가 골똘히 생각하더라고. 그러다가 자전거 바퀴를 돌려서 왔던 길을 되돌아갔습니다. 뒤늦게 뭔가 불길함을 느꼈던 걸

---

* BABIP신(神). BABIP는 인플레이 타구 타율(Batting Average Ball in Play)를 뜻한다. 야구를 좋아하는 변호사 보로스 매크라켄이 2001년 창안했다. 타자는 공을 힘껏 때릴 뿐 방향을 제어하기 어렵다는 점에서 타구가 안타가 될 확률은 어느 정도 '운'이 작용한다는 것을 야구 통계로 확인했다. 잘 맞은 타구가 잡히고, 빗맞은 타구가 안타가 되는 것이 바로 '운'이다. 바빕신은 그 운을 다스리는 신이라는 뜻.

까요?"

나도 모르게 혀로 마른 입술을 문질렀다. 뜻밖이었다. 10년 만의 접선을 눈앞에서 틀어버리다니.

"형사님. 혹시 민요석 선수 만나보셨습니까?"

"네. 어제 참고인 형식으로. 마침 서울에 원정 와 있어서 대전까지 내려가는 수고는 덜었습니다. 범행 현장에 없었던 게 확인된 이상 혐의를 캐물을 순 없었습니다. 당연히 대답도 정해져 있지 않겠습니까. 밤바람이 상쾌해서 운동 겸 좀 멀리 내달린 것뿐이다, 김동식은 옛 친구지만 최근에는 소식을 못 들었다. 명예훼손 운운하면서 저를 살짝 겁박도 하고. 당돌하고 꽤 영리한 친구라고 느꼈습니다. 대화를 나누는 중에 마을버스 기사가 긴급 체포되면서 저 역시 당황했습니다만."

정리가 안 되는, 뭔가 맥 빠지는 결말이었다. 강변을 달리면서 막판에 불길한 예감을 받았다는 얘긴데…… 10년 전 사건의 입막음 대가로 금전적인 협박을 당할까 싶어서 안 만나는 게 낫겠다는 판단한 모양이다. 옛 친구를 끝까지 의심했다. 결과론적으로 최고의 결정을 한 셈이 됐다. 정교함을 자랑하는 타자답게 배트 끝이 헛돌아가려는 유혹을 마지막 순간 참아냈다.

"그나저나 신 팀장님, 진짜 대단하십니다. 하루 만에 완전히 용의선상 밖의 존재를 찍어내시다니."

곱슬머리는 꽤 놀란 눈치였고 칭찬은 진심이었다. 이제 그 궁금증에 대해 답해줘야 한다. 죽은 김동식을 위한 변명과 함께. 곱슬머리가 자랑질을 멈추고 내 얘기에 귀를 세웠다.

"형사님, 확신합니다. 김동식은 애초 돈 따위를 뜯어낼 생각이 없었습니다. 약속 시간보다 미리 와서 기다렸고, 초행인 친구가 헤매지 않도록 문을 살짝 열어 놓았던 거겠죠. 조명을 흐릿하게 해놓은 것 역시 외부 시선에 혹시 노출될까 그랬을 테고. 어서 와라, 친구야. 이 말도 곱씹어보면 진심으로 반긴다는 느낌이 들죠. 재회가 서먹할까 봐 친근하게 부른 한마디가 마을버스 기사의 오해를 부를 줄이야. 어둠 속에서 서로 엇갈린 찰나의 판단이 비극적인 결말을 만들어 버렸습니다. 최악의 본헤드 플레이가 돼버렸네요."

"단정하기에는 증거가 좀 애매하죠?"

"형사님이 위화감을 느꼈다는 감식 사진. 바로 팔찌 때문이었습니다. 아니, 정확히는 목걸이 때문이었습니다."

"어……. 팔찌 아니던가요?"

"확인해봤더니 피해자 동기들이 입단기념으로 받은 스포츠 목걸이더군요. 항상 목에 걸고 다녔는데 그걸 죽기 직전에 둘둘 말아서 팔찌처럼 찬 거고. 왜 그런 수고를 했을까요?"

"으음……."

"김동식은 자신을 등 뒤에서 찌르고 도망친 사람이 끝까지 민요석이라고 착각한 겁니다. 어둑한데다 큰 덩치에 마스크까지 썼으니 그럴 만도 하죠. 10년 전 사건의 입막음이라고 생각했나 봅니다. 하지만 배신감보다 이해심이 더 컸다고 여겨집니다. 그래서 민요석에게 혐의가 가지 않도록 조작합니다. 목걸이가 두 사람을 연결해주는 유일한 증거였으니까요. 쓰러진 몸으로는 그걸 휑한 사무실 어디에도 숨길 수가 없었습니다. 그때 생각해낸 게 팔찌로의 변신. 목걸이에 혈흔이 잔뜩 묻어있었습니다. 계속 목에 차고 있었다면 그럴 일은 없었겠죠. 죽기 직전에 손으로 만졌다는 얘깁니다. 사력을 다했을 겁니다. 자신의 의도대로 경찰은 깜빡 속았고 하찮은 유류품으로 여겼습니다. 민경엽과의 연결고리를 찾아내지 못했죠. 저희도 처음에는 범인을 가리키려는 행동인 줄 알았는데 오히려 그 반대 의도였습니다. 참고로 이건 우리 팀원이 지적해줬습니다."

기연은 책상에 엉덩이를 기댄 채 방심하고 있다가, 얼굴을 붉히며 다시 손을 내저었다. 곱슬머리는 반복해 고개를 갸웃했다.

"살인자를 배려했다? 어렵습니다. 와닿지 않습니다."

"분명 10년 전 사건과 맞닿아있습니다. 김구조를 죽인 사람은 누구일까요? 민요석이 우발적으로 그랬을 수도, 김동식이 친구를 협박하는 아버지가 너무 싫어서 그랬을 수도 있고, 아니면 둘이 공범일 수도 있고. 확실한 건 김동식은 민요석과 한편이었다는 겁니다. 실종 신고도 늦게 했고 백골이 나와도 신원 확인을 원치 않았죠."

기연이 처음으로 살짝 끼어들었다.

"형사님. 피해자가 레슨 회원들에게 가끔 이런 말을 했습니다. 한 사람의 도움이 없었다면 자신은 프로 1군이라는 꿈의 세계에 발도 못 디뎠다. 그때 관중들 응원을 경험하지 못했다면 남은 삶을 절망했을지 모른다. 그런 경험을 하게 해줘서 일생을 바쳐서 감사한다고. 누군지 바로 아시겠죠? 입단에 힘써준 친구지만 다다를 수 없는 우상이었고, 그래서 더 열심히 응원했다고 생각합니다. 원정 오는 날짜를 안 까먹으려고 달력에 표시해놓고, 야구장 구석 먼발치에서 친구 얼굴을 보면서 말입니다."

그러면서 한옥 창고에서 가져온 공책을 들어 보였다.

"피해자가 오랜 세월 작성해온 타격 노트인데 처음에는 그냥 회원 지도용인 줄 알았습니다. 그런데 기록 날짜도 이름도 없더라고요. 의아했습니다. 혹시 형사님은 이유를 아시겠습니까?"

곱슬머리가 바로 고개를 저었다.

"왜냐하면 이건 단 한 사람을 위해서 만들어졌기 때문입니다. 그래서 이름도 날짜도 필요가 없지 말입니다."

기연이 내게 눈짓을 했다. 자세한 설명은 팀장님이 하세요, 진범 놓쳤다고 기죽지 마세요, 에이스팀은 최선을 다했습니다. 뭐 그런 응원이랄까. 나도 모르게 목소리에 힘이 들어갔다.

"민요석이 슬럼프에 빠졌을 때마다 구단 팬카페에 분석 글을 올려서 구해낸 열혈 팬이 있습니다. 타격 폼의 미묘한 변화를 영상과 함께 설명한 글이었습니다. 팔꿈치의 움직임, 왼발이 떨어질 때의 각도 등 호크스 전담 코치도 쉽게 알아챌 수 없는 작은 변화들을 짚어냈죠. 심지어 계절과 날씨에 따른 변화도 설명한 적이 있어요. 그 덕에 위기 탈출한 민요석은 시즌 뒤 팬 초청 행사 때 공개적으로 고마움을 표한 적도 있습니다. 하지만 열혈 팬의 존재는 끝내 밝혀지지 않았죠. 바로 김동식입니다. 확인했습니다. 타격 노트 내용과 카페 게시글이 거의 일치했습니다. 선수로서도, 지도자로서도 무명이지만 친구이자 우상인 민요석에 대해서만큼은 누구보다 잘 안다고 자부했던 듯합니다. 어릴 때부터 봐왔으니 방망이 감이 좋을 때와 안 좋을 때의 미묘한 차이, 선수 본인도 모르는 새 흐트

러진 자세 등등. 엄마들은 자기 애 엉덩이 점까지 다 꿰고 있잖아
요. 한 사람만 집중해서 보면 다 보이잖아요. 그 열혈 팬의 카페 아
이디가 '지브라'. 얼룩말 코치와 뭔가 통하지 않습니까? 애초 불가
능한 꿈을 이뤄준 이를 위하여, 자기 생에 가장 찬란했던 단 한 경
기를 만들어 준 이를 위한 보답 같은 걸까. 보기에 따라서는 집착
일 수도 있고요. 어떤 이에게는 하찮은 한 경기지만 어떤 이에게는
평생의 한 경기였던 게 아닐까 합니다. 만원 관중 앞에서 안타도
쳤겠다, 뜨거운 열기도 경험했겠다, 피해자는 그런 가슴 뛰는 추억
을 먹고 살았다고 판단됩니다."

스스로 생각해도 감동 충만한 달변이었다. 곱슬머리가 입을 아,
벌렸다. 김동식의 행동에 놀랐는지, 에이스팀 능력에 놀랐는지. 어
쩌면 둘 다일 수도 있고. 자신들이 현장에서 중요한 증거물을 놓쳤
다고 자책하는 것 같진 않았다.

"신 팀장님, 그럼 김동식의 진짜 목적은 무엇이었을까요?"

"영원한 단교. 박판수 감독과도 통화했습니다. 다음 달 베트남으
로 떠나기로 얘기돼 있더라고요. 그 전에, 마지막으로 한번 만나고
싶지 않았을까요? 민요석 마음에 부담으로 남아있을 10년 전의 짐
을 홀가분하게 치워주려고. 언젠가는 정리가 필요했겠지만 백골이
발견되면서 서둘렀겠죠. 그런 만남을 민요석이 오해한 것이고. 그
런 정황을 고려하면 당시 정범은 민요석 쪽에 무게가 실립니다."

"홀가분하게 해주고 싶었다……. 충분히 알아들었습니다만 이해
하기는 어렵습니다. 강력 사건의 동기치고는. 우정은 구걸하는 게
아닌데."

곱슬머리가 긴 한숨을 내쉬었다. 뭔가 답답하고 먹먹한지 잠시 눈을 감았다. '충분히'라는 말이 내게 신뢰를 줬다. 덧붙이는 말도 생각거리를 남겼다. 형사 말대로 편향된 집착일 수 있다. 우정의 구걸이 아니라면, 자신의 아버지가 저지른 여러 행패에 대한 사과였을 수도 있고. 어쩌면 민요석이 김동식을 폭력적인 아버지로부터 구원해준 것은 아닐까. 세상 모든 아버지가 모범적이진 않으니까.

그날 밤, 숲속에 모인 셋 중 둘이 죽었다. 이제 한 사람만이 진실을 알고 있다. 그가 말하는 진실이, 진실이 아닐 수도 있다는 의미다. 프로야구계의 파장을 고려하면 어쩌면 다행이랄까. 하지만 한 가지 사건이 더 남았다. 나도 모르게 까칠한 감정이 묻어났다.

"형사님. 이번 사건은 그렇다고 쳐도 민요석이 10년 전 백골 시신과 관련해서는 자유롭지 않겠죠?"

"어제 그 얘기도 살짝 흘렸는데, 아마 엮어 넣기 힘들 겁니다. 김동식마저 죽어버렸으니 이젠 현장에 갔다는 자체를 부인하겠지요. 이제 와서 목격자가 나올 리 없고 부자지간 다툼으로 몰아붙이겠죠. 시신을 묻는 과정에서 지문을 남겼을 가능성이 농후하지만 세월은 모든 걸 지워버리니까. 의심이 깊어도 입증이 쉽지 않아요. 똑똑한 친구니까 변호사와 미리 프로그램을 돌려봤을 수도 있고. 최악의 상황이라고 해봐야 언론에 수사 상황이 새는 정도일 텐데 그 정도 이미지 타격은 감내 가능하다고 봤을 겁니다. 시간이 지나면 그 또한 잊힐 테니. 프로야구 세계는 승부조작과 약물만 아니면 대체로 관대하다면서요? 결국은 도의적 책임. 참고로 그런 사건이

의외로 많습니다. 아무튼 그 건은 춘천 쪽에서 알아서 하겠지요."

곱슬머리가 마지막엔 관할 밖 사건이라고 떠밀었다. 나도 고개를 끄덕일 수밖에 없었다.

"말씀처럼 모른 것이 사라져도 이상하지 않을 시간이죠. 그래도 진실은 어디 가지 않습니다. 민요석도 그걸 깨달았으면 좋겠고."

기연이 낡은 타격 노트를 두 손으로 들고 다시 조심스럽게 끼어들었다.

"형사님. 혹시 민요석 선수에게 대신 좀 전해주실 수 있을까요? 앞으로도 지브라 코치의 가르침을 잊지 말라는 당부와 함께 말입니다. 아시다시피 저희가 이걸 전할 수는 없지 말입니다."

곱슬머리가 고개를 끄덕였다. 표지를 한 번 쓱 쓰다듬더니 가방에 넣었다. 고개 숙여 인사를 하고서 돌아서는 뒷모습이 처져 보였다. 찜찜한 결말에 나 또한 무력한 기분이다.

창밖으로 자전거를 탄 한 무리가 공원 쪽으로 달려간다. 민요석의 힙색에는 무엇이 들어있었을까. 흉기였을까 아니면 돈이었을까. 어느 쪽이든 입막음용으로 충분하다고 여겼을까.

야구와 엮이는 사건은 언제나 야구 규칙처럼 복잡하다. 그 사이를 헤집다 보면 늘 두근두근하고. 이번 경우에는 달랐다. 진심을 다했지만 연장 무승부 경기를 치른 것 같았다.

쓸쓸히 남은 커피를 삼키는데 우울한 분위기를 못 견디는 명랑한 팀원이 분위기를 바꿔보려고 애썼다.

"팀장님, 다음 주부터 진짜 봄이지 말입니다. 피부가 막 깨어나는 느낌입니다. 호수공원 벚꽃도 장관일 테고 꽃박람회도 열릴 테고. 팀장님도 뱃살 관리하려면 이 기회에 자전거 하나 플렉스 하시죠?"

"됐거든! 봄은 걸어야 봄이지."

깔깔거리는 웃음 사이를 파고드는 휴대전화 벨 소리. 화면에 송도상이란 이름이 떴다. 옛날 아버지의 전담포수이자 룸메이트. 병색 짙은 걸걸한 목소리는 들을 때마다 불길하다.

"신별이, 니 혹시 소문 들었나? 제일 핀토스 조 사장이 지난달 미국에서 죽었단다. 인적 드문 도로에서 의문의 교통사고로. 갑자기 그카이 뭔가 찜 찜하재?"

조대녕 사장. 1998년 한국시리즈에서 승부조작을 벌인 자. 자기 구단을 고의로 패하게 만들어 큰돈을 번 자. 선발투수였던 아버지를 겁박하고 죽음으로 내몬 자. 이 화창한 봄날 그 이름을 다시 듣게 될 줄은 몰랐다. 들떴던 기쁨도 바로 증발해버렸다.

야구는 우정으로 빛난다

야구에서 투수와 포수를 묶어 배터리라고 부른다. 많은 야구 용어들이 야구 역사와 함께 만들어졌다 사라졌지만 '배터리'는 야구 발생 초창기의 용어다. 사실상 야구 기록을 만든 이라고 할 수 있는 헨리 채드윅이 19세기 중반 '배터리'라는 표현을 썼다. 건전지가 아니라 포병을 뜻하는 말이다. 투수와 포수는 짝을 이뤄 타자를 함께 공략하는 역할을 맡는다. 미국 남북전쟁 때 주무기로 활용된 각종 포병 공격의 파워를 투수 포수 듀오에게 매치시켰다. 타자가 10번 중 3번만 안타를 때려도 성공했다고 평가받는 이유가, 야구 투타 기본 대결이 2대 1의 싸움이기 때문이다. (수비수를 더하면 타자에게 상당히 불리한 싸움이 맞다.) '점수를 낸다'는 뜻에서 야구는 타자 쪽을 '공격'이라 부르지만, 투수와 포수가 사인을 나눈 뒤 타자를 향해 150km 짜리 강속구를 던지는 것이 실제로는 '공격'에 더 가깝다.

그래서 투수와 포수의 사이는 각별하다. '영혼의 단짝'이라 불리는 때도 있다.

존 레스터는 보스턴 레드삭스의 유망주 투수였다. 2002년 드래프트에서 2라운드 지명됐다. 2006년 빅리그 데뷔 첫해 7승 2패를 거뒀고, 겨울에 암의 일종인 '림프종' 진단을 받았다. 화학치료를 마친 뒤 이듬해 7월 마운드에 돌아왔고, 월드시리즈 4차전 승리 투수가 됐다. 2008시즌에는 캔자스시티를 상대로 노히트 노런도 기록했다.

냉정함이 가장 큰 무기다. 제아무리 큰 경기, 위기 상황에서도 표정의 변화가 없다. 큰 경기에 강한, 리그 최고 좌완 중 한 명이지만 약점이 있다. 1루에 공을 제대로 던지지 못한다. 일종의 심리적 강박에 따른 '입스'다. 땅볼 처리도 힘들고, 1루 견제는 더 힘들다. 공을 쥐고 있는 시간을 다르게 가져가는 방식으로 도루 타이밍을 뺏고, 내야 땅볼은 가능하면 1루수가 3루수가 처리하도록 둔다. 투수 앞으로 굴러오는 타구는 1루까지 뛰어가 가까운 곳에서 언더 토스를 한다.

데이비드 로스는 간신히 프로선수가 된 포수였다. 1998년 LA 다저스에 7라운드 지명됐고 2002년 데뷔했다. 100경기를 넘게 뛴 것이 딱 한 번. 만년 백업 포수로 다저스와 피츠버그, 샌디에이고, 신시내티, 애틀랜타를 떠돌았다. 트레이드와 방출, 마이너 계약 등이 반복됐다. 2012년 겨울 보스턴이 로스를 백업 포수로 영입했고, 존 레스터와의 운명적인 만남이 이뤄졌다. 로스가 일곱 살 형이었지만 나이 차이는 아무것도 아니었다.

저니맨 로스는 침착맨 레스터와의 호흡이 완벽했다. 냉정한 완벽주의자 레스터는, 여러 팀을 돌아다니며 친화력 갑인 로스와 배터리를 이루고 안정감이 더해졌다. 약점이었던 1루 송구와 도루 저지도 로스 덕분에 해결됐다. 로스는 적극적으로 투수 앞 땅볼을 처리했고 강한 송구로 1루 주자의 도루를 막았다. 보스턴 존 패럴 감독은 아예 로스를 존 레스터의 '전담 포수'라고 선언했다. 레스터는 2014시즌 최고 투수에게 주는 사이영상 투표 4위에 올랐다.

레스터는 2015시즌을 앞두고 FA 자격을 얻었다. 우승을 원하던 많은 팀들이 큰 경기에 강한 레스터를 노렸다. 100년 넘게 월드시리즈 우승을 못한 시카고 컵스가 가장 적극적이었다. 레스터는 컵스에게 마음속 비밀 계약 조건을 말할 필요도 없었다. 컵스는 레스터와 계약하기 위해 로스가 필요하다는 사실을 잘 알았다. 레스터와 6년 1억 5500만 달러에 계약한 컵스는 로스와도 2년 500만 달러에 계약했다.

2016시즌은 39세였던 로스의 마지막 시즌이었다. 레스터-로스 배터리는 팀을 월드시리즈로 이끌었다. 5차전 선발은 레스터였고, 당연히 로스도 선발 포수로 나섰다. 이번 시즌이 끝나고 은퇴가 예정된 로스에게는 마지막 선발 출전 경기가 될 터였다.

경기 전 투수와 포수는 워밍업을 끝낸 뒤 볼배합 등 경기 전략을 의논하는 것이 루틴이다. 평소와 달리 침묵을 유지하던 로스가 먼저 입을 열었다. "사랑해, 친구."

'냉혈한'에 가까운 레스터도 이날은 달랐다. "나도 사랑해."

레스터는 2013년 로스와 첫 배터리 호흡을 맞춘 날을 기억했다. 레스터는 "로스가 원하는 대로 던지겠다고 그때부터 마음먹었다."고 말했다.

레스터는 로스와 651.2이닝을 함께 했다. 둘이 함께였을 때 평균자책은 2.69밖에 되지 않았다. 2013년 보스턴의 우승과 2016년 시카고 컵스의 우승을 함께 했다. 레스터는 로스보다 5시즌을 더 뛴 뒤 2021시즌을 마치고 은퇴했다. 레스터는 "사실 우리는 팀 동료라기보다는 가족이었다."라고 말했다. 로스는 "레스터는 보잘것없던 백업 포수의 성공 신화를 만들어 준 고마운 친구"라고 말했다.

야구는 팀 스포츠인 동시에 우정의 종목이다. 둘이 함께일 때 더욱 빛난다. 선수로서의 우정뿐만 아니라 같은 팀을 응원하는 팬들의 우정도 시간과 함께 깊어지는 종목이다. 야구를 사랑하는 모두의 우정, 변치 않길 바란다.

조미 몽키스 팀장

2막

북두칠성의 여섯 번째 별

문득, 야구가 가장 아름다울 때는 언제일까라는 생각이 떠올랐다. 내가 가장 좋아했던 플레이는 또 뭐였을까. 기자 시절, 한 방송국의 야구 인문학 토크쇼에 출연해 패널로 나온 물리학 교수님 앞에서 잘난 척 떠든 적이 있었다.

"저는 4-6-3* 더블 플레이가 제일 좋아요. 타구가 그리는 선이 이리저리 부딪혀 꺾이는 게 우리들이 사는 세상의 선형적 인과관계를 무너뜨리는 기분이 들거든요. 2루수가 공을 잡아서 역동작으로 유격수에게, 글러브에 들어갔는지도 모르게 다시 나와서 1루로 팡. 마치 바둑 배우기 전 AI 알파고가 벽돌 깨기 게임을 하듯이 완

---

* 야구 수비 포지션은 번호로 나타낼 수 있다. 투수가 1번, 포수가 2번, 1루수-2루수-3루수-유격수가 각각 3~6번이고, 좌-중-우 외야수가 7~9번이다. 4-6-3은 2루수, 유격수, 1루수로 이어지는 더블 플레이를 뜻한다.

벽한 그림이 그려져요. 사람이 하는 건데, 마치 기계가 하는 듯한 느낌 말입니다. 그러면서도 미학적 가치가 느껴지는 장면이라고 할까."

청중의 박수를 받지는 못했던 것 같다. 언젠가 그 얘기를 반복했을 때 기연도 마지못해 고개를 끄덕였다.

"더블 플레이가 멋지긴 멋지지 말입니다."

야구의 기본은 삼각형이다. 투수와 포수, 타자가 벌이는 기본적인 구도 역시 '삼각형'의 플레이다. 물론 투수와 포수가 한 편을 먹고 싸우는 구도이긴 하지만. 아직도 2루수, 유격수, 1루수가 합을 이뤄 펼치는 더블 플레이는 가슴을 두근거리게 한다.

어젯밤 몽키스의 짜릿한 승리도 7회 나온 4-6-3이 결정적이었다. 스타즈를 상대로 고은돌이 때린 홈런도 중요했지만 6대3으로 앞선 무사 1, 3루에서 2루 베이스를 스치는 타구를 2루수 김명일이 몸을 날려 건졌다. 엎드린 상태에서 글러브 토스, 유격수 고은돌이 맨손으로 공을 잡아서 1루에 팡.

그때 나도 모르게 주먹을 불끈 쥐었다. 악착같은 플레이로 그 공을 잡아낸 김명일도 대단하지만, 고은돌은 어떻게 해야 야구가 폼이 나는지 본능적으로 안다. 지난겨울에도 확인했지만 야구 실력뿐 아니라 '연기'가 된다. 프로선수로서 다른 어떤 것과 바꿀 수 없는 귀한 재능이다. 물론, 그런 재능이 구단으로선 고마울 따름이다.

시즌 중반으로 접어들면서 순위 싸움에 있어 버티기가 중요해진다. 어떻게든 연패를 당하면 안 된다. 특히 강팀과의 승부에서 밀리지 않아야 한다. 몽키스 같은 신생팀일수록 이길 수 있다는 이미지를 키워야 한다. 그런 점에서 어제 승리는 더욱 짜릿했고 더 큰 의미를 가졌다. 만약 7회 그 공이 빠졌다면 2점 차로 쫓기고 다시 1, 3루가 된다. 함께 경기를 관람하던 홍보팀 민 대리가 순간순간 기대승률을 체크해 보여줬다.

"7회 시작할 때 3점 차 앞선 홈 팀의 기대승률은 91.87%나 돼요."

무사 1, 3루가 됐을 때 민 대리의 목소리가 떨렸다.

"우리가 이길 확률이 82.51%로 떨어졌습니다."

김명일의 기막힌 플레이가 딱 그때 나왔다. 슬라이딩 캐치, 글러브 토스 그리고 고은돌의 맨손 송구가 이어지자 몽키스 파크는 마치 거대한 콘서트장이 된 것 같았다. 하이톤의 팬들 응원 소리가 뿜어져 나왔다.

"민 대리, 이제 우리가 이기는 건가?"

"그게 빠졌더라면 한 점 더 주고 다시 무사 1, 3루가 되잖아요. 그럼 기대승률이 69.08%까지 떨어집니다. 그걸 김명일이 1점 주고 더블 플레이로 주자를 없앤 거죠. 지금 기대승률이 89.97%니까, 우리 팀의 승리 확률을 20%나 높인 빅 플레이였단 말이죠."

민 대리의 말이 빨라졌다. 흥분했다는 뜻이다. 그 옆의 기연은 아예 입을 다물지 못했다. 김명일 팬으로 갈아탄 걸 어마어마하게 기뻐했으리라.

단지 한 경기의 기대승률을 요동치게 만든 플레이가 아니었다. 만약 그 플레이가 없었다면, 그래서 그 경기를 어찌어찌 이겼다 하더라도 불펜 운용이 빡빡해질 수밖에 없다. 강팀과의 3연전에서 불펜의 여유를 가진 채 1차전을 승리했다는 것은 단지 1승 이상의 의미가 있다. 팀 전체의 자신감이 커진다. 출근했을 때 라커룸 분위기가 다르다. '다행이다'라고 생각하고 있을 때 기연의 새된 소리가 들렸다.

"어머나, 팀장님 이 기사 보셨습니까?"

동시에 PC 모니터의 카톡 창이 반짝거렸다. 링크가 담겼다. 고개를 들어 책상 너머 기연을 쳐다보니 두 눈이 순정만화 주인공처럼 반짝이고 있었다. 아니, 만화영화 「슈렉」에 나오는 고양이를 닮았다. 배스킨라빈스는 그 고양이 이름을 딴 아이스크림을 내놓았다. 원래 이름은 장화신은 고양이(Puss in boots)이지만 어이없게도 우리말 이름은 '엄마는 외계인'이다. 기연의 지금 눈은 고양이이기도 하고, 외계인이기도 하다.

링크를 눌러보니 김명일의 커다란 사진부터 떴다. 슬라이딩 캐치 순간이 카메라에 잘 잡혔다. 《서울스포츠》 베테랑 선배가 찍은 작품이다. 야구의 흐름을 잘 알기 때문에 셔터를 눌러야 할 중요한 순간을 놓치지 않는다.

손은재가 작성한 기사 또한 빅 캐치가 만들어낸 경기 흐름의 변화를 잘 짚어냈다. 어제 민 대리 설명과 크게 다르지 않다. 점수 내는 장면만 주르륵 나열하는 요즘 기사와는 격이 다르다. 바이라인의 이름을 확인하고 카톡 창을 열었다.

요즘 기사 좀 쓰시네. 내가 없는 빈자리를 잘 메우고 있어 ㅋㅋ

전송하기가 무섭게 답이 날아왔다.

> 이런 신발 ㅎㅎ
>
> 웬일로 댓글 반응도 다 좋아. 기레기라고 안 까이고
>
> 숫자가 많이 달리면 반응이 늦어져. 그 숫자 한 번 더 생각하느라 악플 달 기분이 사라지는 거지. ㅎㅎ

손은재 특유의 스탯* 분석이 기사에 잘 담겼다. 짧은 시간에 여러 가지를 확인할 줄 아는 눈을 가진 덕분이다. 묵직한 엉덩이와 달리 재빠른 손놀림 덕분이기도 하고.

기사는 최근 장타가 부쩍 늘고 있는 고은돌의 달라진 타격에도 주의를 기울였다. 지난해 물의를 일으키며 사설 교습으로 배웠던 콘택트 위주에서 벗어나 새로운 타격폼으로 시즌을 치르는 중이다.** 준비 동작에서 배트 끝이 다시 하늘로 서기 시작했다. 과감한 레그 킥도 다시 돌아왔다. 실수였던 과거를 다 지우려는 듯한 느낌까지 풍겼다.

기사는 고은돌의 스타즈 상대 기록을 더했다. 야구팬들 은어로 '스나쌩'이다. 스타즈만 나오면 쌩큐의 준말이다. 아직 절반에 못 미치는 맞대결 6경기를 치렀을 뿐이지만 타율이 3할 9푼이다. 홈런도 5개나 때렸다. 높은 목표를 위해서 스타즈는 반드시 넘어야

---

* 원래 통계는 영어로 statistics 이지만 야구팬들은 이를 줄여 '스탯'이라고 부른다.
**『수상한 에이스는 유니폼이 없다』 중 3막 「프랜차이즈 스타는 새벽 스윙을 즐긴다」 참조.

하는 상대다. 팀의 센터 내야수*가 강팀을 상대로 특히 잘하고 있다는 건 아주 좋은 징조다. 경기가 막혔을 때 틈을 찾아 풀어나갈 수 있는 계기를 만든다. 축구로 치자면 플레이메이커. 감독으로서는 그 무엇과도 바꿀 수 없는 보물 같은 존재다.

댓글 창에도 모처럼 몽키스 팬들의 두근거림이 묻어났다. 이제 창단 세 번째 시즌. 원년 팀들처럼 오래되고 두터운 팬층을 갖지는 못했지만 오히려 구닥다리 느낌을 벗어난 신선한 시도들로 조금씩 저변을 늘려가는 중이다. V자 뒤에 붙는 우승 횟수로 자부심을 갖는 명문 구단들에 당장은 밀려도 성적은 언젠가 나온다. 특히 공수 전력이 탄탄한 올 시즌은 기대감이 크다. 요즘만 같으면 진짜 야구단에서 일할 맛이 난다.

건너편의 기연은 이제 아예 모니터 안으로 빨려 들어갈 기세다. 잔뜩 올려묶은 머리가 모니터 위에서 찰랑거렸다.

"기연 씨. 공과 사는 구분해야지. 너무 빠져들지 마. 선수는 언제든 유니폼이 바뀔 수 있고, 프런트는 항상 트레이드 가능성을 고민해야 하는 자리라고."

말해 놓고도 아차 싶었다. 꼰대 기질 발동.

"에이, 그렇게 따지면 팀장님도 이적을 해……, 아니 저희도 평생직장은 아니지 말입니다."

기연이 바로 입을 비쭉 내밀었다. 뭐라 적당히 둘러댈 말이 없는데도 애써 쥐어 짜냈다.

---

* 내야수 중 가운데를 지키는 2루수와 유격수를 가리키는 말.

"저니맨은 더 이상 낙인이 아니잖아. 오히려 훈장이면 몰라도. 어, 벌써 회의 시간이다."

시간 여유가 있지만 서둘러 자리에서 일어났다. 구단 점퍼에 팔을 끼워 넣는데 기연의 눈초리가 뒤통수에서 느껴졌다. 말해 놓고도 민망한 상황이다. 다시 머릿속에 어젯밤의 4-6-3 더블 플레이를 재생시켰다. 야구가 보여줄 수 있는 완벽한 삼각형. 많은 수포자들을 울린 피타고라스가 되려 울고 갈 멋진 플레이였다.

* * *

회의 장소는 몽키스 파크 내 전력분석실. 지난겨울 리모델링을 하면서 전력분석실을 웨이트트레이닝룸 옆에 배치했다. 선수들이 가장 많이 들락날락해야 하는 두 곳을 물리적으로 가까이 둬서 데이터와 체력 관리에 익숙하게 만들려는 의도였다. 머리와 몸, 야구는 둘을 다 잘 써야 하는 종목이다. 모든 변화는 억지스러운 선언과 명령으로 이뤄지지 않는다. 동선을 확보하고 자연스레 유도하는 '넛지'가 때로는 더 효과적이다.

회의는 시작 전부터 분위기가 달아올라 있었다. 스타즈와의 승부가 현장뿐 아니라 프런트 사기도 높였다. 2주에 한 번씩 열리는 R&R 미팅. 일반 기업의 R&R은 '역할과 책임(Role & Responsibility)'의 약자지만, 몽키스는 야구단답게 득점과 연구, '런 앤 리서치(Run & Research)'라는 이름으로 바꿨다. 팀 전력에 대한 정보와 통계를 공유하고 발전 방향을 논의하는 자리다. 전력분석팀과 운영팀은 물론 홍보팀도 함께 머리를 맞댄다. 데이터를 홍보에 활용하는 일은 구단의 선진적 이미지 구축에 매우 중요하다.

"자, 회의 시작할까요."

홍 단장이 머리를 묶어 올리며 말했다. 감색 카디건 사이로 목선이 드러났다. 뭔가에 집중할 때 나오는 습관. 대학 때 모둠 과제를 할 때도 머리를 묶으면서 연필을 비녀 삼아 꾹 꽂으면 출발 신호다. 그때나 지금이나 달라진 게 없구나라는 생각이 잠시 들었다.

그래도 표정이 밝아 보이는 건 고은돌 홈런의 여운에 아직까지 빠져있는 게 분명하다. 모든 단장, 감독들의 소원인 30홈런 유격수. 지난겨울 겪은 몇몇 진통을 고려하면 고은돌도, 몽키스도 지금 충분히 잘해주고 있다.

전력분석팀장이 빔프로젝터 스크린 화면을 열고 설명을 시작했다.

"오늘 회의 안건은 두 가지입니다."

먼저 시즌 전 전문가들이 '1강'으로 예상했던 스타즈 상대 위닝 시리즈에 대한 정밀 스탯 분석이 이뤄졌다. 어제 경기에서 워낙 강렬한 장면이 여럿 나와서 기 싸움의 승리처럼 보이지만 역시 승리는 마운드에서 나온다. 스타즈 타자들 약점 분석이 치밀하게 이뤄진 결과였다.

전력분석팀은 이번 시즌을 앞두고 상대 타자들 약점을 분석할 때 약한 코스와 함께 그 코스를 향해 움직이는 공의 방향성에 주목했다. 안쪽과 바깥쪽, 높은 쪽과 낮은 쪽 코스를 구분하고, 또 그 코스를 향해 먼 쪽에서 들어오는 방향, 반대로 가까운 쪽에서 멀어지는 방향에 약한지를 함께 조합했다. 약점이라고 판단되면 그 코스와 그 방향에 집중적으로 공을 던져 공략했다. 아직까지는 그 방법이 잘 먹혔다. 사실 전력분석팀 자찬이 섞인 분석이고 확실한 성공적이라고 단정하기엔 이른 감이 있지만 중간중간 검증할 부분은 검증하고 칭찬할 부분은 칭찬해줘야 동기부여가 된다. 홍 단장이 가볍게 박수를 치자, 수염이 덥수룩한 전력분석팀장 입가에 수줍은 미소가 번졌다.

"두 번째 안건은 선수 영입 관련입니다. 지금까지 경기 흐름, 전력, 각 팀 유망주들 예상 성적 등을 고려했을 때 상위권에서 경쟁을 벌일 팀은 스타즈와 썬더스가 될 가능성이 높습니다. 이 두 팀 타선의 핵심 전력이 앞 라인 우타자들임을 고려하면 적어도 이들을 확실히 막아 줄 스페셜리스트*가 꼭 필요합니다."

"이 숙제는 왠지 쉽지 않군요."

홍 단장이 왼손으로 턱을 괴고, 오른손으로는 펜을 빙빙 돌리며 말했다. 운영팀장이 보충 설명을 했다.

"맞습니다. 지금 상황에서 스피드를 갖추고 우타자 몸쪽에서 변화하는 공을 던지는 옆구리 투수** 구하기가 쉽지 않습니다. 일단

---

* 특정 유형의 타자에 강한 불펜 투수. 한 타자 또는 두 타자만 상대하는 경우가 많다. 메이저리그는 교체된 투수는 반드시 3타자 이상 상대해야 하는 규칙을 만들어 스페셜리스트 활용도가 줄었다.

** 팔이 옆이나 밑으로 돌아나오는 투수를 뜻하는 말. 밑에서 던지는 투수를 '잠수함 투수'라고 부르기도 한다. 우타자 입장에서는 등 뒤에서 공이 날아오는 듯한 느낌을 주기 때문에 까다롭게 느껴진다.

리그 자체에 많이 귀해요."

사실 몽키스 불펜진은 어느 정도 구색을 갖췄다. 각자 장기를 가진 필승조가 경기마다 투입된다. 베테랑 우완 문장우, 좌타자를 확실하게 잡아내는 좌완 손준성은 다른 팀이 부러워하는 조합이다. 마무리 고재하는 구위만으로도 상대를 제압할 수 있다. 조미 그룹의 팀답게 'MSG 트리오'라는 별명도 생겼다. 문제는 경기 후반인 7~8회 때 상대 우타자 라인을 막아낼 수 있는 스페셜리스트의 부재다. 5강이 목표라면 굳이 불필요할 수 있겠지만, 몽키스는 지금 그 이상을 바라보고 있다. 작은 약점이라도 단단히 채워야 한다.

"지금 우리 퓨처스에 있는 어린 자원들은 좀 더 경험이 필요해 보입니다. 일주일에 많아야 두세 번 나와서 우타자 한둘 상대하려고 이들을 1군에 올리는 일은 성장 프로그램에 도움 되지 않습니다."

육성팀장 설명은 정확하다. 장차 팀의 주축 선발로 성장해야 할 유망주를 이런 식으로 소모하면 여러모로 비효율적이다.

다시 전력분석팀장이 몇몇 도표와 함께 영입 가능한 다른 팀 투수 리스트를 화면에 띄우며 영입 필요성을 재차 강조했다. 다들 필수 전력에 가까운 이름들이다. 저들 중 한 명을 데려오려면 우리 쪽에서 내줘야 하는 카드가 너무 크다.

홍 단장이 턱을 괴고 있던 손을 풀며 말했다.

"필요성은 확실히 인식했고 이걸 어떻게 풀어야 할지가 문제군요. 스페셜리스트가 필요하다고 해서 그 자리에 외국인 투수를 쓸수는 없죠? 하하."

갑자기 분위기가 싸해졌다.

"아, 알았어요. 막힐 때는 머리를 써야죠. 문제가 생겼을 때는 풀어야 하는 거고. 아니면 어디서 한 명 훔쳐 오던가. 여기 있는 분들 중에서 신 팀장님이 그 일을 해야 하는 거 아닌가요?"

"네? 선수를 훔치라고요? 야구에서 2루 훔치기*가 아무리 박수 받는 일이라지만."

"아이고, 농담 받는 센스 하고는. 전력분석팀에서 다른 구단 퓨처스 선수 중 영입 가능한 리스트를 뽑아 주셨답니다. 일단 에이스팀이 평판 조회부터 해주길 부탁드릴게요. 초반에는 은밀하게 진행해야 하니까."

홍 단장 판단이 맞다. 우타자 스페셜리스트는 귀한 자원이다. 몽키스가 이런 투수를 원한다더라 소문이 나는 순간, 비슷한 유형의 선수들 몸값은 거침없이 뛴다. 운영팀이나 스카우트팀이 직접 나서기는 더 어렵다. 자연스레 에이스팀의 일이 된다. 역시 이름만 에이스팀이지 이건 뭐 완전 잡무처리반.

"신 팀장님은 회의 후에 리스트 갖고 잠시 보시죠. 세부 논의가 필요할 것 같으니까."

홍 단장이 어딘가 억지스러운 웃음을 지어 보였다.

* * *

구장 안으로 이전한 단장실 창가에선 노을에 잠긴 몽키스 파크

---

* 도루는 루를 훔친다는 뜻. 한자로 盜壘이고 영어로 steal이다.

전경을 볼 수 없지만, 대신 내외야 그라운드가 눈앞에 내려다보였다. 이 또한 나쁘지 않았다. 초록빛 잔디는 언제나 야구 소년들을 두근거리게 만든다. 변화무쌍한 공의 움직임은 수많은 이야기를 쏟아낸다. 그 이야기를 좇던 시절이 떠올랐다. 그 이야기의 끝에는, 마지막까지 공을 놓지 않았던 아버지가 있었다. 그 아버지를 위해 평생을 바친 반쪽, 송도상 아저씨의 마지막이 떠오르자 가슴이 다시 먹먹해졌다. 다음 주에 병문안을 다녀와야겠다고 마음먹었다. 그는 현재 파주 요양병원에서 시한부 환자의 삶을 살고 있다.

문이 열렸다. 홍 단장과 둘만의 회의라고 생각했는데 민 대리가 어두운 표정으로 함께 들어섰다. 이 조합, 왠지 예감이 좋지가 않다.

"으음, 단장님. 스페셜리스트 영입 회의 때문이 아니라는 느낌이 드는 건 왜일까요?"

"역시 별 팀장. 촉 좋으시다. 사람 마음을 읽는 독심술이 있으신가 봐. 다른 일이 있긴 있지요. 조금 신발 같은 일이라서 문제지."

홍 단장이 책상에서 프린트 용지 한 장을 가져와 탁자에 올려놓았다. 타구 속도 관련 스탯이 잔뜩 적혀 있었다.

"고은돌? 엄청 잘하고 있잖아요. 단장님이 원하던 30홈런 유격수가 눈앞에 짠 나타난 거 아닌가? 눈물 연기뿐만 아니라 야구 실력도 엄청나게 늘었고."

"30홈런 좋죠. 30홈런 좋아요. 수비도 좋고, 잘 생기고, 무엇보다 야구를 폼나게 하고. 그런데 뭔가 이상해. 민 대리님, 설명 좀 부탁드려요."

민 대리가 손등으로 안경을 한번 올려 쓰더니, 종이 한쪽을 손가락으로 가리켰다.

"일단 여기 보시면 스타즈전과 다른 팀들 간의 기록의 차이가 커요. 스타즈를 상대로 장타율, 순장타율*이 급격하게 높아집니다."

"특정 팀 상대로 강한 게 아주 없는 일은 아니잖아. 블랙캐츠 외인 투수 하퍼트는 스파이더스만 만나면 5년째 짠물 투구를 하고 있고, 심지어 랩터스 내야수 선시운은 커리어 내내 돌핀스만 만나면 펄펄 날았어요. 고래를 하도 잘 잡아서 별명도 소설 『모비 딕』의 주인공 에이허브."

"맞습니다. 근데 그냥 잘하는 거면 상관없는데 특정 기록에서 의심스러운 정황이 나와요. 배럴 타구의 빈도가 너무 높아요."

"배럴이면, 잘 맞은 타구? 타구각 26~30, 타구 속도 158km 이상인 타구 말하는 거지? 그거 많으면 좋은 거 아닌가?"

"다 배럴 타구가 나오기는 어렵죠. 그런데 고은돌의 스타즈 성적을 보면 그 빈도가 다른 팀에 비해 지나치게 높아요. 헛스윙 비율도 뚝 떨어지고."

"그렇다는 건 고은돌이 뭔가를……."

말을 하려는데, 홍 단장이 먼저 끼어들었다.

"알고 칠 수도 있다는 거지. 상대가 뭘 던지는지를. 일종의 독심술."

홍 단장의 입가는 미소를 띠고 있지만 눈은 웃고 있지 않다. 팀

---

* 장타율-타율, 장타율에서 단타를 제거한 기록으로 이게 높으면 '장타자', '파워 히터'로 분류된다.

전력 완성의 핵심이라고 여겼던 30홈런 유격수의 스탯에 문제가 생겼다. 팀의 10년을 책임질 최고의 상품에 흠집이 나는 상황이다. 아니 흠집을 넘어 사용불능이 될 수도 있다.

"다들 너무 성급한 결론 아닐까?"

말은 그렇게 하면서도 슬픈 예감이 먼저 내 가슴을 채우고 있었다.

"저도 그렇게 믿고 싶어요."

민 대리의 표정도 비슷했다.

홍 단장이 의식적으로 깊은 한숨을 내쉬었다.

"아직 다른 사람들한테는 얘기 안 했어요. 민 대리도 홍보 쪽 맡다 보니까 그 스탯이 눈에 들어온 거고. 그러니까 별 팀장님이 확인 좀 해 봐줘. 이게 운인 건지, 그래서 페어한 건지."

"아니면, 언페어한 건지."

잠시 침묵이 이어졌다.

"만약 언페어한 걸로 드러나면?"

"그건 그때 가서 생각해보자고. 아무도 모르는 건, 존재하지 않는 걸 수도 있는 거니까."

회의를 마치고 걸어오는 복도가 유난히 길었다. 독심술이라는 게 가능할까. 투수가 모자챙에 송진을 묻히는 것과 독심술은 같은 영역일까. 투수의 쿠세*를 파악해서 노림수를 쓰는 거라면 모든

---

* 일본어 くせ, 습관이라는 뜻. 야구에서 투수가 특정 구종을 던질 때 자신도 모르게 나타나는 습관을 뜻한다.

고민은 사라진다. 그건 특별한 기술에 가깝다.

2017년 월드시리즈 7차전 LA 다저스 선발 다르빗슈 유는 경기 초반 5실점으로 무너졌다. 다르빗슈의 무시무시한 슬라이더를 휴스턴 타자들이 모두 알고 있는 듯 기다렸다가 받아쳤다.

그리고 실제로 알고 있었다. 휴스턴 베테랑 타자 카를로스 벨트란은 다르빗슈 투구 비디오를 자세히 살펴본 뒤 약점을 찾았다. 속구를 던질 때는 글러브 안에서 그립을 다시 한번 조정했다. 팔뚝이 움직이는 게 보였다. 슬라이더 등 브레이킹 볼을 던질 때는 글러브 안에서 그립을 조정하지 않았다. 팔뚝도 움직이지 않았다. 벨트란은 그걸 팀 후배들에게 상세히 알려줬다.

그렇게 파악한 정보라면 팬들에게 받아들여질 수 있었겠지만 휴스턴 타자들은 더 욕심을 냈다. 카메라로 사인을 훔쳤고, 쓰레기통을 두드려 타자에게 알려줬다. 메이저리그 사무국 조사 결과 정규시즌에만 사인을 훔쳤다고 정리됐지만, 팬들은 이 설명을 받아들이지 못했다. 휴스턴은 메이저리그 전체의 악당 구단이 돼 버렸다.

고은돌이 벨트란의 눈을 가진 걸까. 팀 동료들과 정보를 공유하지 않고 혼자 독식하는 건 이전 고은돌이 보여준 이기적인 태도와 딱 맞아떨어진다. 타격 성적과 연봉 인상을 위해서라면 뭔 일이라도 할 자식이니까. 사람은 쉽게 바뀌지 않는다.

"차라리 그랬으면……."

한숨이 배어나왔다. 오른손이 절로 주머니에 들어가 있지도 않은 담뱃갑을 찾고 있었다.

* * *

에이스팀 사무실 문을 열었을 때 누군가 고개를 꾸벅 숙이며 인사를 했다.

"안녕하십니까, 기자님. 아니 팀장님."

"어! 오랜만이다 재철 선수. 아니 이제 에이전트님이라고 해야 하나. 어째 사업은 잘되는지?"

끼어드는 기연의 표정이 환하다. 추임새가 심상치 않다.

"곧 유명 에이전트가 되시지 않겠습니까. 하하."

"무슨 일?"

"아직 모르셨습니까? 여기 빛나는 빅 디퍼 에이전트에서 우리 김명일 선수와 계약하셨다 이겁니다."

"팀장님, 그렇게 됐습니다. 선수의 진짜 가치를 찾아서 보여주는 게 우리 일이잖아요. 여기 우리 고객님의 팬클럽 찐 회장님도 계시고"

기연의 밝은 얼굴이 그제야 이해가 됐다. 그래서 살짝 심술이 난 걸까.

"아니, 그러면 더 멀리해야지? 이제 비즈니스 상대인데. 나중에 연봉 협상 테이블에서 얼굴 붉힐 일이 생길지도 모른다고."

"아, 아닙니다. 인사만 하러 들렀어요. 염탐 같은 거 절대 아닙니다."

구재철이 당황해하며 명함을 두 손으로 건넸다. 직함을 사장 대신 실장으로 박았다. 선수 시절 기억도 비슷했다. 수훈선수 인터뷰

때도 뻔한 말로 자신을 포장하려 들지 않았다. 훤칠한 키에 곱상한 얼굴처럼, 말도 플레이도 담백했다. 그 담백함이 그를 더 나은 길로 이끌지 못했는지도 모르겠다. 꾸준하고 성실한 백업 외야수. 더그아웃의 스타였지만 그라운드의 스타는 되지 못했다. 팬들은 화려함에 더 끌리기 마련이니까.

"농담이야 농담. 하하. 우리도 덕분에 바깥 돌아가는 얘기도 듣고 그러는 거지. 현장직이 아니다 보니 다른 구단 상황을 아예 알 수가 없다고. 그런 얘기는 에이전트들이 또 빠삭하잖아."

나도 모르게 머릿속으로 계산기를 두드리기 시작했다. 어차피 트레이드 가능 대상 선수들의 평판도 들어야 한다. 선수 출신 에이전트는 그런 면에서 정보통이다. 현역 시절 좋은 선배였던 구재철은 은퇴 후에도 평판이 좋다. 주변에서 솔직한 얘기들을 많이 털어 놓는다.

"그러고 보니 구 실장도 지도자를 했었어야 했는데……. 따르는 후배들이 많았잖아."

냉장고에서 비타민 음료 하나를 꺼내 뚜껑을 따서 건네며 물었다.

"에이, 잘 아시면서 그러신다. 외야수 출신들은 별로 쓸모가 없잖아요. 제가 또 한 타격 한 것도 아니고."

"갑자기 웬 겸손 모드. 기연 씨 그거 알아? 이 친구가 말이야 선수 보는 눈은 진짜 정확했다고. 완전히 신인 감별사라고 해야 할까. 시즌 시작하고 한두 바퀴 딱 돌고 나서 물어보면 영락없어. 누구는 된다, 누구는 안 된다 딱딱 맞췄다고."

"아하, 그럼 에이전트님이 콕 찍은 우리 김명일은 무조건 된다, 이거지 말입니다."

기연의 눈이 다시 장화 신은 고양이가 됐다.

"어허, 기연 씨. 그 얘기가 아니잖아. 너무 잘 되면 비싸진다니까. 구단 입장에서는 스타 마케팅도 중요하지만 연봉 관련 예산도 중요하다고."

"기자, 아니 팀장님, 야구란 게 그렇잖아요. 재능과 실력이 아니라 성실과 노력이 중요하다는 거. 꼼수보다는 진심이 통한다고 아직까지는 믿고 있습니다."

구재철이 특유의 선한 웃음을 지어 보였다. 꼼수, 진심, 노력. 다시 가슴이 답답해진다. 고은돌은 진심의 야구를 하는 걸까. 행운이 아니라 꼼수라는 게 증명되면 어떻게 할까. 우리들의 야구는, 그걸 감당할 수 있을까.

"그나저나 구 실장, 스타즈 투수들은 어때? 쿠세 같은 게 좀 있나. 워낙 세서 말이지."

"오오! 드디어 선두 스타즈에 관심을. 몽키스가 이제 더 높은 곳을 보기 시작했다는 뜻인가요. 하긴 올 시즌 스타즈를 만나서 선방하고 있죠. 어제도 김명일의 멋진 캐치가 큰 역할을 했고. 음, 우리 고객님이 속한 구단이니까 팁을 말씀드리자면……."

"오, 좋아. 어떻게 하면 스타즈 투수진을 무너뜨릴까?"

"없어요, 쿠세. 진짜 잘 만들어진 팀입니다. 디테일에 강한 팀이니까 강팀이죠."

"정말? 하나도? 귀신처럼?"

"요즘엔 쿠세 있으면 다들 귀신같이 잡아내요. 날고 긴다는 썬더스 전력분석들이 2박 3일 합숙도 했는데 하나도 못 찾았대요. 없다고 보면 됩니다. 심지어 볼 배합 패턴도 안 나와요. IT 회사를 모기업으로 둔 랩터스 있잖아요? 거기서도 AI 동원해서 패턴 분석했는데, 믿고 노릴 만큼 뚜렷한 건 안 나오더래요. 그러니까, 꼼수 정도로는 안 됩니다. 상대가 무슨 생각하는지 아는 독심술이 있거나, 아니면 조작이나 치팅 정도 되면 모를까."

"하……, 역시 세구나. 스타즈는…….."

"아……, 몽키스도 셉니다. 팀장님……."

구재철이 다 마신 비타민 병을 모아 쓰레기통에 버렸다. 티슈를 꺼내 탁자에 묻은 물 자국을 닦는 것도 잊지 않았다. 사람의 진심은 디테일에서 나온다. 마찬가지로, 모든 악마 역시 디테일에서 나온다. 고은돌의 활약은 그저 뛰어난 감각일까. 감각을 넘어서 초능력일까. 일단 경기를 보면 뭔가 보이지 않을까. 3연전의 2차전 시작 시간이 얼마 남지 않았다.

* * *

"에이전트의 기본은 우리 고객님 경기를 직접 지켜보는 것부터 아니겠습니까?"

몽키스 파크로 내려오는 엘리베이터에서 구재철이 말했다. 사업을 시작하고 첫 계약을 따서인지 의욕에 들떠있었다. 틀린 말이 아니다. 기록으로는 보이지 않는 무언가가 현장에서는 나타난다. 타구 속도와 발사각은 눈으로 보이지 않는 숫자지만, 거꾸로 기계는 알아챌 수 없는 선수들의 순간적인 표정과 반응은 경기력을 설명하는 또 하나의 중요한 요소다. 직접 지켜보는 게 필요하다.

내야 백네트 뒤쪽을 향해서 걸었다. 모든 스카우트와 에이전트가 자리를 잡는 곳이다. 메이저리그 구장이든, 마이너리그 구장이든 대부분 비슷하다. 쌍안경과 레이더건을 든, 피곤하지만 때로 생기가 번득이는 묘한 표정들이 모여 있는 곳.

"아이 씨발. 재수 없게."

사람 착한 구 실장 입에서 갑자기 욕설이 터져 나왔다. 깜짝 놀라서 쳐다보니 턱으로 3루 쪽을 가리켰다. 김 선생이 특유의 거만한 포즈로 다리를 꼰 채 자리에 앉아 있었다. 옆에서 가방을 안고 있는 건, 가만히 보니 몇 해 전 은퇴한 투수 박지현이었다.

"나도 씨발."

쌍소리가 절로 나왔다. 우리 아버지의 인생을, 송도상 아저씨의 인생을 모두 망친 장본인. 사건 주도자가 아니라는 평계에, 증거 부족에 시효도 지났지만 분명 1998년도 한국시리즈에서 승부조작을 했고 야구를 망쳤다. 반드시 죗값을 치르게 만들겠다는 생각은 그날 이후 한시도 머릿속을 떠나지 않았다.

"오늘은 해설 아니잖아?"

"해설 아닌 날은 에이전트 역할이죠. 오늘 스타즈 선발 강욱철 보러왔을 겁니다. 자기네 소속사로 데려오려고 작업 중이라고 들었거든요. 내가 이렇게 열심히 지켜보고 있다는 걸 보여주고 싶은 거겠죠."

"선수도 빼가는 모양이지?"

"잘 아시면서. 자기 지위를 활용해 어떻게든 자신에게 유리하게 만드는 거. 거꾸로 말을 안 들으면 약점을 잡아서 철저하게 응징을 하죠. 구악에 조폭 스타일. 뭐, 저도 당한 셈이지만."

구재철의 설명이 이어졌다. 몇 해 전부터는 고교야구에 마수를 뻗치는 중이란다. 방송 영향력을 앞세워 특정 선수를 치켜세워주면 몸값이 올라가기 마련이다. 최근에는 트레이닝 파트 쪽도 눈독을 들인다는 소문이 파다하다. 요즘 핫한 포지션이다.

"구 실장, 원래 해설위원은 에이전트 못하게 돼 있잖아? 이익 충돌 문제도 생기고 하니까."

"그렇죠. 하지만 모든 규칙에서 구멍을 찾는 게 저 인간 특기니까. 형식상 회사 대표이고 개별 에이전트 활동을 하지 않지만, 여러 루트를 통해 실질적 영향력은 김 선생 저 인간이 다 갖고 있죠. 선수 영입, 계약, 육성 등등. 심지어 FA들 이동할 때도 리그 전체를 쥐고 흔든다는 얘기가 들려요. 겉으로는 협상이지만 실제 내부를 뒤져보면 협박에 가까우려나. 근데 제일 최악은 본인이 김 선생이란 호칭을 좋아한다는 거죠. 위원, 대표 다 치우고 선생. 그게 제일 역겨워요."

"맞아. 나도 그게 제일 싫어."

갑자기 속이 미식거리면서 신물이 올라왔다. 아버지가 마운드에 올랐던, 오래전 그때도 그런 식이었을게 틀림없다. 세상 물정 자기가 다 안다는 식의 거만함. 옳고 그름은 상황이 만든다는 기회주의적 태도. 중요한 것은 명분이 아니라 실리라는, 그때그때 바뀌는 이중잣대. 그러고 보니 어린 나이 때 본 김 선생, 아니 김보근의 현역 시절 투구도 비슷했던 것 같다. 타자의 손목이나 옆구리를 겨냥해 던지고도 세상 미안하다는 표정을 마운드에서 능청스레 짓고 있던 투수.

그 순간 김 선생과 눈이 딱 마주쳐버렸다. 한 손을 가볍게 올려 내게 인사를 보냈다. 상대 타자 손목을 맞히고 나서 보였던 바로 그 눈빛이었다. 따로 인사에 답하지는 않았다. 대신 눈을 부라리며 이를 악물었다.

어느새 양 팀 워밍업이 모두 끝났다. 구재철은 자신의 유일한 고객님을 위하여 1루 더그아웃 뒤로 쪼르르 달려갔고, 잠시 후 기연이 카메라 장비를 어깨에 메고 나타났다. 이제 제법 전문가 포스가 느껴졌다.

"그러니까, 내야수 위주로 찍자 이 말씀인 거죠?"

기연에게는 고은돌의 스타즈 상대 사기급 활약에 대해 슬쩍 흘려뒀다. 일단 이 일은 아는 사람이 적을수록 좋다. 확실하지 않은 치팅의 가능성이 흘러나가기라도 하면 사태는 걷잡을 수 없다. 의혹은커녕 의심의 흔적만으로도 사실이 되는 게 지금의 야구, 아니 우리 사회다.

만약 고은돌이 뭔가를 알고 있다면 방법은 둘 중 하나다. 스스로 알아채거나, 누군가가 알려주거나. 누군가 알려준다고 가정하면 방법은 또 하나로 줄어든다. 투수와 포수 간 사인을 잘 볼 수 있고, 또 잘 알고 있는 센터 내야진이다. 물론 아직까지는 가능성의 영역이다.

"사건이라는 건 두 가지 요건이 갖춰져야지 말입니다."

기연이 카메라를 만지작거리면서 모처럼 경찰 출신답게 말했다.

"동기와 방법?"

"맞습니다. 일단 고은돌의 맹타가 사건이라고 봤을 때 동기야 뭐 잘 치면 돈 되는 프로니까 그렇다 치고, 방법이 만약 상대 내야진과의 협업이라면 그쪽도 동기가 있어야 하는 거죠."

정확히 핵심을 찔렀다. 아까 회의 시간에 민 대리가 고개를 갸웃거리던 부분도 그 지점이다. 이렇게 말했었다.

"그런데 이상한 건 스타즈에는 우리 몽키스 상대로 특출나게 잘 치는 선수가 없어요. 만약 사인 거래라면 서로 주고받는 거니까, 그쪽에서도 누군가 이득을 봐야 하잖아요. 아무리 뒤져도 평균과 큰 차이를 내는 선수가 없단 말입니다."

"그럼 우리 팀 사인 말고 다른 걸 줄 가능성은?"

홍 단장 질문에는 내가 답했다.

"그렇게까지 할 일은 아닌 듯합니다. 금전적 대가라면 사실상 승부조작이어서 바로 영구 제명될 위험이 크죠."

경기 시작을 앞둔 텅 빈 그라운드를 잠시 쳐다봤다. 저 안에서 흘릴 땀과 노력, 이를 악문 집중과 그 결과를 만들어내는 운, 최선을 다한 뒤 결과를 기다리는 공정함이 저 다이아몬드를 빛나게 하는 가치다. 만약, 그 가치를 흔드는 일이 벌어지고 있다면, 그래서 몽키스 구단에 피해를 준다면, 그걸 파헤치는 일은 나의 의무다.

기연을 돌아보며 나직이 지시했다.

"일단 방법부터 찾아봐야지. 스타즈 내야수들을 중심으로. 우리 수비 때는 고은돌 움직임을 집중적으로 체크하고."

"백사장에서 분실한 반지 찾는 거랑 비슷하지 말입니다. 하아."

* * *

백네트 뒤쪽 전력분석팀 뒤에 혼자 자리를 잡고 앉았다. 야구 기자를 오래 했지만 여전히 포수 뒤쪽에서 구종을 확인하는 일은 만만치가 않다. 사인 거래 여부를 확인하려면 내야수의 특별한 움직임이 특정 구종과 맞아떨어지는지를 봐야 한다. 그러려면 투수가 던지는 공이 뭔지부터 알아야 한다. 나야말로 '커닝'이 필요한 상황이다. 앞자리 몽키스 전력분석원의 기록을 몰래 훔쳐볼 요량이었다. 그때 누군가가 다가와 어깨를 툭 쳤다.

"어이, 시벌이. 와 여그 앉았나?"

고개를 들어보니 도두락이었다. 랩터스의 원정 분석원이다.

"추억의 도투락 만두 형님. 랩터스가 스타즈 다음 상대로군요."

"아이다. 담 아니고 다다음. 니는 여그 워쩐 일이여. 단장 따까리라 안 혔냐."

"아유, 누가 옛날 사람 아니랄까 봐 따까리가 뭡니까, 따까리가. 어시스턴트 제너럴 매니저 아닙니까."

"제너럴 아이고, 니미럴이제. 그리고 나 인자 원정 분석 아니여."

도두락이 껄껄 웃더니 자기가 쓴 모자를 손가락으로 가리켰다. 세인트루이스의 빨간 모자였다.

"그럼 메이저 스카우트?"

"아이고야, 나야말로 따까리제. 영어를 한마디도 못 한디 뭐."

"그래도 선수 보는 눈은 정확하잖아요. 폼 좀 떨어진다 싶으면 바로 알아채고. 맞다, 내가 여자친구랑 깨졌을 때도 금세 눈치챘었지."

"허벌 오래전 일이다. 안 그냐. 허허."

초짜 기자 시절 현장에서 만났을 때 도두락은 이미 현역 선수가 아니었다. 수비는 잘했지만 방망이가 신통찮아 일찍 은퇴하는 바람에 나와는 겨우 세 살 차. 그때만 해도 나이 어린 코치가 받아들여지지 않던 때였다. 때마침 KBO리그에 어드밴스드 스카우트 제도*가 도입됐고, 도두락은 장기인 눈썰미 덕에 구단의 전력분석원이 됐다. 혼자 다녀야 하는 원정 분석원은 외로운 직업이다. 이 때문에 나와 잘 어울려 다녔다. 아버지의 사고에 대해 털어놓은 몇 안 되는 야구계 인사이기도 하다.

랩터스를 떠났다는 소식도 얼핏 들은 것 같다. 야구판에서 감으로 하는 일자리는 점점 줄어드는 중이다. 숫자가 그 자리를 빠르게 채워가고 있다. 영어 핑계를 댔지만, 어쩌면 숫자가 더 힘든 일이었을지도 모르겠다. 눈썰미를 말로 설명해서는 모두를 설득하기 어려운 세상. 하지만 그 눈썰미로 인해 망친 의사 결정과 그로 인해 사라져간 선수들이 너무 많은 것 또한 사실이다.

"그래서 형님, 오늘은 누구 보러 왔습니까?"

---

* 다음 경기 상대의 전력을 미리 파악하기 위한 전력분석원. 홈 경기를 보지 않고, 1년 내내 전국을 다녀야 한다. 원정 분석원이라고 부른다.

"딱히 한두 놈 찍어 보는 건 아니고 두루두루 보는 거이제. 몽키
스에 좋은 선수들 많잖애. 주선규 그놈아도 완전히 달라졌고, 김명
일이 수비도 딴딴해졌고."

"그래도 몽키스 하면 역시 고은돌 아닙니까? 어제 홈런 보셨죠?"

도두락의 눈썰미를 한번 훔쳐보고 싶었다. 무얼 보고 있는지 궁
금했다. 슬쩍 찔러봤지만 표정 변화는 없다.

"고은돌이 갸는 FA 될라믄 멀었다야. 글고, 오늘 젤 중요한 놈은
역시 스타즈 선발 강욱철이제. 씩씩하게 쌔려뿌는. 여그 그놈아 보
러 온 사람 천지다."

"그렇죠? 역시."

몽키스 파크를 가득 채운 관중들이 모두 자리에서 일어났다. 애
국가가 흘러나왔다. 경기 시작의 신호다. 침이 꿀꺽 넘어간다. 혹
시 진짜로 판도라의 상자를 열게 되는 건 아닐까.

몽키스의 1회초 수비는 상위 팀끼리의 경기답게 팽팽했다. 안타
를 하나 허용했지만 2사 득점권에서 잘 맞은 타구를 외야 호수비
로 막아냈다. 관중석이 초반부터 달아올랐다.

1회말 공격으로 이어졌다. 스타즈 선발은 리그가 주목하는 영건
강욱철. 강속구는 물론 변화구의 완성도도 수준급이다. 무엇보다
올 시즌 자신감이 넘치는 투구를 하고 있다. 초구가 힘있게 들어왔
다. 외야 전광판에 152km가 찍혔다. 평균 구속 150km를 넘는 선
발이라니. 만약 저런 투수가 몽키스 유니폼을 입고 있다면, 매일
함박웃음 지을 홍 단장 얼굴이 눈에 선하다. 2구는 타자 앞에서 공
이 뚝 떨어진다. 이번에는 140km가 찍혔다. 선수 출신이 아닌 입

장에서는 저 공의 정체를 도무지 알 수가 없다. 중계화면이라면 움직임이 보이겠지만 포수 뒤에서는 역시 구분이 어렵다.

"도투락 형님, 방금 공 뭐죠? 40언저리니까 슬라이더?"

"니 따까리라매. 머한디 그런 거까지 볼라 하냐?"

"형님도 참. 야구단에서 일하면 야구 보는 방향이 달라져야죠. 전력분석팀의 시선으로도 보고, 현장 더그아웃의 시선으로도 봐야 하고. 시선이 달라지면 야구도 달라지는 거 아니겠습니까. 이 얘기, 형님이 해 준 겁니다."

"맞네. 나가 그런 야그를 혔재. 방금 공, 체인지업이다."

"140짜리 체인지업? 포크볼도 아니고?"

"저게 있응게로, 윈빼이*들이 꿈쩍도 못 하는 거 아니겄냐. 엔간한 투수 직구만 한 공이 날아오다 휙 가뿐디. 저거 신경쓰다가 타이밍 홀랑 뺏기는 거이재."

확실히 우투수가 던지는 체인지업은 좌타자에게 효과적이다. 하물며 140km짜리라면. 좌완 류현진이 체인지업으로 메이저리그 우타자들을 꽁꽁 묶는 것과 마찬가지다. 고은돌은 과연 어떻게 대처할까 궁금해질 때, 몽키스 1번 타자가 삼진으로 물러났다. 타석에서 생각이 많다 보니 4구째에 어정쩡한 스윙이 나와버렸다. 강욱철의 출발이 좋았다. 저 멀리 김 선생의 흐뭇해하는 얼굴이 보였다. 자기 회사로 끌어들인 다음, 벌어다 줄 돈을 머릿속으로 떠올리고 있는 게 틀림없다.

---

* 좌타자, 좌투수를 뜻하는 야구계 은어.

2번, 고은돌 타순이다. 스타즈 2루수와 유격수의 동작에 집중했다. 의도적으로 내 시선이 타자의 눈높이에서 바라보고 있다는 이미지를 만들었다. 지금 과연 고은돌은 어디를 보고 있을까. 상대 수비수의 글러브? 손? 머리? 모자? 그걸로 어떤 정보를 알아채는 걸까. 포수 사인이 나온 뒤 투수가 공을 던질 때까지의 시간이 많지 않다. 투수가 발을 들기 전에 신호가 있어야 한다. 그 찰나를 놓치면 안 된다라고 주문을 걸었지만, 도무지 동작의 차이가 보이지 않는다. 끄응, 절로 신음이 난다.

"니, 멀 그라고 열심히 보냐."

도두락의 말에 화들짝 놀랐다.

"아닙니다, 아무것도. 구종 파악은 진짜 어렵네. 역시 아무나 하는 게 아니야."

초구, 2구 체인지업에 고은돌은 꿈쩍하지 않았다. 상대 2루수 이창섭, 유격수 김범주의 움직임에도 딱히 특이점은 없었다. 어쩌면, 다행히도 고은돌의 눈썰미가 좋아서인지도 모른다. 지난겨울 사설 과외 사건 때도 일의 방향이 틀렸을 뿐, 재능과 노력의 양은 만만치 않았다.

3구째 152km 속구에 방망이가 나왔다. 잘 맞았지만 공은 우익수 정면을 향했다. 고은돌은 평소처럼 1루를 향해 전력으로 뛰었고, 1루를 밟고 난 뒤 더그아웃으로 돌아갔다.

"체인지업 2개 진짜 잘 참았는데 아쉽다."

애써 태연한 척, 팬이자 구단 직원의 모습으로 태세 전환을 시도했다. 야구판은 소문이 빠른 곳이다. 부정의 증거를 찾으려는 시도 자체만으로 쓸데없는 오해와 억측을 낳을 수 있다.

"그라게. 고은돌이 잘허네이."

도두락이 모자 속으로 손가락을 넣어 머리를 긁적였다.

나는 저 멀리 김 선생 모습을 곁눈으로 살폈다. 어쩔 수 없이 신경이 쓰였다. 자신이 점찍은 젊은 피가 위력적인 공을 뿌려대자 연신 흐뭇한 표정. 선수 보는 눈이 틀리지 않았다고 자부하는 듯했다.

아웃카운트가 늘었고, 이닝이 흘러갔다. 고은돌의 수비 동작에서도 특별한 점은 없었다. 기연이 보내온 카톡이 더 답답하게 했다.

팀장님, 인간의 눈을 벗어난 영역이 아닐지요? 볼수록 눈알 빠질 것 같지 말입니다

바로 뭔가를 찾아낼 수 있으리라고 자신한 게 잘못인지도 모르겠다. 사건의 동기는 그렇다고 쳐도 방법은 아예 찾을 수가 없다. 어쩌면 사건 자체가 벌어지지 않았는데 사건으로 착각하는 것 아닐까. 야구는 생각보다 우연이 더 크게 지배하는 종목이다.

"그런데 형님, 랩터스는 왜 나왔어요?"

공수 교대 시간에 사무실에 들러서 캔 커피를 들고나와 건넸다. 도두락이 뚜껑을 따면서 답했다.

"별 거 아인디. 니도 알재? 내 여동생이 시집가서 미국 안 사냐. 거그서 이래저래 먹고살 만하다더라. 나도 이쪽 일 하믄 한 번이라도 더 들여다볼 수 있을 거 같기도 하고 그랑께. 뭐 운이 좋았제."

"그래서 말인데, 메이저리그 스카우트한테 뭐 하나 물어봅시다?"

"뭐여, 이 커피 와이로*냐."

"와이로는 무슨. 저기 스타즈 선발 강욱철, 무슨 약점 같은 거 없을까? 투구 습관이라든가. 형님이 그런 거 기막히게 찾아내잖아요."

"그거이 이 커피 하나 갖고 되겠냐? 허허. 인자 쿠세 같은 걸로 야구 하는 시대 아닌 거 니도 잘 알잖애. 그거이 얼마나 부정확하고 애매한 건디."

"그렇죠. 투수가 뭘 던질지 딱 알면 얼마나 좋을까."

"그런 무사븐 소리는 하지도 말어야."

어느새 경기는 세 번째 타석이 돌아왔다. 경기는 스타즈의 1대 0 리드. 강욱철은 6회까지 몽키즈 타선을 단 2안타로 틀어막고 있었다. 앞 타자가 어렵게 볼넷을 골라 만든 주자 1루 상황에서 고은돌이 타석에 들어섰다. 웬일로 백네트 뒤에 앉은 내게 눈길을 한번 쓱 주길래, 반가운 마음에 나도 모르게 손을 높이 흔들었다. 스타가 아는 척해주면 어쨌거나 보람차고 행복한 일이다.

눈에 힘을 주고 관람했더니 이제 침침하기까지 하다. 아무리 들여다봐도 막막한 어둠 속. 빛 한줄기 안 드는 심해에서 홀로 허우적대는 기분이다.

"경기가 쫄깃해서 그라나 왜 이리 답답햐."

팽팽한 투수전 열기 때문인지 살짝 후끈거리기는 했다. 도두락이 모자를 벗어들고 팔등으로 이마에 축축하게 맺힌 땀을 닦았다.

---

* わいろ, 뇌물이라는 뜻의 일본어.

휑하게 벗겨진 머리가 조명을 만나서 더 번들거렸다.

"아이고 형님, 그새 고생이 많으셨습니다."

내가 웃음보를 터트리자 도두락이 손바닥으로 정수리를 쓰다듬으며 담담하게 받아쳤다.

"다 맘고생이 심해서 안 그라냐. 어짜겠냐."

나와 세 살 차. 겨우 서른여덟. 투박한 말투와 방치한 외모 탓에 쉰 살은 족히 돼 보였다. 떠밀려서 이른 은퇴를 해야 했고, 이 바닥에서 생존하려고 눈칫밥 먹으며 견뎠을 나날을 생각하니 짠했다. 배려 없이 놀려먹은 내 입이 경솔했다.

강욱철의 속구 구속은 여전했지만 제구가 조금씩 흔들렸다. 뛰어난 투수는 많아도 완벽한 투수는 흔치 않다. 나도 모르게 고은돌을 감시하는 대신 응원하기 시작했다. 볼카운트가 스리볼까지 몰렸다. 배터리가 선택한 4구째는 카운트를 잡으러 들어오는 느린 커브. 타이밍도 각도도 나쁘지 않다고 생각했는데, 고은돌 방망이가 빠르게 돌았다. 오른 다리의 키킹 각을 키웠고, 브레이킹볼을 기다렸다는 듯이 걷어 올렸다. 타구는 둥실둥실 떠서 날아가더니 외야 펜스 오른쪽, 조미료 광고판 너머로 훌쩍 사라졌다.

역전 투런 홈런. 이보다 더 짜릿할 순 없었다. 몽키스 파크가 천둥소리로 뒤덮였다. 의혹이고 뭐고 지금 순간만은 그냥 즐기고 싶었다. 팔은 안쪽으로 굽는다. 어쨌든 우리 팀 아닌가. 재빨리 김 선생을 훑었다. 주둥이를 내밀고 욕을 내뱉는 모습이 고화질 동영상처럼 선명하게 보였다. 그 순간 다시 눈이 마주쳐버렸다. 김 선생이 얼굴이 바로 일그러지더니 자리를 박차고 일어났다.

도투락 형님도 쓴웃음을 지으며 곁에서 짐을 챙기고 있었다.

"가시게요? 강욱철이 맞았다고 너무 그러는 거 아닙니까? 하하."

"다 본 거 아니냐? 투구 수도 볼째 찼고. 직업으로 매일매일 야구 보러다니믄 다 이래 되는 거여. 허허."

인사를 나누는 둥 마는 둥 그라운드를 내려다보며 역전의 기분을 한참 만끽했다. 마음껏 소리 질렀다. 강팀을 상대로 한 뒤집기는 희열감이 두 배다. 도투락 형님 예상대로 바로 강욱철은 고개를 숙인 채 물러났다.

경기는 몽키스가 이겼다. 그것도 심장이 벌렁벌렁한 1점 차. 뭔가를 찾아내지는 못했지만 승리는 구단 전체 분위기를 들뜨게 만들었다. 강호 스타즈 상대 2연승이라니, 홍 단장도 신이 나 있을 게 틀림없다. 아니나 다를까 문자가 날아들었다.

별 팀장. 우리 또 이겨버렸네. 한 잔 안 할 수 없지 않나?

기연이 카메라 장비를 챙겨서 이쪽으로 걸어오고 있었다. 언제 엮였는지 그 뒤를 구 실장이 졸졸 따라붙었다.

* * *

야구단 직원들의 밤은 여느 직장인들과 다르다. 대부분의 회식이 끝날 무렵이, 바로 회식 시작 시간이다. 밤 11시에 들이붓는 술과 기름진 음식은 살이 찌는 지름길이다. 야구 기자가 된 첫해, 밤마다 야구 이야기를 나눌 상대를 찾아다니는—어차피 몇 명 없었지만—통에 몸이 엄청나게 불었던 기억이 난다.

그런데, 오늘은 왜 또 곱창인 걸까. 고소한 냄새보다 번들거리는 시각적 이미지와 자글자글 소리만으로도 벌써 침이 고였다.

홍 단장이 쉴 새 없이 곱창들을 이리저리 뒤집으며 접시에 담았다. 집게를 쥔 빨간 손톱이 오늘따라 튀어 보였다. 확실히 짜릿한 승리의 기억은 술을 더 달게 만든다. 갑자기 만들어진 자리지만 분위기가 금세 흥겨워졌다.

"그러니까, 재철 에이전트님이 보기에 오늘의 승부처가 어디라고요?"

"네, 단장님. 바로 7회 중견수 대수비 우효민의 투입이었죠. 1점차 승부에서 넓은 외야를 커버하는 대수비의 존재라니. 쉬워 보이지만 8회 좌중간 타구, 보통 중견수라면 빠뜨릴 수 있었는데 너무 쉽게 잡더라고요. 물론, 그 외야수를 데려온 지난겨울의 기막힌 트레이드 덕분 아니겠습니까. 단장님의 안목 대단하십니다."

어라? 구재철이 원래 이런 스타일이었나. 남 비위 맞추는 소리는 죽어도 못하는데 세상이 바뀌고 사람도 바뀌는 건가. 오늘 술자리도 그렇다. 굳이 낄 자리가 아닌데 단장님께 꼭 인사드리고 싶다며 합석을 간청했다. 김명일 선수 팬클럽 회장인 기연에 대한 관심도 과한 것 같고. 새로 사업을 시작했고 또 몽키스와 연관이 있다 보니 적극적으로 움직이는 거야 당연하지만 약간 달라붙는 느낌이랄까.

홍희 입꼬리가 살짝 올라가는 게 보였다. 잘난 척하기의 기본,

턱까지 쳐들었다.

"단장이라면 빌리 빈처럼 냉정해야 하는데 저는 칭찬 들으면 그게 잘 안 되는 거 있죠."

나도 모르게 심술이 생겼다.

"저기, 단장님? 그때 그 트레이드 성공은 여기 기연 씨의 '은닉 폭탄주'*가 결정적이지 않았나요?"

구재철 눈이 동그래진다.

"폭탄주요? 은닉이요?"

아차차 말실수. 에이전트 앞에서는 함부로 떠들면 안 된다. 특히 선수 영입 뒷얘기는 절대로. 바로 소문이 퍼져나가고 과장돼 뉴스에 실린다. 또 누군가는 상처를 받게 되고. 급히 얼버무렸다.

"더 구체적인 이야기는 영업 비밀. 하하."

"맞네. 다 폭탄주 때문이었죠. 그럼 기념 삼아 오늘도 한 번 말아 볼까요?"

홍 단장이 날렵한 손동작으로 소맥을 제조했다. 빨간 손톱으로 쥐고 감아 돌리는 잔 속에서 하얀 회오리가 일었다.

"에이전트님부터 한잔, 이거 한 번 마시면 다른 폭탄주는 못 먹을 수도 있답니다."

"단장님, 영광입니다."

구재철이 벌떡 일어나 두 손으로 잔을 받아들었다.

---

* 『수상한 에이스는 유니폼이 없다』 중 2막 「악마의 리스트에는 마구가 숨어있다」 참조.

"지난 겨울밤의 주인공들도 한 잔씩."

홍희가 두 잔을 더 만들어 나와 기연에게 건넸다. 불판 위에서 부딪히는 잔 너머로 거품이 튀어 올랐다.

야구는 9회 27번째 아웃카운트로 끝나지 않는다. 조명탑의 불이 꺼졌어도, 이글거리는 불판 위에서 야구 이야기가 이어지는 동안 야구는 끝난 게 아니다. 여기뿐 아니라 팬들이 모여 있는 어딘가에서 야구는 계속된다. 야구는 이야기를 만들어내고, 그 이야기가 다시 야구로 이어진다. 야구를 이야기답게 만드는 것은 그라운드 안에서 공정한 경쟁을 전제로 한다. 어딘가 기울어진 상태로, 누군가 부당하게 유리한 위치에 서서 펼치는 플레이는 이야기로서의 존재 기반을 잃는다. 짜여진 각본대로 펼쳐진 야구는 더 이상 야구가 아니다. 생각이 여기까지 이어지자, 고은돌 플레이의 잔상이 떠오르면서 시원하던 소맥의 마지막 목 넘김이 텁텁하게 느껴졌다.

"근데, 팀장님. 아까 김 선생 그 인간 얼굴 봤죠? 속이 다 시원하더라니까요."

구재철이 소매로 입가의 거품을 닦으며 물었다.

"어머 씨발, 뭔 재밌는 일이 있었나요?"

홍희가 술을 마시다 말고 나를 바라봤다. 시원한 욕설에 구재철이 흠칫 놀라는 표정이다. 나도 모르게 목소리가 커졌다.

"고은돌이 스리볼에서 때린 홈런 때문에 강욱철이 무너졌잖아요. 그때 김 선생 얼굴이 완전 똥씹은 표정이었다고. 얼굴이 붉으락푸르락하더니 자리를 박차고 나가더라니까. 우리 은돌이가 시원하게 한방 멕였죠."

홍희까지 들떴다.

"캬! 승리뿐만 아니라 빅엿까지. 역시 고은돌은 여러 사람을 시원하게 해주는 재주가 있어. 딱 필요할 때 주인공처럼 나타나서는. 타고난 스타성이라고 해야 할까. 강팀에 강한 것 역시 꼭 홍길동 느낌이잖아. 그쵸?"

구재철이 다시 술을 한 잔 털어놓았다. 안주도 없이 씁쓸히 입맛을 다셨다.

"제가 현역 때 가지지 못한 게 그겁니다. 스리볼에서 과감하게 방망이를 확 돌릴 수 있는 자신감. 아무래도 재능이 떨어지다 보니까 타석에서 이것저것 생각이 많았거든요. 강점을 알리기보다 내 약점을 어떻게 감출지만 급급했던 것 같고, 그러다 보니 저랑 비슷한 스타일의 후배들을 보면 이상하게 약점이 눈에 확 들어오는 거 있죠. 어떤 걸 고민하고 있구나, 뭘 감추려고 하는구나. 일류가 아닌 이류들이 갖고 있는 콤플렉스가 마치 귀신처럼 딱 보이더라고요."

"정말요? 귀신처럼?"

기연이 소주병을 좌우로 흔들어 폭풍 회오리를 만들면서 되물었다.

"네. 저처럼 약점을 감추려고 애쓰는 사람들은 그 애쓰는 게 드러날 수밖에 없으니까. 근데 고은돌 같은 부류는 그런 게 하나도 없어요. 애쓰지 않아도 자연스러움이 절로 묻어나오니까. 보통, 사람들이 심리적으로 편안하게 느끼는 물리적 거리가 있잖아요. 그 선을 넘으면 움찔하거나 경계할 수밖에 없는데, 거길 못 들어오게 해도 어색하지 않고 이상하지 않은 사람들이 일류예요. 소고기로 치자면 투플러스 등급. 저 같은 사람은 그냥 곱창이고. 하하. 고은 돌도, 여기 단장님도 그게 느껴지지 않을 만큼 자연스러움이 배어 있어요. 콤플렉스, 상처 같은 것 없이, 너무 자연스러운 고급. 죄송합니다. 초면에."

살짝 취기가 오른 구재철이 과하게 진지해졌고, 홍희를 향해 허리를 꾸벅 숙였다.

"에이, 뭘 그런 걸 갖고. 하지만 정확히 보셨어요. 제가 욕은 입에 달고 살아도 좀 고급지긴 하죠. 굳이 재벌가 딸이라서가 아니라. 하하."

역시 능란한 대처. 구재철이 부러워하는 자연스러움이란 게 이런 걸까. 감탄하고 있는데 홍희가 젓가락을 세우며 말을 이었다.

"근데 곱창이 꼭 나쁜 건 아니랍니다. 모든 소고기는 곱창이 흡수한 영양분으로 좋은 마블링을 만드는 거니까. 그리고 제가 겉모습처럼 완벽하지 않을 수 있어요. 콤플렉스를 꺼내놓지 못할 만큼 더 큰 콤플렉스를 품고 살 수도 있는 거니까. 자, 그런 의미에서 한잔 더."

홍희가 재빨리 잔을 다 끌어모아 능숙하게 술을 섞기 시작했다.

"다들 이번이 네 잔째인가요. 고은돌이 스리볼에서 홈런 쳤으니까, 우리도 이번에는 무조건 풀스윙이지 말입니다. 스리 모금에 원샷!"

나도 따라 원샷을 외치며 고개를 젖히고 손목을 꺾었다. 옛날 같으면 술술 삼켰을 소맥이 자꾸 목에서 걸리는 느낌이 들더니, 결국 풉 소리와 함께 입 밖으로 튀어나왔다. 홍희가 건네는 냅킨을 받으며 저 빨간 손톱처럼 내 얼굴이 벌게졌을 거란 생각이 들었다. 술이 취해서인가 아니면 부끄러워선가. 나도 스리볼에서는 풀스윙이 안 되는 건가. 아니, 이제 원샷도 불가능한 나이가 된 건가 하는, 그런.

* * *

"다들 몽모닝입니다."

홍 단장이 밀고 있는 몽키스 인사다. 어젯밤의 소맥 파티가 꽤 길었음에도 회의실에 들어서는 모습은 흐트러짐 하나 없다. 자신의 모습이 타인에게 늘 어떻게 비쳐야 하는지 몸에 밴 채 자라서겠지. 두개골이 깨질 듯한 숙취 때문에 완전 정신줄을 놓고 있는 나와는 딴판이다. 기다시피 겨우 회의에 나오긴 했지만 속이 부글거리면서 자꾸 트림이 나왔다.

"단장님, 손톱 다시 하셨지 말입니다."

눈썰미 좋은 기연이 바로 알아챘다. 내 눈에는 똑같아 보이는데 역시 예리하다.

"기연 씨, 이거 비밀입니다. 연승 중인데 괜히 다듬은 거 알려지면 징크스가 어쩌네 하면서 오해 사요. 대신 빨간색만 그대로 맞췄어요. 지금의 핫한 기운 쭉 이어갈 수 있도록."

홍 단장과 민 대리, 나와 기연이 회의실에 모였다. 이번 사건에는 고은돌의 약자를 따서 'K 스나쌩 게이트'라는 이름이 붙었다.

전날 경기를 현장에서 꼼꼼히 살폈지만 얻은 정보는 거의 없었다. 기연이 촬영한 상대 내야수들의 손발 움직임과 고은돌이 타격한 구종 패턴이 딱 맞아떨어지지 않았다. 증거 찾기가 쉽지 않으리라 생각은 했지만, 바로 벽에 막히자 막막함이 밀려왔다. 무엇보다 가장 큰 문제는 스타즈에는 이른바 '몽나쌩'이 없다는 점이다.

"의혹이 게이트가 되려면 상대 센터 내야진과의 거래가 필요한데, 그 흔적이 보이지 않습니다."

민 대리가 노트북 자료를 회의용 스크린에 띄우면서 말을 이었다.

"여기 보시면 스타즈 유격수와 2루수 모두 올 시즌 우리 상대로 OPS가 영 별로예요. 유격수 남재우는 딱 평균이고, 수비형이라고 할 수 있는 이창섭은 오히려 더 떨어집니다. 중견수가 그나마 좀 나은 수준이긴 한데 오차범위 내의 변화라고 보여집니다."

"그렇다고 아무런 보상 없이 고은돌에게만 사인을 가르쳐 준다는 것도 말이 안 되죠. 정말 그냥 운이 아닐까요? 야구의 신이 도와주는? 그럼 아무 문제 없는 거잖아."

홍희가 희망을 부풀리며 꺼낸 말이지만 야구의 운에는 한계와 범위가 있다. 지금 고은돌 기록은 그 허용 범위를 넘어섰다.

답답함에 한숨을 내쉬는 순간, 뱃속 깊은 곳에서부터 숙취가 폭발하면서 그만 걸쭉한 트림이 나와버렸다. 깔끔한 이미지에 금이 갈 정도로 민망한 상황이었다.

"그, 그나저나 어젯밤 다들 잘 들어가셨는지? 고은돌 스리볼 홈런 기념 스리 모금 원샷했다가 발동이 걸려서. 신났지만 힘드네요. 하하."

상황 수습하는 변명이 옹색해 얼굴에서 진땀이 났다.

"설마 저 빼고 한잔하신 건가요? 스리 모금 원샷은 또 뭡니까?"

민 대리가 입을 삐죽댔다.

"그게 말입니다. 소주 1.5, 맥주 3.5 비율로 잔을 가득 채운 뒤 세 번 꿀꺽해서 싹 다 마셔 없애버리는 겁니다. 근데 첫 잔부터 우리 팀장님이 콜록콜록 뿜으셔서."

기연이 눈치 없이 조잘대자 더 창피한 상황이 됐다.

"아니 그게, 준비가 잘······. 원래 세 모금에 잘 안 마시······."

갑자기 묘한 생각이 머리를 스쳤다. 잔을 가득 채운 소맥을 세 모금에 넘기기는 사실 힘들다. 그럼 스리볼에 때린 홈런은?

"민 대리, 지금 몽키스 데이터 시스템 접속되지? 거기서도 최근 몇 년 치 리그 데이터 접근 가능하지?"

"네. 다른 경기의 피치 바이 피치 데이터*뿐 아니라 트래킹 데이터**도 모두 모아놓으니까요."

"그러면 스리볼에서 때린 홈런 숫자부터 좀 살펴봐 줘."

민 대리가 바로 능숙하게 키보드를 두드렸다. 상황과 조건을 입력하자 거기에 맞는 결과물이 동영상과 함께 쏟아졌다. 몇 초 걸리지 않아 목록이 화면에 떠올랐다.

"지난 시즌 내내 스리볼에서 나온 홈런은 겨우 세 개밖에 안 돼요. 일반적으로 다들 공 한 개 정도는 지켜보잖아요."

---

* 투구 1개 마다 결과를 기록한 데이터.

** 공 추적 시스템을 활용해 공의 세부 움직임을 기록한 데이터.

"게다가 고은돌은 커브를 때려서 넘겼다고. 통쾌하긴 했지만 어딘가 찜찜하다 싶었는데."

역시 홍 단장의 눈 역시 예리하다. 주변에서는 '야'자도 모르는 재벌 집안 따님이라고 수군대지만 야구에 대한 이해도가 만만치 않다.

"민 대리, 그럼 스리볼에서 나온 2루타 이상 장타를 다 합해봅시다. 그리고 그중 속구가 아닌 공을 때려서 만든 장타가 몇 개나 되는지도 살펴보고."

다시 키보드 두드리는 소리가 이어졌고 새 목록이 화면에 떠올랐다.

"속구가 아닌 공은 딱 한 개 있네요. 그리고 이건 커터를 때린 건데 이때 투수가 공태우입니다. 아시다시피 공태우 선수는 커터만 던지는 원피치 투수예요."

"한 시즌 통틀어서 스리볼에서 속구가 아닌 공을 때려 만든 장타가 한 개. 그것도 커터 같은 빠른 공이 아니라 느린 커브를 때려 만든 홈런이라. 우린 어제 아주 진귀한 홈런을 목격한 거라고 해도 되겠네."

"어머 씨발. 그걸 축하하기 위해서 소맥을 말았고 원샷을 했네."

"단장님. 아시겠죠? 제가 소맥을 못 넘기고 뿜은 건 나이가 들어서가 아니라 내 안의 야구 본능이 느낀 거죠. 뭔가 찜찜하다는 걸 말입니다."

"어이구, 신발 팀장님 그러셔요. 그건 그렇고 기연 씨, 고은돌과 스타즈 내야진 사이의 학연 같은 건 없었나요? 초중고가 아니면 리틀이나 대학이나 어디든."

"안 그래도 싹 뒤져봤는데 연결 고리는 안보이지 말입니다. 그렇다고 휴대전화를 뒤져서 친구 사이를 확인해 보기도 어렵고."

기연이 답답한 듯 고개를 크게 저었다. 아직 남아 있는 술기운 때문이었을까. 나도 모르게 탁자를 탕 두드리며 호기롭게 외쳤다.

"그럼 직접 돌파하는 수밖에 없지."

"팀장님, 통신기록 영장은 진짜 범죄가 일어나야 가능합니다. 우리가 아니라 사법기관에 주어지고 말입니다."

"내 말이 그거야. 영장이 없으니까 고은돌의 휴대전화를 직접 들여다보는 수밖에 없다고."

"설마 훔치시려고?"

"기자 시절 쓰레기통은 좀 뒤졌지만 그 이상 선은 넘지 않았어. 그렇게 할 수도 없고."

"비밀번호는 어쩌시려고?"

"그러니까 스스로 풀게 만들어야지. 일단 해장부터 좀 하지."

"신발 팀장님이 뭔가 근사한 계획이 있으신 모양이네. 얼른 따끈한 국물로 속 풀고, 'K 스나쌩 게이트'도 풀어주시죠. 저는 다른 급한 일정이 있어서 이만."

홍 단장이 기대에 찬 눈빛을 반짝였다. 내 태도가 너무 자신감 넘쳤던 모양이다.

* * *

"그렇지. 최도원 작전을 다시 한번 쓰자는 거지. 중요한 임무야. 꼭 좀 부탁해."

통화를 끝내자마자 구장 내 지하 주차장으로 달려갔다. 낡아빠진 K5 옆에 기연과 키 큰 남자가 서 있었다. 꾸벅 인사를 하길래 보니 어젯밤 함께 달린 구재철이었다.

"너무 자주 보이는 거 아냐. 이러다 몽키스 선수들 다 빼가겠어."

"하하. 어제 과하게 얻어먹어서 해장 점심 사러 온 겁니다. 팀장님 덕분에 단장님까지 소개받고 큰 힘이 됐습니다. 자신감도 생기고요."

역시 사람이 참 착하다. 도움 하나 받았다고 바로 보답하려고 한다. 그 정도까지 감사할 일은 아닌 듯한데.

기연이 시동을 걸자 크르릉 엔진음이 울렸다.

"구 실장. 기연 씨 태권도 유단자인 거 알지? 근데 운전 실력이 태권도 실력보다 더 나아. 웬만한 카레이서 뺨쳐. 안전띠 잘 매라고."

구재철이 벙찐 표정을 짓는 순간 기연이 액셀을 밟았다. 10만 킬로도 더 달린 차를 끌고도 좌우 턴의 타이밍이 최적의 속도와 어우러지면서 칼 각도를 만들어냈다. K5는 자칫 드리프트를 할 듯한 움직임으로 도로 위를 쭉 미끄러져 나갔다.

낡은 차 특유의 익숙한 진동 속에서, 사건 해결을 위해 할 일을 머릿속에 순서대로 정리했다. 일단 흩어져있는 사실들을 연결하는 고리부터 찾아야 한다. 그다음에는 그 고리를 입증할 증거 확보. 모처럼 기자 시절로 돌아가 취재 수첩을 펼치고 싶어졌다. 하나라도 논리적으로 이어지지 않으면 기사로서 가치 상실이다. 당당하게 자신의 바이라인을 적어 넣을 자격이 없다. 그게 기자의 역할이고 책임이라고 배웠다. 순수한 야구팬들이 배신감에 치를 떨지 않도록, 최대한 빨리 진실을 밝혀내야겠다고 마음먹었다.

"그나저나 회사 이름이 왜 빅 디퍼 인가요?"

기연이 전방에 시선을 고정한 채 물었다. 나도 궁금증이 생기던 참이었다.

"그게, 빅 디퍼는 큰 국자인데 북두칠성 자리를 뜻합니다. 좋은 선수를 국자로 푹푹 떠서 성공시키겠다는 뭐 그런 뜻?"

구재철의 설명에 내가 좀 더 아는 척을 하며 덧붙였다.

"구 실장이 부끄럼이 많아서 자세히 얘기 안 하는 것 같은데 더 깊은 뜻이 있지 않을까? 북두칠성 여섯 번째 별을 미자르라고 하잖아. 그 미자르 옆에 사실은 작은 별이 하나 더 있어."

"팀장님, 혹시 그게 옛날 로마제국이 병사를 뽑을 때 시력 검사용으로 사용했다는? 그 별 옆에 있는 작은 별을 볼 수 있느냐 없느냐를 따졌다지 말입니다."

"기연 씨 말이 맞아. 그래서 그 미자르를 알코르 앤드 미자르라고 부르기도 하고. 빅 디퍼는 그처럼 잘 안 보이는 별을 찾아서 멋진 별로 만드는 게 목표거든. 구 실장의 탁월한 눈썰미가 그걸 할 수 있는 원동력이고."

뒷자리의 구재철이 차창 옆 손잡이를 잡고 크게 웃었다.

"다들 너무 하신 거 아닙니까? 저보다 더 멋진 해석을 하시다니. 사실 이름만 그렇게 지어놓고 부끄럽습니다. 아직 별이 하나도 없는 신생 회사인데."

"아냐. 그런 마음가짐이 우리 야구를 빛내는 일이라고 생각해. 구 실장, 부끄럼을 좀 줄여. 대표님인데 자꾸 실장님 명함 파서 돌리지 말고."

"그 부분은 제 원칙이 확고합니다. 빅 디퍼의 대표는 당연히 선수님들이 돼야 하고, 저는 그 선수님들을 돕는 실장이 딱이죠."

"그래서 구 실장이 더 멋진 거야. 김 선생이라고 불러달라고 강요하는 악당과는 완전히 다르지."

"아이고, 재수 없는 인간 애기는 꺼내지도 마시죠."

* * *

"팀장님, 커피는 진짜 제가 쏩니다."

아무래도 찾아온 손님에게 점심값을 내도록 놔둘 수 없어 먼저 계산했더니 구재철은 끝내 불편했던 모양이다. 우리를 끌고 간 곳은 호수공원 앞의 신축 호텔 레이크힐. 조미 그룹 계열사에서 운영하는 곳으로 몽키스와 경기하러 오는 모든 지방 구단들의 원정 숙소이기도 하다. 야구와 관계 깊은 곳이지만 정작 몽키스 구단 직원이 이용할 일은 거의 없다.

"여긴 너무 비싸서……. 계열사 직원 할인 쿠폰 없으려나요?"

고급스러운 분위기에 압도당한 기연이 입을 쩍 벌리며 말했다.

로비 입구에 '스타즈의 승리를 기원합니다'라는 커다란 현수막이 걸려있다. 다음 주에는 '랩터스의 승리를 기원합니다'라는 현수막으로 바뀔 터였다. 층고가 높아 개방감을 주면서도 세련된 로비가 모습을 드러냈다. 구재철이 호텔 직원처럼 능숙하게 안내했다.

"이쪽으로 오시죠. 저희 야구인들은 아무래도 원정 숙소들이 익숙해서요. 커피를 팔아줘도 야구에 도움 주는 업체 커피 마시는 게 인지상정이랄까, 넓은 의미의 스포츠맨십이랄까. 하하."

"그렇지. 우리도 소주는 야구단 계열사인 '그때처럼', 맥주는 '카우스'를 마시잖아."

로비 구석의 커피숍은 시원했다. 물론 가격은 프랜차이즈와 비교할 바가 아니다. 푹신한 의자와 고풍스러운 원목 테이블은 그 자체만으로 사람을 나른하게 만들었다. 하지만 호사의 쾌감은 잠시였다. 역시 내 촌스러운 엉덩이는 야구장의 딱딱한 플라스틱 의자가 더 익숙하고 편하다. 물론 홍 단장은 이 호텔의 시원함과 야구장의 뜨거움 사이를 자유자재로 넘나드는 능력을 지녔고. 바쁘다는 일은 무엇일까. 이번 일과 관련이 있을까. 바로 머리를 흔들었다. 아니다. 지금은 닥친 일에 집중할 때였다.

"주문하시죠? 팀장님은 자나 깨나 '얼죽아'이시고, 기연 님은 아이스 카라멜 마끼아또로 할까요?"

"숙취 때문인지 당이 당기네. 내가 아이스 카라멜 마끼아또 먹을게."

"술 마신 다음 날 당까지 때려 넣으면 다이어트가 폭망입니다. 전 아이스 아메리카노 하겠습니다."

구재철 눈빛이 살짝 당황했다. 타인의 음료 선택까지 챙길 필요가 없는데 디테일의 과잉. 평생을 야구와 살았다. 막 사업을 시작했고 친절해야 한다는 강박증 탓일까. 본인 말대로 바로 약점을 내보이고 말았다. 타자로 치면 떨어지는 공에 헛스윙하는 모양새다. 그가 아직 현역이고 내가 타격코치라면 한마디 해주겠지만 지금 해줄 말은 없어 보였다. 더 열심히 사회생활을 하고, 더 다양한 사람들을 만나면서 대인관계의 유연함을 스스로 체득하는 수밖에.

달콤한 액체가 몸속에 들어가자 그제야 긴장이 풀렸다. 이어지는 녹진함. 그리고 술이 깨면서 일시에 몰려오는 배설의 욕구. 다급히 화장실이 생각나는.

"볼 일이 생겨서. 잠시 실례."

두리번거리며 화장실을 찾는데 연결 통로 쪽 대형 화분이 늘어선 너머로 익숙한 실루엣이 보였다. 숱이 사라진 머리와 쉽게 감춰지지 않는 커다란 덩치. 어제 만난 도두락 형님이었다. 다가가서 인사를 하려다가 절로 멈칫. 표정이 자못 심각할뿐더러 마주 선 사람이 스타즈 2루수 이창섭이다. 둘의 연결고리가 선뜻 떠오르지 않는다. 메이저리그 스카우트가 평범한 베테랑 선수를 메이저리그에 보낼 가능성은 희박하다. 무슨 일인지 바로 호기심이 생겼다. 벽 쪽에 바짝 붙어서 무릎을 굽히고 조심스레 귀를 기울였다. 목소리가 낮아서 또렷하게 들리지는 않지만, 도두락이 이창섭을 다그치는 분위기다.

"바보맹키로, 은제까지 그래 할라고. 니도 니 할 일을 제대로 해야 할 거 아니여."

"그게, 저도……. 상황이……."

이창섭이 뭐라고 중얼대는데 내용이 명확하지 않았다. 분위기로 짐작할 수 있는 건 스카우트와 선수 사이의 업무 내용은 아니라는 점. 뭔가 사적인 느낌이 강하다. 정보든 뭐든 아쉬운 쪽은 도두락 형님이라야 하는데, 오히려 이창섭이 전전긍긍 밀리는 모양새다.

최대한 귀를 세워보지만 둘의 대화 소리가 더 낮아졌다. 심각한 분위기 속에서 간신히 주워들은 단어는 '안경'이었다. 안경이라……. 오래전 많은 팬들의 마음을 두근거리게 했던 야구만화 H2의 대사가 떠올랐다.

'안경 쓴 포수는 조심해야 한다고.'

안경 쓴 2루수가 있었나 하고 생각하던 중 다시 속이 부글부글 끓어올랐다. 몹쓸 놈의 숙취. 더 듣고 싶어도 들을 수가 없었다. 쪼르르 화장실로 달려갔다.

* * *

호텔 공기가 더는 차갑게 느껴지지 않았다. 더워지는 날씨도, 에어컨 바람도 금세 익숙해지는 계절이다. 자리로 돌아왔을 때 구재철은 기연과 스탯 관련 대화를 나누고 있었다. 서른두 살의 건강한 남자는 현장 분위기를 읽는데 능하고, 스물여덟의 건강한 여자는 숫자와 영상을 통해 정보를 조합하는 데 익숙하다. 둘이 머리를 맞대고 야구 얘기에 빠져있으니 낯설면서도 또 어울리는 그림이다. 자리를 비켜줘야 하나 싶을 정도로.

"흠흠, 구 실장. 끼어들어서 미안. 스타즈 이창섭 있잖아. 어떤 선수일까? 준수한 수비 능력을 갖춘 안정적 내야수라는 이미지는 모두에게 잘 알려진 내용이고. 소리 없이 강한 스타일?"

"그렇죠. 안정적이죠. 지나치게 안정적이어서 문제죠. 수비는 진짜 좋아요. 요즘 야구에서는 2루 수비 능력이 중요하잖아요. 무엇보다 위치 선정이 빼어나요. 겉으로 잘 안 드러나지만 우리 눈에는 보이는 거죠. 어제 경기도 스타즈 선발 강욱철이 잘 던진 것도 있지만, 1, 2간*으로 빠져야 했던 타구가 여러 개 이창섭한테 정확히 걸렸잖아요. 근데, 다만."

"다만? 무슨 문제라도?"

"지나치게 에프엠입니다. 고지식한 원칙주의자라고 할까. 친구한테 들었는데 경기 전에 다른 선수 글러브에 손을 대지 않는데요. 글러브에 대한 감각이 달라질까 봐. 주변 정리도 엄청 깔끔하고. 달리 보면 조금 피곤하죠."

기연이 아는 체를 했다.

"팬클럽에도 소문이 돌았는데 비슷한 이미지지 말입니다. 사인하나 하는 데 일 분씩 걸린답니다. 하도 각 잡고 해서 팬들이 기다리다 지칠 정도라고. 이런 말이 있어요. 이창섭의 사인은 사인이아니라 각인이다."

"구 실장은 이창섭 관심 없어? 곧 FA 되잖아. 공격이 화려하지 않으니 큰 계약을 따내긴 어렵겠지만 빅 디퍼에 어울리는 스타일

---

* 1루와 2루 사이의 공간.

아닌가. 실속형의 성실한 내야수. 눈에 띄지 않지만 잘 닦으면 반짝반짝 빛날 수 있는."

"저도 사실 알아보지 않은 건 아니거든요. 그런데 소속사가 어딘지 아세요? 김 선생네 회사예요."

"에? 거긴 큰돈 안 되는 선수들은 거들떠보지도 않잖아?"

"그러니까 이상하죠. 분명 안 어울리는 데 뭔가 이용 가치가 있다고 본 건가. 그 인간이."

"혹시 메이저리그 갈 가능성이 있는 걸까?"

"에이, 설마요."

구 실장이 웃으며 바로 손사래를 쳤다. 나도 말은 그렇게 했지만 불가능하다는 건 잘 안다. 제아무리 수비의 달인이라도 최근 세 시즌 OPS*가 0.7 이하로는 명함조차 못 내민다. 마이너리그에는 수비만 되는 내야수가 수두룩하다.

"근데 갑자기 왜? 뭐 얘기라도 들으셨나요?"

구재철이 호기심 어린 눈빛으로 되물었다.

"화장실 가다가 우연히 뒷모습을 봤거든. 그러니까 문득 생각나서. 역시 호텔이 좋긴 좋다. 슬슬 들어가 봐야 할 시간인데 일어나기가 싫으니."

차가운 커피가 담긴 유리잔에 이슬이 맺혀 흐르고 있었다. 이창섭과 도두락, 그리고 김 선생. 뭔가 잘 맞지 않는 조합이라는 생각

---

* On-base Plus Slugging. 출루율+장타율 기록으로 타자의 공격력을 살피는 기록이다. 대개 0.7 정도가 리그 평균이다.

이 들었다. 그런데 도두락은 왜 긴 걸까.

* * *

"어떤 새끼가 흘린 거야. 라커룸 안의 얘기가 이렇게 쉽게 밖으로 나가면 이게 팀이냐. 팀이야!"

베테랑 이한준이 입에 거품을 물었다. 《서울스포츠》 손은재가 쓴 기사가 문제의 발단이다. 최근 강원도 지역에서 발생한 산불 관련 성금을 모으는 과정에서 몽키스 선수들 간 갈등이 있었다는 내용. 상조회비에서 일정 금액을 내는 쪽으로 가닥이 잡혔는데, 고액 연봉자들이 더 많이 내야 하는 것 아니냐는 주장이 나왔고, 이를 두고 라커룸에서 다툼이 생겼다고 돼 있다. 하지만 실제로 다툼까지는 아니었고 고연봉 선수가 더 내야 한다는 의견 역시 저연봉의 어린 선수들이 아니라 이한준이 먼저 꺼냈다. 그러니까 기사에 '뻥튀기'가 있었다.

"한준이 형, 이건 누군가 밖에다 나불대서 뒤통수친 거라고. 특단의 조치가 필요해요."

곁에서 투수조 고참 성신영까지 간죽대며 거들었다.

라커룸 분위기가 싸늘해졌다. 고충 처리 담당인 내가 불려 온 것은 일종의 심판을 맡아 달라는 뜻이었다. 이한준이 직접 요청했다. 누가 라커룸 안의 내밀한 이야기를 밖에, 그것도 악의적으로 흘렸는지 찾아야겠다는 의지가 담겼다.

나에 대한 신뢰를 떠나서, 이런 식의 강요는 전근대적인 느낌이어서 편치 않았다. 하지만 라커룸의 주인은 선수들이다. 그들 방식을 존중해주고 싶었다.

"자, 어쩔 수 없다. 어제 그 얘기 나왔을 때 들었던 사람들은 지금 다 모여 있으니까 확인하자. 다들 휴대폰 까. 여기 신 팀장님이 확인해 줄 테니까."

이한준의 한 마디에 선수들이 모두 고개를 끄덕였다. '내가 그러지 않았다'라는 단호한 눈빛이었다. 도대체 어떤 놈이야 같은 불만한 마디 나오지 않는 것만으로도 이 팀은 단단하다는 생각이 들었다. 이런 분위기를 가진 팀이 과거에 또 있었을까 싶으면서, 가슴 한쪽이 아릿해졌다. 잠금장치가 풀린 휴대전화 20여 개가 모였다. 눈이 휘둥그레진 기연이 곁에서 목소리를 낮춰 말했다.

"세상에. 이런 방식이 있었군요."

"응. 최도원 작전이라고 부르지, 이걸."

초짜 기자 시절, 스타즈를 담당할 때였다. 여기저기 가십거리라도 열심히 뒤지던 중 팀 훈련 일정에 대한 불만의 목소리를 캐치했고 그걸 단독 기사로 썼다. 당시는 스타즈의 암흑기여서 여기저기서 잡음이 안 나올 수가 없었다. 그로부터 얼마 뒤 친하게 지내던 포수 최도원으로부터 전화가 왔다.

"너 때문에 나 엿됐다."

"형, 그게 뭔 소리예요?"

"너 잘못은 아니고, 하여간 그렇게 됐다."

나중에 들어보니, 내가 쓴 기사 때문에 구단 홍보팀은 물론 그룹 홍보팀까지 난리가 났다. 스타즈 모기업의 사훈은 '인화'와 '의리'

였다. 성적도 바닥인데 팀 내 갈등까지 불거지면 그룹 전체 이미지에 타격이 크다는 이유였다.

결국 구단 차원의 색출 작업이 이뤄졌고 이 과정에서 선수들 휴대전화 확인이 있었다. 마침, 기사가 나오기 직전에 최도원의 통화 기록에 내 번호가 있었다. 기사의 팩트를 전달해 주지는 않았지만 팀 내 불만이 있다는 얘기는 오고 갔다. 실제 기사 내용은 팀 내 코치한테 확인했는데, 애먼 사람에게 불똥이 튀었다. 그때는 한참 야구에서 포수 역할이 궁금하던 때여서 최도원과 친하게 지냈고, 구단 주변에서 그 사실을 아는 이들도 여럿이었다. 최도원은 결국 잠시 2군에 내려가야 했다. 정말 미안하다고, 오해 사게 돼 죄송하다고 했지만 최도원은 되레 나를 위로했다.

"내가 홈런 30개 치는 포수였으면 2군 갔겠냐. 빠따 못 치는 포수는 항상 1군보다 2군이 더 가까운 법이다."

그때 일을 이렇게 응용해서 써먹게 될 줄 몰랐다. 도원이 형, 다시 한번 감사. 나를 믿고 무리한 작전을 펼쳐준 이한준도 감사. 밑밥을 위해 뻥튀기 기사를 써준 손은재에게도 감사.

휴대전화 통화 목록을 확인하는 일은 일종의 속임수다. 다들 폰을 자신 있게 까는 이유도 사실 유출자가 없었기 때문이다. 핵심은 고은돌이 누구와 자주 통화하고 연락하느냐는 점이다. 눈에 띄는 이름이 나온다면 'K 스나쌩 게이트'는 의혹에서 사실 쪽으로 더 기울 수밖에 없다. 차례차례 전화기를 살피는 척하는데, 기연이 하나를 내 쪽으로 민다.

"이건, 팀장님이 확인을……. 덕질은 덕질에서 끝나야지, 너무 깊이 들어가면 환상이 깨질 수 있지 말입니다."

김명일의 휴대전화다.

"현명한 선택이야."

휴대전화를 넘겨받으며 손가락을 딱 튕겼다.

김명일의 통화 목록은 그야말로 단순함 그 자체였다. 홍보팀 민 대리와 통화가 잦은 걸 보면 세부 스탯에 대한 관심이 어디서 나왔는지 짐작된다.

이제 문제의 고은돌 휴대전화를 들여다볼 차례다. 최근 1주일간 통화 목록과 카톡 대화방들을 살폈다. 별로 깊이 살피지 않아도 눈에 띄는 이름이 있었다. 곁에서 들여다보던 기연도 고개를 끄덕였다. 통화 목록에 자주 등장하는 인물의 이름은 '김갔어'였다.

* * *

"그런데, 김갔어가 누구지?"

홍 단장이 눈을 동그랗게 뜨고 물었다. 야구장 내 구단 임원용 스카이박스에서 스나쌩 비밀회의가 열렸다. 최도원 작전을 통해서 고은돌과 '김갔어'가 연결돼 있을 가능성을 막 확인한 참이었다.

"단장님, 이곳저곳 야구 커뮤니티도 가끔 들여다보셔야지 말입니다."

기연이 웃으면서 설명을 이었다.

"김갔어는 김 선생 별명입니다. 해설하다 보면 '갔어요'라는 표현을 많이 쓰거든요. 홈런 타구가 나왔을 때 '아, 갔어요'는 그나마 괜찮은데, 승부가 기울었다거나 선수의 폼이 뚝 떨어졌을 때도 '이제 갔어요'라고 단정적으로 말하지 말입니다. 팬들 사이에서는 시원하다는 평가도 있지만, 부정적 표현을 남발해서 불편해하는 시선도 많습니다."

"그러고 보니 중계 때 들어본 적이 있어. 난 굉장히 불편했는데 역시 팬들도 다르지 않나 보네. 김 선생을 김갔어라고 부르는 걸 보니 완전 찰떡이다. 자신을 기준으로 위아래를 가르고, 아래쪽에 대해서는 너무 쉽게 단정적인 평가를 해버리는 자기중심주의. 스스로를 선생으로 불리고 싶어 하는 욕망과도 딱 맞아떨어지네. 그런 인간들이 상대 실수를 깎아내려서 자기 권위를 지키려고 하거든. 영원한 실패가 아니라 순간의 실수인데도 가혹하게 몰아붙여서, 상대를 주눅 들게 하고 자신의 권력을 위에 두려는 전형적인 꼰대. 맞아, 맞아. 갔어, 갔어."

홍 단장이 핏대를 올렸다. 내 아버지의 죽음과 연결된 인물이 김 선생이라서 그렇기도 하겠지만, 그보다는 재벌가 일원이면서도 명확하지 않은 기준으로 사람을 편 가르는 일에 엄격했다. 대학 다닐 때 홍희 집안 정체를 다들 몰랐던 이유도 그런 경계심 때문이었다. 약간의 선민의식이 깔렸다 해도 순수성에 대해선 의심해보지 않았다.

일단 내가 의문점을 다시 짚어나갔다.

"단장님. 고은돌 폰에서 김갔어 이름이 등장하는 순간 진한 커넥션의 냄새가 풍기기는 하는데, 아직도 고리가 비어있다는 게 문제입니다. 지금 스타즈 2루수 이창섭은 김 선생 회사 소속이 맞지만 고은돌은 다른 회사거든요. 고은돌 상품성을 생각하면 데려오고 싶겠지만 그러려고 뭔가를 준다? 김 선생 스타일은 아니죠. 게다가 기록에도 나와 있듯이 내야수끼리 뭔가를 주고받고 했다면 정작 김 선생네 이창섭 성적이 너무 안 좋아요. 지금대로라면 김 선생이 얻는 건 하나도 없단 말이죠."

홍희도 고개를 끄덕였다.

"맞아. 어제 강욱철이 고은돌한테 홈런 맞으니깐 김 선생이 열왕창 받았다며? 뭔가 심증은 있는데 하나로 딱 이어지지 않는 상황인 거지. 이창섭 쪽을 뒤지면 뭔가 더 나올까?"

기연이 고개를 갸웃했다.

"그런데 말입니다, 빅 디퍼 구 실장님 말도 조금 걸리지 말입니다. 이창섭은 진짜 에프엠으로 유명하거든요. 이런 일에 엮여 있다는 자체가 믿기지 않아서."

"사람 일이라는 게 어찌 될지 모르는 거니까."

"오, 별 팀장님은 사람이 변한다는 입장?"

"우리 단장님은 그럼, 사람 안 변한다는 입장?"

"어떻게 사람이 변하니? 어떻게 사랑이 변하니? 하하."

홍희가 배우 유지태 목소리를 흉내 냈다. 기연이 입술을 모으며 감탄했다.

"단장님, 완전 똑같지 말입니다. 근데, 그거 무려 2001년도 영화 아닙니까."

"맞아요. 그걸 별 팀장님하고 같이 봤어요. 대학 축제 때 한국 로맨스 영화 걸작전인가 거기 끼어서. 그때 우리 팀장님이 옆에서 어찌나 훌쩍이던지."

"단장님, 옛날얘기 하기 있기로 한 겁니까. 저도 할 얘기 많습니다."

"오오, 그럼 여기까지만. 어쨌든 좀 더 들여다보죠. 우리가 해야 할 일은 만약의 사태, 스나쌩 게이트가 의혹이 아니고 사실일 때, 그 사실을 모르고 있다가 터져 나왔을 때 당하는 수많은 문제들을 미리 막는 거니까. 에이스팀 역할도 그런 위기관리에 있는 거고. 사실이 아니라면 당연히 좋겠지만 적어도 사실이 아니라는 증거라도 찾아야 할 것 같습니다."

"부존재의 증명. 하지 않은 일을, 하지 않았다고 증명한다. 우리 단장님, 그게 진짜 어렵죠. 하지만 의혹이 구체화 됐으니 땅속 끝까지라도 파고 들어가 봐야죠. 기연 씨는 이창섭 쪽을 좀 더 들여다 봐줘."

"알겠습니다. 제가 사생팬 하루 이틀 한 것도 아니고. 비씨갤, 인스타, 트위터 털면 웬만한 건 다 걸리지 말입니다."

* * *

스카이박스에 홍희와 둘만 남았다. 스타즈와 몽키스 선수들이 경기 시작을 앞두고 그라운드에 나와 몸을 풀기 시작했다. 해가 길어지는 계절, 아직 조명은 켜지지 않았다. 붉어진 먼 하늘과 그라운드의 초록이 한데 어우러져 대비되는, 야구장의 가장 멋진 시간이다. 더그아웃에서 보는 야구와 스카이박스에서 보는 야구는 시점의 방향 차이만큼 야구를 바라보는 관점이 달라진다. 옆에서, 선수보다 더 낮은 시선에서 보는 감독의 야구와 뒤에서, 그라운드 전체를 위에서 내려다보는 단장의 야구는 다르다. 오늘의 승부가 아니라 내일의 승리 가능성, 구단 전체의 이익과 손해는 물론 나아가 리그 전체의 이익과 손해를 따져야 하는 자리다.

"그런데 별 팀장, 그거 정말일까?"

"아냐, 그럴 리가 없어. 나 그때 울지 않았다고. 겪어 본 일이 많지 않고 모든 일에 쉽게 두근거릴 나이였지만, 「봄날은 간다」를 보면서 눈물을 훌쩍일 정도는 아니었다고."

"에이, 그거 말고 스나쌩 게이트."

홍희가 고개를 꺾고 웃었다.

"아, 그, 그건."

괜히 얼굴이 붉어졌다.

"봐, 별 팀장. 결국 사인 거래로 이득을 보는 사람은 고은돌뿐. 위험성에 비해 이창섭도 김 선생도 실익이 없어. 금전적으로 대가를 받을 가능성은 더 낮고. 이 미스터리한 상황은 대체 어떻게 해석해야 할까?"

"그나마 생각할 수 있는 건, 상품 가치가 높은 고은돌을 이 프레임에 끼워 넣은 다음에 자기 회사로 데려오는 정도일 텐데……."

"그 이유라면 군이 이렇게 복잡하게 판을 짤 이유는 없지. 그리고 고은돌 소속사 실버스톤은 은돌 이름을 그대로 딴 신생 회사야. 고은돌 사촌 형인가가 만들어서 사실상 일인 회사라고. 집안을 버리고 다른 회사로 옮기거나 하기 힘들지."

홍 단장도 나름 많은 걸 조사해두었다. 역시 단장이구나 하는 생각이 들었다. 그만큼 신경을 쓰고 있다는 의미이기도 하다.

사건의 결과는 나와 있지만 방법과 동기는 단단히 엮어 숨겨 놓았는지 알 길이 막막하다. 일단 방법부터 찾은 뒤 동기를 압박하는 수밖에 없는 것일까.

어느새 경기가 시작됐다. 스타즈의 1회 초 공격을 잘 막아냈다. 몽키스의 공격 차례다. 고은돌이 오늘은 3번 타순에 배치됐다.

"어! 안경이다."

홍 단장이 손가락으로 그라운드를 가리켰다. 정말로 스타즈 2루수 이창섭이 안경을 쓰고 수비에 나섰다.

"별 팀장, 선수들이 보통 안경 잘 안 쓰지? 렌즈 끼면 되잖아."

"안구 건조증 있으면 렌즈 못 끼니까 안경 쓰는 경우가 있기는 한데, 갑작스럽긴 하다. 사실 말이야……."

어제 호텔에서 우연히 엿들은 얘기를 전했다.

"음, 안경이란 말이지? 안경이 꼭 눈이 나빠서 쓰는 건 아니잖아. 액세서리 역할을 하는 경우도 많으니까. 액세서리는 내가 좋아서 하기도 하지만 남에게 보여주는 장치이기도 하고. 다이아 반지를 왜 끼는지 알아? 나 부자예요, 이런 걸 보여주는 게 아니라, 난 이걸 줄 수 있는 안정적인 배우자와 결혼했어요, 함부로 건드리지 말아요, 라는 메시지라고. 그러니까 갑자기 안경을 썼다는 건, 뭔가를 실제로 잘 보기 위해서가 아니라 앞으로 잘 보겠다는 의지를 드러낸 거라고 볼 수도 있지 않을까."

"멋진 해석인걸."

그러면서 슬쩍 머리카락을 귀 뒤로 넘기는 홍 단장 손가락을 봤다. 다이아 반지는 없었다. 머릿속 어딘가에서 '다행'이라는 단어가 떠오르다 사라질 때쯤 손톱 매니큐어가 눈에 들어왔다. 순간 하나의 이미지가 떠올랐다. 대기타석에서 백네트 뒤쪽의 나를 올려다보던 고은돌의 당돌한 눈빛. 순간 가능성 하나가 뇌리를 딱 때렸다. 마구의 궤적을 알아버린 느낌이랄까.

"스나쌩 게이트 밑그림이 보여. 100% 장담할 순 없지만 최소 우리가 알고 있다고 압박할 순 있을 거야. 그러면 상대도 다시 움직일 테고 그땐 증거를 잡을 수 있겠지. 다만, 투자가 필요해."

찬찬히 작전을 설명했더니 홍 단장은 바로 오케이.

"그 정도야 해결해줄 수 있지. 이래 봬도 나 야구단 단장이라고."

"그런데 그때 나 진짜 안 울었어."

"아냐, 울었어. 유지태 울 때마다 훌쩍였다고. 마지막 장면에 선생님이 된 이영애가 종이에 손 베였을 때도 너, 손 번쩍 따라 들면서 훌쩍이고 있었다니까."

구체적인 묘사에 할 말을 잃었다. 옛 추억을 곱씹는 대화가 유치해서 멋쩍기도 했다. 1회말 고은돌이 타이밍 늦은 스윙을 했고 유격수 앞 힘없는 땅볼로 아웃되고 있었다.

* * *

연승이 끊긴 구단 사무실 안 공기가 조금 싸늘해졌다. 왁자지껄에서 차분한 모드로의 변경. 팀 승리와 패배에 따라 온도 차가 확실하다.

몽키스는 전날 타선의 침묵 속에 마운드까지 무너지면서 스타즈에 1대6으로 졌다. 고은돌은 앞선 두 경기와 달리 3타수 무안타, 볼넷 1개에 그쳤다. 2승 1패면 충분히 잘한 위닝 시리즈지만 패한 다음 날은 다들 목소리가 자연스럽게 낮아진다.

기연이 뚝딱뚝딱 만든 자료를 책상 위에 올려놓았다. 제목에 '스타즈 이창섭 평판 조회 및 존안 자료'라고 적혀 있다. 모처럼 둘이 마주 앉아서 하는 회의다.

"아니, 무슨 정보과 형사도 아니고 존안 자료라니."

"그래도 보고서가 뭔가 레트로하면서 강렬한 애사심이 느껴지지 않습니까?"

기연이 되레 능청스레 씨익 웃었다.

드래프트 6라운드 지명, 입단 8년 차, 공격보다는 수비가 강한 안정적 스타일의 2루수. 여기에 뭐든지 정확하게 처리하는 에프엠 스타일이라는 설명은 이미 아는 사실이다.

"술 담배도 안 해?"

"여기 보시면 이게 인스타에 2년 전 올라 온 사진인데, 인천 숙소 근처 양대창으로 유명한 집이거든요. 다른 선수들 앞에는 소주잔이 있는데 이창섭은 혼자 물을 마시고 있지 말입니다. 스타즈 사생팬들 커뮤니티랑 갤러리에서 나오는 얘기 종합해보면 진짜 자기관리 하나는 철저하답니다. 심지어 여자친구도 없대요."

"그러면 짬짜미에 연루될 리가 없잖아?"

"그러게 말입니다. 이런 사람들은 자기 루틴이 흔들리는 걸 극도로 싫어하잖아요. 모험심 넘치는 스타일과는 완전 반대라. 이거 한 번 해 봐? 하고 베팅하는 대신 차근차근 나아가는 걸 좋아하죠."

나도 모르게 고개를 저으며 다음 페이지를 넘겼다.

"이상섭? 쌍둥이? 게다가 셰프?"

"캬, 이번 존안 자료의 핵심이지 말입니다. 진짜 잘 안 알려진 사실인데 어렵게 찾았습니다. 팬들 사이에서 진짜 형제냐 라는 설이 한 번 돌았는데, 둘이 생각보다 안 닮아서 더 확산되진 않았거든요. 게다가 본명 대신 마이티라는 예명으로 활동을 하니. 하지만 저는 끝까지 팠고, 인스타 링크 서른두 단계를 뒤져서 연결고리를 딱."

"진짜 쌍둥이치고는 안 닮았네."

"확실히 밖에서 하는 야구랑, 안에서 하는 요리랑은 얼굴 색깔부터 달라지지 말입니다. 그러니까 선크림 꼭 발라야 합니다."

"재밌기는 한데 쌍둥이 셰프와 스나쌩 게이트가 관계있을 리 없잖아."

"실망하지 마십시오. 진짜 영양가는 이제부터입니다. 우리 전력 분석팀에 새 소프트웨어가 들어왔더라고요. 제가 또 내부 인맥을 통해서 사용법을 배워 왔지 말입니다. 아주 기가 막힙니다."

기연이 노트북을 열고 몽키스 데이터 시스템에 접속했다. 몰래 얻었을 비밀번호를 타다닥 쳐 넣더니 몇 가지 메뉴를 찾아 들어간 뒤 처음 보는 화면을 하나 띄웠다.

"요즘 메이저리그에서 쓰는 방식인데 같은 동작을 여러 개 겹쳐서 영상 분석이 가능합니다. 수비수의 루틴, 스텝 등의 미세한 차이를 확인할 때 유용하죠. 여기에 그저께 제가 집중적으로 찍은 영상을 집어넣고…….”

기연이 몇 가지 조작을 더 했다. 촬영 영상과 실제 플레이 간 시간 싱크를 맞추고, 고은돌 타석 때 구종과 결과를 이창섭의 수비 동작과 연결하는 과정이 이어졌다. 그러자 소프트웨어의 AI가 이창섭의 움직임을 추출해 차이를 찾아내기 시작했다. 잠시 후 정지 화면 몇 개가 올라왔다.

“여기 보시면 이창섭의 글러브 위치와 각도가 세 가지로 나뉘지 말입니다. 1번은 글러브 손등 쪽을 허벅지에 대고 있고, 2번은 글러브 손바닥 쪽을 허벅지에 대고, 3번은 글러브가 허리까지 올라오지 말입니다. 이 동작들이 고은돌 타석에서 유의미하게 패턴화되고 있어요.”

투수들은 프라이머리 피치, 이른바 결정구라고 부르는 걸 갖는다. 누군가는 자신감 넘치는 빠른 공일 수 있고 누군가는 예리한 변화구일 수 있다. 속구와 프라이머리 피치 그리고 상대를 흔드는 세컨 피치, 이렇게 세 구종 중 투수가 어떤 구종을 던질지를 타자가 미리 안다면 타석은 천국, 마운드는 지옥이 된다.

“하지만 이런 방식이면 위험 부담이 너무 클 것 같은데……. 양쪽 벤치에서 눈치챌 수도 있고. 더그아웃에는 매의 눈을 가진 이들이 득시글하니까.”

“그래서 여기에 트릭을 하나 넣었지 말입니다. 각 동작과 사인이 투수의 원, 투, 스리 피치와 항상 일치하는 건 아니더라고요. 패턴이 있지만 매치업이 조금씩 달라집니다. 1번 동작에서 속구였다가, 다음번에는 2번 동작에서 속구가 되는 등 차이가 있어요. 마치 키가 있는 느낌이랄까요."

감독이 3루 코치에게, 3루 코치가 타자와 주자에게 전달하는 작전 사인에는 '키'가 존재한다. 3루 코치가 아무렇게 상체 여기저기를 더듬는 것 같지만 미리 약속이 다 돼 있다. 예를 들어 오늘의 키가 코고 손목이 번트라면, 코를 만진 다음 건드리는 손목이 실제 번트 사인이 되는 방식이다. 그러니까 키가 주어지면 그에 따라 패턴이 바뀌고 글러브 위치가 가리키는 구종이 달라진다. 들키지 않으려고 꼬고 또 꼬았다. 그렇지, 이런 게 김 선생 스타일이지.

"기연 씨, 타자와 2루수가 그것까지 주고받으면 들킬 위험이 너무 커. 그 키가 어디서 오는지 대충 느낌이 와."

홍 단장과 얘기했던 가설이 점점 확신으로 굳어진다. 마침 일주일 뒤 몽키스 구장에서 다시 한번 스타즈와 격돌한다. 문득 구 실장이 한 말이 떠올랐다. 김 선생은 자신의 말을 듣지 않으면 약점을 잡아서 철저하게 응징을 한다고 했던가.

* * *

경기 시작 전부터 분위기가 뜨거워져 있었다. 지난 한 주 몽키스 성적이 좋아서 선두 스타즈와의 승차가 2.5경기까지 좁혀졌다. 이번 3연전을 다 쓸어 담는다면 순위 역전도 가능하다. 현실적으로 싹쓸이 확률이 높지 않지만, 그 가능성만으로 가슴이 두근대는 건 역시 매일 경기를 하는 야구만의 매력이다.

홍보팀과 마케팅팀에서 이번 시리즈에 많은 공을 들였다. 팬들을 모으기 위해 다양한 경품을 준비하고, 뜨고 있는 외야수 주선규 플레이어스 데이 행사도 마련했다. 특히 성적이 좋을 때 모그룹 눈도장을 세게 찍고 싶었던 홍 단장 아이디어로 급히 야구장 미팅을 열기로 했다. 계열사에 근무하는 젊은 남녀 직원들의 지원을 받아 추첨을 통해 '짝'을 지었다. 좌석표를 받아 앉으면 옆에 미팅 상대가 앉아 있는 방식이다. 야구 보고, 응원하고, 소리 지르고, 잘 되면 데이트로 이어지는 이벤트. 야구장 하면 떠오르는 치맥이 제공되는 건 물론이다.

백네트 뒤 미팅 테이블석 구석 자리에 선글라스를 낀 채 앉은 사람은 바로 나였다. 옆에는 홍 단장이 스카프를 히잡처럼 머리에 둘둘 말아서 어색한 변장을 했다. 행사를 마련했으니 직접 참관하겠다는 핑계지만 뭔가 야릇하면서 가슴이 콩콩댔다. 확실히 분위기가 기분을 만든다.

"참신한데? 야구 보고 님도 보고. 준비가 딱이다."

내 칭찬에 홍 단장은 말없이 어깨를 으쓱했다.

번호표를 든 직원들이 하나둘 자리를 채워나갔다. 미팅이기는 하지만 탁 트인 야구장이라는 점에서 자연스러운 만남 추구, 즉 '자만추'의 느낌이 물씬 났다.

"그나저나 이게 통할까? 투자한 만큼 뭔가 나와야 할 텐데."

홍 단장이 걱정스럽게 물었지만 나도 장담할 순 없었다.

"안 먹혀도 할 수 없지. 외로운 솔로족들을 구원한 걸로 위안 삼자고."

사실 이번 행사 뒤에는 비밀전략이 숨어있다. 이창섭과 고은돌 사이의 사인 거래를 혼동시킬 수 있다면, 이 그림을 그리고 꾸민 쪽에 상당한 압박을 가할 수 있다. 그건 몽키스 구단이 뭔가를 알고 있다는 신호가 되고 급한 쪽은 어떻게든 움직이리라. 증거가 없으면, 증거를 꺼내도록 만들어야 한다.

플레이볼!

구심이 큰소리로 외쳤다. 따뜻해지는 계절, 경기 시작 시간의 몽키스 파크 하늘은 남색과 쪽빛, 오렌지와 붉은색이 한데 어우러져 몽환적인 분위기를 만들었다. 야구하기 좋은 하늘이면서 동시에 연애하기 좋은 하늘이다. 어느새 테이블석 주변이 젊은 물결로 꽉 채워졌다. 자연스러운 만남을 유도한다고 그냥 내버려 둘 수만은 없어서 진행자를 따로 배치했다. 틈나는 대로 함께 응원하고 이벤트도 예정돼 있다.

"고은돌 폰에서 나온 또 하나의 번호를 고려하면 이게 스위치일 가능성이 크지 않을까? 아마 맞을 거야."

내가 묻고 내가 답했다. 조금씩 실체에 다가설수록 입 안에 쓴맛이 돌았다. 단도직입적으로 몰아세우면 발을 뺄 가능성이 크다. 돌려치면 반응이 오리라.

1회말 몽키스 공격이 시작됐다. 첫 두 타자가 끈질긴 승부를 펼쳤지만 모두 범타로 물러났다. 이제 3번 고은돌의 타석이다. 그때였다. 행사 진행자가 확성기를 들었다.

"이제부터 응원 타임! 여러분, 나눠준 모자를 모두 써 주세요!"

주변 수십 명의 남녀 직원들이 일제히 빨간 야구모자를 꺼내 들었다. 몽키스의 한정판 굿즈였다. 홍 단장과 나도 재빨리 따라 했다. 이내 테이블석이 모두 붉게 물들었다.

안경을 쓴 이창섭이 당황해하는 모습이 여기서도 보였다. 정작 고은돌은 침착했다. 저기 앞쪽에 앉아 있던 도두락 형님은 나와 눈빛이 마주치자마자 자리에서 벌떡 일어나 허둥지둥 사라졌다. 고은돌이 초구를 때렸지만 평범한 2루수 정면 땅볼. 수비 하나만큼은 국내 최고라고 자부하는 이창섭이 그 공을 그만 가랑이 사이로 빠뜨렸다. 공은 정확히 우중간을 가르며 굴러갔다. 고은돌은 아무 일 없었다는 듯 1루를 돌아 2루까지 내달렸다. 몽키스 파크에 뜨거운 함성이 터져 나왔다. 환호가 커질수록 내 가슴 한구석이 아파 왔다. 홍 단장 표정도 쓴 약을 삼킨 듯했지만, 손은 다독이듯 내 어깨를 지그시 누르고 있다. 불편한 진실과 마주할 때가 진짜 불편한 시간이다. 그리고, 이제부터 더 어려운 일들을 처리해야 한다.

* * *

"빨간 모자가 키 사인이었던 거네요."

기연이 라테를 빨대로 마시며 말했다. 야구장 근처 노천카페에 나왔다. 사무실도 회의실도 갑갑해 더는 견딜 수가 없었다. 땀과 노력과 환호 뒤에 감춰진 비밀의 커튼을 들춰본 기분이었다. 썩은 내가 진동하는, 몹시도 지저분한 세계. 무력감이 양쪽 어깨를 짓눌렀다.

"응. 도두락 형님이 빨간 모자를 벗어서 사인을 보내고, 이를 이창섭과 고은돌이 확인한 뒤 그에 맞춰서 신호를 주고받았던 거지. 그래야 서로 다른 동작에서 나오는 신호들이 확인되기 어려우니까. 타자와 2루수가 의심 안 받고 눈길 한번 쓱 줄 수 있는 곳은 사실 백네트만 한 곳도 없잖아. 빨간색이 눈에 잘 띄기도 하고."

"팀장님은 그걸 어떻게 아셨어요?"

"아이러니하게도 김 선생이 힌트를 줬지?"

"김 선생이요?"

"고은돌이 역전 홈런을 쳤을 때 멀리서 나를 보고 벌컥 화를 냈다고 했지. 그거 자기가 관심 두던 강욱철이 홈런을 맞아서 그런 게 아냐. 방법이 탄로 나겠다는 우려 때문이었던 거야. 볼카운트 스리볼에서 커브를 때려 홈런을 만들어내는 건 너무 표가 나는 장면이거든. 내가 아닌 도두락을 향한 경고였지. 그걸 내가 착각했던 거고. 타석에서 고은돌이 나를 올려봤던 것도 마찬가지. 작전 지시하는 도두락 형님을 본 거야. 멍청이같이. 그걸 이제야 깨닫다니."

돌이켜보면 그날 도두락이 서둘러 떠나던 장면도 죄지은 사람이 들켰을 때 행동과 비슷했다. 어제 빨간 모자 물결이 퍼졌을 때 보였던 표정도 그랬다. 분명히 뭔 사고를 저질렀다. 내가 알던, 사람 좋던 형님이 아니다. 결국 사람은 변하는 걸까.

"그런데 왜 도두락 스카우트일까요? 우리가 찾아낸 건 김갔어, 아니 김 선생 연락처였지 말입니다. 서로 어떻게 연결이 됐을까요?"

"그게 아직 풀리지 않는 수수께끼고 답답한 구석이지."

뜨거운 아메리카노를 한 모금 크게 들이켰다. 희한하게 홧홧한

속을 식히고 건 아이스 아메리카노가 아니었다. 가슴 가운데를 달 구듯이 훑고 가는 느낌이 되레 몸속 화기를 내리는 느낌이 들었다. 카페인이 온몸으로 퍼져나가는 쾌감도 더 강했다.

"우리가 눈치챘다는 걸 상대도 알았으니 어떤 식으로든 움직일 거야. 어쩌면 점잖지 않은, 조금 거친 방식이 될지도 몰라."

"그런데 팀장님, 이제 대충 끝난 거 아닙니까? 에이스팀이 경찰은 아니지 말입니다. 발본색원은 공권력이 하는 일이고, 방법이 들통난 이상 더는 장난질 없겠죠. 문제 소지를 없앴으니 이 정도면 임무 완수. 파티를 해야 할 때라고 보이는데 말입니다."

어제 홍희도 비슷한 말을 했던가. 이창섭이 실책을 저지르던 순간 내 어깨를 두드리면서, 앞으로 스나쌩 게이트는 없을 것이고 정상적인 야구를 하면 된다고. 고은돌은 제 실력으로 스타즈 투수들을 상대하고, 지금부터 진짜 승부로 순위를 가르면 된다고. 모든 것은 원래 대로 돌아간다고.

뜨거운 커피를 다시 한 모금 입안에 흘려 넣으며 정리해봤다. 아무리 해도 머리로는 이해할 수 있지만, 가슴으로는 이해되지 않는다. 자기밖에 모르는 고은돌은 그렇다고 쳐도 그 사람 좋던 도두락이, 에프엠 이창섭이 왜 엮였을까. 김 선생은 도대체 무슨 일을 꾸민 걸까.

"기연 씨 미안. 아직 파티할 기분이 아냐. 여러 사람한테 배신을 당한 기분이랄까. 내가 좋아하는 야구가 원래 이런 종목이었나 싶어서."

남이야 어떻든 제 것만 챙기려는, 야구를 흔들고 무너뜨리는 일과 마주친 직후였다. 이쯤에서 그만 덮는 게 최선이라는 합리적 판단이 받아들여지지 않았다.

도두락 형님에게 다시 한번 전화를 걸었으나 역시 꺼져 있다.

"파티 말고 위로가 필요해. 상처 난 야구와 구멍 난 가슴에 소주라도 붓지 않으면 미칠 것 같다고."

그때였다. 어디선가 나타난 남자 둘이 우리 테이블 쪽으로 슬슬 다가왔다. 긴 머리를 묶어 올린 깔끔한 재킷 차림과 달라붙는 빨간 셔츠 위로 근육이 울퉁불퉁한 큰 덩치의 조합이었다. 딱 보기에도 만만치 않아 보였다. 긴 머리가 먼저 입을 열었다.

"혹시, 신별 팀장님이신가요?"

대답하기도 전에 둘은 나와 기연의 옆에 의자를 하나씩 차지하고 앉았다. 호의적인 분위기와는 거리가 멀었다. 존댓말을 쓰긴 했지만 인사와 앉는 동작 모두 위세가 등등하다. 협박에 가깝다. 혹시 김 선생 끄나풀인가. 점잖지 않은 반격이 있으리라 예상은 했지만 지금 상황은 예상을 훌쩍 넘었다.

"신별 팀장님이 맞냐고 여쭸습니다만."

"대답도 하기 전에 자리에 앉았다는 건, 이미 알고 있다는 뜻 아닌가요?"

애써 긴장을 감추고 당당함을 유지했다. 기자 생활을 하면서 표정으로 꿀리지 않는 건 훈련이 돼 있다.

"그럼, 팀장님. 지금 하시는 거, 하려고 하시는 거, 앞으로 혹시라도 할 생각이 생기는 거. 다 하지 말아 주십시오."

긴 머리가 손바닥으로 테이블을 짚고 일어서며 명령조로 말했고, 맞은 편의 덩치가 허리를 세우고 어깨를 잔뜩 키웠다. 몸집이 큰 동물들끼리 제힘을 과시할 때 쓰는 동작이다. 애는 썼지만 딱 봐도 프로는 아니다.

"부탁이라면, 그쪽은 나를 알고 나는 그쪽을 모르는 상황부터 먼저 해결해야 할 것 같고, 협박이라면 하는 거, 하려고 하는 거에 대한 내용을 알려주는 게 먼저일 것 같은데."

"아니, 이 양반이 말귀를 못 알아듣네. 어, 어엇."

덩치가 자리에서 일어나려다가 다시 털썩 주저앉았다. 기연의 팔과 다리가 순식간에 움직이며 거한을 제압했다. 역시 태권도 선수 출신다운 날렵한 움직임이다.

덩치의 손목이 뒤로 꺾인 채 자신의 어깨를 연신 손으로 두드렸다. 종합격투기로 치자면 탭, 항복 선언이다. 덩치가 울먹이는 목소리로 말했다.

"창준 씨, 도와줘. 이럴 거라고는 얘기 안 했잖아."

창준? 기연과 동시에 눈이 마주쳤다.

"이창준 씨? 셰프?"

애써 험악한 표정을 짓고 있던 긴 머리의 표정이 바로 풀어졌다. 고개를 푹 숙였다.

"저를 알고 계셨군요. 처음 뵙는데 죄송합니다. 팀장님, 이렇게라도 하지 않을 수 없었습니다."

"어쩐지 어디선가 봤다 싶었는데. 남자는 역시 헤어스타일이지 말입니다."

기연이 덩치의 팔을 풀어주며 답했다. 이창준은 '존안 자료'에 들어있던 이창섭의 쌍둥이 동생이다. 야구선수 형을 둔, 그 업계에서 이름을 알리기 시작한 유망한 한식 셰프다.

말릴 틈도 없이 이창준이 갑자기 두 무릎을 꿇고 머리를 바닥에 조아렸다.

"지금 하시는 거, 더 파고 들어가지 말아 주십시오. 형이 나 때문에 너무 힘들어합니다. 제발."

예상치 못한 위협구 하나가 내 머리를 향해 훅 날아든 느낌이다. 이창준의 말투는 단단했지만, 머리와 등은 부르르 떨고 있었다.

"도 스카우트님이 연락을 주셔서 이렇게 찾아뵙게 됐습니다. 저라도 가서 얘기를 좀 해 보라고 말이죠. 강하게 밀어붙이면 먹힐까 싶었는데 제 착각이었네요. 빙빙 돌리지 않겠습니다. 함께 온 친구와 저는 사랑하는 사이입니다. 아직 우리나라에서는 이상하게 보는 시선이 많죠."

살짝 놀랐으나 티를 내지는 않았다.

"이해는 합니다만, 그것과 제가 하는 일이랑 어떤 관계가……."

"김 선생이 어떻게 알았는지 제 약점을 미끼로 우리 형을 괴롭히고 있어요. 자신이 시키는 대로 하지 않으면 동생을 강제로 아우팅시켜 업계에서 퇴출시키겠다고 협박하고. 형은 제 앞날 걱정에 어쩔 수 없이 끌려다니고 있습니다. 제 입장에서도 우리 사회 분위기상 공개적인 커밍아웃이 쉽지 않은데다, 또 한다고 해도 얼굴이 똑같이 생긴 형에게도 안 좋은 영향이 미칠 거라 생각했거든요. 주방에서 오랫동안 고생하다가 이제야 겨우 인정받는데……."

"그래서 쌍둥이 형제라는 사실이 알려지지 않았군요. 보통은 형이 야구선수면 자랑삼아서 널리 알리게 마련인데. 저도 온라인 세계에서 아주 어렵게 찾아냈지 말입니다."

기연이 이제야 이해가 간다는 듯 고개를 끄덕였다.

"쌍둥이지만 저희는 많이 다릅니다. 형은 원래 이쪽저쪽 기웃거리지 않고 자기 길만 가는 스타일이라. 그런데 저 때문에 그만 덫에 걸려버렸습니다. 더 구체적인 건 모르겠지만 형이 굉장히 힘들어했어요. 도 스카우트님이 어쨌든 팀장님 찾아가서, 더 이상 파고들지 말아 달라고 싹싹 빌라고 했거든요."

"도 스카우트는 어떻게 아는지?"

"형을 통해서 잠깐 뵌 적이 있습니다. 형이랑 도 스카우트님 모두 억지로 같은 배를 타게 됐다고."

* * *

"김 선생은 역시 씨발 쌍놈이 맞았네. 아무리 천하의 양아치라도 사생활은 안 건드리는 건데. 그걸 약점 잡아서 코너에 몰아넣는 게 딱 그 인간다운 짓이네. 어떻게 혼내줘야 할까?"

홍희가 이를 갈면서 분을 삭이지 못했지만 감정을 앞세운다고 해결될 문제는 아니었다.

"우리 단장님, 조심스러운 문제야. 분명 천벌 받을 짓이지만 꼼짝하지 못할 증거부터 찾아야지. 게다가 김 선생이 한국야구에 미치는 영향력을 생각하면 더 신중해야 한다고. 반복되는 얘기지만 지금까지는 김 선생이 얻을 게 없는 그림이야."

사실 그 부분이 제일 큰 난제다. 사인을 주고받은 방법까지 찾아냈지만 동기는 도무지 오리무중. 고은돌의 성적은 그렇다고 쳐도 김 선생 회사 소속 이창섭은 정작 몽키스 상대로 기록이 더 떨어진다.

홍희는 미간을 찌푸렸고, 내 잔소리는 길어졌다.

"게다가 단장님한테는 더 골치 아픈 결정이 남아 있잖아. 고은돌을 어떻게 처리해야 좋을까? 더 이상 일이 재발하지 않으면 모르는 척 덮어두면 되는 걸까? 우리가 알고 있다고 경고라도 해야 하는 걸까?"

"알아. 내가 다 책임지고 판단해야겠지."

갑자기 단장 모드다. 입술 끝이 단단하게 여며졌다는 건 이미 결심을 해뒀다는 의미다. 뭔가 결심이 섰을 땐 저런 입 모양을 했던 것 같다. 그런 습관이 있다는 걸 나도 최근에야 깨달았지만.

휴대전화가 울렸다. 도두락 형님이다. 서둘러 통화 버튼을 눌렀다.

"형님, 지금 어디야. 어디냐고요!"

나도 모르게 짜증부터 터져 나왔다.

* * *

인천공항은 언제나처럼 북적였다. 세계의 경계는 점점 더 희미해지는 중이다. 예전 같으면 공간적 제약이 같은 공간을 나눠 쓰는 사람들을 더욱 비슷하게 만들었지만, 공간의 제약이 사라지면서 사람들은 점점 달라지고 있다. 야구라는 경계도 이와 다르지 않아서, 야구라는 종목으로 한 데 묶이는 끈끈함은 조금씩 사라지고 있다. 다양성의 확대는 생태계와 해당 산업의 발전 가능성과 안정성을 위해 모두 좋은 일이지만, 닮은 점이 줄어든다는 건 보는 방향이 달라진다는 점에서 어쩐지 아쉬움이 남는다. 도두락 형님은 언제부터 다른 곳을 보게 된 걸까.

지하 1층 커피숍 문이 열리고 검은 벙거지를 깊게 눌러 쓴 사람이 나타났다. 숱이 빠진 머리는 감출 수 있지만 저 덩치는 감출 수가 없다. 좌우를 한번 살피더니 바로 커다란 캐리어를 끌고 내가 앉은 자리로 왔다.

"어디 가요?"

"미안하다. 아야, 진작 이라고 결정해뿌서야 됐는디 나가 용기가 쪼매 부족했부렀다야. 아따, 그놈의 체면이 뭐이라고."

"어디 가냐니깐?"

나도 모르게 목소리가 높아졌다. 빙빙 돌리는 말에 부아가 치밀었다. 차라리 미안하다는 말을 하지나 말든지.

"미국에 여동생 있다 안 했냐. 거그로 갈란다."

"이 짓을 벌여놓고? 창섭이 데리고 뭔 짓 했어요. 다른 경기도 다 끼어든 거 아녜요? 승부조작 걸리니까 도망치는 겁니까? 형이 그토록 좋아했던 야구 다 망쳐놓고? 이런 씨발!"

목소리가 커지자 손님들 이목이 쏠렸다. 커다란 덩치의 도두락 어깨가 좁아졌다. 두 손을 앞으로 모으고 고개를 푹 숙인 채 답했다.

"면목 없다. 미안햐."

내가 휴대전화를 꺼냈다. 고은돌 폰에 있던 통화 목록을 찍어 둔 사진을 열어 눈앞에 들이댔다. 도두락의 11자리 전화번호 앞에 적힌 이름은 '도토토'였다.

"내가 이거 보고 얼마나 큰 배신감을 느꼈는지 알아요? 이제 와서 하는 일이 애들 협박해서 경기 조작하는 겁니까? 첫 타석 안타에 걸고, 출루에 걸고 그런 거냐고! 김 선생한테 얼마 받았어. 얼마에 이딴 일을 하는 겁니까!"

휴대전화를 들여다본 도두락의 눈이 잠깐 커지더니 이내 또 고개를 숙였다. 어깨가 들썩였다.

"내 헐 말은 없지만 니가 생각하는 머, 거그까지는 아니여. 안 믿어줘도 상관없는디, 나도 지켜야 할 선은 있는 놈인께."

도두락이 냉수를 쭉 들이켰다. 소주를 마시듯 미간을 찌푸린 채. 목울대가 울렁였다.

"안 그래도 니한테는 싹 다 야그해야겠다고 생각했다. 생각해보믄 다 철없는 내가 바보 같은 짓을 한 거여."

내가 처음 도두락을 만났을 때 그는 랩터스 전력분석원이었다. 일찌감치 선수 생활은 접었지만 선수 보는 눈은 예리했다. 선수 자신도 모르는 약점을 잘 알아챘고 설명해주는데도 능했다. 가능성이 있지만 좀처럼 껍질을 깨지 못하는 후배들에게 인기가 많았다. 그만큼 야구를 사랑했다. 구구절절 설명에 따르면 야구 사랑의 길이 뒤틀리기 시작한 건 아내의 병 때문이었다. 아내가 암에 걸렸고, 야구선수로 사느라 보험 등을 잘 챙기지 못한 바람에 늘어난 치료비만큼 빚이 쌓였다. 지방 야구장을 떠돌아야 하는 삶 속에서 한밤중 대리운전을 할 수 있는 것도 아니었다. 그러다 불법 스포츠 도박의 덫에 걸렸다. 선수를 보는 눈만큼은 자신 있었고, 승패는 몰라도 선수의 컨디션을 파악해 성적을 예측하는 일 또한 자신 있었다. 호기심과 두려움이 섞인 가운데 조금씩 판돈이 늘었고, 모든 도박이 그렇듯 두려움이 자신감으로 바뀌고, 자신감이 오기로 바뀌는 데는 오랜 시간이 걸리지 않았다. 결국 아내를 떠나보낸 뒤에는 그 상실감을 잊으려는 자포자기가 더욱 깊이 빠져들게 했다.

"어느 날 야구장에 앉아 있는디, 2년 차 꼬마 하나가 대타로 나와갖고 땅볼 치고 죽어라 뛰는 거여. 그거 보고 정신이 후딱 들드라. 나가 지금 이거이 뭐 하는 짓인가 싶드라. 구단에 폐 끼치기 싫어가꼬 랩터쓰에 사표 냈다. 혹시라도 걸리믄 큰일 안길까 싶어서 먼저 그만뒀는디, 그걸 아따 김 선생에게 딱 걸려부렀어야. 어뜨게 알았는지 내 돈 몇 번 건 거까지 다 알고 있드라. 코가 확 꿰부렀제. 그때 딱 거절하고 토껴부렀어야 된디, 내 옆에 아무도 없드라. 마누라도 갔불고. 기댈 데도 물어볼 데도, 얘기할 데도……. 그래서 여그까지 와뿌렀따. 시벌아, 진짜 미안하다."

"왜 그런 인간을 못 떼냈어. 왜 창섭이랑 둘이 꽁꽁 묶여서 바보 꼴을 당하냐고. 김 선생은 대체 뭘 얻은 거야?"

화가 풀리지 않아 질문이 두서없다. 답답함과 분노가 뚫고 나갈 곳을 찾아 온몸을 맴돌고 있다.

"니 예전에 내한테 말했제. 북두칠성 끄트머리 별이 두 개가 아니라 사실은 세 개라고."

"갑자기 그 얘기는 왜 하는데? 또 뭔 엉뚱한 소리 하려고?"

"야구가 딱 그라고 도는 거이제. 삼각형으로. 니가 좋아하는 4-6-3 따블 플레이처럼."

뒤통수를 방망이로 때려 맞은 기분이었다. 목표는 고은돌이가 잘 되는 게 아니었다. 그제야 감춰놓은 노림수가 보였다.

* * *

미자르는 북두칠성의 국자 머리로부터 여섯 번째 별이다. 예전 지방 출장길에 도두락 형님과 밤하늘을 올려다보며 별자리 전설을 들려줬더니 자기는 그 곁의 별까지 잘 보인다고 뿌듯해했다. 눈 하나는 아직 쓸만하다며 웃음을 허허 흘렸다. 그 곁의 작은 별 이름은 알코르. 자기는 선수로서 빛나지 못했지만, 이젠 옆에서 스타를 잘 지켜주는 알코르 같은 지도자가 되고 싶다고 했던가. 그런데 세상은 자기 뜻대로 되지 않았다. 별이 아니라 악마가 옆에 붙었고, 쥐고 흔들었다.

미자르-알코르 쌍성은 최근 연구에 따르면 사실 미자르 A, 미자르 B, 알코르 3개의 별로 이뤄졌다고 한다. 도두락 형님과의 만남은 좌절을 안기는 동시에 사건 해결의 실마리를 주었다. 내가 멍청이였다. 두 선수의 커넥션에 집중하느라 곁의 그림을 보지 못했다. 반복하지만 야구는 삼각형의 게임. 숨어 있는 또 하나의 별을 찾아내는 방법은 간단했다. 초대형 계약을 앞둔 김 선생 소속사 선수 중 몽키스 상대로 유독 잘 치는 이를 찾으면 됐다. 기연의 영상 분석이 이뤄졌고 쉽게 정체가 드러났다.

바로 랩터스 1루수 한몽규. 원래 힘 있는 장타자지만 정교함이 떨어진다는 평가를 받았다. 올해는 다른 팀과 달리 몽키스 상대로만 성적이 폭발했다. 벌써 홈런만 3개다. 스타즈 2루수 이창섭이 몽키스 유격수 고은돌에게, 고은돌은 랩터스 1루수 한몽규에게 사인을 준다. 한몽규는 다시 이창섭에게 사인을 주는 4-6-3 방식이다. 1루수는 각도상 포수 사인을 보기 어렵다는 점도 이 삼각 트릭의 완성도를 높였다. 사인을 주고받는 선수끼리 키 사인을 넣는 등 복잡하게 설계했고, 서로의 약점을 쥐고 늘어져 고리를 단단하게 묶었다. 한몽규는 이번 시즌이 끝난 뒤 FA 자격을 얻는다. 정교함을 개선한 장타자는 시장에서 최대어급 대우를 받는다. 당연히 김 선생은 큰 수익을 얻는다.

기록을 살피던 기연이 말했다.

"역시 이창섭은 에프엠이지 말입니다. 삼각 트릭에 포함됐지만 한몽규의 사인을 보지 않았거나 애써 무시했던 것 같아요. 다른 둘과 달리 이창섭의 랩터스 상대 타격 성적이 뛰어나다고 보기 어려워요."

도두락 형님이 호텔에서 이창섭을 보고 바보 같다고 했던 말이 떠올랐다. 기왕 이렇게 된 거 성적이라도 챙기라는 채근이었지만, 이창섭은 끝내 받아들이지 않았던 모양이다. 여전히 자신의 길만 갔다. 너무 고지식하거나, 아니면 너무 두려웠거나. 그 속내까지 알 수는 없지만.

이제 삼각 트릭이 무용지물이 된 걸 김 선생도 안다. 가만히 숨을 죽일까, 아니면 역공을 해올까. 만약을 대비해 도두락 형님이 남겨준 선물이 있다. 그동안 김 선생과의 통화 내역, 주고받은 문자 메시지를 정리해 USB에 담았다. 미국행 비행기를 타기 직전 자포자기의 심정으로 말했다.

"여차하믄 다 까발려부러라. 나는 뭐 어차피 한국 안 올 거이고, 한국 뉴스도 안 볼 거잉께."

덧붙여 이런 말도 했다.

"나 도망가고 나믄 김 선생이 어떤 식으로든 나를 묻어불라고 하겠제. 토쟁이*라고 소문 다 내불고 기사도 허벌나게 날 거이다. 날 욕하는 건 일 없는디, 니 할 수 있으믄 친정 욕은 안 묵게 해주라. 그래도 내 랩터스 밥 오래 안 묵었냐. 뭐 변명은 안 되겠지만."

그렇다. 변명의 가치조차 없다.

* * *

햇살이 잘 드는 4인 병실이었다.

파주시 외곽의 요양병원. 내가 과일 꾸러미를 들고 미닫이를 밀고 들어섰을 때, 송도상 아저씨는 창가 쪽 침대 등받이에 기대 돋보기안경을 끼고 뭔가를 집중해서 읽고 있었다. 내 얼굴을 빤히 올려다보고도 반가워하는 기색은 없었다. 못 본 몇 달 새 근육이 빠져서 큰 덩치가 좀 쪼그라든 듯 보였는데, 얼굴은 희한하게 부옇고

---

* 스포츠 도박 중독자를 뜻하는 은어.

깨끗해진 느낌이다. 입원 후 식단관리와 청결한 위생 덕일까, 아니면 생존 의지일까. 말기 암 환자로 보일 만큼 병색이 짙지 않았다.

주변 침대가 다 비어있어서 얘기 나누기는 편했다. 밖으로 나갈 필요도, 목소리를 낮출 필요도 없었다. 아저씨는 보고 있던 종이를 절반 접어 기밀문서라도 되는 양 가슴 안쪽에 찔러넣었다. 그리고 할 말이 많은 듯 큰 얼굴을 내 앞으로 내밀었다.

"조대녕이가 미국에서 사고로 뒤졌다는 얘기는 저번에 했제? 제일 그룹은 IMF 때 결국 부도 나뿌고 도피하다시피 해외에 나가 살더니 말년이 그렇네."

"교통사고였다면서요. 아버지에게 승부조작을 강요한 인간을 제가 잊을 수 있겠습니까. 직접 처단하지는 못했지만 그렇게라도 죽으니 조금은 홀가분합니다."

말은 그렇게 하면서도 나도 모르게 깊은 한숨이 나왔다. 야구를 모욕한 치욕의 그 사건이 다시금 떠올랐다.

1998년 한국시리즈 5차전을 앞둔 밤, 제일 핀토스 선발투수였던 아버지는 서울 원정 숙소에서 조 사장에게 불려가 내일 경기에서 고의로 패하라는 압력을 받는다. 당시 외환위기로 모 기업이 위기에 빠지자 구단 패밀리가 위험한 도박에 나섰던 것. 한국시리즈에서 자신의 구단이 지는 쪽에 사설 베팅업체에 거액을 걸었다. 야구 특성상 투수들만 작당하면 이길 순 없어도 쉽게 질 수는 있다는 점을 악용했다. 밤새 고뇌하던 아버지는 다음날 비 오는 새벽에 호텔을 나가 실종됐고, 그 사건은 일명 '레인맨의 저주'라 불리며 20년 이상 장기 미제로 남아있었다. 그리고 올봄, 서울 외곽 야산에서 백골이 발견됐는데 아버지로 신원이 밝혀졌다.

문제의 그날 밤에 일어난 진실은 아버지의 룸메이트이자 전담 포수였던 송도상 아저씨만이 알고 있다. 결말은 허망하게도 자살. 당시 심적 압박을 못 이긴 아버지는 새벽에 호텔 객실에서 목을 맸고, 이를 분히 여긴 아저씨가 몰래 시신을 옮겨 야산에 묻은 후 실종사건으로 위장해 버린 것.

아저씨의 주장은 이랬다. 당시 물적 증거는 하나도 없었다고, 아끼는 후배가 개죽음당하는 게 억울했다고, 나약한 놈으로 주변 입방아에 오르는 건 더 못 견디겠다고, 자살로 판명 나면 승부조작을 작당한 일당에게 면죄부를 주는 꼴이라고, 그래서 숨길 수밖에 없었다고.

그런 이유로 아저씨는 백골의 진실을 알면서도 올 초 경찰에 자진 실토하지 않았다. 수사가 공전 중인 만큼 '레인맨의 저주'는 여전히 미제인 셈이고. 여기까지가 당시 승부조작과 아버지의 죽음에 관해 내가 아는 전부다.

아저씨가 돋보기안경을 벗고 입을 한번 쩝쩝거렸다.

"근데 말이다, 승부조작 주동자가 조 사장이 아니라카네. 그냥 제안받고 혹해서 실행한 것뿐이라고. 사실 내가 아는 조 사장은 좀팽이라 그런 배포도 없는 놈이었지."

"그럼 누가? 이 골방에서 그런 정보는 또 어디서 얻었답니까?"

아저씨가 턱 끝으로 맞은편 빈 침대를 가리켰다. 처음에는 그 의미를 몰랐다.

"저기서 오래 드러누워 있다가 얼마 전에 화장장으로 간 우 씨라고 있다. 죽을라꼬 들어앉은 병실에서 조 사장 얘기를 들을지 우째 알았겠노. 세상이 이렇게 좁으니 죄를 지으면 안 되는 기라."

"우 씨? 옛날에 뭔 일을 하셨길래."

"제일 그룹 자금 책임자였다 카더라. 어느 날, 둘이 하도 심심해서 서로 과거를 깠더니 그카네. 조 사장이 직접 돈 가방 들고 이리저리 다니지는 않았을 거 아이가? 자기가 밑에서 그런 일 도맡아 했다 카더라꼬. 사설 불법 베팅도 자기가 실무를 담당했다고. 그리고 나를 알고 있더라꼬. 천하의 무명 포수 송도상이를 알아봐 주다니. 내 감격했다 아이가."

"그러면?"

"놀라지 마라. 김 선생, 아니 김보근이가 다 그린 그림인기라. 그때만 해도 요즘이랑 달리 야구쟁이들이 건달들이랑 형님 동생 하든 때거든. 보이까네 불법 베팅도 건달들이 설계한 모양새더라고. 김보근이가 조 사장한테 직접 찾아가서 먼저 제안했다 카더라. 우리가 알고 있는 것과는 반대제? 조 사장은 김보근이가 시키는 시나리오에 따라서 너거 아부지를 협박했고. 그 아는 우승 반지 이런 거 집착 없다. 천하에 돈밖에 모른다. 노년에도 연봉 더 주는 구단 찾아 이리저리 옮겨 다녔다 아이가. 소심한 조 사장이 처음에는 벌벌 떨었는데 김보근이가 뒷배 자랑하믄서 자기만 믿으라꼬 큰소리 땅땅 쳤다카네."

"무서운 얘기입니다. 그럼 조 사장 죽음도 김 선생이 관여했을 가능성이……."

"그렇지. 미국에서 조용하이 살고 있는데 청소부 써서 치웠겠지.

여전히 그때 건달들과 닿아 있는지도 모르고. 조 사장이 어느 날 갑자기 증언하겠다고 튀어나올까 봐 항상 겁 안 났겠나. 지금은 둘의 처지가 뒤바뀌었잖아. 김 선생이야 야구 바닥을 주무르고 있고, 떵떵거리다 망한 조 사장은 형편이 영 시원찮고."

"한국 야구판을 더럽힌 1998년의 승부조작은 김 선생 손끝에서 시작됐군요. 부정 승부를 모의하고, 한국시리즈까지 진출한 동료들 땀을 무시하고, 에이스란 인간이 일부러 져서 거액의 리베이트를 챙기고, 그 돈으로 오늘날 자신의 사업을 일군……. 이제는 증거인멸에 나서서 사람까지 처단하는."

"김 선생이 해결하지 못한 게 딱 하나 있다. 바로 너거 아부지 신충이의 진실. 만약 자살했다는 사실을 아는 순간 기뻐서 날뛸기라. 그래서는 안 된다. 증거가 없을수록 그런 새끼는 계속 쫄리게 살도록 냅둬야지."

"그래서 계속 입 닫고 계신 겁니까? 경찰이 나중에 알게 되면 아저씨도 법적 책임을 지셔야 합니다."

"크하하. 내 살날 얼마나 남았다고. 그딴 게 두려웠으면 내 시작도 안 했다. 내가 씨부리면 김 선생만 좋은 일 시키는데 와? 그 꼴은 못 본다."

단호한 태도에 입을 닫을 수밖에 없었다. 아저씨 집념에 비하면 내가 갖는 복수심은 그냥 행동 없는 말뿐인가 싶을 정도로.

차를 몰고 돌아오는 길이 착잡했다. 유일한 증거가 주변 진술뿐인 오래전 사건. 이런 사건은 사실 법적 해결이 쉽지 않다. 차라리 극단의 물리적 충돌이라도 있으면 빵 터져버리겠지만. 몽키스 구단에는 고은돌의 사인 거래가, 개인적으론 아버지 사건의 새 증언이 터져 나왔다. 두 사건 모두 진실은 알고 있으나 해법이 막막하다는 공통점이 있다. 답답함이 몰려들어 차창을 살짝 내렸다.

* * *

홍 단장에게 제출할 'K 스나쌩 게이트' 보고서가 거의 완성됐다. 사건의 개요와 과정, 3각 사인 훔치기의 연결 고리 등을 정리했다. 연결책을 맡았던 도두락이 잠적했으니 짬짜미가 들통났다는 사실은 연루자들에게도 알려졌으리라. 한몽규는 바로 슬럼프 기미가 보였지만, 남다른 멘탈의 고은돌은 5경기 연속 안타를 쳐내고 있다.

"팀장님, 보고서 결론을 어떻게 내셨는지요?"

기연이 궁금해하며 주변을 기웃거렸는데 마지막 장은 아직이다.

"머리에 쥐가 날 것 같아."

보고서에는 대책과 대안이 담겨야 한다. 선수들 간 사인 교환은 사실로 드러났다. 더 이상 계속되진 않겠지만, 지금까지 저지른 일에 대한 처리방안을 제시해야 한다. 팀 내부적으로 공개하고 징계를 하든지, 아니면 팀 내 혼란을 막기 위해 조용히 덮든지. 그 판단이 너무 어렵다. 모두에게 좋은, 건강한 야구를 고려하면 투명한 공개가 당연하지만 워낙 복잡한 사안이라 효과적인 공개가 어렵다. 기자 생활을 한 촉으로 보자면, 세상에 빠르게 전달되는 소식은 단순한 사건이다. 이렇게 복잡하게 얽히면 중요한 핵심 대신 곁가지들이 오히려 부각 될 수 있다. 김 선생이 빠져나갈 여지가 생긴다.

더 큰 우려도 있다. 영악한 김 선생은 철저히 점조직을 활용했다. 리그 안에서 또 다른 짬짜미 세트가 움직이는지 확인할 길이 없다. 도두락 형님도 이 부분은 전혀 알지 못했다. 어설프게 접근했다가는 김 선생이 아니라, 리그 전체의 공멸을 부른다. 근본적으로 뿌리를 뽑지 못하는 이상 가지치기밖에 안 된다는 의미다. 어쩌면 김 선생은 각 구단 내 이런 복잡한 의사 결정까지 다 계산에 뒀을지도 모르겠다. 매사 치밀한 양반이니까. 머리를 끙끙 싸매고 있는데 책상머리맡의 휴대전화가 울렸다. 낯선 번호였다.

"네, 신별입니다."

"저 박지현입니다. 기억하십니까?"

비굴한 목소리였다. 모를 리가 없다. 고은돌이 홈런 치던 날, 김 선생 옆에서 가방을 들고 있던 은퇴한 투수다. 김 선생의 말을 전하려는 게 뻔하다. 이런 전화를 직접하지 않는 것도 김 선생답다.

"네, 그럼요. 그런데 어쩐 일로……"

"저기, 김 선생님께서 한 번 뵙자고 해서 자리 만들려고요."

"저를요?"

"아뇨, 홍 단장님과 자리를 하고 싶으시다고."

드디어 상대가 칼을 뽑았다. 김 선생이 움직이기 시작했다. 선수를 치겠다는 계산이다. 사람의 급을 갈라 나 같은 팀장 따위는 애초 무시함으로써 자신의 높이를 정한다. 그게 자신의 위치라고 믿고 싶은 것이다. 높은 데서 똥을 싼다고 냄새가 바뀌냐. 그런 쌍말이 목까지 차올랐다.

* * *

"우리 단장님, 괜찮겠어? 능글능글 구렁이 백 마리 넘게 품은 인간이야."

내가 김 선생 뜻을 전하자, 홍희는 어차피 한 번 부딪쳐야 할 일이라며 단번에 승낙했다. 온갖 사악한 수법으로 야구판을 물 흐리는 그 인간은 내게도 특별한 존재다. 1998년 한국시리즈에서 승부조작에 가담했고, 결국 아버지가 극단적 선택을 하게끔 만든 원수. 그때 긁어모은 검은돈이 지금의 번듯한 회사를 만든 밑천이 됐다. 단죄하겠다는 결심을 한시도 잊은 적 없다.

김 선생이 홍 단장을 따로 보자고 한 건 적반하장, 되레 큰소리를 치려는 게 틀림없다. 불안감 반, 기대감 반이어서 운전기사를 자처하고 나섰다. 홍희는 뒷자리가 아닌 옆자리에 앉았다.

"내가 어릴 때부터 어떤 아저씨들을 만나왔는지 알아? 나이로 누르고, 권위로 누르고, 눈치 보면서 빈틈 찾고, 홍희를 홍희로 보지 않는 회사 인간들을 수없이 만나왔다고. 엄마, 할머니랑 같이 있을 때랑 나 혼자 있을 때 그들 태도가 어떻게 바뀌는지도 아주 잘 알고. 야구로 치자면, 가을야구 경험이 아주 많은 베테랑이라고 할까. 그러니까 걱정 같은 건 붙들어 매셔."

약속 장소인 서울 상암동의 한 일식집에 도착했다. 야외 주차장 구석에 차를 댔다. 자기 회사가 코앞이지만 김 선생이 먼저 와서 기다릴 일은 없다. 일부러 늦게 도착해 자신이 우위에 있다는 걸 자랑하는, 제일 싫은 스타일이다.

"단장님, 우리도 차에서 좀 더 기다릴까?"

홍희가 바로 안전벨트를 풀며 말했다.

"그럴 필요 없어. 그 인간 원하는 대로 해주지 뭐. 난 말이야, 키는 우리가 쥐고 있다고 생각해."

"만약, 무슨 일 생기면 바로 연락해. 얼른 달려갈게."

"어머 시발. 무슨 일이 생기면 경찰을 불러야지 직원 불러 뭐하게. 걱정 마. 대신 선물 하나 줄게."

홍희가 가방에서 꺼낸 건 녹음 기능이 있는 수신기였다.

"응? 이건."

"맞아. 지난겨울 은닉 폭탄주 사건 때 썼던 장치. 내가 김 선생 잘 구슬려 볼게. 그러면, 우리 별 팀장 아버지 사건과 관련한 새로운 증거가 튀어나올지도 몰라. 치사한 인간과 상대할 때 굳이 정석대로 할 필요 없지. 우리도 치사해질 수 있다고."

홍희의 배려에 가슴 한구석이 뜨거워졌다. 인사를 하는 둥 마는 둥 운전석 의자를 눕히고, 수신기에 연결된 이어폰을 귀에 꽂았다. 잠시 후 김 선생의 목소리가 들린다.

"여기저기서 이상한 소리가 들리데예. 자꾸 있지도 않은 사실을 캐고 다니신다고. 제가 쓴소리를 자주 하고 다니니까네, 저를 시기하고 질투하는 사람이 많습니다. 망했으면 하고 떠드는 사람도 많고. 사람들이 지 잘못은 모르고, 지적해주는 사람 욕만 하고 그래요."

"어머, 저도 어릴 때부터 저를 두고 이러쿵저러쿵 떠드는 소리하도 많이 들어서 그거 잘 알죠. 인물이 어떻네, 여자애가 어떻네.

티를 낸다고 뭐라고 하는 사람에, 티를 안 낸다고 뭐라고 하는 사람까지. 그래서 말인데요, 저는 진짜와 가짜를 구별하는데 민감합니다. 저 사람은 진짜를 얘기하는구나, 저 사람은 가짜를 얘기하는구나. 가짜를 진짜처럼 꾸미는 거, 저 그거 진짜 싫어해요. 이 가방처럼 말이죠."

"하, 우리 단장님, 이거 통하는 게 있네. 그러니까 말입니다. 자꾸 없는 사실 만들어내는 거, 이거 진짜 안 좋은 거예요. 도두락이가 무슨 헷소리 같은 거 하고 미국으로 튄 거 같은데, 그거 다 거짓말입니다. 글마 토쟁이 짓 하다가 걸릴 거 같으니까, 다른 사람한테 디집어 씨울라고 기라는 거지요."

"맞습니다. 저도 주변에 하도 입에 발린 말 하는 사람이 많아서, 사람 말만으로는 안 믿죠. 그런데, 김 선생님. 진짜 빽이랑 가짜 빽이랑 어떻게 구별하는지 아세요? 비 오는 날 빽으로 머리 위로 올려서 우산처럼 쓰면, 그거 가짜예요. 진짜 빽은 비에 젖을까 봐 다 품에 안기 마련이죠. 딱 보면 답 나와요. 그런데, 진짜 찐은, 거기서 진짜 빽으로 우산 삼는 거예요. 김 선생님, 그거 할 수 있어요? 진짜 빽으로 우산 삼는 거."

"그게 무신 소린지?"

"한 번 까보는 거죠. 누가 진짜 빽을 들고 있는지, 아니면 가짜 빽으로 블러핑 하고 있는지. 김 선생님, 제가 오늘 들고 온 이 에르메스 버킨 빽, 얼마 짜린지 아세요? 이게 바닥에 내려놓으면 사람들이 깜짝 놀라는 물건이에요. 먼지 묻는다고."

물 흐르는 소리와 함께 김 선생의 놀라는 목소리가 나온다. 홍희가 그 가방 안에 병에 있던 술을 들이부었다.

"아니, 홍 단장. 이게 무슨……"

"김 선생님, 블러핑이 예술이던데요. 20년 전에도 그랬던 거 아니에요? 누군가와 짜고, 우리 팀이 져도 나만 이기면 되는 경기 만들었죠. 지금도 똑같지 않나요? 누가 이기든 지든, 야구가 어찌 되든 말든 내가 이기면 된다는 태도 말이죠."

김 선생의 목소리가 커졌다. 말투도 반말로 바뀌었다. 코너에 몰리면, 깃털을 세우는 수탉들이 하는 짓이다.

"홍 단장. 이 바닥 잘 모르는 모양인데, 우리 스포츠 하는 사람들은 승부에 살고 승부에 죽는 거야. 승부에서 이기는 게 뭐가 잘못이야. 야구 한 경기 이기는 것만 승부가 아니라고. 어디 한 번 밝힐 테면 밝혀봐. 하나하나 다 까발릴 수 없는 거라면, 겉으로 드러난 것이 진실이고 세상은 그렇게 믿는다고. 20년 전 사건? 그걸 증명할 수 있나? 세상일 중 가장 어려운 게 '의도'라는 놈을 증명하는 거야. 사람이라는 건 지금 마음이 그때 마음과 또 달라서, 시간이 지나면 어느 게 진짜 마음이고 가짜 마음인지 몰라. 최선이라는 건, 증명할 수 없는 거야. 게다가, 홍 단장이 야구를 잘 몰라서 그러는데, 야구는 스타킹 신고, 허리띠 매지만 드럽게 치사한 종목이라고. 변화구 왜 던져, 번트 앤 슬래시*는 왜 해. 어렵고 복잡하게 사인은 또 왜 내고. 그게 다 상대 속이려고 하는 거야. 몸쪽이 약점이면 몸쪽 던지는 게 승부고, 투수 무릎이 안 좋으면 투수 앞에 번

---

* 번트를 대는 척 하다가 강공으로 바뀌 방망이를 휘두르는 작전.

트를 대는 게 야구라고. 상대방에게 약점이 있으면, 그걸 이용하는 게 이 세계의 진리라고"

급기야 김 선생이 야구를 모독하기 시작했다. 용서할 수 없는 일이다.

"그래서, 사람들 약점을 이용하셨군요."

"그게 승부라니까. 밝힐 수 없는 건, 드러난 게 진실이 된다고. 그렇게 믿어지면, 그걸로 끝이야. 우승은 아무나 하나. 그게 실력만으로 안 되는 거야. 서로 끌어주고 밀어주고 해야 이 팀도 한 번 하고 저 팀도 한 번 하지. 그러니까, 홍 단장도 진짜 승부의 세계에 들어와요. 몽키스도 우승 한 번 해야지. 심판 판정 도움도 받고, 해설위원들의 예상 도움도 좀 받고 해서 분위기 띄우고. 다 내가 할 수 있다니까. 약점이 아니라 상부상조. 야구는 팀워크잖아."

김 선생의 태세 전환에 또다시 욕지기가 치밀었다. 강남의 유명 식당 이름을 딴 야구계 사모임이 있다는 얘기는 들었다. 학연과 지연 등이 복잡하게 얽혔다. 전직 심판위원장, 야구 원로는 물론이고 몇몇 팀 고위 관계자들이 정기적으로 모인다. 김 선생이 좌장 역할이다. 여기서 이른바 상부상조가 이뤄지는 셈이다. 우승하려면, 그들과 한편이 되는 게 지름길일 수 있다.

홍희 목소리가 급속도로 차가워졌다.

"그런데, 김 선생님. 제가 배운 야구는 좀 다른 모양이네요. 야구는 같은 유니폼을 입는 사람끼리 팀워크를 논하는 거라 배웠거든요. 그래서 다른 유니폼을 입은 선수가 우리 선수한테 몸쪽 깊숙이 위협구를 던지면, 또는 2루 슬라이딩 때 주자의 발이 높다면, 우리 팀 다른 선수가 그쪽 선수 등짝에 150km짜리를 갖다 꽂는 게 야구라고 배웠어요. 그때그때 필요에 따라 유니폼 갈아입는 게 아니라. 어쨌든 이걸로 확실해졌네요. 김 선생님과 저는 다른 유니폼. 그리고, 우리한테 위협구 하나 날아온 상태. 자, 다음 이닝 잘 준비해 볼게요. 아 참, 20년 전 던진 위협구도 잊지 않고 있어요. 제가 배운 야구는 과거의 잘못도 꼭 갚아주라고 했거든요."

나도 모르게 주먹을 꽉 쥐고 있었다. 두 사람의 만남은 길지 않았다. 김 선생이 얼굴이 벌게진 채 식당에서 나오는 모습이 차창 너머로 보였다. 홍희는 그 상황에서도 흔들림 없이 딱 필요한 만큼의 인사를 보내고 있었다.

차를 천천히 몰아서 홍희 앞에 세웠다. 운전석 문을 열고 나섰다. 마음 같아서는 꽉 안아주고 싶지만 더 이상 대학생 때가 아니다. 홍희가 오른손을 들었다. 내가 힘껏 하이 파이브를 했다.

* * *

보고서 마지막 장은 결국 완성하지 못했다. 아니 완성할 필요가 없었다. 호출을 받고 무거운 발걸음으로 단장실을 향했다.

홍 단장이 창가에서 팔짱을 낀 채 비 내리는 그라운드를 지켜보고 서 있었다. 종일 큰비가 왔고 오늘 경기는 우천순연이 결정됐다. 몽키스의 기세는 잠시 식어버렸지만, 촉촉이 젖은 그라운드 풍경이 뭔가 차분함을 안겨주었다.

'K 스나쌩 게이트' 뒷수습은 예상대로 만만찮았다. 사건 전모가 드러나고 사흘 동안 많은 난제가 몰아쳤다. 심적 압박을 주는 판단과 가슴을 찢는듯한 결단을 요구했다. 그리고 오늘, 쏟아지는 비와 함께 일단락됐다.

"30홈런 유격수의 포기라니……. 듣고도 믿기지가 않아."

느낌은 왔지만 막상 트레이드가 성사됐다는 소식을 듣고 나니 나도 모르게 두 팔을 과장되게 벌리고 말았다.

"야구는 팀 스포츠잖아. 우리 팀보다 중요한 건 없지."

홍 단장은 일을 처리하는 데 있어 늘 순리를 강조했다. 이번에도 마찬가지. 하지만 표정에서 진한 아쉬움까지 다 숨길 순 없었다. 입술은 메말랐고 목소리도 살짝 잠겼다. 맘고생이 심했다는 뜻이다. 그만큼 팀 전력 손실이 만만찮았다.

"사건 전모를 모르는 현장을 설득하는 일이 만만찮았을 듯한데?"

"오필성 감독님과 면담하면서 여쭤봤어. 부정한 방법을 이용해 팀에 해를 끼치고 자신의 성적을 챙긴 선수가 있다, 어떻게 하시겠냐. 감독님이 단칼에 정리해주셨지. 제아무리 슈퍼스타라도 그건 팀원이 아니다. 역시 멋진 분이셔."

"이제 팬들 반발이 들끓을 테지. 또 언론에서 냄새 맡아서 파고들면……."

"그건 온전히 내 몫이야. 원론적인 말이지만 성적으로 보답하는 수밖에. 그래서 지금부터가 진짜 중요해."

홍 단장이 내 어깨를 툭 치며 말했다. 너무 걱정하지 말라는 의미였다.

사고 친 선수를 팔고 바꾸는 데도 전략이 필요하다. 중심 타선의 대형 내야수를 시즌 중 갑자기 트레이드하면 의혹의 시선이 생길 수밖에 없다. 야구는 삼각형의 종목. 홍 단장은 치밀하게 삼각 트레이드를 진행시켰다. 일단 고은돌의 팔꿈치 부상 소식부터 널리 알렸다. 원래 좋지 않던 부위였고 이참에 수술하기로 결정했다. 시즌 아웃. 어차피 앞으로 1년 동안은 뛰지 못한다.

몽키스는 당장 고은돌 빈자리를 채울 내야수와 우타자를 상대할 스페셜리스트가 필요했다. 내년을 바라보고 리빌딩 중인 블랙캐츠에 고은돌을 보내고, 블랙캐츠의 베테랑 외야수 채재민과 좌투수 박현세를 받은 뒤, 채재민을 다시 스타즈에 보내 이창섭과 맞바꿨다. 몽키스 입장에서 굳이 위안 삼자면 당장 활용 가능한 '즉시 전력'과 내년에나 쓸 수 있는 '미래 전력'을 맞바꾼 트레이드였다. 전력분석팀에 따르면 박현세는 좌완이지만 우타자에 강한 역스플릿 * 투수여서 몽키스에 지금 딱 필요한 선수다. 이창섭은 두말할 필요 없는 견고한 수비형 내야수. 김명일을 유격수로 옮기고 이창섭을 2루수로 쓰면 센터라인 수비가 더 탄탄해진다.

고은돌은 피식 웃으면서 이 모든 과정을 군말 없이 받아들였다고 한다. 중징계 대신 재활하면서 한해 쉬는 정도라면 되레 안도했을 수 있다. 파장이 커져 시끄러워질수록 자신에게 손해라는 걸 그

---

* 일반적으로 좌투수는 좌타자에 강하고, 우투수는 우타자에 강하다. 좌우타자 상대 기록을 '스플릿 기록'이라고 부르는데, 거꾸로 좌타자에 강한 우투수, 우타자에 강한 좌투수를 '역스플릿' 스타일이라고 한다. 같은 손 투수에 강한 타자도 마찬가지 '역스플릿' 스타일이다.

계산 빠른 뺀질이가 모를 리 없다. 갈망하던 스페셜리스트를 우여 곡절 끝에 구했지만 결과론적으로 홍 단장 농담은 현실이 돼버렸 다. 외국인 선수 한 명에 기대하는 것 이상의 전력 누수가 타선에 생겨버렸다.

출혈이 컸지만 홍희가 주창하는 '모두의 야구'가 한 단계 더 단 단해진 느낌이다. 모두의 야구를 넘어, 우리 모두의 야구가 되고 있다. 우리는 한 팀이다. 시즌 중반을 향하는 지금 어쩐지 두근대 기 시작한다.

"김 선생 반격이 만만치 않을 텐데. 판정에도 영향을 줄 거야."

"괜찮아. 이게 우리의 야구라면, 우리의 야구를 지키는 거야. 그 들만의 야구를 내버려 둘 수는 없지."

"아 참, 마이티 셰프가 커밍아웃했다는 소식 들었지?"

"멀리 보면 현명하고 용기 있는 선택이지. 셰프 본분은 요리에 진심이면 되는 거잖아. 형도 이제 야구에만 집중하면 되고. 갑자기 두 사람 다 응원하고 싶어지네."

나는 애써 웃었지만 눈앞에 떠도는 고은돌의 잔상을 깨끗이 지우 기는 힘들었다. 마음이 슬며시 아팠다. 눈길 둘 곳을 찾지 못하다가 소파 아래에 방치된 빨간 버킨 백을 발견하고 얼른 주워들었다.

"이거, 바닥에 놔두면 안 되는 거라며?"

"하하. 이거 가짜야. 미쳤어? 내가 수천만 원짜리 가방 갖고 다니 게. 나, 백보다 가죽 글러브를 더 사랑하는 야구단 단장이라고."

홍희가 어깨를 펴고 두 손을 허리에 얹고서 크게 웃었다.

야구의 낭만, 사인

야구에서 가장 비밀스러운 장치는 뭐니 뭐니 해도 사인이다. 실시간으로 치러지는 다른 종목에서는 좀처럼 보기 힘들다. 농구는 수시로 작전 타임을 하고 축구 역시 경기 중 감독이 고래고래 소리를 지르는 모습이 자주 나온다. 그나마 야구와 비슷한 '사인'은 배구에서 종종 나온다. 서브를 받는 쪽의 세터가 허리 뒤쪽으로 손가락 사인을 내서 공격의 패턴을 미리 준비한다. 야구로 치자면 포수가 투수에게 볼배합 사인을 내는 것과 비슷하다.

야구의 사인은 크게 두 가지로 나뉜다. 포수와 투수가 교환하는 사인과 벤치가 그라운드의 선수들에게 내보내는 사인이다. 포수는 복잡한 손짓으로 투수와 함께 던질 공을 고민한다. 대개 한국 야구에서는 포수의 '리드'라고 표현하지만 메이저리그는 투수가 던질 공을 선택하는 경우가 더 많다. 류현진이 토론토 포수 대니 잰슨와 사인을 맞추는 장면에서 잘 드러난다. 잰슨이 다리 사이에서 정해진 손가락 사인을 차례대로 내면 류현진이 원하는 구종에서 투구 자세에 들어가는 방식이다.

포수가 리드한다면 투수는 고개를 흔드는 방식으로 자신이 던지고 싶은 공을 결정한다. 한국 프로야구 초창기, 계속해서 고개를 흔드는 투수를 향해 사인 대신 주먹 감자를 냈다는 에피소드는 유명하다.

벤치에서 나오는 사인은 대부분 공격 때 작전을 결정하는 방식이다. 번트를 대거나, 도루를 하거나, 치고 달리기 등을 전달한다. 감독이 사인을 내면 이를 3루 주루코치가 받아 타자와 주자에게 보낸다. 감독의 사인은 간단하지만 3루 코치는 모두가 보고 있기 때문에 현란한 기술이 들어가야 한다. 자칫 상대방에게 작전을 들키면 패배로 이어질 수 있다. 정말 중요한 순간에는 3루 코치가 아예 타자에게 찾아와 귓속말로 전달할 때도 있다.

3루 코치의 사인은 '키값'을 중심으로 이뤄진다. 예를 들어 치고 달리기는 손목, 번트는 팔꿈치, 도루는 어깨라고 한다면 실제 사인에 앞서 '진짜'임을 표시하는 열쇠값을 결정하는 방식의 '암호화'를 한다. 열쇠값이 코라면, 코를 만진 뒤 만지는 곳이 진짜 사인인 셈이다. 손목, 팔꿈치, 어깨 등을 아무리 열심히 더듬더라도 코를 만진 직후에 어깨를 만졌다면 이번 사인은 도루다. 상대가 눈치챘다 싶으면 다음 이닝부터 열쇠값을 코가 아닌 모자로 바꾸면 된다. 이제부터는 모자를 만진 뒤 건드리는 곳이 진짜 사인이다.

사인이 복잡한 이유는 간단하다. 상대에게 들키면 안 되기 때문이다. 사인을 내는 목적이 들키지 않기 위해서다. 그라운드에서 펼쳐지는 '사인 전쟁'에서 현장의 많은 이들은 '들키는 쪽이 잘못한 것'이라고 입을 모으는 것은 이 때문이다. 집에 보물을 뒀다면, 보물을 지키는 노력이 필수다.

물론, 도둑이 죄가 없다는 뜻은 아니다. 도둑질은 분명 잘못이지만 야구규칙은 사인 홈치기에 대한 벌칙(아웃, 실점, 퇴장 등)을 구체적으로 명기하지 않는다. 대신 '빈볼'이라는 불문율 응징이 존재할 뿐이다.

사인 홈치기는 복잡한 논란을 낳는다. 메이저리그 휴스턴의 사인 홈치기 때도 이를 폭로한 투수 마이크 파이어스에 대한 비난 여론이 상당했다. 그런데 사인 홈치기를 두고 모든 야구인들이 한목소리를 내는 케이스가 존재한다. 팀을 위한 사인 홈치기는 어느 정도 오케이. 하지만 자기 자신만을 위한 개인주의적 사인 홈치기는 절대 용납할 수 없다는 것이다. 2루 주자가 포수의 사인을 읽어서 전달하는 것에 대해서는 '읽힌 것이 잘못'이라는 의견이 존재하지만 타격 자세를 잡는 척하면서 곁눈질로 포수 사인을 홈치는 타자의 행동은 용서 불가능하다는 것이다. 팀 스포츠인 야구의 독특한 문화라고 할 수 있다.

야구장은 사인을 둘러싼 전쟁이다. 코칭스태프 중 눈썰미 좋은 이들은 항상 3루 코치의 사인의 패턴을 찾으려 노력한다. 다만, 카메라 등 기계를 사용하는 것은 선을 넘는 행위다. 3루 코치의 복잡한 손놀림을 두고 '저게 무슨 사인일까' 궁금하게 만드는 것은 야구의 특별한 재미 중 하나다.

그런데, 이제 야구의 낭만들이 하나씩 사라지고 있다. 사인 홈치기를 막는 최고의 방법은 사인을 내지 않는 것이다. 통신 기술의 발달로 선수들의 플레이에 방해를 주지 않는 기계들이 발명되고 있다. 메이저리그는 2022시즌부터 투수 포수 사이에 '사인 통신기'를 허용했다. 포수가 왼쪽 팔뚝에 찬 장치의 버튼을 눌러서 사인을 보내면 모자 속 수신기를 통해 투수가 전달받는 방식이다. 사인을 훔치려야 훔칠 수가 없다. 논란은 사라지겠지만, 낭만도 함께 사라진다. 중계화면에 드러나는 포수의 손가락과 이를 지켜보는 투수의 묘한 리듬감과 긴장감이 함께 사라진다. 고의4구가 사라졌을 때와 비슷한 상실감이다. 야구는 좋아지고 있는 걸까.

조미 몽키스 팀장

3막

9회말 그 사나이

바닷가에 신축한 스파이더스 필드 외벽에 초대형 걸개가 보였다. 바로 내일 벌어지는 프로야구 올스타전을 알리는 홍보물. 부산은 역시 야구 도시답게 큰 행사 자체만으로 시민들이 설레는 모양이다. 한여름 땡볕에도 팬들은 벌써 구장 앞 광장 분수대에 몰려와 북적댔다.

사실 도시 전체가 들썩거리는 이유가 꼭 올스타전 때문만은 아니었다. 내일 특별한 이벤트가 함께 열린다. 부산에서 태어나 스파이더스를 거쳐 메이저리그까지 정복하고 돌아온 차세풍의 국내 은퇴식. 이름하며 '부산의 아들'이 공식적으로 선수 생활을 마감하는 날이다.

에이스팀의 하나뿐인 팀원 기연도 대형 걸개를 카메라에 몇 장 담았다.

"팀장님, 진짜 휴가 온 기분이지 말입니다. 딱 한 가지 업무만 처리하면 되니."

말 그대로 꿀 떨어지는 출장길이었다. 우리 일은 스파이더스 구단 사무실을 찾아가서 몽키스 구단에서 마련한 차세풍 은퇴 선물을 전하고, 신나게 도시 투어를 즐기다가 내일 저녁 올스타전을 관람하고 상경하면 된다. 사실 선물 전달이야 택배로도 가능하고, 굳이 예의를 차려 직접 전하려면 한 사람만 내려와도 됐다.

결론부터 말하자면 홍 단장의 배려였다. 에이스팀은 지난겨울부터 온갖 잡무에 시달렸다. 모처럼 바닷바람이나 쐬며 쉬라는, 마구 부려 먹은 노고에 대한 포상성 출장. 혹시라도 올스타전에 참가하는 세 명의 몽키스 소속 선수들이 신경 쓰일까 봐 숙소도 행사장과 떨어진 해운대에 얻어줬다.

구장 1층 원형 통로를 따라 들어가 구단 사무실 문을 노크하려는데, 안에서 거친 고함이 흘러나왔다.

"올스타전이랑 차세풍이랑 뭔 상관이야? 집 나간 애를 왜 챙기냐고! 업무 분장이 개판이잖아."

성난 남자 목소리가 복도 밖까지 울려 퍼졌다. 딱 들어봐도 알 만한 불만이었다. 올스타전은 원래 KBO 행사다. 그쪽 직원들이 행사 대행사와 함께 경기도, 이벤트도 함께 진행한다. 홈 구단 직원들이 나설 일이 없어야 하는데 이번에는 조금 특별하게 됐다. KBO가 아니라 선수협회가 차세풍 은퇴식을 치러주겠다고 나섰기 때문이다. 그렇다 보니 자기 구단 소속이었던 선수의 은퇴식을 나 몰라라 하고 있을 수 없었다. 게다가 차세풍이 미국으로 떠날 때 스파이더스와 깔끔한 이별을 하지 못했다. 현장 프런트는 그때 앙금을 아직까지 기억할 것이고. 들썩이는 바깥 분위기와 달리 구단 내부는 뭔가 삐걱대는 듯했다.

"남쪽 동네도 시끄럽긴 마찬가지지 말입니다. 싸움 난 줄 알았네."

기연이 혀를 쓱 내밀고는 어색한 웃음을 지었다.

다시 노크를 하고 들어서자 실내는 일순 침묵. 몰려있던 대여섯 명의 구단 직원들 눈이 일제히 우리를 향했다. 모두 똑같은 구단 점퍼를 입고 있어서 순간 군부대에 온 줄 알았다.

"모……몽키스 구단이 보낸 차세풍 선수 은퇴 기념품입니다."

내가 말을 더듬으며 쭈뼛쭈뼛 다가섰다. M자 탈모가 심한 땅딸한 직원이 마지못해 선물을 받아들었다. 어디선가 본 듯한 얼굴인데 뚜렷하게 떠오르진 않는다. 기자 시절에 한두 번 스친 인연이었으려나. 얼굴이 벌겋게 달아올라 있는 게 분명 큰 목소리의 장본인. 내부 소란을 외부인에게 들켜 부끄러워하는 게 틀림없다. 그래도 매너는 지켜야 하거늘, 선물을 받아들고도 의례적 감사 인사는커녕 바로 여기저기서 몰려든 선물 더미 속에 밀어 넣었다. 원래 무뚝뚝한 성격인지 알 순 없지만 손님에게 그래서는 안 된다. 확실히 구단 내부는 뭔가 어긋나 있다. 행사 준비 때문이 아니라 감정의 갈등이 감지됐다.

사실 내 딴에는 지난 며칠간 선물 준비하느라 머리가 터질 지경이었다. 은퇴식에는 어떤 게 좋을지. 흔한 사진 액자나 백화점에서 파는 기성품은 무성의해 보였다. 다른 구단과 중복되면 그것도 우스웠다.

아무튼 에이스팀의 선택은 키친 툴. 조리도구 세트였다. 지금까지 야구에만 매달려 왔으니까 은퇴 후에는 맛있는 요리 만들어 먹어가며 인생을 즐기라는 바람이 담겼다. 메이저리그 애틀랜타 3루수 치퍼 존스 은퇴 때 샌디에이고가 '이제 삶을 즐기라'는 뜻에서 서핑 보드를 선물한 것과 비슷하다. 물론 모기업 주력 상품 중 하나인, '요리에 꼭 필요한' 조미료 세트도 선물 안에 포함시켰다. 사실 선물 전달은 요식적인 절차일 뿐 차세풍이 뜯어볼지 말지도 모를 일이다. 그의 취향을 알 수 없고 굳이 맞춰줄 생각도 없다.

눈이 아주 작은 막내 직원으로 보이는 이가 인수증을 건네며 알은체를 했다.

"몽키스 신별 팀장님이시죠?"

M자 탈모는 쓱 쳐다보기만 할 뿐 짐짓 모른 척했다.

어쨌든 임무가 끝났다. 타 구단 직원이 환대하든 홀대하든 바로 홀가분해졌다. 개운치 않은 마음은 잊기로 했다. 이제부터 자유시간. 아무리 봐도 꿀 떨어지는 출장길.

바로 해운대 숙소로 달려가고 싶었지만, 기왕 온 길 지난해 신축한 스파이더스 필드를 구경 안 할 수가 없었다. 기연과는 눈빛만으로 통했다. 계단을 올라 내야 관중석으로 나서자 그라운드를 수놓은 초록 잔디가 융단처럼 펼쳐졌다. 언제봐도 설레는, 야구장에서 가장 아름다운 풍경. 황톳빛 흙과 회색 관중석. 전광판 너머 새파란 하늘. 그리고 투명한 한여름 빛살은 색감의 조화를 더 풍부하게 만들었다. 바다 내음을 머금고 불어오는 후텁지근한 항구의 바람까지. 완벽한 그림이었다.

"샌프란시스코 AT&T 파크 느낌도 나고. 그냥 낭만이 출렁거리네."

"네네. 바닷가에 위치해서 정말 근사합니다. 산 아래에 있던 예전 사직구장과는 비할 바가 아니지 말입니다."

우리는 홀린 듯 구장 전경에서 눈을 떼지 못했다.

"팀장님, 그래도 참 대단하지 말입니다. 한국에서 그런 파워히터가 나왔다는 게. 앞으로 10년은 그런 선수 없겠지요?"

쓰고 있던 하늘색 선글라스를 이마에 걸면서 기연이 물었다. 물론 차세풍에 관한 얘기다.

"KBO리그 출신의 자부심이지. 10년 동안 280홈런. 게다가 내셔널리그에서 아시아인 1루수에, 올스타도 2번이나 뽑혔잖아. 그 홈런들 중엔 메이저리그 역사 하이라이트에 나올 법한 것들도 몇 개 있었고. 그나저나 구장 진짜 멋지지 않아? 돔구장이 최고니 해도 야구는 원래 야외 경기라는 거."

"저는 그보다 이번에 각 팀 선수들 마음 씀씀이에 감동받았지 말입니다. 기왕이면 10개 구단 선수들이 함께하는 은퇴식이 더 의미 있을 것이라면서, 올스타전과 같이 열릴 수 있도록 제안하고 동참해준 점. 사실 이런 기회 아니면 한 구장에 모이기가 힘들잖아요."

"우리 프로야구도 그만큼 정신적으로 성숙했다는 증거 아닐까? 경쟁 팀 이전에 같은 동료라는 의식. 잘하는 선수에 대한 존경심."

내야는 내일 올스타전을 앞두고 바닥 정비작업 중이었다. 구단 점퍼를 입은 젊은 그라운드 키퍼가 뒷짐 지고 지시를 하자, 전동카

트가 긁개를 매달아 끌고 다니면서 흙을 골랐다. 한쪽에서는 내야 파울라인 바깥 잔디에 올스타전 로고와 스폰서 광고 이미지를 새기고 있었다.

어릴 적 TV 중계를 볼 때마다 듬성듬성 팬 누런 잔디와 울퉁불퉁한 흙바닥이 왜 그렇게 흉하던지. 지금 눈앞에 보이는 색감은 메이저리그 구장이 부럽지 않았다. 한국야구 인프라도 경제성장에 걸맞은 수준까지 올라왔다.

"팀장님, 요즘은 내야에 까는 흙도 수입한다더니 확실히 다져진 느낌이네요. 야구만 잘하면 다 좋은 세상이지 말입니다. 어릴 때 야구 중계 볼 때 화면 엄청 구렸었는데. 흙먼지 풀풀 날리고."

나와 같은 풍경을 보고 같은 생각을 한 모양이다. 가끔은 깜짝깜짝 놀란다.

"뭐야, 기연 씨가 그런 말 하니 웃기잖아. 하긴 흙뿐이겠어. 그라운드 키퍼도 유학이며 연수며 다녀오는 시대지. 지금은 마운드에는 마운드 클레이를 쓰고, 내야에는 인필드 믹스를 쓸 정도로 세밀해졌다고. 위치마다 흙 다지고 관리하는 방식이 다 달라졌으니까 전문인력도 필요해졌고. 내야 흙 위에 제습 역할하는 그라운드 컨디셔너를 뿌리는 일은 엄청 섬세한 작업이거든. 메이저리그에서는 요즘 아예 유전자 조작된 잔디를 심는 데다 잔디 관리용 드론도 띄우고, 잔디 깎는 로봇이 미세하게 잔디 높이를 조절한다더라고. 사실 내가 야구 기자 시작할 때만 해도 잔디 관리하는 아저씨들이 넉가래 같은 걸로 그냥 대충 쓱쓱 밀었는데."

기연이 구장 풍경을 인스타그램에 올린다면서 또 사진을 몇 장

찍었다. 관중이 꽉 들어찬 야구장이야 늘 아름답지만 아무도 없는 야구장도 아름답다. 텅 빈 구장 구경은 구단 직원들만의 특권이다.

선수들이 드나드는 통로 쪽 주차장으로 나오는데 구단 버스 한 대가 앞에 멈춰 섰다. 모처럼 스파이더스 선수들을 보는가 싶었는데 머리가 허연 직원만 앞문을 열고 내렸다. 점심은 구장 건너편 밀면집에서 가볍게 때웠다. 부산 별미 맛보기 중 첫 번째는 해결했다.

"팀장님은 출장을 가장한 휴가 계획이 어떠신지요?"

"딱히 없어. 숙소에서 수영이나 하다가 저녁에 차세풍 출간 사인회에 가볼까 해."

"에이, 재미없게. 부산까지 와서 야구 일이라니."

"차세풍과 안면이 있거든. 책 내용이 궁금하기도 하고. 그럼 기연 씨는?"

"출장은 짧은데 스케줄은 넘칩니다. 일단 밀면은 먹었으니 돼지국밥, 낙곱새, 곰장어구이 요 3종 세트를 차례차례 해치울 겁니다. 식욕이 받쳐주면 암소갈비까지. 그리고 열심히 싸돌아다녀야죠. 어디 갈지 묻지 마십시오. 모처럼 휴가니 연락 사절입니다. 내일 저녁 올스타전에서 뵙는 걸로 하죠. 우리 몽키스 선수 중 하나가 MVP 먹으면 완전 보람찬 여행이 될 텐데 말입니다."

기연은 역시 눈치 안 보고 할 말 다 하는, 일의 시작과 맺음이 분명하다. 말투는 늘 긍정의 기운을 부른다. 꼭 나이 문제는 아닐 텐데 가끔은 내가 가지지 못한 성격이라서 그런지 부러웠다.

* * *

차세풍의 출간 사인회는 해운대 인근 센텀시티 내 대형서점에서
열렸다. 책 제목이 강렬했다. 『9회말 그 사나이』. 역경을 다 극복하
고 메이저리그에서 꿈을 이룬 인생 스토리를 함축한 듯했다. 선수
데뷔 시절부터 은퇴까지 막후 에피소드를 묶어 편집한 책이다. 사인
회는 은퇴식과 연계된 행사로 책도 오늘 시중에 최초로 공개된다.

커다란 홀에 마련된 행사장 주위를 훑어본 다음, 매대에 쌓아 놓
은 책을 한 권 집어 들고 긴 줄에 합류했다. 팔도 사람 뒤섞여 사는
서울과 달리 지방은 아직 자신이 성장한 지역에 대한 자부심이 강
하다. 흔히 말하는 '우리 동네 출신'에 각별한 애정을 준다. 잘 난
인물 하나가 만드는 애향심과 결속력은 상상 이상이다. 그 때문인
지 어린애부터 어르신까지 홀을 가득 메웠다. K팝 스타 사인회 안
부러울 정도의 대열이었다.

차세풍이 무대 쪽에 모습을 드러내자 일시에 환호성이 터져 나
왔다. 먼발치에서 봐도 얼굴 혈색이 좋았다. 콧수염을 근사하게 기
르고 올백으로 빗어 넘긴 곱슬머리. 구릿빛 피부에 당당한 체구.
유니폼을 벗은 모습이 낯설긴 해도 꽉 끼는 파란 양복에 느슨하게
맨 넥타이가 잘 어울렸다. 마치 히스패닉계 액션 배우 같았다. 내
뒤에서 젊은 남녀커플이 소곤댔다.

"간지 봐라. 오빠야."

"하모. 차세풍이 하면 간지 아이가. 이제 지 하고 싶은 거 하면서
살겠지. 저 명성에 돈도 많을 끼고……. 부럽다, 부러버."

"스파이더스 감독으로 오면 딱 좋을 낀데, 그지 오빠야?"

"그기 쉽겠나? 연줄 이런 걸로 따지마 다 감독해야지. 안 그렇나? 글카고 니가 몰라서 글치 차세풍이 성깔 좀 있데이."

커플 얘기는 다 사실이다. 차세풍이 앞으로 어떤 진로를 택하든 잘 살아갈 수 있다. 살짝 다혈질에 개성이 강해 가끔 마찰을 일으키긴 하지만 기본 성품이 호탕한데다 인물까지 훤칠해서 호감도도 높다. 그 직설적 성격도 상대적인 것이, 선후배 관계 엄격한 국내에서야 버릇없는 놈으로 치부됐지만 메이저리그는 달랐다. 인종차별을 당했을 때, 출전 기회 줄어들었 때, 당차게 할 말 다 하는 게 오히려 커리어 쌓는 데 도움이 됐다.

사실 야구 좀 본다는 나조차 그가 메이저리그에서 대성할지 몰랐다. 서른아홉까지 주전으로 뛸지는 더더욱 몰랐다. 고교 졸업 후 바로 프로 무대에 발을 디딘 차세풍의 재능은 그해 신입들 중 열 손가락 안에 들지 못했다. 4라운드 지명으로 겨우 고향 유니폼을 입을 수 있었다. 신인 시절에도 파워 하나는 인정받았지만 고질적인 수비 불안 때문에 늘 반쪽짜리 선수라는 평가를 달고 다녔다. 아기자기한 스몰 야구를 중시하는 국내리그 특성상 큰 약점이었다. 당시 4라운드 지명은 구단에서 보면 애매한 투자였다. 키워보다가 버려도 손해 볼 것 없는. 하지만 20년이 흐른 지금은 정반대가 됐다. 차세풍보다 앞서 지명받았던 선수들은 그럭저럭 선수 생활을 하다가 일찌감치 은퇴했다. 당시 스파이더스 1순위 지명으로 집중조명을 받았던 최시우 정도만 2군 타격코치로 현직에 남아 있는 정도.

"어이쿠, 이게 누구신가. 우리 시벌이 동생이 아니신가?"

누군가가 다가와서 말을 걸었다. 곰돌이 푸를 닮은 《서울스포츠》 손은재였다. 야구기자 시절 절친했던 동기. 다른 신문사 소속에 고향도 달랐지만 동갑이라는 이유 하나로 서로서로 빨대가 됐던 친구. 올스타전 취재차 내려왔다가 사인회까지 온 모양이다. 주변을 둘러보니 낯익은 야구계 인사가 더러 보였다.

"열심이네. 데스크가 이 행사까지 커버하래?"

"뭐, 잠깐 와봤어. 쓸 거리가 있나 싶어서. 그나저나 대단하다. 뭔 아이돌 사인회 같잖아. 입단 동기들이 봤으면 진짜 부러워하겠네. 가장 잘 풀리면 코치, 아니면 진작 바닥 떠나서 야구 교습소나 고깃집 차렸을 텐데. 그나저나 내 개코 본능을 자극하는 이 찜찜한 공기는 뭘까?"

"보통 유명인들이 책을 내면 신상에 큰 변화가 온다거나 설화에 휘말린다거나 하잖아. 작년 가을 오필성 감독도 몽키스와 계약을 앞두고 그랬지?* 정치인들도 선거 앞두고 책을 통해 메시지 슬쩍 흘리고 말이야. 차세풍에겐 뭐 없을까?"

"오우, 예리한데? 촉 살아있네. 좋다 좋다. 그 콘텐츠 내가 써먹어도 될까? 책을 펴낸 선수들. 예전부터 뒤져보면 사례 좀 될걸. 콜?"

"조건은?"

---

* 『수상한 에이스는 유니폼이 없다』(최혁곤·이용균 지음, 황금가지 펴냄) 중 1막 「감독님은 왼손 파이어볼러가 싫다고 하셨다」 참조

"에이 또 왜 이래? 밀면 한 그릇?"

"벌써 먹었거든? 내가 필요로 하는 기사 쿠폰 하나 적립하는 걸로 하자. 콜?"

"기사 거래하는 거, 그건 진정한 기자의 길이 아니지."

"햐. 아직도 그런 걸 찾는구나. 스포츠기자는 절반쯤의 장사꾼 피와 절반쯤의 연예인 피를 타고나야 한다고 누가 그랬더라?"

"자식 까칠하네. 알았어. 내일 경기장에서 봐."

"바쁜가 봐? 여기까지 와서 저자 얼굴도 안 보고?"

"관심 없다. 그냥 분위기나 살피러 왔다고 했잖아. 사인받으려고 30분 줄 서는 것보다 기사 한 꼭지 더 쓰라는 데스크 카톡이 무서운 법이야. 요즘 온라인 매체까지 늘어서 경쟁이 장난 아니잖아. 쫄깃한 얘깃거리라야 포털 메인에 걸어준다고. 그리고 나 차세풍 싫어해. 알지? 나 초짜 시절에 공항 귀국 기자회견장에서 모욕감 준거."

"책 내용 중에 쌈박한 기삿감 있을 수도 있잖아?"

"그것도 마음에 안 들어. 인간이 말이야, 책을 냈으면 핵심 내용 요약해서 사전에 보도자료 뿌려야지. 그래야 우리가 편할 것 아니냐. 뭐 인기가수 음원 공개하듯이 책을 서점에서 최초 공개하냐."

"쯧쯧. 손품 발품 팔아야 기자이거늘, 일 참 편하게 하시네."

"안 그래도 차세풍 소속사 대표 만나러 가는 길이다. 어려울 줄 알았는데 웬일로 순순히 약속을 잡아주네. 거기 물어보면 뒷얘기 해주겠지. 현기증 나게 글밥 빡빡한 책장 넘기는 것보다 그쪽이 더 빨라."

갑자기 궁금한 게 생각났다. 돌아서는 손은재를 불러세웠다. 업계 소문은 현직 기자들이 제일 빠르다.

"아 참, 스파이더스 구단과 차세풍 사이가 어때?"

"어떻다니? 뭘?"

"아니 그냥. 차세풍 진로가 궁금해서."

"대외적으로야 싫을 일 없지. 여기 프랜차이즈 출신이잖아. 지역 팬들의 열렬한 성원. 그러니까 성대한 은퇴식도 열어주는 거고."

"그런 거 말고 솔직한 네 생각. 떠도는 얘기 같은 거."

"스태프나 선수 개개인 속내야 알 수가 있나. 이 잔치 분위기에 드러내놓고 나는 차세풍이 싫어요, 누가 그딴 말 하겠냐. 너도 알겠지만 차세풍이 현역 때 지금 감독이랑 사이가 좋지 않았잖아. 당시에 수비 코치였지 아마도? 둘 다 성격이 좀 세야 말이지. 보이지 않는 견제구가 있을 순 있겠다 싶네."

내가 원하는 대답이었다. 다들 그런 분위기를 느끼고 있다. 민감해서 말을 안 꺼낼 뿐. 구단 직원이 짜증 낸 이유와도 연결이 됐다. 현 체제의 스파이더스 스태프와 프런트는 차세풍을 반기고 있지 않다. 현장 정서를 모르는 구단 수뇌부와 열렬히 환호하는 팬들 마음과는 별개로. 혹 틈새를 파고들어 와 구단 안에 똬리라도 틀까 봐. 예전처럼 또 분란을 일으킬까 봐. 자신들의 밥벌이와 직결된 문제였다. 은퇴식을 후원하고 나선 것도 이미지 관리용일 뿐이다. 부산 시민들의 차세풍 사랑은 각별하다. 그런 그가 돌아온다는데 두 손 놓고 있다면 또 난리 칠 일일 테지.

그새 줄이 더 길어졌다. 팬클럽 모자를 쓴 어린이부터 평생 서점과 담쌓았을 법한 올드팬들까지. 바로 내 앞만 해도 초록색 구형 스파이더스 유니폼을 입은 늙수그레한 영감님이, 신형 오렌지색 유니폼을 입은 아이 손을 꼭 잡고 섰다. 옛 유니폼과 새 유니폼을 입은 할아버지와 손자. 근사한 그림이었다. 야구가 세대 사이의 소통에 기여한다면 그조차 의미 있는 일이리라. 기억건대 저 초록색 유니폼을 입고 차세풍은 2000년대 사직구장을 날아다녔던가.

들고 있던 책을 펼쳐서 잠시 목차를 살펴봤다. 메이저리그 입성기 부분이 호기심을 끌었는데 주위가 어수선해서 글자가 쉬이 눈에 들어오진 않았다. 내일 밤 상경할 때 KTX 안에서 읽기로 했다.

기다림 끝에 마침내 영감님과 손자가 테이블 앞에 도달했다. 의자에 앉은 차세풍이 부리부리한 눈을 뜨고 올려봤다.

"선생님, 성함이?"

감격이 과해서일까. 영감님은 말문이 막혀 잠시 우물거렸다. 당황한 것 같기도 하고. 대신 곁의 똘똘한 손자가 또박또박 말했다.

"울 할배는 성이 오 씨에 래자 휘자 쓰시고예, 제 이름은 오현석. 둘 다 적어 주이소."

"너는 참 예의가 바르구나."

차세풍이 껄껄 웃으면서 두 사람 이름과 자신의 사인, 그리고 커다란 하트 문양까지 그려주었다. 서명이 끝나자마자 영감님이 책을 낚아챘다. 뭔가를 더 기대하는 손자 손을 끌다시피 데리고 사라졌다. 딱 봐도 무뚝뚝한 경상도 스타일. 나이가 있는 데다, 낯선 사인회 행사에, 대스타 앞이라 뭔가 어색했나 보다.

드디어 내 차례였다.

"안녕하세요?"

내가 책 앞장을 펼쳐 테이블 위에 놓으며 인사를 하자 부리부리한 눈이 더 커졌다.

"자네 혹시, 신별 기자? 신충 선배님 아들?"

놀라웠다. 아니 감사했다. 오랜만에 봤는데도 얼굴은 물론 이름까지 기억하다니. 게다가 아버지까지.

"아……. 이거 영광입니다. 비시즌 국내 계실 때 몇 번 뵀을 뿐인데 알아봐 주시니. 제가 안 좋은 기사도 여러 번 썼습니다만."

"사람 얼굴을 쉽게 잊을 수야 있나. 야구 잘하는 사람은 뭐든 오래 잘 보는 법이지. 기사에 대한 악감정은 없네. 나 어차피 뉴스 안 봐. 하하."

"여전하시네요. 다행히 저도 이제 기자 일 안 합니다. 지금 몽키스 구단 프런트에 있습니다."

급히 지갑에서 명함 한 장을 꺼내 건넸다. 잠시 이야기가 이어졌다. 뒤에서 커플이 구시렁대는 소리가 들렸다. 곁에서 행사 진행을 돕던 서점 직원도 양미간을 찡그렸다. 내가 서둘러 눈인사를 건네고 물러나는데, 차세풍이 조금 큰 목소리로 불렀다.

"혹시 오늘 저녁 시간 되나? 내가 좀 늦을 수도 있겠지만 말이야."

* * *

기묘한 조합이었다. 살다 보면 뜻밖의 술자리를 갖게 되는데 딱 그 경우였다. 내가 식탁 너머 마주 앉은 기연에게 놀리듯이 물었다.

"혼자 맛집 여행 다닌다면서? 내일 저녁까지 절대 연락하지 말라며? 그래서 나 고민했다고."

"팀장님, 이거 왜 이러십니까? 차세풍 선수님 만나는 일보다 중요한 약속이 어디 있다고. 곱창, 곰장어는 혈관 건강의 적이지요. 또 서울에 다 있지 말입니다."

내가 이번에는 옆자리 홍 단장 쪽으로 고개를 돌렸다.

"저녁에 다른 구단 단장님들과 모임 있지 않으셨습니까? 이번 기회에 확 내 편으로 심어 놓겠다고 작정하시더니."

"별 팀장님, 아시잖아요. 그 자리에 내가 끼면 되레 어색한 거. 안 그래도 선출, 비선출 단장끼리 섞여 서먹한데 비선출 여자까지 껴 있으면 분위기 곤란하죠. 모처럼 아재들끼리 말 터고 단합하게 내가 비켜줘야죠. 그쵸?"

말은 저렇게 해도 정작 아재는 홍 단장 안에 한사람 들어앉은 것 같다. 능구렁이처럼 술술 넘기는 말주변. 한마디 한마디에 다 치밀한 계산이 있다는 걸 나는 익히 경험했다.

우리는 미포항 인근 허름한 횟집에 모여앉았다. 해운대 달맞이 고개 아래 2층짜리 콘크리트 건물. 간판도 제대로 안 걸려있는 걸로 봐서 소위 현지인들이 다니는 맛집인 모양이다. 얼굴이 쪼글쪼글하고 키 작은 여사장이 차세풍을 보자마자 덥석 허리를 끌어안았다. 오랜 단골집 같았다. 창문 너머로 멀리 동백섬이 보였고, 그 뒤편은 초고층 건물이 병풍처럼 휘둘러 쌌다. 창마다 흘러나오는 휘황찬란한 불빛이 밤하늘을 밝혔다. SF 영화에 나올법한 미래도 시처럼.

"허허. 그만들 하시죠. 내가 갑자기 약속을 잡아서 분란을 제공했나 봅니다."

우리 셋이 계속 티격태격하자 차세풍이 탄탄한 두 어깨를 열고 다리를 쩍 벌리고 앉아서는 껄껄거렸다. 횟집 2층에는 테이블이 4개뿐이고 다른 손님은 없어 호탕한 웃음소리가 더 크게 울렸다. 아무튼 희한한 조합의 급조된 술자리. 메이저리그 출신 대스타와 오래전 야구 담당 기자와 경쟁 구단의 단장과 직원이 둘러앉아서, 호텔도 아닌 허름한 포구 횟집에서 한잔이라니. 의미를 두지 않을 수 없는 풍경이다.

"형님, 진짜 사진이라도 한 장 찍히면 오해받겠습니다. 부산의 아들을 몽키스에서 비밀리에 접촉했다면서. 지역 팬들 들고일어나겠는데요."

"신별 팀장, 왜 그딴 걸 신경 써? 내 비록 스파이더스 출신이기는 해도 지금은 자유의 몸이지. 내일 은퇴식은 어쩌면 스파이더스와 결별을 의미하는 시간일 수 있고."

친정 구단과의 결별이라……. 무슨 뜻일까. 약간 미묘한 말이었다. 냉정히 따지면 그는 현재 무적 신분이 맞다. 빅리그로 떠날 때 스파이더스와 한바탕 시끄러웠다. 모기업 이미지에 타격을 줄 뻔했던 연봉 조정 신청을 철회하는 조건으로 해외 진출을 허락한다는 이면계약서가 공개되면서 앙금이 커졌다. 선수 생활을 정리하고 돌아온 지금, 그 악연의 끈마저 끊어져 버렸다는 뜻일까.

현재 스파이더스는 90년대 프랜차이즈 스타 신경직이 감독을 맡고 있다. 작년에 3년 계약으로 부임했고 올 시즌 4위권을 유지하고 있다. 공수 전력이 안정돼있어 '가을야구' 가능성이 높다. 재능 있는 어린 친구들이 많아서 경험이 쌓이는 몇 년 후가 더 기대된다. 구단주와 지역민이 아무리 차세풍을 끌어들이고 싶어 해도 지금 상태에서 판을 흔들 순 없으리라. 신경직 사단 코칭스태프 대부분이 작년에 같이 입성한 스파이더스 혈통. 확실히 차세풍을 위한 자리는 마땅찮아 보였다. 경력과 나이를 봐도 생초짜 대접받으며 시작하는 건 격에 맞지 않고. 구단 사무실을 방문했을 때도 느꼈지만 내부 분위기도 우호적이지 않았다. 차세풍이 올봄 예기치 못한 다리 부상으로 영구 귀국하는 순간, 내부 견제가 시작됐다는 의미일까.

차세풍에게도 좀 답답한 면이 있었다. 자신의 진로를 공개적으로 알리면 주위에서 대처가 편하겠지만, 그냥 좋아하는 야구 일을 계속하겠다는 두리뭉실한 대답만 반복했다. 미리 패를 내보이지 않는 판단의 진중함. 에이전트가 시킨 전략일 수도 있겠지만 그의 장점이자 단점이다. 방송국 해설위원으로 갈 수도 있고, 꼭 현장이 아닌 임원으로 갈 수도 있다. 또 모 유명한 축구선수처럼 아카데미를 열 수도 있잖은가. 아니면 대학 강단에 적을 둘 수도 있다. 인물에, 언변에, 경력에, 재력에 그 정도 지명도면 뭘 해도 성공할 수 있다. 바로 정치판을 가도 통할 듯싶었다. 그런데 이것저것 과하게 재는 느낌이랄까.

돌이켜보면 선수 시절에도 지나치게 신중했다. 큰 경기 앞두고 스파이더스 팬들을 위해 화끈하게 '함 해 보입시다' 이렇게 말할

법도 한데, 한 번도 입을 연 적이 없다. 메이저리그에 갈 때도 계약 기간과 연봉은 얼마나 계산했는지, 포지션에 대한 조건은 어떤 걸 염두에 두고 있는지 수많은 궁금증에 제대로 답하지 않았다. 대신, 한번 결정되면 기관차처럼 내달리는 스타일이다. 여러 추측이 쏟아져 나왔는데, 결국 선택지는 샌프란시스코 자이언츠. 조건으로 따지면 최고가 아니었음에도 '고향 부산과 가장 가깝고 같은 바닷가 도시에서 뛰고 싶었다'라는 한 마디로 모든 일을 정리했다. 팬들이 열광할 수밖에 없었다.

소주잔이 몇 번 돌자 궁금했던 옛 얘기가 술술 나왔다. 특히 메이저리그에 진출했던 당시의 고생담이 재미있었다. 주전 경쟁, 인종 차별, 언어 소통과 엮인 에피소드는 남자들 군대 경험담과 비교할 수 없을 만큼 신선했다. 한마디 한마디에 기연은 꺄르르 넘어갔다.

"그래서 내가 막판에 제대로 한방 멕여버렸지."

차세풍의 말끝은 꼭 이런 식이었다. 결정적인 멘트를 아껴났다가 툭 던지는 기막힌 재주를 가졌다. 그의 야구도 비슷했다. 다들 고개를 절레절레 흔들 때 분위기를 뒤집는 한 방을 자주 날렸다. 빅리그에서 확실한 이미지를 남긴 것도 첫 시즌 막판, 팀의 포스트시즌 진출을 확정 짓는 9회 결승 홈런이었다. 몇 차례 없었던 한일전에서도 두 번이나 9회 역전 결승 홈런을 때렸다. '9회말 그 사나이'는 차세풍의 삶 그 자체였다.

이런 일화가 있다. 메이저리그에 진출한 이듬해, 연고지에 대형 산불 피해가 났고 얼마 뒤 현지 신문에서 차세풍을 까대기 시작했다. 다른 선수들과 달리 어떤 기부도 없었다는 냉소였고, 돈독 오른 코리안으로 묘사했다. 인종차별적 요소와 기자의 사적 감정이 겹쳐진 다분히 악의적 기사였다. 급기야 홈경기 때 관중들 야유까지 들어야 했다. 차세풍은 일절 대꾸하지 않았다. 그 정도 견딜 멘탈은 있었다. 계약기간이 만료됐고 더 좋은 조건으로 다른 팀으로 떠나게 됐다. 작별 인사를 전하는 지역신문 광고란에 리틀 야구장을 배경 삼아 포즈를 취한 차세풍의 사진이 같이 실렸다. 산불 피해 지역 아이들이 많이 사는 동네에 근사한 잔디 구장을 만들어 기부한 것. 긴 시간 남몰래 준비한 서프라이즈였다.

차세풍은 진짜 뭐든 습득하는 속도가 빨랐고, 앞날에 대한 두려움이 없었다. 타격도 그렇고, 언어 장벽도 그렇고. 손짓 발짓으로 시작한 영어가 어느새 유창하게 됐다. 단언컨대 야구가 아닌 다른 일을 했어도 성공했을 타입이다.

내가 예전부터 진짜 궁금해하던 걸 물어볼 기회가 왔다.

"까놓고 말해 형님은 신인 시절 수비가 영 아니었잖습니까? 어떻게 글러브질이 그렇게 능하게 됐는지 신기하단 말입니다. 수비와 주루는 기본적으로 슬럼프가 없다지만 애초 기본이 안 되면 영원히 괴롭히는 건데."

"그렇지? 사람들은 내가 메이저에 첫발을 디뎠을 때가 최고 위기라고 생각했겠지만 사실 그때는 자신이 있었단 말이지. 진짜 위기는 스물 초반 막 1군으로 올라왔을 때야. 발도 빠른 편이 아니어서 외야에서 쫓겨나 1루 백업으로 뛰게 됐을 땐 앞이 막막했다고. 반쪽짜리 선수라는 평가가 지배적이었지. 그때 적응에 실패했다면 좌절했을 테고, 메이저는커녕 스파이더스 주전 자리도 구경 못 했겠지."

"역시 고등학교 때 당한 부상 때문이죠? 아니 부상이라기보다 트라우마."

"신 팀장은 참 기억력이 좋아. 그 옛날 일을. 내가 원래 수비가 그렇게 나쁘진 않았다고. 후후. 근데 알다시피 청룡기 결승에서 1루 강습타구에 얼굴을 정통으로 맞아 코뼈가 깨져버렸잖아. 그 공 하나를 처리하지 못해서 팀도 역전패했고. 그때부터 공이 무섭고 움츠러들더라. 완전 바짝 얼었지. 머리는 안 그래야지 하면서도 몸은 항상 반 박자 늦더라고. 모든 타구가 드라이버로 후려친 골프공처럼 느껴졌으니 트라우마가 맞지. 그 반 박자를 절대 못 따라잡겠는 거야."

"이해합니다. 야구선수에게 그게 얼마나 무서운지. 던지는 것만 입스*가 오는 게 아니죠. 받는 데도 입스가 올 수 있죠. 사구 뒤 몸쪽 공에 아예 방망이가 안 나가는 타자들도 있잖아요."

"멋져요. 그걸 의지로 결국 극복해 내다니."

홍 단장이 살포시 끼어들었다. 차세풍이 칭찬에 멋쩍은지 소주잔으로 입술을 축였다.

"극복이라……. 단장님, 흔한 얘기지만 수비는 진짜 심리전이더라고요. 「매트릭스」라는 옛날 영화 있죠? 거기서 주인공이 총알이 천천히 날아오게끔 신공을 부려 몸을 젖혀서 피하잖습니까. 그거

---

* yips. 골프에서 갑자기 스윙 감각을 잊어버리거나 야구에서 갑자기 송구를 제대로 못하게 되는 현상. 심리적 이유 때문으로 추정된다. 입스 때문에 내야수에서 외야수로 바꾸거나 심할 경우 은퇴하는 일도 벌어진다.

랑 비슷해요. 어느 날 내게도 강습 타구가 천천히 날아오게끔 하는 눈이 생겼지 뭡니까. 개안 수술을 한 건 아니고. 후후."

홍 단장이 눈을 동그랗게 키웠다.

"어머나. 그럼 특수 선글라스라도 끼셨나? 전자 장비 쓰는 건 반칙인데. 비법 전수 좀 해주시죠. 우리 몽키스 1루도 타격은 좋은 데 가끔 알을 잘 까서."

역시 홍희는 빠르다. 애살 섞어서 농담처럼 내뱉는 말에 함의가 있다. 비법 전수란 말이 몽키스 코칭스태프에 합류해달라는 우회적 제안처럼 들렸다. 그래도 자기 팀 선수를 희화화하는 건 편치 않았다. 지도자에게는 늘 우리 선수가 최고라는 믿음이 필요하다고 생각한다. 물론 단장의 위치는 다르다. 팀 전력은 감정의 기대치가 아니라, 산술적 계산이 맞아떨어져야 한다고 믿겠지. 항상 불만이고 부족해 보이리라.

"비법 전수라? 그럽죠. 그게 뭐 어렵다고. 어차피 내일이면 다 알게 됩니다. 결국 사람 문제죠. 인연이 소중하고. 사실 오늘 계획이 틀어질 뻔한 일이 있었습니다. 대충 넘기긴 했지만."

틀어질 뻔한 일이라……. 또 묘한 말을 했다. 당분간 스파이더스로 복귀할 수 없다는 건 다 아는 사실. 몽키스 구단에 근무하는 나를 보더니 즉흥적으로 술자리를 잡은 일이 갑자기 신경 쓰였다. 홍희만큼이나 차세풍도 영리하다. 어쩌면 나를 매개로 몽키스와 자의적으로 접촉한 건 아닐까. 수도권 신생 구단에, 그룹 지원 빵빵하고, 학연과 지연이 얽힌 구태도 없다. 두어 시즌 코치 경험 쌓은 후 평판만 괜찮으면 바로 사령탑으로 올라탈 수 있다. 그게 차세풍의 수정 전략일까. 내 생각이 너무 멀리 나간 것일까.

2차 술자리가 인근 호프집에서 이어졌다. 횟집과 달리 실내가 밝고 널찍하고 번잡했다. 차세풍을 알아보는 현지인과 피서객이 많아졌다. 사인받고 사진 찍기를 원하는 사람들이 이어져 대화가 자꾸 끊겼다. 시간이 흐를수록 부담스러운 자리가 됐다. 1차에서 끝냈어야 했거늘. 스파이더스의 레전드를 만나는 몽키스 구단 사람들이라니. 누가 보면 오해를 살만한 모습이다. 하지만 차세풍은 보란 듯 팬서비스에 응했다. 홍 단장도 대수롭잖게 생각했다. 나를 보고 고개를 한 번 끄덕이며 눈짓을 줬다.

'이봐 걱정 인형 씨, 내가 책임질 테니 신경 끄세요.'

표정은 그렇게 말했다. 사실 그런 부담감만 빼면 멋진 밤이긴 하다. 즐거운 사람들, 흥겨운 술자리, 운치 가득한 포구에서 바라보는 해운대의 밤. 그리고 화수분처럼 샘솟는 야구 이야기. 아무리 떠들어도 질리지 않는다. 참 희한한 일이다.

가끔 서른 중반에 직장을 옮긴 일이 잘한 판단인지 자문하고 싶을 때가 있다. 그때마다 생각한다. 야구가 질리지 않는다는 것. 그건 잘한 판단이라는 방증이 아닐까.

* * *

침대 머리맡에 둔 휴대전화가 다급하게 울렸다. 동시에 화면 불빛이 반짝거렸다. 발신자가 홍 단장이다. 호텔 옆 객실에 머무는 사람이 걸어온 아침잠을 깨우는 전화. 안 좋은 신호였다. 긴장감이 엄습했으나, 다행히 통화 저편 목소리에 위급함은 없었다. 대신 좀 냉랭했다.

"차세풍, 아메리칸 스타일 매너는 아니네? 코리안 능구렁이지."

"무슨 소리야. 어젯밤 신나게 같이 떠들고선."

"포털에 기사 떴더라. 핀토스로 간대. 감독은 감독인데 재활군 감독으로. 뭐 약점 잡힌 거 있는 거야? 시즌 중에 뭐가 그렇게 급해?"

"확정이야?"

"응. 오늘 은퇴식 치르고 다음 주쯤 발표할 예정이었는데, 그만 입 싼 에이전트가 실수한 모양이야. 기자와 술 마시다가. 신 팀장 절친《서울스포츠》손은재 단독이니 믿어야겠지?"

그 자식, 촉 하나는 진짜 끝내주네. 그래도 분위기 파악해서 내일이나 모레쯤 터트렸으면 좋았잖아. 하긴 단독 기사를 미루다가 빼앗기면 그건 바보지. 서먹한 은퇴식이 되겠군. 여기 팬들은 몹시 서운해할 테고

"우리와는 간보기 한 거야?"

"아아……. 우리 단장님은 진짜 영입할 생각이 있었구나? 어제 모임은 내 친분으로 급조된 자리잖아. 얼굴 알아두면 좋을 듯해 기연 씨까지 부른 거고. 업무와는 엮지 말아줘."

말은 그렇게 했지만 나도 뭔가가 서운했다. 잃은 건 없는데도 가

넙게 뒤통수를 맞은 기분. 뭘 그렇게 계산기를 두드리고 싶었을까. 홍 단장 말대로 시즌 종료 후 판이 재정비되면 선택지가 훨씬 넓어질 텐데. 역시 9회말 그 사나이다. 아니, 9회말까지 기다리는 게 아니라, 자신이 상황을 막다른 9회말로 만들어버린다.

암막 커튼을 젖히고 테라스로 나갔다. 아침부터 텁텁한 바닷바람이 불어왔다. 백사장에 늘어선 비치파라솔 사이로, 한낮 인파를 피해서 일찍 해수욕을 즐기려는 사람들이 몰려나오고 있었다. 얼핏 보면 좀비 떼 같았다. 하늘을 한번 올려다봤다. 구름 한 점 없다. 오늘 더위도 만만찮을 듯싶었다.

다시 휴대전화가 울렸다. 이번엔 화면에 손은재 이름이 떴다. 촉 하나는 진짜 끝내주는 자식이다.

"뭐야. 아침부터 자랑질하려고?"

"시벌아. 하나만 확인하자. 어제 출간기념회에서 갑자기 내게 물었잖아. 차세풍 평판에 대해서. 나는 스파이더스가 차세풍과 거리두기 한다는 걸 생각조차 못 했거든. 어제 네 말 딱 듣는 순간 머리가 땅 받치더라고. 술도 한잔 마셨겠다 에이전트를 족쳤더니 그런 대박이가 딱 걸려버리네."

"그래서 용건이? 밀면 대신 암소갈비 사주려고?"

"소스 출처가 궁금해. 진짜 스파이더스 코칭스태프 사이에 떠도는 소문이라도 있는 거야? 그러니 내게 사실을 확인하려고 했겠지."

은퇴 선물을 전달하러 갔을 때 인상 구기던 고참급 팀장이 떠올랐다. 사실 뒤늦게 그가 누구인지 기억해냈다. 차세풍과 수비위치

가 겹쳐서 빛을 못 봤던 진영덕. 1군과 2군을 오르내리다 소리소
문없이 은퇴했다. 자신의 입장에선 차세풍과는 악연이라면 악연이
다. 다시 한번 앞길을 막는다고 느꼈다면? 하지만 그런 건 정황일
뿐 증거도 뭣도 아니다. 과도한 추측에 오해가 더해졌을 수 있다.

"소스가 어딨냐. 차세풍 입지가 애매해 보여 그냥 물어본 거지."
"사실 이번 특종을 단발로 끝내기는 아깝잖아. 스파이더스 내부에서 따
돌리기를 해서 차세풍이 열악한 조건으로 타 구단에 자리를 잡을 수밖에
없었다. 이런 식으로 몰고 가면 좀 더 자극⋯⋯"
"적당히 하지. 선을 넘네."
"시벌 놈, 까칠하네. 너도 다 이렇게 취재했잖아. 새삼스럽게."

손은재 반응에 순간 얼굴이 화끈거렸다. 다시금 느꼈다. 제아무
리 협상의 달인이라도 입이 싼 에이전트는 사절이다. 기자 앞에서
말실수로 인생에 한 번뿐인 고객의 은퇴식을 망쳐버렸다. 앞으로
가 더 걱정이다. 손은재 자식이 어떤 식으로 더 들러붙을지. 타사
기자들까지 낙종을 만회하려고 달려들면 진짜 시궁창이 된다. 특
히 창작에 능한 스포츠기자계의 '지은이' 서지은을 조심해야 한다.
찜찜함이 채 사라지기도 전에 또 전화가 울렸다. 뭔가에 씐 듯한
아침이다. 이번에는 지역번호 051로 시작하는 유선전화였다. 잠시
통화 버튼 누르기가 망설여졌다. 누가 봐도 100% 불길한 징조. 역
시 빗나가지 않았다.

"혹시 신별 팀장님 되십니까? 여는 해운대 경찰서라예."

* * *

유명한 피서지에서 낯선 형사와 엮이리라곤 상상도 하지 못했
다. 인근 해운대서에서 달려온 중년 사내는 범죄물 속 형사 이미지
그대로였다. 유도선수처럼 짧게 친 머리카락, 투박한 말투와 건장
한 체구, 활동하기 편한 통 넓은 반팔 점퍼에 운동화까지 신었다.
참수리 마크가 박힌 명함을 내게 건넸는데 형사 2과 실종수사팀장
이었다. 이름이 하영박. 2인 1조로 움직여야 하는 규칙을 무시하고
웬 혼자인가 싶더라니.

차 마시며 얘기 나눌 상황까지는 아닌 듯해 그냥 호텔 로비 소파
에 마주 앉았다. 하 형사 목소리가 꽤 컸다.

"마, 아까 전화로 말씀드렸다시피 차세풍이가 어젯밤부터 연락
이 안 된다카네예. 소속 에이전시 대표님이 아침 일찍 우리 쪽에
연락을 했다 아임미까."

"제가 마지막 술자리까지 함께 했다는 이유로 찾아오신 건가
요?"

"뭐, 글타고 할 수 있지예."

"제 연락처는 어떻게 아시고?"

"에이전시 대표님이 알려주시더라꼬. 어젯밤 차세풍이와 통화했
는데, 몽키스 신 팀장님이랑 있다꼬예."

에이전시 대표? 기억난다. 폭스 기획의 사이먼 조. 사석에서 본

적도 있다. 외국계 투자사 펀드매니저처럼 날렵한 외모의 중년. 김 선생과 더불어 그 바닥의 양대 거물이다. 추잡한 인맥 활용을 주무기로 쓰는 김 선생과 달리, 미국에서 제대로 배운 합리적 운용으로 알짜 선수들을 빨아들이고 있다. 사람 간의 정이 아니라 통계화된 수치와 합리적 업무처리를 앞세워 급성장했다. 몽키스 선수 몇몇이 그곳 소속이다. 지난겨울 연봉협상 때 엄청난 분량의 분석 자료를 준비해와 운영팀장이 진땀을 뺐다.

그것과 별개로, 몽키스 구단이 마치 실종의 원인 제공자처럼 고자질해 기분이 나빴다. 희한하게 에이전트들과는 다 악연이다. 나도 모르게 말투가 퉁명스러워졌다.

"하 형사님. 어제 헤어질 때 세풍 형님 많이 취하지 않았습니다. 저희가 무책임한 사람도 아니고. 그리고 보통 실종사건은 급박한 상황이 아니면 하루 이틀 정도 기다려보지 않습니까? 자발적으로 연락을 끊은 경우가 많고, 스스로 귀가하는 경우도 상당하니까. 그렇다고 이 좁은 나라에서 건장한 유명인을 흔적 없이 납치한다는 건 확률이 확 떨어지죠. 혹시 전화기 꺼놓고 어디서 곯아떨어진 거 아닐까요? 경찰이 이렇게 즉각적으로 움직이는 경우는 드문데 역시 오늘 은퇴식 때문인가요?"

내가 질문을 쏟아내자 하 형사 이마 주름살이 깊게 팼다.

"마, 즉각 나섰다기보다는……, 위에서 콕 찍어서 시키는데 우얌미꺼? 공식적으로 사건이 접수된 것도 아이고 서장님 특명으로 내려온 긴데. 끗발 있는 누구한테서 직접 부탁받으신 모양이라예. 부산의 아들 차세풍이 사라졌으니 경찰 명예를 걸고 꼭 찾아오라꼬

닦달이심더."

"결국 유명인이라서 움직인다, 이거로군요? 공권력이 공평하지 않다는 생각이 듭니다."

"거, 대게 까칠하시네. 내라꼬 기분 좋겠능교. 야근 당직자 있는 데도 직접 챙기라캐서 새벽부터 나와 있꾸만. 글고 우짜겠는교? 시키면 해야지. 까놓고 말해서 천하의 차세풍 아잉교. 당연히 신경 쓰이지."

"인근 CCTV는 살펴보셨습니까?"

"지금 울 애들이 열심히 디비고 있심더. 뭐, 그기 다 해결해주는 것도 아이지만."

"그래서 저한테서 단서가 필요한 거군요."

"술자리 끝날 때까지 같이 있었다카대요. 뭐 별다른 낌새는 없었능교? 빤쭈 바람으로 밤바다에 뛰어들 만큼 우울했다거나, 다른 사람과 시비 붙어서 주먹질을 했다거나……. 그런기 궁금한 기죠."

"아시겠지만 세풍 형님은 우울할 수가 없는 사람입니다. 에너자이저라서요. 결혼을 안 했으니 가정사 문제도 없고. 하물며 은퇴식을 앞두고 그런 무책임한 짓을 했을 리는 더더욱."

"휴대전화를 꺼났더라꼬예."

"아, 2차 호프집에서 잠시 전화 받고 오더니 표정이 안 좋긴 했습니다. 낄낄낄 잘 떠들다가 표정이 무거워지니 바로 표가 났어요. 걱정돼 물어봤더니 에이전트 전화라고. 그러더니 그냥 전원 꺼버렸습니다."

"하이고마. 거서 위치추적이 끊긴 거네. 그때가 몇 신교?"

갑자기 점퍼 주머니에서 수첩을 꺼내 메모를 하기 시작했다.

"하 형사님. 답 나왔네. 에이전트한테서 안 좋은 소식을 듣고 심란해서 바람 쐬러 나갔다가 사라진 거. 아실지 모르겠지만 세풍 형님 욱하는 성깔 있습니다."

"글캤으면 얼마나 좋겠능교. 하필이면 은퇴식 날……."

그때였다. 호텔 로비 회전문을 밀고 다급히 달려오는 사람이 보였다. 한여름 피서지에서 고급 재킷 차림은 바로 눈에 띄었다. 호랑이도 제 말 하면 온다더니 폭스 기획 대표 사이먼 조였다.

내가 앉아 있는 소파 쪽을 보자마자 성큼성큼 다가와 버럭 화부터 냈다.

"신 팀장님! 우리 고객과 몰래 접촉하는 거 반칙이죠! 그리고 차세풍 선수가 취했으면 더 살폈어야죠! 큰 행사 앞두고 아실만한 분이 이렇게 무책임할 수 있습니까!"

이해가 안 됐다. 차세풍이 한두 살 애도 아니고. 형사 앞에서 일부러 오버한다고 느껴졌다.

"저기 대표님. 뭔가 오해가 있으신데, 어제저녁은 차세풍 선수 요청으로 마련된 자리입니다. 개인적인 친분으로요. 기사 보아하니 그때는 이미 행선지 다 정해졌을 땐데 몰래 접촉이니 그런 말은 맞지 않습니다. 그렇게 따지면 대표님은 고객 관리를 어떻게 합니까? 기자한테 괜한 말 해서 은퇴식 완전히 김빠지게 생겼잖습니까."

사이먼 조가 말꼬리를 잡으려고 입술을 한번 씰룩이는가 싶더니, 하 형사 쪽으로 고개를 틀었다.

"진전은 좀 있습니까?"

마치 자기 직원 다루는듯한 말투였다. 하 형사는 난처한 듯 고개를 저었다.

"그기 재촉한다꼬 뚝딱 해결되겠능교. 일단 미포항에서 달맞이 고개 너머까지 애들 풀어서 살펴보라고 해야지예. 공식적으로 실종 신고된 게 아니라서 대규모 인력을 움직이진 못할낀데. 그카마 소문이 안 날래야 안 날 수도 없고⋯⋯. 이제 슬슬 돌아봐야지예."

사이먼 조 얼굴이 바로 일그러졌다. 형사의 느긋한 태도가 불만인 것이다. 자기 실수로 일이 커져서 수습에 마음이 쫓기는 듯했다. 냉정한 협상가인 줄 알았는데 이런 모습은 뜻밖이다. 역시 사람은 겪어봐야 안다.

"대표님. 혹시 어젯밤 전화로 차세풍 선수와 다툰 거 아닙니까? 말실수했다고 차세풍 선수가 삐친 거."

내 기습이 먹혔다. 사이먼 조는 부정하는 대신 담담하게 받아쳤다.

"그 정도 다툼은 늘 있습니다."

하 형사가 끼어들었다.

"뭐꼬? 아침에 내캉 통화할 땐 그 얘긴 안 했다 아이가!"

"다툰 거랑 상관없다니까 그러시네. 자, 얼른 서두릅시다."

"아니, 상관있고 없고는 내가 판단하는 거지. 자꾸 이카면 우리도 일 못 함미더."

하 형사가 배째라는 식으로 삐쳐버리자 전세가 뒤바뀌었다. 서로 대화가 꼬여서 불편하던 차에 테이블 위에 올려둔 휴대전화가 울렸다. 기연이었다.

"팀장님, 가문의 영광일까요. 우리 얼굴이 떡하니 뉴스에 나와버렸지 말입니다."

바로 원문 링크 하나를 카톡으로 보내주었다. 어젯밤 맥줏집에서 만난 몇몇 사람들이 차세풍과 찍은 사진을 SNS에 올렸고, 그걸바탕으로 기사가 만들어졌다. 우려했던 그대로였다. 기사와 창작세계를 넘나드는 《한국스포츠》의 '지은이' 서지은. 어떤 사건이든기막힌 비유로 소설화시키는 필력을 지녔다. 몽키스가 비밀리에차세풍 영입전에 참전했다가 뒤통수 맞았고, 그 사실이 팬들 제보로 알려지면서 완전히 체면을 구겼다는 그런 얘기였다. 필력이 얼마나 뛰어난지 사실과 의견을 기막힌 구성으로 엮어서 마치 긴박감 넘치는 르포처럼 술술 읽혔다. 차세풍을 향한 몽키스의 구애는시즌 후에도 계속될 것이라는 사뭇 웅장한 예언까지 곁들였다. 물론 내게 확인 요청 전화는 없었다.

절로 한숨이 나왔다. 고대했던 휴가가 아침부터 개판이 돼버렸다. 곁의 두 사람에게 들으라고 일부러 큰 소리로 말했다.

"기연 씨, 비보가 하나 더 있어. 차세풍이 실종됐어. 어제 우리와 헤어진직후에. 에이전시 대표님이 왜 방치했냐며 원망하시네."

전화기 너머 기연의 반응은 명료했다.

"오 마이 갓!"

* * *

역시, 꿀 떨어지는 출장은 사치였다. 처신 잘못했다가는 진화하기 힘든 비난 상황에 내몰리게 생겼다. 기사에 달린 몇몇 댓글이 가슴을 찔렀다. '미인계를 이용한 영입 작전'이란 표현은 서글픔마저 들었다. 온라인 세상에서는 모든 의심은 즉흥적으로 심판 내려진다. 행여 진실이 밝혀진다 해도, 그건 모두가 상처받고 난 이후다.

인스타 사진 성지라고 불리는 부산 아난티코브에 들렀다가, 바닷가 고찰 해동용궁사에서 몽키스 우승 기원 삼배를 올리겠다는 기연의 소매를 붙들었다. 돌아가는 꼴을 보니 한가로이 보낼 수 없었다. 기사를 보고 발끈한 홍 단장의 간곡한 지시까지 있었다.

"신 팀장, 알지? 내가 억울함은 못 참는 거? 사건 전모를 밝혀 바로 잡아야지."

어제 호프집에서 분위기 들썩일 때 왠지 찜찜하더라니……. 별문제 없을 거라고 윙크까지 날려놓고선. 홀로 독박을 뒤집어쓴 기분이었다. 까칠하게 대꾸하려다가 참았다. 감정싸움보다 급한 불부터 끄는 게 급선무였다.

차세풍의 은퇴식까지 채 10시간이 남지 않았다. 아니 은퇴식이 문제가 아니다. 사람 생명이 위태로울 수 있다. 경찰이 작정하고 우르르 달려들면 어떻게든 흔적을 찾겠지만 결국 시간 싸움.

하 형사에 따르면 차세풍은 어젯밤 숙소에 돌아오지 않았다. 그는 해운대에서 가장 높은 빌딩에 입주해있는 특급호텔에 머무르고 있다. 맥줏집에서 휴대전화를 꺼버렸으니 위치추적은 그곳에서 멈췄다. 단서를 찾으려면 일단 회식 장소에서 되짚어가는 수밖에 없었다.

해운대 백사장을 따라서 미포항 쪽으로 무거운 발걸음을 옮겼다. 예상대로 정수리에 내리쬐는 땡볕이 후텁지근했다. 40도를 웃도는 느낌이다. 간밤의 숙취까지 올라와 머리가 찌뿌드드하고 온몸이 화끈거렸다.

머리카락을 동그랗게 말아올려 당고머리를 튼 기연이 시선을 수평선에 둔 채 말했다. 다시 봐도 하늘색 미러 선글라스가 여름 바다 풍경과 잘 어울렸다.

"팀장님. 장담컨대 차세풍 선수는 만취하지 않았습니다. 챙기지 않았다고 비난받는 건 억울하지 말입니다."

"내 얘기가 그 얘기잖아. 필름 끊길 정도는 아니었지. 우리와 헤어지고 다른 자리에 갔던 게 아닌가 싶어. 호프집에서 전화 받고 안색이 확 변한 것도 그렇고. 호텔에도 돌아오지 않았다니깐."

"통화 내역이나 문자 메시지를 확인하는 게 가장 빠른 방법일 텐데."

"일단 휴대전화가 꺼져 있으니 위치추적 불가능. 혹 휴대전화만 먼저 찾는다고 해도 비밀번호 풀기 쉽지 않을걸. 수사상 절차도 그래. 자발적으로 연락을 끊은 것인지, 진짜 실종인지 확실치 않잖아. 혹시 소동극으로 끝나면 사생활 침해 논란이 있을 수 있으니 경찰이 당장 적극적으로 움직이지 못할 거야. 결국 방범 영상 들여다보고 탐문해서 일대 뒤지는 수밖에. 아까 느낀 건데 사이먼 사장이 과하게 소란을 떠는 것 같단 말이지."

"팀장님, 차세풍 선수와 사이먼 사장이 전화로 다툰 이유가 기자 앞에서 말실수한 것 때문이죠? 핀토스 행 보도를 막을 수 없게 생겼으니 뒤늦게 이실직고한 거고. 은퇴식을 망친 비난을 혼자 뒤집어쓸까 봐 얍삽하게 선수를 친 거."

"그래서 세풍 형님이 열받아 휴대전화 전원을 꺼버린 거고. 보도 나가면 기자들한테 확인 전화 미친 듯이 날아들 테니. 욱하는 마음에 어디 가서 한잔 더 때렸다?"

"다급해진 사이먼 사장이 직접 맥줏집 근처로 달려왔다면요? 우리가 있는 게 멋쩍으니 따로 만나야 했겠죠."

생각하지 못했던 부분이다. 근처에서 대기하고 있다가 접선했을 가능성을 배제할 순 없다. 대화 중 우발적 다툼이 생겼을 수 있고. 하지만 한 가지 사실이 앞뒤가 맞지 않는다.

"그러면 사이먼 사장이 아침부터 고위 인맥 동원해 경찰서장 움직이고 했을 리는 없을 것 같은데."

기연이 고개를 끄덕. 바로 다른 쪽으로 방향을 틀었다.

"팀장님. 그러면 어제 맥줏집에서 벌어진 시비는 어때요?"

"목에 문신한 개들?"

갓 스물 정도의 남녀 일행 셋이 차세풍에게 막무가내로 들러붙어 사진을 찍으려고 했다. 그 과정에서 시비가 일었다.

"차세풍 선수가 손바닥을 내밀며 리스펙! 크게 외칠 땐 진짜 멋졌지 말입니다. 야구선수가 아니라 이 사회의 선생님 같았다고요. 단 한마디로 분위기를 제압하는 위엄이라니. 사람이 달라 보이더라고요."

214

"잘 끝나서 다행이지만 사실 위험했어. 선수는 그런 일을 안 만드는 게 우선이고, 혹 그런 경우엔 부드럽게 해결해야지. 다치기라도 하면 구단에 엄청난 피해가 가잖아. 차세풍 같은 직설적 스타일을 싫어하는 사람 의외로 많아. 가끔 마찰도 일으켰고. 자칫 잘못했으면 맥주컵 깨졌을 거야. 하지만 걔들은 아직 철없는 애들이잖아."

"팀장님, 철이 없으니까 차세풍 선수 말이 꼰대 훈계처럼 들렸을 수 있죠. 앞뒤 안 가릴 나이잖아요. 일행 중에 예쁘장하게 생긴 노랑머리 여자애 있었죠. 남자 하나가 영웅심리 발동해서 홀로 남은 차세풍 뒤를 쫓아 해코지했을 가능성. 아예 불가능하진 않지 말입니다."

기연을 존중하는 의미에서 고개를 끄떡여 보였으나 내 견해는 좀 달랐다. 피서지에서 혈기 넘치는 어린 무리는 조심해야 맞지만 일단 가능성에서 배제하고 싶었다. 사투리를 쓰지 않는 걸로 봐서 이 동네 친구들이 아니다. 지역 텃세가 아니라 여자애한테 잘 보이고 싶은 마음이라면 눈앞에서 뭔 짓을 했으면 했지, 나중에 뒤따라가서 '복수'했을 가능성은 낮다. 또 상대가 유명인이라면 자랑거리가 아니라 되려 걱정거리가 되고 만다. 예단의 위험성을 잘 알고 있지만 이번 일이 그런 즉흥적 사고는 아닌 듯싶었다.

다행히 횟집은 일찍 문을 열었다. 작달막한 노파는 바닥에 신문지를 깔아놓고 매운탕용 야채를 다듬고 있었다. 기억력이 좋은지 우리를 바로 알아봤다.

"어제 세풍이랑 같이 왔던 서울분들 아잉교? 해장탕 드실라꼬?"

뒷말이 더 없는 걸로 봐서 아직 실종 사실을 모르는 듯했다. 그보다 해장탕이란 말에 기연과 동시에 눈이 마주쳤다. 숙취가 다시금 몰아쳤고 목구멍에서 민망할 정도로 꼴깍 소리가 났다. 촌각을 다투는 상황이라 양심에 찔렸지만 본능을 속일 순 없었다.

식사가 준비될 동안 잠시 식당 내부를 둘러봤다. 아담한 포구 횟집. 조명이 없으니까 더 낡고 초라해 보였다. 집기마다 비린내가 진득이 배 있고, 선풍기 날개 끝엔 새까만 먼지 때가 보였다. 이런 노포에서 완벽한 위생 상태를 기대하긴 힘들다. 주인장과 각별한 인연이 있지 않고서야 차세풍 정도의 대스타가 다닐 만한 곳은 아닌 듯했다. 재벌가 맏딸 홍 단장도 이런 곳에 와봤을까 싶을 정도지만 어제 군소리 않고 매운탕 냄비에 여럿이 숟가락까지 담궈가며 잘 먹었다.

한쪽 벽에 방문 손님들 사진과 사인을 다닥다닥 걸어놓았다. 연예인들이 즐비한 서울의 식당과 달리 의원이나 구청장, 병원장 같은 동네 유지들이 많았다. 그 틈에서 단연 눈길을 끄는 인물은 차세풍. 그것도 종이 사인이 아닌 십수 년은 지난 듯한 사진이었다. 지금보다 훨씬 날렵한 몸매로 보아 메이저리그에 진출하기 직전 같았다. 기연이 중요한 증거물을 채집하듯 폰 카메라 렌즈를 사진에 갖다 댔다.

노파가 쟁반에 국그릇을 담아 나오며 말했다.

"세풍이 신인 때부터 여 단골 아이가. 얼마나 대식간지 젓가락질 한 번에 회 열점씩은 묵었을 끼다."

"사진 속 옆에 분은 누구시죠? 점퍼를 보니까 오래전이네요?"

"구단에서 일하는 양반이라 카데. 원래 운동장 관리하다가 요즘은 딴 일 한다꼬 들었는데. 세풍이 미국 가고 나서는, 가끔 저 창가에 앉아 혼자 술 마시고 갔다 아이가."

"혼자요?"

"하모. 근데 뭘 자꾸 꼬치꼬치 캐묻노?"

내가 침을 한 번 삼킨 다음 목소리 톤을 낮췄다.

"저기, 사장님. 세풍 형님이 어제 여기서 한잔한 후로 연락이 안 됩니다. 호텔에도 안 들어왔고 전화도 안 받아요. 뭔 사고나 안 당했는지 걱정입니다. 오늘 은퇴식인데 혹시 뭔가 아시나 해서요?"

"뭐라꼬? 울 세풍이가 사라졌다고?"

노파의 두 눈동자가 커졌다. 들고 있던 쟁반으로 입을 막았다.

* * *

지난밤 행복했던 순례길이 지금은 악몽의 순례길이 돼버렸다.

다행히 맥줏집도 일찍 문을 열었다. 확실히 피서철의 해운대는 24시간 다 대목이다. 낮에는 치킨 배달, 저녁에는 생맥주를 주력으로 파는 듯했다. 짭짤한 수입 앞에선 자영업자들은 낮이나 밤이나 지치지 않는 모양이다. 어젯밤에 본 매부리코 사장이 오늘도 일찍부터 계산대를 지키고 섰다.

어찌 자초지종을 설명할까 망설이고 있는데 뒤에서 아는 목소리가 날아들었다.

"아이고마, 직접 수사도 하실라고요? 명탐정 났네, 명탐정 났어."

깍두기 하 팀장이다. 이번에는 쌍둥이처럼 똑같이 스포츠머리를 하고 야자수 남방을 입은 젊은 형사를 하나 대동하고 왔다. 둘은 한쪽 구석 모니터 앞에서 지난밤 매장 영상을 챙기고 있었다. 약간 비꼬는 말처럼 들렸는데 역시 감정싸움은 도움이 안 된다. 내가 검지로 관자놀이를 누르며 말했다.

"에이, 수사라뇨. 경찰 일손 부족하다니까 도와드리려는 거죠. 혹시 압니까. 이 머리통이 갑자기 지난 밤의 흔적을 딱 기억해낼지. 힘을 보태 세풍 형님을 찾는 게 급선무 아니겠습니까?"

"허허. 그러시구먼."

역시 깍두기는 우리를 비웃는 게 맞았다. 이보쇼, 이건 우리 일이요. 표정은 그렇게 말했다.

"뭔 새로운 소식이라도?"

내 재촉에도 깍두기는 세상사 급하지 않았다.

"마, 이제부터 슬슬 둘러봐야지. 요 바닥 안이니 뭐라도 나오겠지예."

"어제 매장에서 사소한 다툼도 있었습니다. 영상 속에 혹 단서가 있지 않을까요?"

내가 고자질하듯 일러바치며 매부리코 사장 눈치를 살폈다. 의도적으로 정보도 좀 흘렸다.

"그리고, 세풍 형님이 여기서 휴대전화를 꺼버렸으니 마음 급한 사이면 사장이 직접 만나러 쪼르르 달려왔을지도 모르고. 위계질서를 무시하고 공권력을 사유화하려는 인간들에게 본때를 보여야죠!"

일부러 형사들 자존심까지 박박 긁었다.

"그랍시더. 그기 뭐 어렵다꼬. 암튼 외국물 먹은 놈들은 다 밥맛이라니까."

그제야 깍두기는 반응했고 눈치 빠른 기연이 거들었다.

"영상을 저희한테도 좀……. 어제 현장에 있었으니까 정확히 볼 수 있지 말입니다."

깍두기는 건성으로 고개만 끄덕였다. 노련한 부산 아저씨는 서울 아가씨의 간절한 말투에 걸려들지 않았다.

* * *

횟집과 맥줏집이 마주한 삼거리에서 길을 잃어버렸다. 지난밤 차세풍이 증발한 지점. 어떻게라도 흔적을 찾아야지 빈손으로 발길을 돌릴 순 없었다. 곰탱이처럼 느려터진 형사들이 좀 더 서둘러 줬으면 좋겠다는 간절함마저 들었다.

태양 빛이 눈을 지질 듯 따가워 맥줏집 2층 커피가게에서 잠시 땀을 식히기로 했다. 횟집에서 먹은 탕 덕분에 속은 편했다. 숙취가 풀리면서 이마 밑으로 땀이 배어 나왔다.

창가 자리를 잡고 이번에는 위에서 삼거리를 내려다보았다. 차세풍이 어느 방향으로 갔는지만 알아도 큰 도움이 되련만. 괜히 출간 사인회를 방문해서 일이 이 지경으로 꼬였나 하는 자책감이 들었다. 한숨을 내쉬며 시선을 좀 멀리 가져갔다. 방파제 선착장에서 유람선들이 저 멀리 오륙도를 향해 떠나고 있었다. 하늘에는 기러기들이 몰려다녔다. 한없이 평화로운 피서지 풍경. 이 풍경 속에서 확실히 실종사건은 어울리지 않았다. 은퇴식은 취소돼도 괜찮으니 부디 범죄와 엮이지만 않았으면 하는 바람뿐.

깍두기 형사 둘이 맥줏집을 나와서 맞은편 횟집으로 들어가는 뒷모습이 보였다. 차세풍이 자발적으로 연락해오기만 기대하며 시간을 끄는 건 아닐지. 둘 다 느릿느릿 팔자걸음이 확실히 듬직하지 못했다.

생각에 잠겨있던 기연이 냉커피를 빨대로 힘껏 빨고선 턱을 갸웃했다.

"팀장님, 아무리 따져봐도 믿기지 않는 게 하나 있습니다."

"뭐?"

"치밀한 협상가라는 사이먼 사장이 기자 앞에서 말실수했다는 거요. 듣자니 손은재 기자님이랑 평소 친분도 없다면서요. 술 먹다 얼결에 부는 바람에 특종이 걸렸다는 건데 그럴 확률이 얼마나 될까? 제가 헌팅포차에서 애정하는 아이돌을 만날 확률쯤 되지 않겠습니까. 헤헤."

맞다. 의심 없이 간과했던 부분이다. 각별한 사이도 아닌데 술 한잔하다가 떠벌렸다? 사업적으로 그 철저하다는 사이먼 사장 아닌가. 없는 선수 역량까지 뻥튀기해 최대의 이익을 얻어내는 사람 아닌가. 흘려들었던 손은재 자식의 말이 떠올랐다. 웬일로 약속을 다 잡아주네.

"기연 씨, 혹시?"

기연이 선글라스를 이마에 걸더니 얼굴을 내 앞으로 가져왔다.

기밀이라도 되는 양 속삭였다.

"사이먼, 그 아저씨가 술기운을 가장해 고의로 흘린 겁니다. 차세풍 선수에게 빅엿을 먹이려고. 당장 그 이유까진 알 수 없지만요. 밤에 전화를 걸어 이실직고 사과했다는 것도 면피용인 거고. 아침에 경찰에 신고한 것도 마찬가지. 생각보다 일이 커지자 책임을 희석시키려고 여우처럼 잔머리 굴린 거죠."

"일리는 있지만 모순이잖아. 자기 고객인데."

"인간관계가 틀어졌다면요? 대부분은 돈 문제 때문이죠. 계륵이된 고객이라면, 버리고 싶은 고객이라면요. 자존심이라도 지켜야죠. 상대를 더 망가트려야죠."

"음……. 인간관계라. 어제 세풍 형님도 그런 비슷한 말을 했었지."

"팀장님이 더 잘 아시겠지만 에이전시란 고객이 계약을 해야 수입이 생기는 구조잖습니까. 폭스 기획에서 차세풍 선수를 어렵게 영입했다고 들었습니다. 무궁무진한 활용 계획이 있었겠죠. 당장 감독 자리가 아니더라도 방송 해설위원 정도에 적을 두고, 예능 프로 굴리면 쏠쏠하죠. 얼굴, 말발, 지명도 다 되니까. 근데 차세풍 선수가 고집을 피워 시골구석에 처박혀버리면 상품성 확 떨어집니다. 계약기간이 있을 텐데 거기서 몇 년 썩으면 닭 쫓던 개랄까. 사이먼 사장이 허락했을 리는 없고 차세풍 선수가 일방적으로 결정하지 않았나 싶어요. 핀토스와의 계약을 당장 파기하라고 압박하자, 원하는 대로 다 해준다더니 뭔 말이냐 했을 수도 있고. 어제도 불만 살짝 내비쳤죠? 이미 사이가 틀어져 있었던 겁니다."

역시 기연의 분석은 거침없고 눈부시다. 둘의 의견이 일치했을 경우, 추리가 빗나간 적은 없었다. 에이스팀의 자부심이다.

"전화 받고 확 열 받쳐서 인근에서 한 잔 더 하다가 일이 터진 거군."

"그게 설득력 높죠. 사이먼 사장은 아침에 연락이 끊어지자 아차차 싶었던 겁니다. 은퇴식을 망치는 빅엿만 먹이면 됐는데 잘못하면 일이 커지겠다 싶어서 경찰을 이용한 겁니다. 추후 고객 보호에 최선을 다했다면서 욕먹지 않으려고."

궁금증이 하나 더 불어났다.

"세풍 형님은 왜 꽃길을 놔두고 제 발로 핀토스 재활군에 갔을까? 손은재 그 자식 기사에도 구체적인 내용은 없던데. 뭐 당분간 국내 야구에 적응하는 시간이 필요하다, 그런 식으로 얼버무렸더라고. 핀토스 행 팩트 하나 빼고는 다 맹탕이야. 그 말인즉, 사이먼 사장도 정보를 흘리면서 명확한 이유는 몰랐다는 얘기지. 기연 씨 말대로 형님의 일방적인 결정이었던 걸 방증해주네. 삐친 사이먼 사장이 엿먹이려고 했던 거고. 단서가 이어진다. 빙고!"

"팀장님. 그래도 10개 구단 중 재활군을 가장 적극적으로 운용하는 곳이 또 핀토스죠."

"그렇긴 해도 세풍 형님 커리어를 봤을 땐 격에 맞지 않지. 보통 재활군은 감독도 두지 않거든. 은퇴 직전의 노코치가 초짜 코치 몇몇 데리고 관련 스케줄이나 체크하고 기운 나는 말이나 해주는 곳이니까. 그나마 핀토스가 조금씩 시스템을 갖춰나가는 곳이긴 한데, 재활군이 있는 2군 합숙훈련장은 시골 읍소재지에 있다고. 지

금은 시즌 중이라 그렇지만 시즌 끝나면 각 팀 코칭스태프 재편되
면서 분명 더 좋은 자리 있었을 거야. 석 달만 기다리면 러브콜이
쇄도할 텐데. 사이면 사장이 열받을 만도 해."

"진짜 그렇네요. 어제 우리 단장님도 영입하고 싶어서 눈빛이 반
짝반짝하던데. 여자들끼리는 느낌 알거든요. 서로 못 데려와서 난
리인데. 아아, 팀장님 그렇다고 제가 재활군을 무시하는 건 아니니
오해는 마십시오."

"혹시 지병이 있어서 공기 좋은 곳으로 가야 했나? 아니면 첫사
랑이 거기 읍내 초등학교에서 선생님 하는 걸까?"

"아아……. 집중력을 한순간에 깨는 농담이라니."

궁금하면 두드려라. 알아볼 만한 사람이 생각났다. 바로 핀토스
육성군의 오랜 친구 같은 형님에게 전화를 걸었다.

"김 코치님아. 축하! 이제 차세풍 따까리 하셔야겠네."

"여기도 발칵 뒤집어졌다."

"메이저 출신 재활군 감독을 영입하다니, 핀토스도 대단하네."

"영입? 푸하하. 차세풍이 제 발로 안 오는 이상 이 촌구석에 올 일 있겠
냐. 그 자리 자청했대. 들리는 말로는 자신의 신인 시절, 최악의 위기를 극
복하고 오랫동안 뛰게 된 노하우를 다치고 여린 청춘들에게 전수해주고
싶었대."

"동기가 훌륭한데? 최악의 위기란 수비 불안 때문에 자리 못 잡고 떠돌
때였을 것이고. 어제 「매트릭스」가 어쩌고 총알이 어쩌고 이상한 말을 하
긴 했지만."

"뭐, 우리야 당근 오케이지. 연봉도 많이 부르지 않아 윗분들 입 쫙 찢어지셨단다."

"완전 꿀영입이네. 돈도 필요 없다, 명예도 필요 없다. 하긴 이미 다 가졌으니. 그래도 사람 욕심이 그렇지가 않을 텐데."

"유일하게 내건 조건이 자리 하나 같이 마련해달라고. 보통 심복 하나둘 정도는 데려오니까 흔한 일이지."

"그럼 재활군에 차세풍 사단 생기는 건가? 심복 오면 김 코치 짤리는 거 아냐? 후후."

"아냐 아냐, 선출 스태프는 아니고 이것저것 관리하는 양반이래. 그리고 나 차세풍 사단에 끼워주면 바로 충성 맹세할 거야. 그 양반 언젠가는 감독 할거잖아. 알지? 남자들 세계는 연줄인 거. 기회 왔을 때 잡아야지."

역시 반전의 남자. 즉흥적인 결정으로 에이전트와 갈등을 빚으면서까지 지방 구단으로 갔다. 대체 무슨 엉뚱한 일을 꾸미는 걸까. 참을 수 없이 궁금했다. 차세풍만 찾으면 명확해지겠지.

* * *

다시 삼거리 땡볕 아래에 섰다. 형사 말로는 해운대 백사장 쪽 CCTV에 차세풍 모습은 잡히지 않았다고 한다. 숙소를 향해 걸어왔다면 분명히 누군가는 알아봤으리라. 맥줏집을 나와서 다른 쪽 길을 택했을 가능성이 높았다.

삼거리를 정면에서 봤을 때, 오른쪽은 바로 바닷가 선착장이고 왼쪽은 달맞이고개로 올라가는 급경사진 산책로다. 직진하면 이웃 포구로 이어지는 해안도로. 두 갈래 길 중 한쪽을 택해야만 한다.

"어디로 갈까? 골라봐."

내가 판단을 떠밀자 기연이 가파른 산책로를 올려다보더니 바로 고개를 흔들었다. 제아무리 체력이 좋아도 이 폭염에 저곳을 오르는 일은 사실 엄두가 안 난다.

"해안도로 쪽이 아닐까 합니다. 취해서 몸에 열기가 오르면 한적한 곳에서 시원한 바닷바람 쐬고 싶은 게 본능이죠."

기연은 그렇게 말해놓고 무안한지 피식 웃었다. 사실 나도 본능에 충실하고 싶었다. 그보다 이런 식의 설렁설렁한 추적으로 흔적을 찾을 수나 있을지. 그래도 뭐라도 하지 않으면 죄책감이 들었다. 실종 전 마지막으로 만난 사람. 그 부담감은 컸다. 반복하는 얘기지만 역시 어제 출간 사인회는 가지 않는 게 옳았다.

이웃 포구로 향하는 해안도로를 따라 터벅터벅 발걸음을 옮겼다. 왕복 4차선의 아스팔트 열기는 팔팔 달아올랐다. 중간에는 나무 그늘 하나 없다. 수평선 너머에서 진한 습도를 머금은 바람이 불어왔다. 그나마 피서객이 바글대는 해운대 백사장에서 치이다가, 외곽으로 나오니 짙은 파랑의 색감이 진짜 바다 같았다.

해안을 따라서 방파제까지 뿔 모양으로 생긴 테트라포드가 수북이 쌓여있었고, 콘크리트 가드레일로 출입을 막아 놓았다. 추락 주의, 낚시 금지 같은 경고문구가 곳곳에 붙어 있는데도 다들 걸터앉아 술을 마셔대는지 여기저기 빈 술병이 보였다. 구조물 틈새로 떨어진 쓰레기들은 바닷물과 뒤섞여 둥둥 떠다녔다.

지난밤 차세풍이 이 길을 걸었다면 어떤 생각을 했을까. 읍 소재지에 있는 재활군 훈련장이 그의 새 직장이다. 실의에 빠진 패잔병들과 또 어떤 반전의 그림을 그리려고 했던 걸까.

앵앵대는 사이렌 소리가 등 뒤로 점점 다가오는가 싶더니, 한순간 구급차 하나가 쌩하니 눈앞을 스쳐 갔다. 동시에 휴대전화 벨이 울렸다.

"해운대서 하 형사라예! 찾았슴더! 차세풍이, 찾았다고요! 해안도로에서 구조물 위에 올라서다가 취기에 고마 실족했다카네예. 파도 막는 테트라포드 알지요? 그기 원래 마이 미끄럽슴더. 걸로 추락하면서 틈새에 낑기가 못 빠져나온 모양이라예. 낚시꾼들도 종종 그런 사고당한다 아임미꺼. 지금 구급차 오는 중이라예."

추락이라는 말에 심장이 내려앉았다.

"하 형사님, 형님 상태는 어떻습니까?"

"떨어지면서 머릴 세게 부딪쳤다카네예. 다리도 뿌러지고…….
중상이라예. 만취 상태였으니 오래 혼절했겠지예. 나도 지금 막 보고 받고 현장으로 달려가는 길이라 당장 뭐라 말은 못 하겠심더.
다행히, 의식이 혼미한 와중에도 자기 실수로 미끄러졌다꼬, 그 한마디는 했다캅니다."

그제야 안도감과 함께 온몸에서 기운이 쫙 빠졌다. 허망하면서 민망한 결론이었다. 큰 덩치가 부끄럽게 술기운에 미끄러졌다니…….

"그래도 다행입니다, 하 형사님. 바로 찾아서."

"내가 그랬다 아임미까. 발바리처럼 서둘러봤자 손바닥만 한 동네도 아이고 헛수고라꼬. 인근 파출소로 익명의 제보가 들어왔다 카네예. 방파제에서 자빠지는 장면을 목격한 사람이 있었던 모양임미더. 시민의식 하나는 또 부산이 끝내주지예."

때마침 곡선로를 돌자마자 길게 뻗은 이웃 포구의 방파제가 멀리서 모습을 드러냈다. 구조대원들이 들것 하나를 급히 구급차에 밀어 넣고 있었다.

통화를 끝내려는 하 형사를 다급하게 불렀다. 생각할 새도 없이 엉뚱한 말이 나와버렸다.

"하 형사님. 귀찮으시더라도 인근 방범 카메라 한번 살펴보는 게 좋을 듯합니다."

"와요? 차세풍이 지 입으로 미끄러졌다카는데. 뭐 들은 이야기라도 있능교?"

"아뇨. 워낙 속내를 알 수 없는 형님이라서. 잘 아시잖아요?"

왜 그런 말을 했는지 모르겠다. 태양 빛이 너무 뜨거웠고 결말이 허망한 탓인지도. 9회말 그 사나이 차세풍답지 않은 결말이랄까. 찜찜한 구석은 확실히 해두고 싶었다. 엮인 부담감에서 깔끔하게 벗어나고 싶었다.

"진짜 불행 중 다행입니다."

기연이 두 손을 모아 기도했다. 내색은 안 해도 꽤 마음 졸였나 보다.

* * *

화로 위 고기를 집게로 뒤집는 홍 단장 표정이 한결 밝아 보였다. 몽키스를 향한 악의적 보도가 폭주하자 아침부터 괴로웠으리라. 차세풍과 술자리를 가졌다는 이유만으로, 사람 빼내기를 시도한 악덕 단장 비스무리하게 됐다. 사실 차세풍은 소속이 없는 신분인데, 모두 스파이더스 사람이라는 선입견을 깔고 사태를 바라봤다. 이 좁은 땅덩이에서 무슨 연줄을 그리도 강조하는지. 정 없다 싶을 정도로 선수와 구단이 깔끔히 결별하는 메이저리그가 그럴 때 부러웠다.

아무튼 차세풍 스스로 실족했다고 밝히면서 사태가 일단락됐다. 기연의 말대로 불행 중 다행이었다.

소식을 전해 들은 홍 단장이 해운대 뒤편 암소갈비집으로 에이스팀을 초대했다. 널찍한 한옥을 개조한 골방 곳곳에서 달달한 고기 굽는 연기가 피어올랐다.

"자자, 실컷 들어요. 내가 감사의 표시로 사는 거니까."

"우리 미인계 단장님, 마음고생이 심하셨나 봅니다. 화제의 인물로 종일 SNS에 오르내리는 영광도 누리시고."

내 놀림에 홍 단장이 눈을 흘기다가도, 바로 정색하며 상황을 정리했다.

"그러니까 차세풍 선수가 일방적으로 핀토스 재활군 행을 결정했고, 사이먼 사장이 격분해 은퇴식 망치려고 언론에 흘렸다. 손은재 기자는 별 노력 안 들이고 특종 쳐드셨고, 전모를 눈치챈 차세

풍은 바람이라도 쐬며 분을 삭이려고 방파제 난간에 올랐다가 쭐
딱 미끄러졌다는 이야기. 머리를 찧어 의식을 잃은 데다 다리까지
다쳐 긴 시간 옴짝달싹할 수가 없었다. 그 과정에서 폰은 어딘가
떨어트려서 구조 요청도 못 했고. 흐음. 마지막 부분이 억지스럽긴
하다. 도와달라고 고함이라도 쳐야 하지 않나? 그치? 별 팀장."

"그렇긴 하지만 본인이 그랬다는데 토를 달 사람은 없죠. 의식
혼미한 상태로 긴 시간 방치되기도 했고. 그나저나 최악의 은퇴식
이 돼버렸군. 역시 에이전트를 잘 만나야 해."

"사이먼 조, 김 선생에 버금가는 개자식이네. 아무리 의견 대립
이 있어도 그렇지 어떻게 그런 복수극을. 우리 애들 몇몇도 거기
소속이지? 찜찜해. 아주 찜찜해. 잘 나간다는 에이전트들이 다들
왜 그러냐. 기본 선수들에 대한 존중이 없잖아."

"뭐 그래도 사건을 마무리하고 상경할 수 있어서 다행입니다. 이
런 일 길어지면 구단에 안 좋은 이미지 계속 따라다니니까."

홍 단장이 고개를 끄덕했다. 기연은 뭔가가 아쉬운 표정이고.

"단장님, 기대했던 휴가인데 살짝 허망하네요. 날려 먹은 5성급
호텔 조식 쿠폰이 두고두고 아깝고. 팀장님과 동행하면 늘 사건 사
고가 터진단 말입니다."

기연은 특급호텔 호사도 못 누리고, 바닷가 사찰 구경도 다녀오
지 못했다. 휴식은커녕 사건에 휘말려서 땡볕을 돌아다녔다. 하나
뿐인 팀원의 투정에 괜히 미안한 마음이 들었다.

"또 멋진 출장 기회 있겠지. 그죠? 단장님."

내가 해줄 수 있는 유일한 위로였다. 홍 단장도 짠했던지 애써

달랬다.

"그럼요 기연 씨, 출장이야 또 만들면 되는 거고. 그나저나 일정이 다 틀어져서 올스타전까지 시간이 어정쩡하게 남았네."

"저는 책이나 읽을 겁니다. 세풍 형님 정신세계가 진짜 궁금해졌거든. 어제 「매트릭스」가 어쩌고저쩌고한 것도 그렇고. 왠지 책 안에 답이 있을 듯한데. 9회말 그 사나이. 제목은 진짜 기가 막히네."

고대했던 은퇴식이 엉망이 돼 내 일처럼 착잡했다. 고향도 떠나는 마당에 재추진한다는 건 쉽지 않으리라. 저녁에 야구장으로 가 봐야 하는데 김빠진 행사라 영 당기지 않았다.

후식으로 나오는 감자면이 화로에서 자작하게 익어갈 때였다. 051로 시작되는 번호가 다시 휴대전화 화면에 떴다. 보나 마나 해운대서 하 형사. 부디 굿 뉴스를 기대했건만, 통화 버튼을 누르자마자 거친 사투리가 튀어나왔다.

"신 팀장. 작두 탔능교? 영상 하나 보낼 테니 혹시 야구잠바 입은 사람 아는 얼굴인지 함 봐주이소."

"갑자기 무슨?"

"신 팀장 부탁이 영 찜찜해서 CCTV 확인해봤다 아임미까. 근데 누가 방파제에서 차세풍이를 휙 떠미는 장면이 찍힌 거라요."

"아!"

"근데 야밤에, 카메라는 거리가 있어가 잘 안 보여. 모자를 쓰고 있어서 얼굴도 확인이 안 되고……. 암튼 얼른 함 보이소."

통화를 끝내자마자 바로 동영상 파일 하나가 날아들었다. 심각한 표정으로 홍 단장과 기연이 내 양쪽 어깨 위로 얼굴을 내밀었다.

확실히 영상은 해상도가 떨어졌다. 배경 색감도 흐릿했지만 모자를 쓴 작달막한 가해자 동작만은 확실히 보였다. 두 손을 바지에 찔러넣고, 방심한 채 방파제 끝에 서 있던 차세풍을 향해 뒤에서 돌진해 그대로 어깨로 밀쳐버렸다.

내가 물었다.

"누굴까?"

두 사람은 동시에 고개를 저으며 한마디씩 했다.

"별 팀장. 사이면 사장은 키가 좀 더 크지 않아. 그지?"

"팀장님. 맥줏집에서 소란 피운 문신한 애는 아니네요. 걔는 나시 티 입었는데."

* * *

몇몇 확신이 생겼다. 차세풍을 떠민 사람은 금품 따위를 노린 단순 우발범이 아니다. 차세풍 또한 자신의 실수라며 굳이 가해자를 숨기려고 했다. 그건 서로가 안다는 방증. 과거 어떤 일로 얽혀있으며, 한쪽에 귀책 사유가 있기 때문이 아닐까. 그 연결고리만 찾으면 답이 보이리라.

나와 기연은 호텔 체크아웃을 해버린 상황. 조용히 둘러앉아서 머리를 맞댈만한 곳이 내일까지 머무르는 홍 단장 객실밖에 없었다. 성인남녀 셋의 조합이 좀 뭣했지만 상황의 절박감 때문에 신경 쓰이진 않았다. 차세풍 실족 사고가 막 뉴스에 나온 참이었다. 가해자가 있었다는 후속 보도도 시간문제일 뿐 숨길 순 없어 보였다. 사람들이 더 격하게 반응할 것이고 술자리를 함께한 몽키스 구단의 '원죄'를 비난할까 두려웠다.

하 형사한테 연락해 다짜고짜 영상 자료를 통째로 보내 달라고 졸랐다. 맥줏집 내부와 주변 관제 CCTV 영상들. 술자리를 함께 했으니 경찰 눈에 보이지 않는 단서를 분명히 찾아낼 수 있다고 설득했다. 상황이 상황인지라 그도 더는 거부하지 않았다. 단순 사고가 상해 사건이 되면서 반전의 충격파를 제대로 맞은듯했다.

노트북을 챙겨온 기연이 특기를 살려 영상 분석을 맡았다. 나는 인터넷을 뒤져서 정보를 취합하기로 했다. 곁에서 얼쩡대는 홍 단장에게 뭔 일이라도 시키고 싶었다. 여행 가방에서 『9회말 그 사나이』를 꺼내서 던졌다.

"중요한 단서가 숨어있을지 모릅니다. 어제 최초 공개라고 했으니까 공부 머리를 살려서 얼른 읽어주길 바랄게."

역할 분담이 끝나자 각자 집중할 수 있는 구석을 찾아 흩어졌다. 홍 단장은 방의 주인답게 원피스 차림 그대로 침대에 퍼져 누워 책을 펼쳐 들었다. 기연은 간이 테이블을 쪽빛 바다가 내려다보이는 발코니 앞에 돌려놓고 카펫 바닥에 양반다리를 하고 앉았다. 노트북에 타다닥, 두 손가락으로 비밀번호를 때려 넣는 손놀림이 국가 정보기관의 S급 요원처럼 뭔가를 기대케 했다.

나는 객실 문 옆 옷장에 등을 기대고 앉았다. 사실 화장실 변기

위가 더 편할 것 같았지만 그 짓은 차마 할 수 없었다.

우선 스마트폰으로 차세풍 이름을 최신순으로 검색했다. 대스타답게 어제 날짜로도 업로드가 많이 됐다. 센텀시티 서점과 해운대 호프집에서 찍은 사진이 줄줄이 나왔다. 이미지만 한 화면에 모아 놓고 보니 출간 행사 때문인지 친필 사인이 유독 많이 띄었다. 그것들을 보다가 하나의 원칙을 발견했는데, 차세풍은 팬 이름을 또박또박 정자로 적은 다음 '우리 함께 행복해요'란 문구와 함께 자신의 이름을 초서처럼 큼직하게 흘려 썼다. 어제 내 책에 해준 것도 마찬가지. 갑자기 묘한 장면이 연상돼 과거의 사인까지 더 뒤져 봤다. 마치 인쇄기로 찍어낸 것처럼 똑같은 형식. 사인 요청이 쇄도하는 스타들은 효율성을 위해서 그럴 수밖에 없으리라.

침대에서 책장 넘기는 소리가 간간이 들려오는가 싶더니 홍 단장이 중얼댔다.

"음……. 사이먼 그 자식이 차세풍이 미국 있을 때부터 계속 공들였구나. 정기적으로 전화 연락을 하면서. 그래서 에이전시 계약을 거절할 수 없었던 모양이네. 집요하다 집요해."

전화. 그 단어가 갑자기 파출소로 연락한 제보자를 떠올리게 했다. 하 형사 말로는 50대 정도의 남자라고 했던가. 차세풍을 구하는 데 결정적인 역할을 했으니 칭찬받을 일이나 의문도 남았다. 목숨이 경각을 다투는 사고 제보는 보통 목격 즉시 이뤄진다. 그런데 하룻밤을 지나고 느지막이, 그것도 굳이 공중전화라니. 경찰에 불려 다니는 게 귀찮아서 신분 노출을 꺼렸을 수 있지만 이번에는 꼭 그런 일도 아니다. 제보자와 가해자가 동일인일 가능성이 생기는 대목이다. 이 부분은 경찰이 추가 수사를 진행 중일 듯해 하 형사에게 확인 전화를 하려는 차에 홍 단장이 다시 중얼거렸다.

"어? 여깄다. 「매트릭스」의 마법. 내일이면 알게 된다더니…….
에이 그러면 그렇지, 물리적으로 어떻게 총알을 느리게 한다고."

"그래서 단장님, 비법이 뭡니까?"

내가 바로 호기심을 보이자 홍 단장이 누운 채로 그 장을 낭랑히 읽어내리기 시작했다.

"데뷔 시절 나는 반쪽 선수라는 오명이 있었다. 고등학교 때 당한 얼굴 부상의 후유증 때문인지 강습타구 수비에 애를 먹었다. 날아오는 타구가 마치 총알처럼 느껴졌고 그 공포심은 쉽게 고칠 수 없어서 절망했다. 하지만 프로 2년 차가 되던 해, 나는 극적으로 한 인연을 만나게 됐다."

한 인연?

그 말을 듣는 순간 나도 모르게 침대로 달려가 뛰어올랐다. 홍 단장이 화들짝 놀라서 상체를 발딱 일으켜 세웠다. 그러거나 말거나 책을 빼앗다시피 낚아채 순식간에 그 장을 읽어내렸다. 그랬다. 마침내 깨달았다. 그리고 연결됐다. 어차피 내일이면 다 밝혀질 일이지. 차세풍이 했던 말의 의미를. 진실을 손안에 들고서도 놓쳤다.

환상의 콤비 기연이 기다렸다는 듯이 불렀다.

"찾았습니다. 역시 형님들이 건성건성 봤네요. 맥줏집 안이 아니라 매장 밖입니다. 대형 입간판 뒤에 숨어서 대기하고 있다가 차세풍 선수 뒤를 밟은 게 맞지 말입니다."

"아아, 사이먼 그 자식 맞지? 진짜 직접 찾아갔었구나. 집요한 놈. 관상은 과학이지."

홍 단장이 기연 옆에 다가가 쪼그려서 앉았다. 하지만 노트북 바탕 화면에는 낯선 얼굴이 올라와 있었다.

"어라……. 아니네. 기연 씨, 이 사람 누구?"

"범행 영상이 흐릿하고 모자까지 써서 얼굴로 추적하는 건 불가능. 입고 있는 반팔 야구점퍼에 포커스를 맞췄지 말입니다. 그랬더니 딱 걸리네요. 보세요. 파란 점퍼 색깔이랑 가슴 무늬 모양이 똑같죠?"

기연이 마우스를 클릭하자 보정된 얼굴 하나가 화면에 큼직하게 떠올랐다. 마침내, 머릿속에서 따로 노닐던 단서들이 하나의 가지에 달라붙기 시작했다. 네 장면에 공통적으로 등장하는 한 얼굴. 스파이더스 필드에서, 출간기념회에서, 횟집의 빛바랜 사진 속에서, 마지막은 방파제 범행 영상에서.

"그나저나 이 사람을 어떻게 찾지 말입니까?"

기연이 난감해하자 내가 퉁명스럽게 뱉었다.

"잘 기억해 봐. 이미 여러 번 봤거든?"

기연이 고개를 갸웃하더니 두 눈을 모니터 가까이 들이댔다. 역시나 뛰어난 눈썰미. 바로 답을 찾았다.

"어? 횟집 사진……. 세월이 흘렀지만 광대뼈 윤곽이 딱이지 말입니다."

재빨리 자신의 휴대전화 속에서 옛날 사진을 찾아 노트북 화면과 대조했다. 10년도 더 지난 시간 차. 지금은 머리카락이 희끗희끗 변했지만 동일 인물이 분명하다.

홍 단장은 멋쩍은지 바로 말을 돌렸다.

"이 무슨 괴랄한 일이래. 예전에는 차세풍과 어깨동무하고 사진까지 찍어 놓고선. 범행 이유가 뭘까?"

"이제부터 알아봐야죠. 매트릭스의 비밀 속에 진실이 있지 않겠습니까?"

마지막 확인 절차가 남았다. 스파이더스 구단에 전화를 걸어 M자 탈모를 찾았다. 정확히는 구장관리팀 진 부장이었다. 전화는 한 단계를 건너서 연결이 됐다. 내가 신분을 밝히자 바로 멋쩍어했다.

"어제 저희 대접이 좀 소홀했지요? 행사 준비에 너무 정신이 없어서. 이제야 다 정리가 됐습니다."

정리란 말이 중의적으로 들렸다. 올스타전 행사 준비를 마쳤다는 의미인지, 차세풍을 확실히 밀어냈다는 의미인지. 역시 냉정한 세계. 사고 소식을 분명히 들었을 텐데 달리 언급은 없었다.

"저기, 부장님은 차세풍 선수가 해운대 어디에 묵고 있는지 알고 계시죠?"

"그야 뭐. 은퇴식 준비 때문에 급히 연락할 일이 생길 수 있으니 받아놓긴 했죠. 따로 연락한 적은 없지만."

"혹시 차세풍 선수 숙소를 물어온 직원이 있지 않습니까?"

"어?"

감탄사 한마디가 모든 걸 함축했다. 그걸 어떻게 아느냐는 표정이 마치 눈에 보이는 듯했다. 내가 다시 캐물었다.

"그분 최근에 사표를 내지 않았습니까?"

"아니 그런 것까지 아는 겁니까? 갑자기 그만두는 건 아니고 지난달이 계약만료입니다. 차세풍 은퇴식을 꼭 가까이서 지켜보고 싶다고 사정해서 이달까지 연장 출근하는 걸로 됐고. 뭐, 그 정도 예우는 해줘야죠."

"그 정도 예우라 하심은?"

"오래 근무했으니까. 원래 구장 관리하는 일을 했는데 그라운드 키퍼가 새로 오면서 업무에서 밀려나 이런저런 파트를 떠돌았죠."

예상대로였다. 신의가 오해를 부르면서 분노가 돼버렸다. 순간의 악감정이 미행을 불렀고 비극적 결말로 폭발해버렸다. 9회말의 대비극이었다.

"그분 뵐 수 있을까요?"

"뭐 구장 어딘가 계시겠죠. 내일모레가 퇴직인데 일일이 근태 체크하기도 뭣해서."

완벽하게 다 이어졌다. 바닷가 스파이더스 필드로 달려갈 시간이다.

* * *

한여름의 초저녁. 해는 아직 떨어지지 않았고, 야구장 조명탑은 환히 불을 밝혔다. 두 개의 빛 덩어리가 공존하는 주변 하늘이 외계 행성처럼 신비로워 보였다. 그 아래 관중들이 꽉 들어찬 야구장 전경. 올스타전은 분명히 시끌벅적한 잔칫집 분위기라야 하는데 희한하게 생동감이 없었다. 앰프 소리만 과하게 쾅쾅 울려댔다. 차세풍의 이적과 사고 소식은 근사한 은퇴식을 고대했던 지역 팬들을 맥 빠지게 했다.

진 부장이 가르쳐준 3루 원정 더그아웃 옆 통로로 향했다. 그라운드로 나가는 경계 지점 바로 옆에 작은 공간이 하나 나왔다. 응급구조사가 경기를 지켜보며 대기하는 곳이다. 그라운드 키퍼들도 이곳에 함께 머물며 클리닝 타임 때 나가서 운동장을 고른다. 야구장에서 가장 구석진 자리지만 그라운드만큼은 정확한 눈높이에 들어온다.

거기, 접이식 철제의자를 펴고 앉은 작달막한 남자 뒷모습이 보였다. 덥수룩한 허연 머리카락이 삐죽삐죽 솟아있다. 점퍼 주머니에 두 손을 찔러 넣고 멀리 외야 전광판을 응시했다. 어쩌면 20년 전 풍경을 떠올리고 있을는지 모르겠다. 지금은 오렌지색 점퍼지만 그때는 녹색이었다. 1루 수비에 나선 차세풍이 혹 실수하지 않을까, 늘 같은 위치에서 가슴 졸이며 지켜봤겠지.

내가 천천히 다가서며 나지막이 불렀다.

"오 과장님."

대답이 없자 다시 불렀다.

"오 과장님. 은퇴식이 없어져서 서운하십니까?"

그제야 힐끗 뒤돌아봤다. 그뿐이었다. 내가 누군지 궁금해하지 않았다. 경찰로 오해했을 수도 있다.

하지만 나는 그가 누군지 알고 있다. 과장은 그냥 부르기 편하라고 붙인 직함일 뿐. 오 과장은 구단에 입사한 이래 긴 세월 동안 흙바닥 고르는 일을 했다. 유학파 출신의 그라운드 키퍼가 영입된 후에는 선수단 공용 장비를 관리하는 업무로 밀려났다. 과학적, 전문성의 이름으로 점점 체계화되어가는 구단 운영에서 감으로 하는 일은 존중받을 수 없었다.

우연이라면 우연이랄까. 나는 어제 그를 세 번이나 봤다. 구단 버스에서 내리던 쉰 머리 직원, 빛바랜 스파이더스 저지를 입고 서점에 손자를 데려왔던 할아버지, 차세풍과 어깨동무를 하고 웃던 횟집 사진 속의 주인공. 그리고 한밤의 미행자이기도 하다.

"후회하지 않으십니까?"

역시 대답이 없다. 좀 더 적극적으로 물어봤다.

"차세풍 선수 말입니다, 응급처치 덕에 생명에는 지장 없답니다. 은퇴식은 망쳐버렸지만."

그제야 오 과장이 천천히 고개를 돌리며 반응했다.

"그 말……, 진짜가?"

살짝 떨리는 목소리가 몹시 슬펐다. 아직은 다들 차세풍의 실족 사고만 알고 있다. 가해자가 있다는 소식은 보도되지 않았다.

"다행이죠. 조금만 늦었으면 또 어떻게 됐을지 몰랐을 텐데. 공중전화로 제보하셨죠? 최악의 상황을 당한 게 아닌가 밤새 신경쓰였던 겁니까? 현장에 다시 가볼 용기는 없었던 겁니까? 저는 압니다. 원래 그럴 의도는 아니었단 걸."

긴 침묵. 마운드 주변에서 사전행사가 시작됐다. 써머퀸이라 불리는 인기 절정의 걸그룹이 나와서 화려한 군무를 선보였다. 그녀들이 아무리 목청을 키워도 관중석 열기는 올라가지 않았다. 오 과장 얘기가 음악에 묻혀 마치 타인의 말처럼 들렸다.

"원망스러워 슬쩍 밀쳤을 뿐인데……, 그렇게 쉽게 넘어갈 놈이 아닌데……. 취해서 글켔지. 볏단처럼 툭 떨어지길래 얼마나 놀랬다꼬. 걱정은 됐지만서도 또 분한 마음에……. 당장은 그냥 내빼고 싶은 생각뿐이었제."

"차세풍 선수가 사인회에서 과장님 얼굴 못 알아봐서 그랬던 겁니까?"

"손자놈한테 큰소리쳐났거든. 세풍이가 날 보면 기뻐서 끌어안고 난리 칠끼라꼬. 근데 그 눈빛이 그기 뭐꼬? 어떻게 날 모를 수가 있노. 한국에 돌아왔음서 연락 한번 없고."

"서운하셨군요. 사인받은 책은 좀 보셨습니까?"

"지금 내 말은 그기 아이잖아. 책 그까지 꺼 뭐가 중하다꼬. 사람을 보러 갔다니깐. 손자놈 사진 한번 찍게 해줄라고."

오 과장 목소리가 격앙됐고 내 목에서 안타까운 한숨이 터져 나왔다.

"아……, 차세풍 선수는 과장님을 못 알아본 게 아닙니다. 못 알아본 척을 한 겁니다."

"잉? 그기 뭔 소리고?"

"책에 유일하게 하트를 그려준 사람. 발음이 헷갈리는 과장님 이름을 손자에게 다시 묻지도 않고 쓱쓱 쓸 수 있는 사람. 사실 차세풍도 과장님이 예고 없이 찾아와서 놀랐던 겁니다. 진실은 책 안에다 담겨있습니다만."

"와 그랬는데?"

"오늘 은퇴식에서 깜짝 서프라이즈를 위해서. 차세풍 선수가 그런 스타일인 건 잘 아시잖아요."

장내 아나운서의 안내 멘트가 흘러나왔다. 아쉬운 목소리로 차세풍의 부상 소식을 전하면서, 미리 찍어 놓은 녹화영상으로 은퇴식을 대체한다고 양해를 구했다. 내가 봐도 최선의 방도. 행사를 미룰 수도 없거니와 다시 치르기는 더 힘들다. 이렇게라도 끊어 가는 게 맞다. 녹화영상을 꼭 틀어야 할 또 다른 이유가 있다. 지역 팬들의 오해를 풀기 위해서, 내일이면 다 알게 될 것이라는 그 말의 진실을 확인하기 위해서라도.

차세풍이 오랫동안 응원가로 사용했던 SG워너비의 '내사람'이 울려 퍼졌다. 외야 대형 전광판에 스파이더스 시절의 역동적 타격 모습이 몇 장면 흘러갔다. 그리고, 음악과 화면이 딱 멈춤과 동시에 차세풍 얼굴이 클로즈업됐다. 구릿빛 얼굴에 근사한 콧수염, 파란 양복을 입고 글러브를 쥐었다. 유니폼 차림이 아니지만 그 또한 잘 어울렸다. 표정은 한없이 평화로워 보였다. 특유의 거침 없는 목소리가 그라운드 안에 쟁쟁하게 울려 퍼졌다.

"안녕하십니까. 부산의 아들 차세풍입니다."

팬들에게 드리는 인사는 그렇게 시작됐다. 고향 팬들 성원이 자신의 미국 생활에 얼마나 큰 힘이 됐는지를 과장된 표정으로 나열했다. 자신의 진로와 관련해 진지한 말도 덧붙였다.

"아쉽게도 고향에 돌아와서 기쁜 날, 고향을 잠시 떠나는 슬픈 소식을 전하려고 합니다. 귀국하는 비행기 안에서 결심했습니다. 은퇴 후에는 용기를 잃고 방황하는 어린 선수들 재활을 돕는 음지의 지도자가 되겠다고. 선수 생활을 하면서 절명의 위기를 경험했기에 당분간은 그 일에서 보람을 찾을까 합니다. 제게는 그 빚을 갚을 의무가 있습니다. 그 뜻을 고향 여러분들이 너그러이 헤아려주셨으면 합니다."

끝에는 이런 말을 했다.

"저는 성장하면서 많은 분의 도움을 받았습니다. 그중 최고는 여러분들이고요, 두 번째는 반쪽짜리 선수였던 저를 완전체로 만들어주신 분이 계십니다. 날아오는 타구가 느리게 보이는 마법을 내게 걸어주신 인생의 스승님이자 큰형님. 경기가 있는 날마다 1루 베이스 근처에 쪼그려 앉아서 바닥을 고르던 모습을 잊지 못합니다. 물을 흠뻑 뿌린 뒤 흙을 비비고 갈아서 습도까지 측정해가며 흙바닥이 적당하게 물러지도록 조절하셨죠. 형님은 내게 아무 말씀 안 하셨지만, 어느 순간 바운드 된 타구가 천천히 튀어 오른다는 걸 느꼈습니다. 강한 타구에 겁먹지 않도록, 날아오는 공이 최대한 잘 보이도록, 0.1초의 시간이라도 벌 수 있도록. 그 풍경을 평생 잊을 수가 없습니다. 그 형님이 곧 정년입니다. 앞서 밝혔다시피 그 형님을 모시고 다시 한번 용기를 잃은 어린 선수들과 열정을 불태워볼까 합니다. 미국으로 떠날 때처럼 다시 한번 고향을 떠납니다. 부산의 아들임을 잊지 않겠습니다. 많이 응원해주십시오."

마지막에 차세풍이 양손으로 손가락 하트를 그리며 윙크를 했다. 모든 관중이 일시에 침묵했다. 야구장에서 경험해보지 못한 고요. 1초, 2초, 3초가 흘렀다. 관중이 하나, 둘, 셋 그러다가 여럿이 일어나 박수를 치기 시작했다. 짝, 짝, 짝 규칙적이던 박수 소리가 한순간 불규칙하게 뒤섞였다. 외야석에서부터 이름을 연호했다. 차세풍! 차세풍! 온갖 감정의 발성이 뒤섞인 소리가 사위를 뒤덮었다. 여태껏 들어보지 못한 함성이었다. 귀가 멍멍할 정도였다. 장내 아나운서가 뭐라고 떠들었지만 다 파묻혔다.

오 과장 눈동자가 초점을 잃었다. 뭔가를 중얼거렸다. 다행히 하소연처럼 들리지는 않았다.

"흙 만지는 일……. 부지런해야 하거든. 그기 다. 불규칙 바운드가 튈 때마다 핀잔도 마이 받았지만, 그냥 그 일이 좋았던 기라. 흙과 함께 하는 시간이 행복했던기제. 욕심도 부리지 않고 불만도 없었고. 매일 1루 베이스에서 두 손 모아 주문을 외웠다. 세풍이에게 날아오는 공의 실밥이 보이게 해달라꼬. 수비가 어느 정도 안정이 되자 조금 조금씩 바닥 강도를 조정했다 아이가. 시합의 절반은 홈에서 열리니까……. 어느 날 그라운드 키퍼란 희한한 이름이 들리더라꼬. 빙상장에 얼음 얼리는 일, 축구장 잔디 관리하는 일도 다 외국물 먹은 젊은 놈들이 하대. 뭐 그것도 좋아. 천하의 차세풍이 나를 인정해 줬잖아. 내 인생의 자부심이라꼬. 근데 말이다, 그기 무너지니까, 손자 앞에서 그 꼴을 당하니깐……. 어제 세풍이 이야길 끝까지 들었어야 했는데 순간 욱해갖고……. 몰겠다. 왜 그랬는지. 왜 도망쳤는지."

오 과장이 입을 절반쯤 벌리고 고개를 쳐들었다. 격해진 감정을 참으려는 듯 콧등을 비틀었다. 눈물은 흘리지 않았다.

9회말 그 사나이의 이번 설계는 너무 치밀했다. 서프라이즈는 자신에게도 타인에게도 즐거운 일이지만, 경기장 안에서만 일어났으면 좋았을 것. 현실 세계에는 오해, 원망, 시기 따위가 뒤섞여 수많은 변수가 있는 것을.

뒤에서 인기척이 들렸다. 해운대서 깍두기 콤비가 복도 출구 앞에서 대기하고 있었다. 차세풍이 가해자를 숨기려고 했지만, 사건을 인지한 이상 조사는 불가피하다. 어떤 식으로 처리가 될지……. 몹시 슬픈 결말이다. 두 깍두기가 다가와 오 과장 양편에서 팔짱을 꼈다. 벌써 소문이 돌았는지 몇몇 구단 직원이 복도에서 기웃거렸다. 진 부장도 보였다.

퇴직을 앞둔 날, 직장 동료들 앞에서 형사들에게 끌려가는 모습이 몹시 초라해 보였다. 그라운드 안은 저렇게 신바람이 나 있는데 이곳 사정은 딱했다. 나 또한 가슴이 답답해 한동안 움직일 수 없었다.

눈치를 살피던 기연이 자기 팔짱을 끼며 얼굴을 내밀었다.

"팀장님, 올스타전 안 보실 거죠?"

"왜?"

"느낌적으로. 예매해 놓은 고양 행신역 가는 막차 시간까지 무려 다섯 시간이 남았지 말입니다. 주말이라 그 앞 시간 KTX는 다 매진."

"불편한 마음으로 견뎌야 하는 고역의 시간이네."

"제 마음도 그러합니다. 그래서 말인데, 출장 업무는 이쯤에서 땡 치고 맛집 탐방이나 마저 할까요? 암소갈비까지 먹었으니 부추 듬뿍 얹은 돼지국밥이 남았군요. 여기까지 왔으니 대선소주도 일 잔 마셔주는 게 지역경제에 대한 예의죠. 입을 즐겁게 해서 얼른 불편한 기분을 떨쳐버리자고요. 오케이?"

지난겨울 몇몇 사건을 같이 해결하면서도 경험했다. 하나뿐인 팀원이 우울한 사람을 위로하는 방식을.

고향을 떠나는 차세풍에 대한 오해가 풀린 탓일까. 순식간에 그 라운드가 살아 숨 쉬는 함성으로 불타올랐다. 전광판에서 환하게 웃던 9회말 그 사나이의 미소가 계속 눈에 아른거렸다. 불현듯, 손 은재 자식이 예전 술자리에서 뇌까린 말이 떠올랐다.

"그렇지, 진보든 보수든 밤에는 야구지."

야구는 홈으로 들어와야 이긴다

신별의 BASEBALL Cafe

　많은 스포츠에는 홈어드밴티지가 존재한다. 홈구장(혹은 홈코트)에서 여러 경기를 치르다 보니 '익숙함'이 존재하고, 집과 가깝다는 점에서 '안정감'도 누릴 수 있다. 홈 팬들의 열광적인 응원도 힘이 나게 하는 요소다.

　야구는 여기에 몇 가지 다른 요인들도 더해진다. 야구는 다른 단체 구기 종목과 달리 '초 공격'과 '말 공격'으로 나뉜다. 원정팀이 초 공격을 하고, 홈 팀이 말 공격을 한다. 말 공격이 '끝내기 기회'를 갖는다는 점에서 유리한 측면이 존재한다. 축구 승부차기 때 '넣으면 승리하는 상황'에서 골 성공률은 상당히 높아진다. (반대로 못 넣으면 패배가 결정되는 상황에서의 골 성공률은 평균을 상당히 밑돈다)

　하나 더. 다른 종목은 '규격화된 경기장'에서 경기를 치르지만, 야구는 조금씩 다르게 생긴 야구장에서 경기를 한다. 농구는 어디서 하든 골대의 높이가 3m 5cm이지만 야구는 경기장마다 펜스까지의 거리와 펜스 높이가 다르다. 어딘가에서는 홈런이 될 타구가 다른 구장에서는 외야수 글러브에 들어가는 식이다. '내 팀'의 로스터를 야구장의 모양에 조금 더 어울리게 구성할 수 있다는 뜻이다.

　이렇다 보니 야구의 홈어드밴티지는 조금 특별한 측면이 있다. 메이저리그 연구에 따르면 1945년 이후 홈 팀의 평균 승률은 0.530으로 절반을 넘어선다. 2000년부터 2009년까지는 0.542로 더 높아진다.

　야구의 독특한 홈어드밴티지를 눈치챈 것은 최근의 일이 아니다. 홈구장을 어떻게 유지보수하느냐에 따라 우리 팀의 승률에 영향을 미칠 수 있다. 야구장을 관리하는 업무가 무척 중요할 수밖에 없다.

　1936년 클리블랜드는 그라운드 키퍼(야구장 관리인)를 교체했다. 스티브 오닐 감독은 "이 일에 최고의 전문가가 있다"며 한 인물을 추천했다. 현대 야구의 최고 그라운드 키퍼로 평가받는 에밀 보사드다. 1911년 보사드는 세인트폴에서 아버지가 운영하는 철물점의 직원이었다. 주변의 부탁으로 마이너리그 구장 관리를 도운 게 시작이었다. 한번 맛을 본 마이너리그 구단들은 너도나도 보사드에게 관리를 맡겼다.

보사드가 다른 이들과 달랐던 것은 야구장을 쳐다본 게 아니라 선수들의 이야기를 들었다는 점이다. 요구사항을 들었고 불만 사항을 받아 적었다. 그리고 이를 야구장에 반영했다. 보사드가 클리블랜드에 합류한 뒤 맨 처음 한 일 역시 주전 선수들의 특징을 파악하는 것이었다. 어떤 선수가 수비에서 어떤 장단점을 가지고 있는지 들여다봤고, 이야기를 들은 뒤 그라운드의 상태를 딱 맞게 만들었다.

클리블랜드의 빅 워츠는 원래 외야수였으나 나이가 들면서 1루수로 포지션 변경이 필요했다. 1루 수비는 처음이었다. 보사드는 빅 워츠의 수비 적응을 위해 홈 구장 1루 쪽으로 향하는 내야의 상태를 무르게 만들었다. 땅볼 타구의 속도를 줄여주기 위한 일이었다.

그런데 그 상태로 두면 수비가 늘지 않는다. 또 원정경기 때에는 소용없다. 그래서 보사드는 빅 워츠의 수비 적응도를 살피며 조금씩 1루를 향하는 내야를 딱딱하게 만들었다. 첫 시즌이 끝나기 전 빅 워츠는 리그 평균 이상의 1루 수비를 갖추게 됐다. 데뷔 후 10번째 시즌 만에 MVP 투표 9위에 올랐고, 이듬해에는 MVP 투표 6위까지 순위가 올랐다. 6년 만에 올스타에도 뽑혔다.

보사드는 팀 전력의 모든 것을 고려했다. 야수들의 수비 능력, 타자들의 타구 스피드, 투수들의 땅볼 성향 등을 계산했다. 1948년 클리블랜드가 월드시리즈 우승을 차지했을 때 전체적으로 물렁했던 그라운드는 1950년대 중반 팀 컬러가 바뀌면서 다시 딱딱해졌다. 투수 스타일에 따라 그라운드 상태를 매일 바꿀 정도로 노련했다. 우리 팀의 선발투수가 땅볼 유도가 많은 투수라면 그라운드를 무르게 했다가 다음날 상대 선발이 땅볼 투수라면 다시 딱딱하게 만드는 일이 자유자재로 이뤄졌다. 에밀 보사드의 세 아들 해럴드·마셜·진은 모두 가업을 이었고, 각각 다른 구단으로 흩어졌다. 손자인 로저 보사드도 시카고 화이트삭스의 그라운드 키퍼를 지냈다.

야구의 승리 확률은 남들이 보지 않는 곳을 꼼꼼하고 자세하게 살핌으로써 높아진다. 선수의 성장 역시 마찬가지다. 많은 성공이 선수 스스로의 노력 덕분으로 포장되지만, 그 성장의 배경에는 수많은 도움이 존재한다. 야구는 '홈'으로 돌아와야 점수가 나는 종목이고, '홈'을 위한 많은 이들의 노력으로 완성되는 종목이다.

조미 몽키스 팀장

4막

MSG 환상 레시피

접이식 철제의자를 들고 두리번거리며 걷다가 발에 뭔가가 걸려서 넘어질 뻔했다. 간신히 다른 발을 떼서 옮겼는데, 이번에는 콘센트를 밟아버렸다. 바닥에 조명 전선이 거미줄처럼 깔려있어서 어디 발을 디딜 틈이 없다. 촬영 현장은 이미 각종 장비와 카메라, 의자, 그리고 사람들로 가득 차 있다.

"팀장님, 눈 크게 뜨고 조심해야지 말입니다."

장비들 사이를 요리조리 잘도 다니는 기연의 목소리가 자못 훈계조다. 경찰 출신이 아니라 방송국 출신이라고 해도 믿을 정도로 이 복잡한 현장에 익숙해 보였다. 빽빽하게 늘어선 카메라를 바라보는 눈이 반짝반짝 빛이 났다.

"아니, 우리가 왜 이걸 하고 있냐고."

내가 투덜대자 기연이 웃으면서 받았다.

"원래가 고충처리반이었지 말입니다."

"그러니까. 이게 고충이 아니잖아. 이건 그냥 재벌기업 따님이 자랑하려고……."

뒤에서 누군가가 어깨를 딱 때렸다.

"시벌 팀장님, 우리 조미 그룹이 뭐 팔아서 성장한 회사인지 알죠?"

"조, 조미료. 석유에서 뽑아낸 합성 물질로 감칠 맛을 내는……, 혀를 마비시켜 대중을 속이는 외할머니의 맛……."

"굳이 뒷말은……. 아무튼 그러니 이건 재벌 따님의 호사스러운 취미를 자랑하려는 게 아니라 구단 생존이 달린 문제랍니다. 우리 예산 500억 원 중 240억 원이 조미 그룹에서 나오는 것도 알죠? 월급도 거기서 나오고. 그러니까 야구단은 그룹에 아주 잘 보여야 할 의무가 있고, 그 중요한 일을 바로 에이스팀이 해줘야 하는 거죠. 오케이?"

홍희가 생글생글 웃으면서 '혼'을 냈다. 나는 바로 꼬리를 내리고 억지웃음을 지어 보였다.

"우리 단장님, 그러니까 제 말은 더 골치 아픈 일을 시키셔야죠. 오늘처럼 중요한 일은 그룹 공채 출신들로 채워진 사명감 넘치는 부서에서 맡는 게 더 효율적이지 않겠느냐 그 말입죠. 절대 다른 뜻이 있거나 하기 싫다거나 그런 게 아닙니다. 하하."

몽키스 파크 내 선수단 전용 식당은 1층 1루 쪽 더그아웃 통로에 있다. 오늘 이곳에서 조미 그룹 계열 방송국의 인기 프로그램 「구해줘 집밥」 촬영이 있다. '야구선수에게 어울리는 간단하면서도 건강한 한 끼'가 오늘의 주제다. 선수 아내들이 직접 출연해서 요즘 잘 나가는 요리사이자 진행자인 마이티 셰프로부터 요리를 배운다. 야구단을 통해 방송 시청률도 잡고 계열사 제품까지 홍보하는 일석삼조의 야심 찬 프로젝트다.

선수단 식당 테이블이 치워진 자리에 요리를 할 수 있는 세트가 설치됐다. 조명, 오디오, 기술, 카메라 등 방송 인력이 한쪽 벽을 가득 메웠다. 에이스팀이 이 익숙지 않은 현장에서 우왕좌왕하는 이유는 오늘 촬영 지원업무를 담당하기 때문이다. '홍보팀 일이 아니냐'는 소심한 저항은 '중요한 일이니 맡아라'는 홍 단장 한 마디에 없던 일이 돼 버렸다.

"중요하기는 개뿔! 그냥 의전이고, 심부름이고, 따까리지. 맨날 애매한 건 우리 다 시킨다니까."

소심하게 떠들었지만 역시 들어 주는 사람은 없다. 오히려 기연은 이 시끌벅적한 분위기를 즐기는 모양새다. 솔직히 에이스팀이 할 일은 현장 심부름 말고 없기는 하다. 선수들 아내 섭외는 운영팀이 끝냈고, 방송국과의 사전 커뮤니케이션은 마케팅팀이 다 맡아서 했다. 에이스팀은 설립 목적 그대로, 현장에서 벌어지는 각종 고충을 처리하면 된다. 사실 기자 시절부터 뻗치기에는 이골이 났다. 문제가 생겼을 때 빨리 해결하는 능력 역시 기자 출신의 장기라면 장기라고 할 수 있다.

"그래, 우리가 딱이다 딱!"

역시 들어 주는 사람은 아무도 없다. 말이 끝나기도 전에 카메라 렌즈가 어깨 옆을 툭 스친다.

"아저씨, 길 좀 비켜 주세요. 이거 지나가야 돼요."

카메라맨 하나가 이동하며 나를 밀어내듯이 말했다. 서둘러 자리를 피해야만 했다. 도대체 어디 가 있을 곳조차 마땅찮았다.

발을 이리저리 옮기며 현장을 빠져나와 더그아웃 쪽으로 향하는데 어디선가 웃음소리가 흘러나왔다. 오늘 대기실로 사용되는 감독실 문이 조금 열려 있다. 살짝 들여다보니 선수 아내들과 홍 단장이 보였다. 뭔 농담이 그렇게 재밌는지 다들 일제히 허리를 꺾고 자지러졌다. 낄 데가 아니다 싶어 돌아서려는 순간, 홍 단장과 눈이 마주쳐 버렸다.

"신 팀장님도 인사 나누셔야죠?"

어쩔 수 없이 쭈뼛거리며 안으로 들어섰다. 방송에 출연하는 선수 아내 다섯에 홍 단장까지 여자만 여섯이다. 금남의 방에 들어선 기분이랄까.

"어머, 신 기자님 오랜만이에요. 그새 너무 잘 생겨지신 거 아닌가요?"

눈길 둘 곳을 찾는 와중에 반가운 목소리가 들렸다. 팀 내 최고참 이한준의 아내 윤유나였다. 이한준과는 오래 잘 알고 지내다 보니 결혼 후에도 몇 차례 봤다. 비시즌에 집으로 식사 초대를 받은 기억도 있고. 서글서글한 인상은 여전했다.

"형수님을 여기서 뵙네요. 잘 지내시죠? 오늘 요리 솜씨 기대 하겠습니다."

애써 친한 척 말을 붙였다. 홍 단장 앞에서 나온 '잘 생겨졌다'는 말이 신경 쓰이기도 했다. 역시나 예상했던 반응. 바로 팔꿈치로 내 허리를 쿡 찔렀다.

"기자 시절 취재 열심히 하셨나 봐. 잘 생겼다는 말도 듣고. 여기 모르는 분들도 계시니까 제가 대신 소개해 드릴게요. 에이스팀의 신별 팀장님입니다. 야구 기자로 맹활약하던 분이신데 구단으로 모셨어요. 오늘 촬영 중 불편하거나 필요한 거 있으시면 이분께 말씀하시면 됩니다."

시선이 일제히 쏠렸고 나도 모르게 머리를 긁적였다.

"안녕하세요. 신발 아니라 신별, 뉴스타라고 기억하시면 됩니다."

허리를 꾸벅 숙이면서 생각했다. 뉴스타까지 간 건 오버일까. 홍 단장 목소리가 뾰족하게 느껴지는 건 기분 탓일까.

"마침 여기 사모님들 다 계시네. 'MSG 트리오'란 이름을 바로 신별 팀장님이 만드셨습니다. 이름처럼 반짝반짝하죠?"

홍 단장의 칭찬이 과해 얼굴이 훅 달아올랐다. 나름 뿌듯하게 여기는 면도 있지만 유치하기 짝이 없는 조어다. MSG는 조미 몽키스 핵심 불펜 3인방의 머리글자를 땄다. 바로 문장우, 손준성, 고재하. 이기는 경기의 7회, 8회, 9회를 틀어막는 셋업맨과 마무리로 지금 홈팬들의 압도적 지지를 받고 있다. 과거 마무리를 지낸 베테랑 불펜 문장우가 맨 앞에 나서고, 힘 있는 좌완 손준성이 8회를 막는다. 고재하는 원래 공이 빨랐는데 제구가 잡히면서 지난해부터 붙박이 마무리가 됐다. 155km 안팎의 강한 공을 던지는 데다 외모까지 준수해 인기 폭발이다.

"하나, 둘, 셋. 안녕하세요, 우리는 몽키스의 맛소금 MSG예요! 하하."

아내 셋이 오른손을 쭉 뻗으며 장난스레 외쳤다. 한두 번 해본 게 아닌지 아이돌의 인사처럼 합이 딱딱 맞았다. 실제 마무리 고재하의 아내 송민성은 걸그룹 출신으로 지난겨울 결혼 때 큰 화제를 불러 모았다. 한동안 방송활동을 쉬었다가 오늘 모처럼 출연이다. 훤칠한 키에 선이 또렷한 얼굴이 역시 연예인은 남다르다는 걸 느끼게 했다. 나도 모르게 '아' 하는 감탄사와 함께 두 손을 가지런히 모으고 있었다.

"아유, 남편들 못지않게 사모님들도 호흡이 척척 맞네. 역시 MSG가 지구를 구합니다."

평소 홍 단장답지 않게 넉살을 떨었다. 그만큼 행사에 신경을 쓴다는 의미였다.

'MSG가 지키는 팀 승리'라는 이미지는 몽키스에도 조미 그룹 홍보에도 딱 맞았다. 조미료의 기본 원료인 MSG는 글루탐산나트륨으로 몸에 좋지 않다는 오해를 가진 물질이다. 여러 실험을 통해 다분히 심리적인 부작용일 뿐이라는 연구 결과가 나왔음에도, MSG를 둘러싼 삐딱한 시선은 오랫동안 사라지지 않고 있다. 조미료 판매를 기반 삼아 대기업으로 성장한 조미 그룹이 MSG에 대한 오해를 푸는 건 그룹의 '사명'과도 비슷했다. 그 지점에서 야구단의 MSG 트리오는 꽤 좋은 역할을 하고 있다.

"여기가 M을 담당하는 문장우 선수님의 아내 강마리 씨, 그리고 그 옆에 S를 맡고 있는 손준성 선수님의 아내 유림 씨. 여기는 잘 아시죠? 가수 활동을 한 송민성 씨. 그리고 이분은 외야수 남정훈 선수님의 아내 맹나은 씨."

홍 단장 안내에 서로 고개를 숙여 답했다. 마지막에 소개된 분만 목례로 인사를 나눴는데, 긴장한 하얀 얼굴이 막 타석에 들어선 신인선수 같았다. 삼진만은 당하지 않겠다는 의지가 느껴지는 눈빛이었다.

"오늘은 제가 잘 모시겠습니다. 녹화 준비 마치는 대로 연락드릴 테니 여기서 기다려주시면 됩니다."

서둘러 뒷걸음질 치며 금남의 방을 빠져나왔다.

식당은 방송촬영 준비가 마무리된 상태였다. 이곳저곳 스무 개가 넘는 카메라가 달려 있다. 기연은 마치 제작 스텝과 한 몸인 듯 움직였다. 어색한 구석이라곤 하나도 없다. '볼펜 기자'였던 정체성을 되돌아보게 하는 장면이다. 이제 텍스트의 시대는 진짜로 갔구나, 하는 아쉬움에 더해 너무 늦지 않게 인생의 방향키를 잘 바꾼 것 같다는 안도감이 함께 찾아왔다. 아무튼 오늘은 그저 방송이 소동 없이 마무리되길 바랄 뿐이다.

* * *

"직접 보니 진짜 방송 잘한다. 그지?"

내가 기연에게 나지막이 물었다. 「구해줘 집밥」의 요리사 겸 진행자인 마이티 셰프가 능수능란하게 분위기를 이끌어가고 있다. 올봄 쌍둥이 형제 사건 이후 뭔가를 작심하듯 긴 머리를 싹둑 자르자, 눈코입 라인이 가느다랗게 이어지면서 사람 좋은 웃음을 지니게 됐다. 큰 키에 날렵하고 긴 손가락은 요리하는 사람의 매력이 물씬 풍겼다.

"커밍아웃 후 더 확 떴지 말입니다. 인스타 팔로워 숫자가 어마어마해요. 특히 저 손. 마이티 셰프는 얼굴보다 저 창백한 하얀 손이 인기 비결이지 말입니다. 요즘 주가 최고의 연반인입니다."

"연반인? 요즘은 동성애자를 그렇게 불러?"

"헛, 팀장님."

기연이 황당하다는 듯 눈을 흘겼다. 서둘러 스마트폰을 꺼내 검색했다. 얼굴이 뜨거워졌다. 녹색 창에 친절한 설명이 떴다. 연반인. 연예인과 일반인을 합한 말.

"우리 단장님도 알고 있었어요? 연반인?"

옆에서 촬영 현장을 지켜보던 홍 단장이 기연보다 더 황당하다는 표정으로 쳐다봤다.

본격적인 요리에 앞서 사전 토크가 시작됐다. 아이돌 출신 송민성을 빼면 사실상 방송은 다들 처음이다. 보다 자연스러운 분위기를 이끌어내기 위해선 어깨에 힘을 빼줘야 한다. 가벼운 질문과 대답을 주고받다 보면 편안한 표정과 분위기가 나온다. 야구로 치자면 경기 전 야수들이 그라운드에 나와서 하는 '페퍼 훈련'과 닮았다. 페퍼 훈련은 글러브를 낀 한 선수가 공을 던져주면, 적당한 거리에서 배트를 든 다른 선수가 공을 톡톡 맞혀서 보내는 운동이다. 정식 스윙이 아니라 가볍게 서로의 리듬을 맞춰가는 과정이라고 할 수 있다.

마이티는 요리사이기에 앞서 방송인이었던 것처럼 깔끔하게 분위기를 조율했다. 어느새 출연자들 표정이 많이 풀어져 있다. 윤유나가 왕언니답게 전체 흐름을 쥐어가는 중이다.

"야구선수 아내로 살면서 얻은 결론은 역시 최고의 내조는 징크스 관리다, 이거죠. 덩치는 산만 한 사람이 어찌나 속이 좁은지 요만한 거 하나 바뀌는 거에 엄청 민감해요. 야구가 원래 섬세한 종목이라는 뜻이기도 하지만 가끔은 아기 같아서 귀엽죠."

"그러면 베테랑 이한준 선수는 어떤 징크스가 있나요?"

"한두 경기 정도 안타 못 치면 그때부터 난리가 나요. 침대에서 일어날 때 반드시 오른발부터 빼야 하고, 양치질할 때 치약 묻히는 양까지 신경 쓰죠. 뭣 하나 제자리에 있지 않으면 불안증 직전까지 간다니까요."

"설마, 속옷도?"

"똑같은 색깔 똑같은 모양 속옷이 항상 준비돼있죠. 빨간색 아니면 안 입으니. 나 원 참 정치인도 아니고."

핑크색 비니를 쓰고 온 손준성의 아내 유림이 거들었다.

"맞아요, 언니. 완전 애들 된다니까. 우리 그이도 징크스라고 하니까 뭔가 있어 보이는 거지 완전 미신 수준이에요. 허리띠 맬 때 한땀 한땀 집어넣어야 기가 안 빠진다나. 차 탈 때도 꼭 땅에 발 두 번 구르고 올라타고."

"MSG의 G, 고재하 선수도 징크스가 있겠죠?"

"저는 아직 신혼이라서 그런지 잘 모르겠어요. 항상 기운 잃지 않게 도와주는 정도? 하하."

진행자 질문에 송민성이 바로 답했다. 발음이 정확하고 깨끗하다. 역시 방송을 해 본 솜씨다. 옆자리의 유림이 끼어들었다.

"말도 마세요. 우리 막내 민성 씨 내조가 장난 아니죠. 그 뭐지? 걸그룹 할 때 히트곡「유 아 마이 베스트」그걸, 집에서 재하 선수 앞에서 공연한다니까요. 노래하고 춤추고."

"어머, 언니. 그런 걸 얘기하면 어떡해."

송민성이 놀라는 표정을 지었지만 꼭 싫지만은 않은 눈치다. 촬영장 분위기가 슬슬 달아오르기 시작한다. 담당 PD 표정도 흐뭇하게 바뀌었다.

바로 송민성의 반격.

"유림 언니는 치성이 장난 아니잖아요. 기도빨 좋은 데라면 전국 방방곡곡 안 가리고 다니니까. 지난주에도 거기 어디죠? 포천 계곡 쪽에 영험한 데 있다고 다녀왔잖아요."

"신랑 아프지 말라고 공들이는 거야 다들 하는 거잖아. 작년에는 애리조나 세도나에도 같이 갔었어요. 박찬호 선수도 거기서 수련했다잖아요. 기운이 그렇게 좋다더라고."

그때까지 한마디도 없던 맹나은이 돌발적으로 번쩍 손을 들었다.

"저요! 저요! 거기 어딘지 저도 좀 가르쳐주세요. 기도빨 좋은 데."

표정이 딱딱하고 목소리는 갈라졌다. 진행 흐름과 호흡이 전혀 맞지 않았다. 참여 의지는 느껴지지만 어쩐지 저 장면은 편집될 것 같다는 생각이 들었다. 마이티 셰프가 능숙하게 정리했다.

"기도빨 좋은데, 저도 가 보고 싶네요. 하하. 마리 씨는 남편분 관리 어떻게 하시는지? 의사시니까 좀 더 의학적인 접근을 하실 거 같은데.”

“특별한 건 없답니다. 본인이 알아서 잘하니까. 영양제, 보충제 챙겨주고 독감 예방주사 같은 거 필요할 때 놔주는 정도죠. 이 아저씨가 마운드에서는 무표정에 무시무시하잖아요? 근데 또 바늘은 되게 싫어합니다.”

화장기 없는 단발머리는 고저 없는 말투로 조곤조곤 답했다. 요란스럽지 않아서 신뢰감을 줬다.

“직접 주사를 놓으세요? 집에서 주사 맞는 거 저도 싫을 것 같은데. 하하.”

마이티 셰프가 진저리를 치며 웃었다.

“기연 씨, 문장우 아내가 의사였어?”

촬영장 구석에서 녹화를 지켜보다가 뜻밖이라 물었다. 야구선수와 의사 아내는 보기 힘든 조합이다. 기연도 몰랐던 눈치다.

“어쩐지 평소에 의학 지식이 상당하다 싶었는데……. 선수들이 아프거나 컨디션이 안 좋으면 트레이닝 코치도 있는데 꼭 문 선수에게 상담하더라고요. 그러면 이 약이 좋다, 어느 병원을 가라, 이런 얘기를 진짜 전문가처럼 잘하지 말입니다.”

문장우는 불펜 투수로 매 시즌 꾸준함을 이어온 베테랑이다. 불펜 투수가 소모품이라는 인식은 평가를 넘어 사실에 가깝다. 한 시즌 뛰어난 활약을 펼쳤다고 다음 시즌에도 잘하리라고 절대 확신하면 안 된다. 그런 예상의 적중 확률은 가위바위보 승률보다도 떨어진다. 불펜진의 안정적 전력 유지는 전 세계 모든 프로야구팀의 고민이다.

문장우는 불펜 투수 중에서도 아웃라이어에 가까웠다. 마무리일 때는 50이닝, 중간계투로 나설 때는 80이닝을 여덟 시즌째 꼬박꼬박 소화했다. 매년 평균자책이 1점대 후반에서 3점대 초반 사이를 안정적으로 유지하는 걸 보면 연구 대상을 넘어 신기할 정도다. 문장우의 꾸준한 활약은 부드러운 투구 폼과 함께 철저한 자기 관리에 있다는 게 정설이다. 워낙 특출난 케이스라 여러 '어둠의 의혹'을 사기도 했지만 수많은 테스트를 안정적으로 통과했다. 강마리가 말은 저렇게 해도 의사 아내의 관리는 뭔가 특별하지 않을까.

* * *

"남정훈 선수는 굉장한 노력파로 알려져 있죠. 집에서는 어떤 남편인가요?"

사전 토크 마지막 차례. 맹나은은 질문이 자신을 향하자 눈이 토끼처럼 동그랗게 커졌다.

"너, 너무 가혹하다 싶을 정도로 자신에게 엄격한 스타일이에요. 정해진 시간에 일어나서, 정해진 시간에 정해진 행동을 하거든요. 한 치의 흐트러짐도 없고 한 눈도 팔지 않고. 그런데 노력만큼 결과가 안 나오는 거 같아서 옆에서 보기 안쓰러워요. 제가 뭔가 부족한가 싶기도 하고."

"부족하긴요. 그래서 오늘 여기 나오신 것 아닙니까. 여러분과 함께 만들 요리가 바로 야구선수에게 딱 어울리는 영양 만점 집밥입니다. 자, 그럼 잠시 후에 집밥 만들러 돌아오겠습니다."

마이티 셰프의 깔끔한 진행 속에 사전 토크가 마무리됐다. PD가 소리쳤다.

"컷! 자 다들 수고하셨습니다. 잠깐 쉬었다가 요리 세팅하고 다시 시작하겠습니다."

주눅 든 맹나은의 표정에 자꾸 눈길이 갔다. 남정훈은 노력파가 맞다. 야구장에 가장 일찍 나오고 가장 늦게까지 남아 훈련하는 선수다. 얼마 전 랩터스와의 경기 때 8회 득점 기회에서 대타로 나왔다. 바깥쪽 꽉 찬 공을 정확하게 맞혔지만 강한 타구가 3루수 글러브를 스친 뒤 마침 이동 중이던 유격수 앞으로 굴렀다. 스치지만 않았어도, 굴절되지만 않았어도 안타였고, 결승타가 되는 타구였다. 그날 밤 남정훈은 늦게까지 남아 지하 연습장에서 방망이를 휘둘렀다. 아내 말대로 노력하는 만큼 결과가 나오지 않는다. 올 시즌 출전 기회가 조금씩 늘고는 있지만 아직 붙박이 주전이라고 하기 어렵다. 팀의 4번째 외야수가 현실적인 위치다. 스피드에 장점이 있지만 요즘 야구는 장타력이 기본은 돼야 한다. 남정훈을 보고 있으면 노력은 재능을 이길 수 없는 걸까, 라는 의심이 들 정도다.

"예상보다 다들 잘하는데? 안 그래, 별 팀장."

홍 단장 표정이 밝아 보였다. 사실 이번 녹화는 부담스러울 수 있는 이벤트다. 야구는 여전히 외부로부터 격리된 배타적인 생태계다. 경기에 영향을 줄 수 있는 모든 행동이 터부시된다. 시즌 중에 방송 촬영하는 일은 10년 전만 해도 상상하기 어려웠다. 게다가 야구의 범위를 선수 가족까지 확장시키려는 시도는 자칫 '야구나 잘하라'는 비아냥을 듣기 십상이다.

아내들을 출연시켜 '요리'를 하고 '내조'를 강조하는 것도 요즘 세상의 시선과는 주파수가 맞지 않는다. 방송 입장에서야 독특한 장소, 특별한 인물 덕분에 시청률에 대한 기대감이 있겠지만, 야구단 입장에서는 크게 얻을 게 없다. 오히려 부담만 더 크다. 모그룹과 야구단, 방송 주 시청자층과 야구팬이라는 현실적 괴리도 고민해야 한다. 홍 단장은 지금 그 경계선에서 아슬아슬한 줄타기를 하고 있다. 단장을 맡은 이후 한 시도 떠나지 않는 숙제이기도 하다. 그 와중에 첫 촬영이 순조로워 한시름 놓이는 모양이다.

"이게 다 단장님이 덕을 쌓아 두셨기 때문 아니겠습니까."

진심을 담았다고 생각했는데, 내 오른쪽 어깨 너머를 슬쩍 올려보는 홍희 표정이 썩 좋지가 않다.

"여, 홍 상무님. 그동안 잘 지내셨습니까?"

등 뒤에서 커다란 인사 소리가 들렸다. 촬영 현장이 웅성대기 시작했다. 홍 단장이 내 뒤를 향해서 인사를 했다.

"마 피디님, 오랜만입니다. 여기는 어쩐 일로."

"아니, 재미나는 프로 찍는다길래 와 봤죠. 홍 상무님 뵌 지 오래되기도 했고."

"최고의 예능 피디님께서 야구장까지 행차하시다니. 원래 요리 프로그램은 잘 안 하시잖아요. 예능 전문이시라."

"야구에는 관심이 좀 있습니다. 단장님에게는 관심이 더 많고요. 후후."

나도 모르게 영역을 지키려는 유인원처럼 숨을 크게 들이마시며 가슴을 키웠다. 홍희 대처 또한 만만찮았다.

"저야, 늘 관심받는 위치에 있으니까요. 그런데 마 피디님이 야구에도 관심 있으신 줄 몰랐네. 야구보다는 골프파 아니셨나?"

마 피디가 뭔가를 얘기하려고 할 때 촬영 중인 프로그램 PD가 뛰어나와 고개를 숙였다.

"선배님 오셨습니까!"

각 잡힌 인사였다.

"응응, 정 피디. 신경 쓰지 말고 일해. 난 여기 상무님, 아니 단장님 뵙고 분위기나 보려고 온 거니까. 단장님, 저 공으로 하는 건 다 관심 있습니다. 요즘은 스포츠 예능이 대세잖아요. 어머님 뵈면 말씀 좀 해주세요. 저도 야구 좋아한다고. 후후."

어쩐지 좀 뜬금없다 싶더라니. 굳이 어머니를 언급하는 것을 보니 로열패밀리에게 잘 보이려고 여기까지 행차하셨다는 의미다.

"그럼 둘러보세요. 저희도 잠시 휴식 시간이라. 팀장님 갑시다."

"넵, 단장님. 가시죠."

나도 그새 눈치가 늘었다. 심호흡으로 부풀린 가슴을 편 채 오른쪽 45도 뒤에 딱 자리 잡고 수행했다. 의전의 기본이다. 기연이 내 뒤에 따라붙었다.

단장실 문을 열자마자 홍희가 신경질부터 부렸다.

"저 인간은 여기 왜 온 거지. 대체 누가 부른 거야."

기연이 굳이 불필요한 설명을 곁들였다.

"마 피디, 그래도 나름 잘 나가지 말입니다. 손대는 기획마다 빵빵 터져서 마이다스의 손이라는 뜻에서 마 피디라고 불린다고."

"프로그램이 뭐 피디 혼자 잘나서 만들어지는 건가. 작가들 고혈을 빨아서 만드는 게 한국의 방송 시스템이잖아. 마 피디가 한 거 하나도 없어. 작가들이 다하고 자기는 숟가락만 얹은 거라고."

"우리 단장님, 너무 과잉 반응이신 것 같은데. 요즘 잘 나가는 셀럽인 건 사실이죠."

내가 끼어들었다. 거들먹대는 스타일이 밥맛에 가깝기는 하지만 보자마자 분통을 터뜨릴 일까지는 아니다.

"별 팀장, 저 인간 이름도 꺼내지 마요. 재수 없어."

"아니, 그러니까. 왜 재수 없는지를 알아야……."

"보자마자 추근대는 거 못 봤어? 아 짜증. 엄마는 진짜 저런 인간이 뭐가 좋다고 자꾸……."

"아하, 그래서 어머니 얘기가 나왔지 말입니다."

기연은 예민한 발언을 주저 없이 꺼냈다. 눈치 없거나 능청맞거나. 나는 속으로 키득대면서도 상사가 더 열 받지 않도록 냉장고에서 생수를 하나 따서 건넸다. 홍희가 벌컥벌컥 들이켜다 엉뚱한 질문을 했다.

"근데 별 팀장, 마 피디 본명이 뭔지 알아요?"

* * *

여전히 촬영 현장은 북적댔고, 뜨거운 열기까지 더해졌다. 그 중앙에 마 피디가 의자에 다리를 꼰 채 떡하니 앉아 있다. 자리를 빼앗긴 담당 PD는 뒤에 멀뚱거리고 섰다. '도와주겠다'는 명목이겠지만 월권이다. 야구에서도 저런 경우를 많이 봤다. 선배라는 이유로, 야구를 더 잘 안다는 핑계로 선을 넘기 시작하면 라인이 모두 무너진다. 투수코치가 타격을, 타격코치가 투수의 길을 넘나들면 모든 게 엉망이 된다. '도와준다'는 핑계로 사실상의 지시를 해놓고는 결국 결과에는 '책임지지 않겠다'는 선언이나 다름없다. 홍희가 진저리치도록 싫어하는 이유를 저 장면 하나로 알 수 있었다.

대기실에서 돌아오던 송민성이 바로 마 피디를 알아봤다.

"어머, 안녕하셨어요."

"이게 누구야. 베키 아닌가. 아니지 지금은 민성이겠구나. 안 그래도 모처럼 방송 나온다는 얘기는 여기 정 피디한테 들었지."

대뜸 반말이다. 말투가 위계를 만든다는 착각, 태도가 권위를 지킨다는 오해. 듣는 사람 기분은 안중에도 없다.

"오랜만의 출연이라 긴장되네요. 마 피디님이 도와주시면 뭐 안 봐도 대박이겠지만."

"아무렴. 내가 누구야. 마이다스 피디 아닌가. 허허."

얼씨구, 아주 신이 났다. 슬쩍 훔쳐본 담당 PD 콧등이 일그러졌다. 속내가 다 들여다보이는 것만 같았다.

요리를 위한 촬영 준비가 끝났다. 오늘 주제는 '야구선수에게 어울리는 건강한 한 끼'다. 야구는 매일 매일 열린다는 종목 특성상 일단 잘 먹는 게 중요하다. 야구 영양학이 발전되기 이전에도 많은 선수들이 '잘 먹는 걸' 미덕으로 여겼다. 별로 뛰지 않는 것처럼 보이지만 세 시간 넘게 한 경기를 치르고 나면 체력이 뚝 떨어진다. 선발 투수들은 등판 후 몸무게가 눈에 띄게 줄어든다. 내야수들도 투수가 공을 던질 때마다 집중하기 때문에 경기 후엔 어깨가 떨어질 정도로 지친다. 잘 먹어야 하는 것과 함께, 또 내일 경기를 위해 잘 쉬어야 한다.

"여기 아내분들은 잘 아시겠지만 야구는 일반인이 생각하는 것보다 훨씬 많은 에너지가 필요한 종목이죠. 남편분들 정말 잘 드시죠?"

셰프가 묻자 왕언니 윤유나가 바로 고개를 절레절레 흔들었다.

"더 젊었을 때는 어마어마하게 먹었죠. 한준 씨랑 연애 시절 스테이크 집에 갔어요. 둘인데 스테이크를 세 가지 시키는 거예요. 그러고서 뭐라는지 아세요? 저 보고 뭐 먹을 거냐고, 추가로 고르라고. 세 접시를 혼자 해치우더라고요."

"와, 형부도 진짜 많이 먹는구나. 우리 준성 씨 고등학교 때 시아버님이 엘보가 왔대요. 삼겹살 구워주다가 팔꿈치에 무리가 와서."

유림의 넉살에 촬영장이 빵 터졌다.

"남정훈 선수는 스피드가 장점이죠. 체중 조절을 좀 하는 편인가요?"

다시 맹나은에게 질문이 찾아오자 또 화들짝 놀라는 모습이다. 방송이 익숙하지 않다 보니 리액션이 어색할 수밖에 없다. 마이티 셰프가 잘 리드하지만 입이 떨어지지 않는다.

"저기, 고, 골고루 잘 먹는 편이기는 한데 살이 붙지 않는 체질이라. 그리고 요즘에는 힘도 많이 필요하잖아요. 그렇지 않나요? 야구가. 벌크업이라고, 고기도 먹고, 고구마도 먹고, 닭가슴살도 먹고. 그리고 어, 자주 꾸준히, 많이 먹으려고 하는데. 그게……."

"맞습니다. 효과적으로 잘 먹는 게 중요하죠. 스피드와 힘의 조화가 필요하니까. 셰프들도 운동선수가 손님으로 오면 신경을 많이 쓸 수밖에 없답니다. 단백질 구성도 그렇고 칼로리도 일반인보다는 높아야죠. 닭가슴살, 좋은 재료죠."

"자자, 잠깐만 끊어갑시다."

마이티 셰프가 잘 정리했다고 생각했는데 마 피디가 끼어들었다.

"저기 오른쪽 출연자분, 너무 뻣뻣한 거 아냐? 리액션도 안 되고 영 어색해. 균형이 깨질 것 같은데."

옆에 있는 담당 PD를 보고 한 말이지만 주변에서 못 들은 사람이 없을 정도로 목소리가 컸다. 가뜩이나 긴장한 맹나은의 목덜미가 붉게 물들었다. 이대로라면 더 위축될 수밖에 없다.

"빼고 가는 건 어때. 앞에 찍은 건 편집하면 되잖아."

"아, 저, 그게."

담당 PD가 손바닥을 비비며 어쩔 줄 몰라 했다. 참다못한 홍 단장이 참견하고 나섰다.

"마 피디님, 저는 이대로도 괜찮은데요. 방송의 균형은 몰라도 야구팀 입장에서는 지금의 균형이 너무 좋거든요. 야구는 말이죠, 덩치 큰 4번 타자들로만 1번에서 9번까지 다 채우면 안 되는 종목이에요. 야구 좋아하신다면서요? 게다가 야구는 9명이 하는 경기가 아니라 엔트리에 든 26명이 하는 경기거든요."

"아유, 물론 야구 좋아하죠. 상무님, 아니 단장님이 그렇다면 오케이. 자자, 정 피디, 진행하자고. 마이티 셰프, 아주 좋아요. 이 분위기 잘 만들어가세요."

"태세 전환 진짜 쩐다."

절로 욕지기가 올라왔고 기연도 고개를 절레절레 흔들었다.

"장난 아니지 말입니다. 정나미 딱 떨어집니다."

녹화가 재개됐지만 맹나은의 표정과 어깨가 더 굳어 보였다. 안쓰러울 정도였다. 홍 단장의 응원도 별 도움이 안 되는 모양이다.

올바른 일은 아니지만 야구장의 세계에도 서열이 존재한다. 선수 아내 서열은 남편 서열과 일치한다. 베테랑 고액 연봉자들의 아내는, 아내들의 모임에서도 윗자리를 차지한다. 나이보다 남편 연봉이 더 중요하다. 이한준은 팀 내 베테랑이자 연봉도 최상위권이다. 윤유나가 왕언니 역할을 하는 것도 자연스럽게 받아들여진다. MSG 트리오 역시 안정적인 활약을 바탕으로 모두 억대 연봉을 받는다. 반면 4번째 외야수 남정훈의 위치는 애매하다. 스물여덟은 충분히 베테랑의 나이지만 아직 주전이 아니다. 연봉도 7000만 원 수준으로 1군 평균에 한참 못 미친다. 맹나은 입장에선 가뜩이나 주눅 드는 자리인데 유명 PD한테 꾸지람마저 들었다.

"원래 MSG 트리오는 모두 나오기로 했고, 나머지 두 자리는 공모 비슷한 걸 했다지 말입니다. 왕언니 윤유나가 일단 추천됐고, 빈자리 하나를 저 나은 씨가 적극적으로 달려들었답니다. 남편 입지를 보면 용기 내기가 쉽지 않았을 텐데. 게다가 남정훈과 성격도 좀 다른 것 같아요. 적극적이려고 너무 애쓰는 티가 나는 걸 보니."

기연의 설명을 들으니 고개가 절로 끄덕여졌다. 드라마 「미생」의 명대사 '애는 쓰는데 자연스럽고, 열정적인데 무리가 없다'라는 건, 현실 세계에서 좀처럼 등장하지 않는다. 애를 쓰면, 무리가 드러나기 마련이다. 지금 남정훈과 맹나은 부부는 각자 다른 영역에서 애를 쓰고, 무리하는 중이라는 생각이 들었다.

* * *

"메인 요리에 앞서 조금 특별식을 만들어볼까 합니다. 여러분에게 꼭 필요한 아이템일 겁니다. 이른바 오늘도 파이팅 도시락!"

마이티 셰프 설명을 듣자마자 윤유나가 손을 들었다.

"도시락이요? 잔칫상으로도 모자란 먹성을 도시락으로 채울 수 있을까요?"

"물론입니다. 끼니를 채우기보다 건강을 지켜주는 도시락이죠. 제가 오늘 진행을 위해서 미리 공부를 좀 해왔답니다. 야구선수에게는 기본적으로 근력과 순발력을 위한 에너지가 필요한데, 눈과 손이 협응하는 '핸드-아이 코디네이션' 능력 또한 중요하더군요. 게다가 야구는 매일 하잖아요. 그래서 또 중요한 게 바로 회복력. 오늘의 피로는 바로 풀어야 내일 다시 최상의 컨디션으로 뛸 수 있으니까. 여기 아내분들도 컨디션 회복을 위해 많은 노력들 하시죠?"

맹나은 눈이 반짝이며 허리를 쭉 폈다. 한마디도 놓치지 않겠다는 의지가 눈짓, 몸짓에서 느껴졌다. 셰프가 진행하는데 어쩌면 부담감을 느낄 정도로.

"하이드레이션, 즉 수분 섭취가 핵심입니다. 그중 액체 형태의 음식이 빠른 영양소 흡수에 도움이 된다는 연구 논문이 있습니다.

특히 셰이크 형태가 좋답니다. 단백질과 아미노산, 섬유질을 풍부하게 섞어 만들면 근육 회복, 부상 방지와 경기력 향상에 탁월하겠죠. 경기 전 3시간, 경기 후 30분에 딱 마셔주면 좋은 오늘도 파이팅 도시락. 사랑도 넘치고 야구도 잘 되고."

어느새 맹나은이 광신도처럼 열렬히 박수를 치고 있었다. 의사인 강마리도 고개를 끄덕이며 동의를 보냈다.

"의학적으로도 맞는 말씀입니다. 쉰이 다 될 때까지 메이저리그에서 뛰었던 훌리오 프랑코는 자다가도 일어나서 특별히 만든 수제 셰이크를 마시고 다시 잠들었다고 했어요."

강마리는 의외로 야구 지식까지 박식했다. 그걸 바라보는 맹나은의 입가에 의지가 느껴졌다. 이쯤 되면 방송이 아니라 공부다. 뜨거운 반응에 마이티 셰프도 흡족한 미소를 지으며 진행을 이어갔다.

"자, 사랑과 영양을 담은 재료부터 준비해 볼까요? 우선 물이나 우유 대신 흡수에 좋은 코코넛 밀크를 준비하시고요. 근육 회복에 좋은 아미노산이 풍부한 재료들이 좋겠죠. 에너지를 위해서는 글리코겐도 필요하고요. 퀴노아, 오트밀, 이집트 콩 다 좋아요. 설마 야채 싫어하시는 남편분들 있을까요?"

송민성이 쑥스러운 듯 손을 들었다.

"그이가 여전히 초딩 입맛이라 야채를 잘 안 먹어요."

입담 좋은 유림이 거들고 나섰다.

"그러면 차라리 낫지. 감춰서 먹이면 되니까. 우리는 아예 '남자는 고기' 주의자예요. 고기는 다른 거랑 섞어서 먹는 게 아니라나 뭐라나."

마이티 셰프가 능청스럽게 받아넘겼다.

"그래도 야채 섬유질은 야구선수들에게 필수입니다. 특히 MSG 트리오는 얼른얼른 회복해야 또 다음 경기를 지킬 수 있잖아요. 이쯤에서 MSG 트리오 구호 한 번 볼 수 있을까요?"

"아유, 이런 데서 이걸 또……. 언니, 어떡하죠. 한 번만 더 할까요?"

유림이 먼저 적극적으로 나섰다. 강마리, 송민성과 함께 다시 한 번 손을 모으고 아이돌처럼 구호를 외쳤다.

"하나, 둘, 셋. 안녕하세요, 우리는 몽키스의 맛소금 MSG예요!"

뭔가 오글대지만 굳이 야구장에서 요리 방송을 만드는 목적이 바로 이거였다. MSG 트리오의 MSG 찬송. 조미 그룹의 앞날이 달린 사명.

다들 앞치마를 두르고 음식 재료가 있는 테이블 앞으로 모였다. 여러 대의 카메라들이 앵글을 바꾸며 동선을 따라갔다. 재료들에 대한 설명이 이어지다가 마이티 셰프가 윤유나의 손가락을 살폈다.

"오, 멋집니다. 혹시 결혼반지인가요?"

윤유나가 왼손 약지를 들었다. 은빛의 얇은 테 위에 불꽃을 닮은 다이아몬드가 살포시 앉아 있다. 여러 면으로 깎인 세공이 예사롭지 않았다. 척 봐도 고급스러운 분위기를 풍겼다.

"결혼반지는 아니고 행운의 반지라고 해야 하나. 하여간 그이가 징크스 덩어리라고 했잖아요. 첫애 낳고 생일이었나, 선물로 받았는데 그해 타율 3할 3푼에 30홈런을 찍었어요. 남들은 분유 버프

네 뭐네 그러는데, 한준 씨는 이 반지 때문이라고 철석같이 믿더라고요. 그때부터 타석에서 뭐 좀 안 맞는다 싶으면 이 반지를 그렇게 찾아요. 손가락도 이따만한 남자가 새끼손가락에 끼고 경기할 때도 있다니까."

"배팅 장갑 안에 반지를요?"

"셰프 님, 말도 마세요. 그걸로 안 되면 반지 키스 세리머니도 합니다. 기억나시죠? 2002년 월드컵 때 안정환 선수가 했던 거. 그거 하면 기운이 온다나 어쨌다나. 집 안 거실을 돌아다니면서 그 짓을 하고 다녀요. 어머, 어쩌면 좋아. 방송에서 이런 얘기 하면 뭐라고 할 텐데."

"자, 그렇게 소중한 반지니까 요리할 때는 잠시 빼두시는 게 좋습니다."

"아……, 내 정신 좀 봐."

윤유나가 오른손 엄지와 검지로 왼손의 반지를 천천히 빼는 동안 카메라가 손가락을 줌인했다. 그 순간, 화면에서 갑자기 반지가 사라졌다. 테이블 위에서 한 차례 튕기는 소리가 들렸고 이내 바닥으로 떨어지는 소리가 이어졌다. 바로 촬영장이 적막에 휩싸였다. 어디론가 땡그르르 구르는 소리가 들렸지만 선수 식당은 소리가 울리는 구조여서 방향을 알기 어려웠다. 촬영 스태프들은 모두 화면에 집중하고 있었고, 윤유나조차 손가락에서 빠져나간 순간 놀라 방향을 놓쳐버렸다.

"어어, 어디지? 어디로 갔지?"

넉살 좋던 윤유나 얼굴이 하얗게 변했다. 마이티 셰프는 물론이고 출연자들 모두 바닥을 훑기 시작했다. 사고다. 촬영 스태프들이 우왕좌왕하는 동안 나와 기연도 얼른 뛰어들었다. 홍 단장까지 후다닥 가세했다. 일고여덟 명이 한데 엉켜 바닥에 코를 대고 뒤지는 반지 수색 작전이 시작됐다. 하필 바닥이 반짝반짝 닦인 데다 방송 조명이 잔뜩 켜져 있어서 은빛 링에 다이아몬드가 박힌 반지가 쉽게 눈에 띄지 않는다. 몇 분을 뒤져도 소득이 없었다. 당황스러운 시간만 계속 흘러갔다.

"아악! 지랄 맞게. 대체 어디로 간 거야!"

윤유나가 이성을 잃고 머리를 감싸 쥐었다. 촬영장 분위기가 순식간에 얼어붙었다. 유림이 잠시 일어서서 위로했다.

"언니, 어떡해. 반지 너무 예쁘고 비싸 보이던데."

"비싼 게 문제가 아니라 아까 말했잖아. 그이는 지금까지 커리어가 다 그 반지 때문이라고 철석같이 믿고 있다고. 어제랑 그제 안타 못 쳐서 또 찾을 텐데. 그거 잃어버렸다고 하면 진짜 슬럼프 올지 모른다고. 마리야, 민성아, 나은 씨. 진짜 없어? 안 보여? 환장하겠네."

다들 바닥에 무릎을 꿇은 채 고개를 흔들었다.

큰일이다. 많은 타자들이 엉뚱한데 빠져서 슬럼프가 길어지는 걸 여러 차례 봐 왔다. 제아무리 베테랑이라고 해도 그러지 말란 법은 없다. 원형탈모가 오도록 고민해도 타격감을 못 찾는 일이 수두룩하다. 어쩌면 반지 실종사건이 아니라 몽키스 타격감 실종사건으로 번질 수 있다. 중심 타자가 흔들리면 팀 전체가 흔들린다.

"언제까지 이러고 있을 건가. 여기 사람들 그렇게 시간 많지 않은데."

역시나 재수 없는 마 피디였다. 다들 고개를 들어 날카로운 눈빛으로 쏘아보았다.

"아니, 어쨌든 녹화는 진행돼야 하고 반지는 제가 발이 달린 게 아니면 어딘가에 있잖아. 나중에 세트 정리하면서 찾아도 되는 게 아닌가 하는 생각에."

마 피디가 어깨를 움츠린 채 대답했다.

"혹시 여기 카메라들 좀 살펴볼 수 있을까요? 스무 대나 되는 데 이 중 하나는 반지의 움직임을 잡았을 수 있잖아요."

나의 즉흥적 제안에 기연이 옆구리를 쿡 찌른다.

"팀장님, 자동차 블랙박스가 아닙니다. 메모리 다 빼서 일일이 큰 화면으로 확인하다가는 녹화 날 새지 말입니다."

듣고 보니 맞는 말이다. 그렇다고 어정쩡한 분위기 속에서 녹화를 이어가기도 어려웠다. 반지를 잃어버린 윤유나의 표정은 이미 나라를 잃은 듯했다. 한창 달아오른 분위기도 싸늘하게 식었다. 바로 홍희가 나섰다.

"유나 언니."

언니? 분명 언니라고 불렀다. 윤유나가 얼떨떨한 표정으로 바라봤다.

"유나 언니, 나 믿을 수 있죠? 아까 그 반지, 그라프 맞죠?"

듣고 있던 유림이 또 호들갑이다.

"대박. 모나코 왕실에서 대대로 결혼 때 사용한다는 명품이잖아. 불꽃 모양 다이아 세공으로 유명한. 단장님은 딱 알아보시는구나."

홍희가 윤유나 두 어깨를 붙잡고 눈빛을 맞췄다.

"언니, 제가 가능한 빨리 똑같은 걸로 구해볼게요. 일단 녹화부터 마치도록 하죠."

"그게 같은 제품이라도 오래된 거라 신랑이 눈치챌지도……."

"방법이 있습니다. 유나 언니, 내 얼굴을 봐요. 나 믿을 수 있죠?"

윤유나가 빤히 쳐다본다. 표정이 많이 풀어졌다. 다들 바닥에서 일어서며 안도의 한숨을 내쉬었다.

"자, 피디님. 정리됐으니까 다시 녹화 진행하시죠. 대신 촬영 현장 정리는 우리가 할 겁니다. 반지가 나올 수도 있으니까. 방송 기자재는 들어왔던 그대로 나가고 세트장 주변은 건드리지 않는 걸로."

홍희가 직접 나서서 상황을 정리했다. 여러 번 본 모습이지만 그때마다 새삼스럽다. 복잡한 문제를 단순하게 만들어 해결하는 능력이 탁월하다. 마 피디가 머리를 긁적이며 자리에 앉았다.

내가 살짝 홍희 곁으로 다가가 손으로 입을 가리고 물었다.

"똑같은 반지를 어떻게 구한다는 거지?"

"우리 엄마랑 할머니가 사는 세상에도 귀중품 잃어버리는 사람 많아. 추억 쌓인 장신구는 기본에 사업상 영험하다고 믿는 부적이나 십자가 같은 것들도 있고. 그럴 때마다 똑같은 물건을 구해주거나, 혹시 못 구하면 만들어서라도 주는 업자가 필요한 거 아니겠어? 시장의 힘이란 그렇게 무서운 거야. 수요가 있으면 공급이 생기는 법이지. 명동에 VVIP들만 대상으로 영업하는 만물상 매니저가 계셔. 반지 정도는 명품 보석상 연결해서 바로 특급으로 날려줄 거야. 아까 반지 클로즈업한 장면 있지? 신 팀장이 스태프 쪽에 말해서 그 화면 좀 구해주라. 자료가 필요하니까."

홍희가 샐쭉 웃었다. 고개가 절로 끄덕여진다. 맞다. 시장의 힘은 강하다.

* * *

녹화가 재개됐다. 홍희의 '유나 언니, 나 믿죠'에 힘을 얻었는지 윤유나가 평정심을 되찾았다. 왕언니 눈치를 살피던 MSG 트리오의 리액션도 바로 살아났다. 요리 자체는 익숙한 일이지만, 새로운 요리에 도전한다는 긴장감이 자잘한 실수들을 만들었고 이는 웃음으로 이어졌다. 반지 실종사건은 일단 미뤄둔 채 어쨌든 녹화는 흘러가고 있었다.

"여러분, 코코넛 밀크에 각자 취향껏 콩류, 곡물, 야채 등을 넣으면 됩니다. 단백질과 아미노산, 섬유질이 잘 섞이고 요구르트가 들어가면 역시 회복력에 최고겠죠?"

"남자는 고기파인 준성 씨는 어쩌죠. 닭가슴살이라도 넣어서 갈아야 할까요?"

유림이 특유의 토끼 눈을 키우며 물었다. 마이티 셰프는 바로 친절하게 답했다.

"TV에서 보셨잖아요. 닭가슴살 셰이크 사실 되게 맛없고 먹기 힘들죠. 고기는 끼니때 드시면 되니까 다음 요리로 준비했습니다. 지금은 사랑의 파이팅 셰이크를 만드는 거니까 잘 섞어서 쉐킷쉐

킷 하시면 됩니다. 나은 씨도 재료 다 고르셨나요?"

맹나은이 이번에도 말없이 미소만 지었다. 여전히 긴장이 풀리지 않은 모습. 방송이 익숙하지 않은데 한바탕 소동까지 겪었으니 그럴 만도 하다 싶었다. 불쑥불쑥 드러냈던 공부 의지도 좀 사라진 느낌이다.

각자 재료를 믹서기에 넣기 시작했다. 강마리는 의사답게 재료 하나하나 꼼꼼하게 계산하며 골랐다. 배합 방식도 전문적이었다.

"아무래도 곡물과 단백질, 섬유질의 비율이 중요하겠죠? 끈적이는 점도도 식감에 영향을 미칠 테고 염도와 당도를 잘 조절해서 만들어봐야겠어요."

맹나은이 그런 강마리의 움직임 하나하나를 눈으로 좇고 있다. 재료를 똑같이 고른다. 하나도 놓치지 않겠다는 듯 보였다. 반면 아이돌 출신 송민성은 역시 색감에 민감했고 재료 선택도 튀었다.

"녹색은 아무래도 야채 느낌이 많이 나서……. 에너제틱한 느낌을 주려면 역시 빨간색? 라즈베리와 비트를 조금 더 넣어야겠어요."

믹서 소리가 여기저기서 요란하게 울리기 시작했다. 자신만의 셰이크가 만들어지는 중이다. 갈아서 섞는 건, 여러 가지 재료의 모난 특징을 없애고 하나로 모은다. 몽키스는 하나로 잘 섞이고 있을까 하는 생각이 잠시 들었다. 아니, 나는 몽키스와 잘 섞이고 있나 라고 자문했다. 곁의 홍희를 돌아봤다. 재벌가 따님은 지금 몽키스라는 야구팀의 셰이크에 잘 섞이고 있는 걸까. 조금 전 반지가 사라졌을 때, 수습하는 방식을 보면 마치 다른 세계에서 온 해결사 같았다.

다섯 대의 믹서기 안에 다섯 개의 셰이크가 만들어졌다. 채소가 많이 섞여 대부분 초록색인데 빨간색 하나만 색감이 튀었다.

"자, 선수분들이 사랑과 영양을 듬뿍 느낄 수 있을지 맛과 향을 볼까요?"

마이티 셰프 지시에 따라 다들 맛보기용 접시에 숟가락으로 조금씩 떠 담았다.

"아유, 뻑뻑해. 셰프 님, 아직 채소 냄새가 많이 나요."

윤유나가 맛을 보자마자 인상을 썼다. 긴장을 풀지 못한 맹나은은 숟가락을 못 찾고 혼자 국자를 들고 섰다. 한 국자 떠서 입에 넣더니 머리를 갸웃거리며 한 국자를 더 떴다. 마이티 셰프가 그 장면을 놓치지 않았다.

"나은 씨는 크게 푹푹 떠서 맛을 보셨군요. 셰이크이다보니 목넘김 같은 걸 살피려면 그 방법도 좋죠. 어떤가요? 맛이?"

마이티의 지적은 실수를 덮어주려는 배려였는데, 맹나은은 화들짝 놀라며 오히려 얼굴이 굳어버렸다. 잠시 후에야 겨우 입을 열었다.

"네…… 셰프 님, 기대 이상입니다. 오히려 한약 냄새 안 나는 한약이라고 생각하면 더 잘 먹을 수 있을 거 같아요."

"좋은 비유입니다. 예전에 우리 어머님들은 오랫동안 정성을 들여서 한약을 달이셨죠. 푹 찌고 고아서 면포에 싼 뒤 짜내는 과정을 말입니다. 맞아요. 사랑의 파이팅 셰이크도 영양소와 회복력에 도움을 주는 점을 고려하면 한약과 비슷하겠어요."

"맞다, 맞아. 내추럴 한약이니 빼먹지 말고 꼭 먹으라고 해야겠네. 좋다, 좋아."

유림이 손뼉을 치며 호응을 했다.

한약 비유가 기막히다고 생각하면서도 어딘가 모르게 불편한 감이 가시지 않았다. 맹나은은 올드스쿨의 느낌을 강하게 풍긴다. '요즘 여자'라는 말이 어폐가 있지만, '요즘 여자' 같지가 않다. 지나치게 남편에게 헌신적이라고 할까. 오래전 한국의 어머니들 모습처럼. 기도빨, 치성, 국자, 한약……

담당 PD가 한 손을 들어 올리며 현장을 정리했다.

"수고하셨습니다. 1부 녹화는 다 된 것 같고, 두 번째 요리 재료 세팅도 해야 하니까 잠시 쉬었다가 갈게요."

내 마음이 급해졌다.

"반지 한 번 더 찾아볼까?"

재킷 소매를 접어 올리는데 바로 기연이 말렸다.

"휴식 시간에 혼자 움직였다가는 괜한 오해받을 수 있습니다. 나중에 테이블 다 정리하고 함께 뒤지는 게 낫지 않겠습니까?"

단호한 말투에 토를 달 수가 없었다.

"여기 장비 좀 잘 봐주시죠, 팀장님. 저희도 한 대 피우고 오겠습니다."

조연출이 한 마디 남기고 휙 나가버린다. 현장 지킴이. 오늘 내가 할 일은 원래 이거였다는 생각이 들었다. 이런저런 장비를 구경하던 중 각진 네모에 각종 조절 장치가 달리 방송기기 하나가 눈에 들어왔다.

"그런데 기연 씨, 이건 뭐지?"

"오디오 믹서지 말입니다. 무선 마이크마다 담기는 목소리가 모여서 정리되는 장치죠. 요 헤드폰을 쓰면 마이크로 들어오는 소리들이 깨끗하게 들린답니다."

기연이 헤드폰을 장난삼아 내 머리에 씌워주었다. 바로 누군가의 목소리가 흘러나왔다.

"어, 말소리가 나와."

"그래요?"

기연도 헤드폰을 하나 골라 썼다. 쉬러 간 출연진 중 누군가가 마이크를 끄지 않았다. 모두의 목소리는 아니지만 켜져 있는 마이크를 중심으로 크고 작은 목소리가 헤드폰으로 타고 넘어 들어왔다. 도청은 절대 합법적일 수 없지만 이건 우연히 벌어진 일이다. 우리 에이스팀 역할은 양지를 위해 음지에서 궂은일을 하는 것이고. 그러니까, 지금 상황은 '필요악'이라고 기연과 눈빛으로 주고받았다.

* * *

"언니, 어렵겠지만 꼭 좀 구해주시면 안 될까요? 저희도 쓰고 싶어요."

맹나은의 목소리다. 다시 적극적인 모습으로 돌아왔다. 뭔가를 부탁하고 있다.

"쉿! 나은 씨. 그렇게 크게 얘기할 문제가 아니잖아. 이게 정식으로 유통되고 그런 게 아니라고."

"그러니까 이렇게 부탁드리잖아요. 언니는 의사시니까 내용도 잘 알고. 공급책 역할을 하신다고 들었어요. MSG 트리오는 다 쓴다면서요. 제발."

"아니, 이게 복잡한 거야. 아무렇게나 막 복용하고 그러면 안 된다고."

맹나은이 간절하게 매달리고, 강마리가 당황해하며 거절하고 있다. 둘만 있는 상황으로 보이는데 주고받는 말들이 심상치가 않다. 기연의 표정도 사뭇 심각해졌다.

"독일제품이라면서요. 드레스덴 공대에서 개발한 물질이라는 것도 들었어요. 그쪽 분야에서 아주 전통 있는 곳이라고. 그래서 효과도 확실하다고."

"효과가 있는 건 맞는데, 이게 아직은 조심스럽고 비밀스러운 거라. 만에 하나 잘못되면 나까지 문제 되잖아."

"언니, 절대 문제 안 되게 할게요. 제발."

잠시 침묵이 이어진다.

"아무래도 안 되겠어. 조금 더 생각해보고."

"언니, 그럼 저도 어쩔 수 없네요. 유나 언니한테 말할 겁니다. 그거 MSG 트리오만 쓴다고."

맹나은의 목소리가 단호해졌다. 거의 협박 수준이다.

"나은 씨, 그런 소리 하지도 마. 가뜩이나 유나 언니 지금 반지 잃어버려서 패닉인데. 그리고 유나 언니네는 이게 필요가 없잖아. 상황이 다르다고."

"그러니까요. 가뜩이나 반지 때문에 패닉인데 그 반지가 다른 데서 나오면 어떻게 될까요? 이를테면 언니 가방이라든가."

"지금 뭔 소리 하는 거야. 내가 반지를 가져갔다고? 생사람 잡는 거야? 나은 씨 보기보다 무섭네."

"저는요, 그만큼 절실해요. 무슨 일이든 할 수 있다고요. 지금까지 정말 힘들게 버텨왔어요. 정훈 씨도 그렇고 저도 그렇고, 오늘 꼭 구해오겠다고 약속했단 말이에요. 네? 제발."

"아유, 알았다 알았어. 대신 유나 언니한테는 절대 비밀. 그리고 이게 좀 비싼 거는 알지?"

"네네, 그럼요. 바로 입금해 드릴게요. 고맙습니다. 언니, 정말 고맙습니다."

헤드폰을 쥔 손에 땀이 뱄다. 상황이 심각하다. 드레스덴 지역은 과거 동독 땅이었다. 30년도 넘은 일이지만 과거 동독은 금지약물의 최첨단을 달리고 있었다. 분위기나 정황상 금지약물 거래 현장을 몰래 엿들은 것이나 다름없다. 지금까지 금지약물은 대개 사설 트레이너 등을 통해 거래되는 경우가 많았다. 현직 의사, 그것도 선수의 아내가 끼어들었다면 더욱 은밀하면서도 조직적으로 움직일 가능성이 높다. 과거 야구에서 쓰인 금지약물은 근육을 빠르게 강화시켜 주거나 아니면 집중력을 높여주는 각성제 계열이었다. 이들 약물은 검출 기법의 발전과 수시로 이뤄지는 도핑 검사에서 적발되기 마련이다. 소변이나 혈액 샘플을 통해 드러나지 않는 새로운 약물이라면 신세계가 열린 셈이다.

나와 기연이 마주 보며 큰 한숨을 동시에 내쉬었다.

"불펜 투수들에게는 집중력과 회복력이 필요하겠지?"

"팀장님, 심박수 안정 효과를 노렸을 수도 있지 말입니다. 뭔가 새로운 단계의 약물로 보이는데요."

"남정훈처럼 스피드를 장기로 삼는 외야수와는 안 어울리잖아?"

"아까 못 보셨습니까? 기도빨 찾는 것도 그렇고, 녹화 때 태도도 그렇고. 남편 성공을 위해서라면 뭔 짓이든 할 분위기였지 말입니다."

"그러고 보니 문장우가 약에 대해서 빠삭하다고 했지. 그것도 연관이 있을까?"

"어쩌면요. 단순히 관심이 많아서만은 아닐 듯해요."

조용하던 헤드폰에서 다시 목소리가 나오기 시작했다. 맹나은이 어딘가에 전화를 걸고 있었다.

"오빠, 드디어 구했어요. 빌다시피해서. 이제 우리한테도 좋은 일이 많이 생길 거예요. 그리고 슬럼프도 어쩌면, 아니에요. 네. 네. 알았어요. 아버님한테도 전화드릴게요."

　　　　　　　　　　* * *

"어머 씨발, 반지도 골치 아픈데 약물? 도핑? 베테랑 불펜 투수의 의사 아내가 연루된 국제 조직사건? 이게 정말 우리 몽키스에서 벌어지고 있는 일이라고? 말이 돼?"

웬만한 일에는 당황하지 않는 홍희가 이번엔 감당이 안 되는지 바로 나무 벤치에 주저앉아 버렸다. 그만큼 핵폭탄급이었다. 대책 마련을 위해 텅 빈 더그아웃에서 급히 만났지만 사실 대책이 없었다. 몽키스 창단 이래 최악의 상황과 맞닥뜨렸다. 어떻게 돌파구를 찾아보려고 애쓸수록 머릿속에선 불길한 먹구름만 피어올랐다.

나도 두 손을 재킷 주머니에 꽂고 홍희 옆에 슬쩍 붙어 앉았다.

"진짜 말이 안 된다고 생각은 하는데, 막상 직접 들으니까 당황스럽더라. 내 귓구멍이 고장 난 게 아닌 이상 모든 정황이 그쪽을 가리키고 있어."

"조미료 홍보하려고 만든 판에서 진짜 약물이 튀어나올 줄이야. 이게 사실이면 단순히 한둘이 얽힌 일이 아니잖아. 어쩌면 구단의 존폐가 달린 문제라고."

나는 말없이 고개를 끄덕였다. 어떤 위로의 말도 떠오르지 않았다. 대화가 끊어졌고 황망히 더그아웃 밖만 바라봤다. 갈색과 초록의 조화가 아름다운 그라운드. 그 위를 약물에 중독돼 좀비로 변해 버린 선수들 환영이 막 뛰어다니는 것만 같았다.

그리고, 전의를 먼저 회복한 쪽은 역시 홍희였다.

"아니다, 그럴수록 침착! 너무 명확한 그림도 한 걸음 물러서서 보면 다른 그림인 경우가 종종 있지?"

"희망 사항이지. 부디 그랬으면 좋겠지만 지금은 최악의 경우를 대비하지 않을 수 없다고."

"그러니까 사실 확인이 먼저잖아. 혹 불편한 진실과 마주치면 그때 순리대로 처리하면 되는 거고. 과감하게 밝혀서 책임질 건 책임지고. 상처가 크겠지만 어쩌면 최선의 방법일 수도."

역시 홍희 처방은 명료하다.

"좋아. 그런데 어떻게 밝히지? 녹화 끝나고 당사자들 모아서 '여러분, 약물에 대해 솔직히 말해주십시오'라고 물으면 순순히 털어놓을까? 물증은 없고 도청까지 했지. 공개적으로 추궁했다가 더 은폐하려고 들면? 만에 하나 헛다리 짚었다간 역풍이 만만찮을 텐데."

"아……."

홍희가 탄식했다. 일이 꼬여도 단단히 꼬였다. 의혹도 의혹이지만 그걸 확인하는 과정이 간단치 않아 보였다. 연루자가 스스로 실토하지 않는 이상 당장 증거 찾기부터가 난망이다.

다시 절망하는 홍희가 애잔해 보여서일까. 불쑥 의욕이 생겼다. 스스로 현장 대처 능력을 자부하지 않았던가. 죽이 되든 밥이 되든 결과물을 만들고 싶었다. 눈을 감고서 의식을 다 끌어모았다. 녹화 시작 직전으로 시간을 되돌렸다. 집중해서 머릿속으로 검색하기를 몇 분, 어딘가 모르게 어색해서 위화감을 느꼈던 한 장면이 걸렸다.

"우리 단장님, 만약 반지를 누가 의도적으로 훔쳐서 감추고 있다면? 녹화 끝나고 바닥 뒤져도 아마 없을 거야."

"갑자기 반지? 지금 그건 눈에 들어오지도 않는다고."

"아냐, 어쩌면 도둑맞은 반지가 역할을 할 수 있어. 그걸 역이용해서 진실을 털어놓게 미끼를 놔야지."

"어떻게?"

"조금 치졸한 방법이 되겠지만 지금 상황에서 매너 따질 상황이 아니잖아. 대신 우리 단장님이 좀 어려운 부탁을 해줘야겠다."

* * *

출연자들이 자리를 잡으면서 녹화장이 다시 분주해졌다. 앞선 분위기보다는 한결 나았다. 윤유나가 확실히 안정을 되찾았고, 유림은 핑크색 대신 연두색 비니로 바꿔쓰고 나와 멋을 부렸다. 무엇보다 맹나은의 태도에 자신감이 돌아왔다. 처음엔 어딘가 위축돼 있었다면 '미션'을 완성한 지금은 중간고사를 잘 치르고 난 중학생의 표정이다.

앞선 녹화에서 간식 형태의 건강 셰이크를 만들었다면, 이번에는 본격적인 '한상차림'이다. 메인 디시와 몇 가지 곁들여 먹을 반찬, 샐러드가 메뉴다. 마이티 셰프는 여전히 흐름을 잘 이어갔다.

"야구선수는 체력 회복이 중요하니까 수분 섭취를 정말 신경 써야 하죠. 당연히 짜게 드시면 안 됩니다. 단백질은 꼭 필요하지만 지나치게 많은 지방은 또 좋지가 않죠. 그래서 오늘은 소고기의 단백질은 충분히 먹되 지방은 줄일 수 있는 야구선수용 밀푀유나베로 준비했습니다. 칼로리 걱정 말고, 칼로리 폭탄 팡팡 터뜨려도 됩니다."

마이티 셰프가 지켜보는 가운데 다들 요리를 시작했다. 1인분인데 냄비 안에 겹겹이 채워 넣는 고기와 야채 양이 엄청났다.

"유림 언니, 뭘 그렇게 많이 넣어요?"

"말도 마. 우리 신랑 고기 귀신이라고 했잖아."

여유롭게 대화를 나누면서도 내조의 여왕들답게 요리에 빈틈이 없었다. 영양소의 포인트를 놓치지 않은 채 단계별로 완성시켜 나갔다. 냄비가 보글보글 끓기 시작하자 지켜보는 것만으로도 침이 고이고 허기가 느껴졌다.

"단장님, 오늘 일 잘 마무리되면 곱창 말고 소고기 어때요?"

"미안해 별 팀장, 반지에 약물에 지금 입맛 상실 상태야."

마침내 모든 조리 과정이 끝났고 녹화도 마무리 단계다. 출연자들은 각자 자신이 만든 상차림을 폰 카메라에 담고 있었다.

"요리 사진은 역시 인스타 갬성이죠."

막내 송민성이 각도를 잘 만들어서 연신 셔터를 눌렀다. 유림은 카메라를 접시에 바짝 붙인 채 클로즈업하는 기교를 부렸다. 다들 자신만의 개성에 빠져 있는데 맹나은만 거꾸로다. 머리와 허리를 잔뜩 숙인 채 이른바 '수평 샷'을 찍고 있다. 상차림이 한 화면에 다 나오도록.

"너무 각 잡는 거 아냐? 그렇게 찍어서 올리면 예쁘게 안 나와."

윤유나가 다가서며 물었다. 주변을 챙기는 여유는 남편인 이한준과 똑같다는 생각이 들었다.

"언니, 저도 모르게 습관이 돼서 그만."

"에이, 싸이월드 시절에도 이렇게는 안 찍었겠다."

* * *

"다들 여기, 잠깐만 모여주시죠. 긴히 할 말이 있습니다."

갑자기 마 피디가 등장했다. 평소 방송 출연 욕심이 많기로 유명한 사람이다. 오늘은 끼어들지 않아서 다행이다 싶더라니, 아니나 다를까 녹화가 끝나는 시점에 결국 카메라 앵글 안으로 들어왔다. 무슨 일일까 하는 표정으로 출연자들이 녹화장 가운데로 모였다. 마 피디가 한명 한명씩 눈을 맞춰가며 말했다.

"아무리 생각해도 반지가 사라진 게 이해가 안 되더란 말이죠. 지가 발이 달린 것도 아니고. 궁금해서 견딜 수가 없더라 이겁니다. 여기 설치된 카메라를 다 살펴볼 수는 없고, 그나마 반지 움직임이 잘 찍혔을 가능성이 높은 카메라가 저기 오른쪽 위에 설치된 17번. 메모리를 갈아 끼운 뒤 직접 영상을 분석해봤습니다. 제가 관찰 예능만 얼마나 했는지 다들 아시죠? 카메라 안에 담긴 수상한 움직임을 찾는 데는 달인이라 이겁니다. 물론, 반지가 사라진 방향의 힌트를 얻었습니다."

"마 피디님, 그게 어딘가요?"

홍희가 눈을 치켜뜨며 재촉했다. 이때다 싶었는지 마 피디가 녹화 세트 안까지 쑥 들어왔다. 그러고는 마치 탐정처럼 행동하기 시작했다.

"여러분, 아까 서 계셨던 자리대로 움직여 볼까요. 유나 씨가 여기서 이렇게 반지를 빼고 있었고 마리 씨, 유림 씨가 여기와 여기. 그리고 베키, 아니 민성이가 이쪽, 그리고 맹나은 씨였던가? 그 바로 옆에 있었죠."

출연자들이 긴장한 표정으로 이름이 불릴 때마다 원래 자리로 돌아갔다. 마치 추리 쇼의 마지막 장면 같은 분위기가 녹화장을 싸고돌았다.

"제가 화면을 분석한 바에 따르면 반지는 여기서 이렇게 튀어서 이렇게 움직였습니다. 여기서 다시 구르는 소리가 들렸고, 다들 우르르 바닥을 쳐다보고 찾아 나섰죠. 이 상황에서 반지의 범위 안에 있었던 사람은 바로……."

모든 시선이 마 피디의 손가락이 가리키는 방향을 따라갔다. 윤유나와 가장 먼 쪽 조리대 부근이다. 반지가 거기까지 굴러갔다는 설명이다.

"베키, 당신이 범인이지! 순간적으로 반지를 감춘 게 틀림없어."

송민성이 입을 벌린 채 그 자리에 석상처럼 굳어버렸다. 잠시 말을 잇지 못했다.

"뭐, 뭐라고요? 제가요? 마 피디님, 저 베키예요. 제가 왜?"

"반지가 필요한 게 아니라 반지가 가진 영험한 기운이 필요했겠지."

"어머, 민성. 진짜야? 그래서 우리가 그렇게 찾아도 안 나왔던 거야?"

유림이 바로 싸늘하게 반응했다.

"어어…… 다들 왜 이래요? 저 베키라니까. 반지에 욕심낼 사람이 아니라고. 게다가 그걸 몰래 가져갔다는 게 말이 돼요?"

아이돌 시절부터 큰 눈망울로 유명했던 송민성의 눈동자가 최대치로 커졌다. 파르르 떨림이 느껴질 정도였다. 현장 여기저기서 술렁거렸다.

"잠시만요. 생각해볼 문제가 하나 있습니다."

손등으로 턱을 받치고 상황을 주시하던 강마리가 앞으로 나섰다. 사근사근하던 목소리가 진지하고 엄해졌다.

"지금은 반지 방향과 관련된 정황뿐이잖아요. 동기나 다른 증거는 하나도 없고. 그것만 가지고 민성이가 범인이라고 단정할 수 없습니다. 제 기준으로 말하자면, 통증만 있고 병명은 진단할 수 없는 상태인 거죠. 게다가……."

선수단 식당에 다시 긴장감이 흘렀다.

"마 피디님이 본 게 맞다면 근처에 함께 있던 맹나은 씨도 의심을 받아야죠. 나은 씨는 정황뿐 아니라 동기도 있다고 할 수 있습니다. 아까 기도빨이나 반지 세리머니에 대한 관심도 그렇고, 또 제가 직접 들은 얘기…… 아니다, 이건 빼고라도 말입니다."

"언니, 무슨 얘기 들었어? 여기 나은 씨가 반지 갖고 있다고 했어?"

유림이 발을 동동 구르며 끼어들자 강마리가 단호하게 잘랐다.

"제발 앞서가지 마. 지금은 누구 딱 한 명을 범인으로 지목할 수 없단 얘기를 하는 거잖아. 나은 씨, 내 말이 맞지? 아니면 정말 반지를 가지고 있는 거야?"

"전, 그냥, 그게 아니라. 아니, 아니에요. 전 아니에요. 절, 절대 아니에요."

얼굴이 하얗게 질린 맹나은이 말을 잇지 못하고 결국 울음을 터뜨렸다. 방송 촬영의 긴장감에다, 지금 상황의 압박감이 심리적 저항선을 무너트려 버렸다. 조리대에 간신히 손을 짚고 휘청이는 다리를 지탱하고 섰다. 묵직한 공기가 한가득 내려앉았고, 어느 누구도 함부로 입을 열 수 없었다.

그때였다. 윤유나가 맹나은에게 천천히 다가가더니 어깨를 껴안았다. 이어 모두를 돌아보며 말했다.

"다들 쓸데없는 얘기 하지 마시죠. 남정훈 선수가 누구보다 성실한 거 다 잘 알잖아요. 부부는 닮아가는 거고. 우리 나은 씨가 그럴리 없어요. 나은 씨, 울지마. 아무 문제 없고 아무 일 없어. 마 피디님, 방금 일어났던 일 모두 없던 걸로 해주시죠. 우리 민성이에게도 사과하시고. 그러니까 확실한 증거 없이 분란 일으키지 말아달란 말입니다."

마 피디가 손바닥으로 이마를 누른 채 난감한 표정을 지었다. 업계 최고 스타의 자존심을 정면으로 건드렸다. 자칫 오늘 방송 녹화전체가 흔들릴 수 있다. 윤유나가 마 피디를 계속 적대적으로 쏘아봤고, 유림은 어쩔 줄 몰라 곁눈질만 하고 있다. 맹나은은 조금 안정을 찾은 듯 어깨 들썩임이 사라졌다. 송민성 표정만 좀 묘했다. 심각한 분위기여야 하는데 억지로 웃음을 참는 듯 보였다.

결국, 마 피디가 천장을 보고 불쾌한 한숨을 내쉬더니 천천히 고개를 숙였다. 하얀 이를 드러내 보이며 소리쳤다.

"와우! 지금까지 몰래카메라였습니다!"

윤유나 표정이 그대로 굳어버렸다. 곁의 강마리가 헛헛한 웃음을 지었다. 유림은 쓰러질 듯 휘청거렸다. 현장 스태프들의 박수가 쏟아졌다. 송민성이 환하게 웃으면서 외쳤다.

"유나 언니, 정말 멋진 마무리였어요. 역시 최고."

마 피디도 특유의 능글맞은 얼굴로 찬사를 보냈다.

"설마 설마 했는데 진짜 이런 그림이 나오는군요. 선수단 아내 여러분. 특히 윤유나 님, 정말 멋집니다. 이래서 몽키스 성적이 좋은 거였어. 방송이 더욱 따뜻해지겠습니다."

긴장이 다 풀린 맹나은이 그대로 주저앉아 버렸다. 또 훌쩍이기 시작했다.

곁에서 지켜보던 홍희가 안도하며 읊조렸다.

"다 왕언니 덕분이야."

아주 위험한 도박이었는데 어쨌든 성공했다.

* * *

TWG 블랙티 찻잎을 듬뿍 떠서 유리 찻주전자에 담았다. 뜨거운 물을 부어 잠시 우려낸 다음 찻잔에 옮겨 담았다. 장미 향을 머금은 차향이 단장실 안에 짙게 피어올랐다. 마음을 진정시키는 데 아주 효과적이다.

"단장님, 잠시 시간 좀 괜찮으실까요. 꼭 드릴 말씀이 있습니다."

녹화를 마친 뒤 예상대로 한 사람이 찾아왔다. 사실 몰래카메라의 목적도 '자발적 방문'을 유도하기 위해서였다. 반지를 숨긴 증거를 찾아서, 그걸 미끼로 약물 스캔들의 진실을 털어놓게 할 생각이었다. 둘 다 용서받을 수 없는 행동이지만 약물에 비하면 반지는 하찮아 보였다. 이를 위해 홍희가 자존심을 접으면서까지 마 피디에게 부탁해야 했고, 마 피디는 친분이 있던 베키 아니 민성과 설계를 했다. 윤유나와 강마리의 활약을 기대는 했지만 그대로 움직여주리라는 확신은 없었다.

나는 맹나은과 홍 단장 앞에 차를 한 잔씩 내려놓았다. 나머지 한 잔을 들고 소파 세트 옆에 섰다.

"향이 참 좋아요. 가슴도 따뜻해지고."

맹나은이 한 모금 맛을 보았다. 덧붙이는 말끝엔 자포자기의 나른함이 묻어났다.

"단장님은 다 알고 계셨던 거죠? 반지가 어디 있는지."

홍희가 곁눈으로 나를 한 번 올려본 다음 입을 열었다.

"확신은 아니고 추측에 가깝지만……. 여기 신별 팀장님이 가능성을 먼저 얘기했습니다. 나은 씨가 찾아온 걸 보니 예상이 맞았나 봅니다."

"역시……. 사실 도둑질이나 다름없는 짓을 했습니다. 너무 죄송합니다. 염치없지만 부탁을 하나 드리려고 왔어요. 저를 고발하시든 뭐든 다 감수할 테니, 제발 우리 정훈 씨가 흔들리지 않고 계속 야구만 할 수 있도록 해주세요."

"고발할 거였으면 그 어려운 몰카를 왜 했겠어요. 우리는 그냥 알고 싶었습니다. 왜 그래야만 했는지. 나은 씨 오늘 좀 이상했거든요. 남편을 위하는 마음은 알겠는데, 그걸 넘어 뭔가에 쫓기는 느낌마저 들었습니다."

강박과 압박. 그것이 맹나은을 둘러싼 분위기였다. 붙박이 주전 확보에 사활을 건 9년 차 후보. 그것도 선수 본인이 아니라 선수 아내다. 부부니까 같은 고민을 나눈다 하더라도 맹나은은 정도가 심했다.

"정훈 씨는 정말 무거운 짐을 지고 있어요. 시댁의 기대가 어마어마하거든요. 정훈 씨도 키워준 빚을 지고 있다고 생각하니 기대에 어긋나지 않으려고 더 열심인데……. 제가 별 도움이 안 되는 것 같아서……."

순간 목이 메는지 맹나은이 다시 차 한 모금을 삼켰다.

"시부모님이 어릴 때부터 진짜 열성적이셨어요. 경기 다 따라다니고 건강, 식단, 보약 다 챙기고. 결혼할 때 제게 그러시더라고요. 내 아들 잘 챙겨야 한다고. 입을 거, 먹을 거, 컨디션 조절 등등 모르면 물어보라고. 지금도 경기 끝나고 오면 밤 12시가 넘어도 고기를 기본으로 그걸 사진으로 찍어서 시부모님께 보내야 합니다. 일종의 결재라고 할까. 당신들이 이렇게 해 왔으니, 나도 이렇게 해야 한다고 생각했어요. 힘들지만 한 번도 의심하지 않았어요."

"그래서 아까 음식 사진을 그렇게……."

"맞아요. 저도 모르게 습관이……. 그런데 요즘 들어서 야구는 노력만으로 안 되는 건가 싶더라고요. 결과가 신통찮으니 한번은 정훈 씨가 한숨을 쉬면서 이런 말을 했어요. 주전 누군가가 크게 다쳤으면 좋겠다고, 그리고 그런 질투를 하는 자신이 더 싫다고. 그래서 행운이, 부적이 필요한 게 아닐까 생각했어요. 누군가를 해치지 않는 선에서 영험한 기운만 가져올 수 없을까. 근데 마침 눈앞에 그 반지가 딱 떨어져 있는 거예요. 잠깐만 그 효험을 빌리면 안 될까. 순간적으로 나쁜 마음을 먹었습니다. 아무도 못 봤다고 생각했는데……."

맹나은이 고개를 숙여 흐느꼈고, 내가 조심스럽게 입을 열었다.

"사실 그 장면을 직접 보지는 못했습니다. 봤더라면 바로 해결했겠죠. 주머니 없는 앞치마, 현장 스태프의 무수한 눈, 카메라까지 쉬지 않고 돌아가는 녹화 상황. 안 들키고 반지 감추기가 쉽지 않았을 텐데 과연 어떻게 처리했을까 생각했습니다. 불현듯 셰이크를 큰 국자로 맛보던 장면이 떠올랐고, 앞서서 질문에 침묵하고 있던 나은 씨 얼굴과 연결이 됐답니다. 일단 입 안에 반지를 머금고 있다가 국자에 뱉어 셰이크 안에 숨겼구나. 바로 알아챘죠."

"정확하시네요. 사람들 앞에서 폭로하셔도 됐을 텐데……. 저 망신 안 당하게끔 배려해주신 점 고맙습니다만, 어쨌든 남편 얼굴에 먹칠을 하고 말았습니다. 어떤 벌이라도 받을 테니 제발 정훈 씨한테만 피해가 가지 않도록……. 제발."

맹나은이 소파에서 일어나서 허리를 깊이 숙였다. 작전대로 1차 압박에는 성공했다. 이제부터가 진짜 중요하다. 치사하지만 남편을 물고 늘어지는 수밖에 없다.

"저희가 사실 몰카까지 동원해 이렇게 만든 이유가 있습니다. 남정훈 선수 앞날이 걱정이라면 싹 다 털어놓으셨으면 합니다. 어쩌면 구단의 존폐까지 달려 있다고 봅니다."

"구단 존폐요?"

"솔직히 말씀드리겠습니다. 아까 켜져 있는 마이크를 통해서 강마리 씨와 나누는 대화를 엿듣게 됐습니다. 합법적인 일은 아니지만 정말 우연이었죠. 으음, 저희는 반지 분실보다 그 대화 내용을 더 심각하게 보고 있습니다."

"심각하다니……. 무슨 말씀이죠? 제가 뭘 또 잘못했나요?"

맹나은이 두 손을 꽉 모아 쥐는 바람에 앙상한 팔목이 더 가늘어 보였다.

"신 팀장님, 제가 말할게요. 나은 씨, 빙빙 돌리지 않겠습니다. 강마리 씨가 취급하고 있는 금지약물에 대해서 솔직하게 증언해주세요. 누가 누가 쓰고 있고, 어떤 목적으로 사용하고 있으며, 어떻게 유통되고 있는지 아는 대로 다. 그럼 반지 건은 없던 일로 하겠습니다."

"금지약물이요? 스테로이드 같은? 마리 언니가?"

"네. 그것과 관련된 얘기 나누는 걸 똑똑히 들었습니다. 파장이 더 커지기 전에 뿌리 뽑아야죠."

홍희가 한쪽 주먹을 쥐었고 목소리에 힘이 들어갔다. 선수 아내인 의사가 포함된 국제적 약물 스캔들이다.

"아……, 그게 약물이 아니고……."

"나은 씨, 다들 그렇게 얘기해요. 약물 아니다, 보조제다, 영향 없다, 들키지 않는다. 그렇게 시작한 일들이 돌이킬 수 없게 되는 겁니다. 이번 건은 자칫 국제적으로 문제가 될 수 있어요. 마리 씨가 독일에서 들여온다면서요?"

맹나은의 눈이 놀란 토끼처럼 동그랗게 커졌다.

"단장님, 팀장님. 그거 약물이 아니고 분유예요. 독일산 아토피 치료 분유."

이번에는 내가 휘청거리며 쓰러질 뻔했다. 두 다리에서 힘이 쭉 빠져나갔다. 분유라니! 분유라니! 그제야 조금 어긋났던 퍼즐들이 맞춰진다.

"그래서 비싼 거고, 그래서 유나 씨는 필요 없는 거고?"

"맞아요. 유나 언니 애들은 분유 먹을 나이 지났고, 아직 국내에 정식으로 유통되는 제품이 아니라서 마리 언니 도움받는 거고요. 의사인 마리 언니는 혹시 문제 생기면 시끄러울 수 있으니까 조심스러운 거고."

홍희도 맥이 탁 풀리는지 안도의 한숨을 내쉬었다.

"정말 다행입니다. 진짜 국제 도핑 스캔들에 휘말린 줄 알았다니깐."

그러면서 급히 주머니에서 뭔가를 꺼냈다. 파란색 반지 케이스였다.

"나은 씨, 이거 가져요. 유나 언니 주려고 급히 가져온 건데 이제 필요 없잖아요. 모양이 똑같으니 효험도 똑같지 않을까요? 그리고 진짜는 돌려주세요. 제가 오해 없도록 잘 전달하겠습니다. 지금 저 셰이크 안에 들어있는 거죠?"

맹나은이 곁에 놔둔 비닐 가방을 들어 보였다. 녹색 액체가 가득 든 병이 들어있었다.

"이미 유나 언니 셰이크와 바꿔놨어요."

"몰래카메라 전에?"

"네, 셰이크 만들고 휴식 시간에. 이렇게 말한다고 용서는 안 되겠지만 나쁜 마음을 먹은 건 진짜 잠시였어요. 저, 정말 이 반지 가져도 되죠?"

"그럼요. 국제 도핑 스캔들을 해결해 준 선물입니다."

홍희가 그제야 호탕하게 웃었다.

"그나저나 우리 단장님. 결정적인 순간 마 피디와의 호흡이 척척이었지 말입니다."

농담이었는데 홍희가 찌릿 눈을 흘겼다.

나는 찻잔을 내려놓고 두 손을 앞으로 가지런히 모았다. 최대한 미안함 가득한 표정으로 고개를 꾸벅 숙였는데 진심이 통했는지는 알 수 없다.

* * *

에이스팀에 다시 평온이 찾아왔다. 그제 겪은 일이 아직도 실감나지 않았다. 입맛이 되살아난 홍 단장이 점심때 육즙 가득한 소고기를 샀다. 기름기 적은 살코기는 선수들 몫이고, 마블링이 촘촘한 부위는 프런트 몫이다. 맥주를 한 모금 삼킨 홍 단장이 넋두리를 했다.

"진짜 모르겠다. 야구가 어려운 건지, 야구 비즈니스가 어려운 건지."

뭔가 위안을 받고 싶었던 모양인데 대답을 해줄 수가 없었다. 혈관을 꽉 조여주는 기막힌 맛에 집중하느라 귀에 들어오지 않았다.

사무실로 돌아오자 기연이 책상 위 모니터를 바라보면서 호들갑이다.

"팀장님, 이한준 반지 세리머니 기사 보셨습니까? 서지은 기자가 쓴 거."

"스토리 하나는 진짜 기막히게 엮었더라. 슬럼프에 빠진 이한준이 요리 프로그램에서 만든 사랑의 파이팅 셰이크를 먹다가, 입 안에서 행운의 반지를 발견하는 깜짝 이벤트에 다시 기운을 얻어서 타격감 대폭발. 아주 좋아. 프로그램도 살고, 이한준도 살고, 몽키스까지 다 살고."

"기사 뒤에 숨어 있는 개고생과 허탈감을 생각하면 아직도 황당하지 말입니다."

"그게 에이스팀의 숙명인걸. 흠흠."

"그나저나 팀장님, 단장님한테 혼났을 것 같은데. 결과론적으로 엄청 오버했던 거잖아요?"

"혼은 무슨. 사소한 의심도 확인하라. 그게 우리 일이잖아. 근데 마 피디 본명 말아?"

"아 맞다. 궁금하지 말입니다."

"마춘섭이래. 마춘섭. 하하. 완전 구닥다리 이름. 예능 천재는 무슨. 마이다스는 개뿔. 춘섭이라니. 하하."

야구는 먹는 것이다.

신별의 BASEBALL Cafe

김애란의 소설 『너의 여름은 어떠니』에 나오는 대목.

"선배, 나는 야구장에 꼭 가보고 싶어요."
반응이 없어서 시무룩해질 즈음, 늦은 답신이 왔다.
"왜?"
"그냥, 야구장에 가서 크게 소리 질러보고 싶어요."
"너는 뭐, 야구장이 소리 지르는 덴 줄 아니?"
"그럼 뭔데요?"
"야구장은 신전이야."
나는 '아!' 하고 감탄했다.

이 대목을 읽었을 때 나도 '아!' 하고 감탄했다. 야구장은 신전이 맞다. 하지만 야구장은 계명과 규율이 엄격한 신전이 아니라, 흥성스럽고 신이 나는 신전이다. 그 신전에 '먹거리'가 빠질 수 없다. 야구는 '먹거리'와 동의어이고, 야구장은 '지상 최대의 노래방'이자 '푸드 코트'다.
　야구가 '먹거리'와 떨어질 수 없는 이유는 야구의 독특한 경기 방식 때문이다. 플레이와 플레이 사이에 '멈춤'의 시간이 길다. 쉴 새 없이 실시간으로 플레이되는 다른 종목과 달리 야구는 하나씩 하나씩 경기가 진행되는 '턴 방식'에 가깝다. 야구 경기는 대개 3시간 정도 걸리지만 실제 공이 움직이는 시간은 18분밖에 되지 않는다. 나머지 시간은 뭘 할까. 다음 플레이를 기다리며 예측하는 것이 야구의 매력이지만 그 시간 동안 먹거리를 즐긴다는 것 역시 매력 중 하나다.

LA 다저스의 홈구장 다저스타디움의 대표 먹거리는 '다저도그'다. 10인치짜리 긴 소시지를 핫도그 빵 안에 넣었다. 모양은 다른 핫도그와 크게 다르지 않지만 '다저도그'라는 이름이 붙으면서 명물이 됐다. 맥주 회사의 이름이 붙은 밀워키 홈구장 밀러 파크의 대표 음식은 체다 비어 브라트브루스트 소시지다. 맥주 안주로 딱이다. 휴스턴의 대표 음식은 치킨 와플 콘, 보스턴의 대표 음식은 지역 명물이기도 한 로브스터 샌드위치다.

국내리그 야구장도 먹거리를 빼놓을 수 없다. 야구장에서 즐기는 '치맥'은 너무나 당연한 일로 여겨진다. 한국 야구장을 찾은 외국인 팬들 역시 치맥의 매력에 빠질 수밖에 없다. 야구장에서 매운 음식도 잘 팔릴까. 수도권 구장에서 곱창, 막창을 판매하는 매장을 인터뷰한 적이 있었다. "처음에는 회사에서도 야구장과 어울리지 않는다는 의견이 많았는데, 지금은 효자 매장이 됐다"고 답했다. 매운 곱창과 막창은 홈 팀이 질 때 더 잘 팔린다. 승부가 기운 5회 이후, 홈 팀 팬들이 '매운맛'을 찾는다. 먹거리를 즐길 수 있는 야구의 매력이다.

팬들만 즐기는 것은 아니다. 선수들도 먹거리를 즐긴다. 오히려 '주술'에 가깝다. 프로야구 초창기 시절, 선수들은 서울 경기 때 인근 맛집으로 유명한 중국집 짬뽕을 자주 시켰다. 짬뽕 먹으면 승리한다는 믿음이 퍼졌다. 지금은 자극적이고 국물 많은 면 요리는 피하는 것이 좋다는 게 상식이 됐지만 예전에는 '승리에 대한 믿음'이 더 중요했다.

연승이 이어지거나, 연속 경기 기록이 이어진다면 먹거리는 더욱 주술적인 성격을 띤다. 메이저리그에서 뛴 추신수는 2018시즌 52경기 연속 출루 기록을 세웠다. 5월 14일 경기부터 안타를 치기 시작했는데, 3~4경기쯤 계속 안타를 치자 그때 트레이너 등과 함께 먹은 음식을 떠올렸다. 쌀국수였고, 연속 출루 기억이 이어지면 이걸 안 먹을 수 없게 됐다. 매 경기 쌀국수를 시켰고, 더 많은 사람들이 나눠 먹기 시작했다. 30경기, 40경기를 넘어설 때쯤에는 식사가 아니라 아예 '신성한 의식'이 됐다.

물론 먹거리는 선수들의 건강과 퍼포먼스에 결정적이다. 50세까지 뛴 훌리오 프랑코의 장수 비결은 철저한 식단 관리였다.

우리는 대개 하루 3번의 식사를 하지만 프랑코는 하루에 6~7번 식사를 했다. 보통 아침 식사는 12개의 달걀흰자와 건포도 딸기를 먹는다. 오전 10시에 단백질 셰이크로 영양 보충. 점심 식사로 생선이나 스테이크를 먹은 뒤 야구장에 저녁 식사를 싸 간다. 경기 직후 주로 단백질 위주로 짜인 저녁 식사를 한 뒤 집으로 귀가. 여기에 기가 막히게도 반드시 새벽 3시에 잠에서 깨어나 단백질 셰이크를 먹은 뒤 다시 잠에 드는 일상. 단 하루도 거르지 않았다.

그러니까 우리의 삶도 야구도, 먹는 것이 제일 중하다. 즐거움을 위해서든, 멋진 플레이를 위해서든.

조미 몽키스 팀장

5막

우리들의 다이아몬드

몽키스 파크를 휘감고 있던 안개비가 오후부터 서서히 걷히기 시작했다. 인근의 큰 호수를 끼고 있어서 원래 궂은날이 잦긴 하지만 오늘처럼 짙은 잿빛은 처음이었다. 혹시나 경기가 취소될까 걱정했고, 정상적으로 열린다는 소식을 듣고서야 안도했다. 하지만 희뿌연 시야와 꿉꿉한 대기가 야구 관람하기에 좋은 날씨는 아니었다.

구단 점퍼를 벗고 퇴근 준비를 하자 하나뿐인 팀원 기연이 물었다.

"팀장님, 경기 안 보시려고요? 약속 있으십니까? 오늘은 양 팀 에이스끼리 맞대결이지 말입니다."

"가끔 질려. 야구가."

대답이 과하게 시니컬했는지 기연이 고개를 갸웃거렸다.

"혹시 아까 이한준 선수 일 때문에……."

조심스럽게 물어왔지만, 나는 따로 답하지 않았다. 하지만 사실이었다. 팀 내 최고참이 갑자기 찾아와서 들려준 얘기가 오후 내내 신경을 살살 긁었고, 날씨까지 받쳐주지 않으니 희한하게 야구를 둘러싼 모든 일들이 질리는 느낌이었다. 에이스팀 업무는 경기 외적인 일이라 운영팀이나 홍보팀처럼 홈경기를 지켜볼 의무는 없다. 아무튼 날씨 따라 기분이 좌우되는 사람이 아닌데도 오늘만큼은 좀 희한했다.

6시 30분. 그라운드에서 경기가 시작되자마자 사무실을 나왔다. 응원 앰프 소리가 복도까지 타고 들어와 둥둥 울렸다. 매표소 부근에는 입장을 서두르는 사람들로 복작댔는데 뭔가 쨍한 기운이 느껴지진 않았다. 확실히 우중충한 날씨 탓이리라.

구장 앞 지하철역에서 내가 사는 백석역 오피스텔까지는 네 정거장. 평소 10분이면 닿을 거리지만 오늘은 그냥 걷기로 했다. 바바리 자락 휘날리며 운치 있는 가을 거리를 느끼고 싶어서가 아니다. 체력 보강을 위해서도 아니고. 생각거리가 많아서 정리하고 싶었다. 사위를 떠도는 안개만큼, 지금 내 머릿속도 안개로 가득 찼다. 선전포고인가. 드디어 올 것이 온 건가. 그런 불길한 예감을 지울 수가 없다.

가로등의 노란 불빛과 하얀 대기가 만나서 반투명한 몽환적인 시야를 만들었다. 마술쇼처럼 눈앞의 안갯속에서 행인이 쓱 나타났다가, 다시 안갯속으로 사라지는 뒷모습을 나는 두 눈으로 좇았다. 기분 탓일까? 누군가가 따라붙는 느낌이 들었다. 얼마 전 인근

의 파주로 송도상 아저씨 병문안을 갔을 때도 그랬다. 확실히 예민
해져 있다. 오후 내내 내가 내 마음을 붙잡지를 못했다. 이한준이
예고도 없이 찾아온 순간부터.

* * *

"시벌 팀장아, 이거 진짜 이상하다. 아무리 생각해봐도 찜찜해."
　오늘 점심시간 직전, 팀 내 최고 베테랑이 얼굴이 벌게진 채 에
이스팀 문을 벌컥 열고 들어섰다. 선수들이 출근하기엔 이른 시간
이었다. 사무실을 직접 찾아오는 일은 더더욱 드물었다. 경험상 이
런 식의 방문은 예감이 좋지 않다. 외출 준비를 하던 기연의 표정
도 바로 굳어 버렸다. 9회 2사 만루 타석에서도 긴장 안 타는 천하
의 강심장이, 서둘러 출근해 에이스팀부터 들렀다는 사실만으로
보통 일이 아니라는 뜻이다.
　이한준은 숨도 안 돌리고, 두 손을 허리에 얹고 서서는 바로 용
무를 꺼냈다. 지난밤 자신의 겪은 의문의 소동에 대해서.
　어제 경기 후 오래전부터 많은 도움을 준 선배의 생일잔치에 초
대받았단다. 스포츠용 데이터 분석 스타트업으로 성공해 중견업체
로 성장시킨 사업가다. 늦은 시간이었지만 고깃집에 들러서 선배
는 물론 다른 지인들과도 인사를 나눴다.
　"한 이십 분쯤 지났나? 어차피 얼굴만 비추고 금방 일어나려고
했던 자리인데 전화가 오는 거야. 차 좀 빼달라고. 분명히 빈자리
보고 차를 댔는데, 꼭 그 자리에서 짐을 내려야 한다고 하더라고.

바로 나가서 차를 뺐지. 하필 댈 데가 또 없어. 한 50m쯤 갔나. 경찰이 딱 세우더니 다짜고짜 음주운전 아니냐고 하는 거야. 내가 평소 술을 좋아하기는 하지만, 시즌 막판이고 엄청 중요할 때라 안 먹었길래 망정이지 큰일 날뻔했다고."

애기를 털어놓는 이한준의 표정이 과장됐다.

"형님, 요즘 음주운전은 사고는 둘째치고 적발만으로 끝장입니다. 커리어 막판에 강제 은퇴당할 뻔했네. 근데, 이건 진짜 다행스러운 일이잖아요. 사건이 아니라."

"내 말 끝까지 들어봐. 차에서 내려 경찰이랑 실랑이하는데 길 건너편에서 인기척이 느껴지더라고. 이 또 이한준이가 촉 하면 끝장 아니냐. 내가 그거 하나로 지금까지 야구해 왔다고. 슬라이다, 카브, 포크 이런 거 촉으로 끝장낸단 말이야. 근데 저쪽에서 누군가가 쓱 숨는 게 느껴져. 몰래 보고 있었다는 거지."

기연이 허리를 길게 뻗으며 의자에서 일어나 대화에 끼어들었다.

"혹시, 팬일 수도 있지 말입니다. 얼굴 잘 알려진 몽키스 대표 타자이시니까. 경찰이랑 있으니 궁금했을 테고, 그렇다고 대놓고 쳐다보긴 그렇고."

"기연 씨, 아니야 아니야. 초대한 형님이 회사 법인 대리 있으니까 그거 불러준다고 했는데, 내가 오늘은 절대 술 마시면 안 된다 했거든. 그래서 소주병에 물을 따라놨어요. 그걸 내가 따라 마셨지. 근데, 이상하게도 내가 딱 세잔 째 먹자마자 전화가 온 거야. 설계의 냄새가 난다고."

설계. 예상하지 못했던 그 단어를 듣는 순간 등줄기가 서늘해졌다. 스포츠 스타의 일탈을 유도해서 합의금을 뜯어내는 방식은 오래전부터 존재해왔다. 특히 메이저리그나 NBA 등 북미 스포츠에서는 종종 기사화가 됐다. '악동'으로 유명한 메이저리거를 담당했던 한 에이전트는, 실제로 많은 선수들이 허위 주장의 표적이 되고 있으며 고발자들과 비밀리에 합의하는 관행을 인정한 바 있다.

"지켜보고 있다가 음주운전을 유도한 뒤 돈을 뜯어내려는 계산인가요? 혼자서는 어렵고, 두 명 정도만 짝을 이루면 가능할 것도 같은데. 근데, 조금 이상한 점이 있지 말입니다."

나와 이한준이 동시에 기연을 쳐다봤다.

"이런 경우 돈을 뜯어내는 게 목표라면 경찰에 신고 안 하지 말입니다. 자해 공갈 스타일이 훨씬 효과적이거든요. 차 움직일 때 슬쩍 다가가서 쿵. 옛날 스타일은 막 뼈 부러지고 그랬는데, 요즘 분위기에 게다가 프로야구 선수라면 차에 부딪혔다가 넘어져 다치는 것만으로 충분합니다. 제가 경찰에 잠깐 있어 봐서가 아니라 일단 음주로 입건되면 그다음에 합의금 올려서 해결하기가 쉽지 않습니다. 경찰과 짜고 자해 공갈 케이스를 만드는 건 더 어렵고. 이번 건은 피해자가 없다는 점에서 돈이 목적은 아니지 말입니다."

나와 이한준이 서로 눈이 마주쳤다. 어딘가 이상하다 싶더라니 바로 그 점이었다. 신고자가 얻을 수 있는 게 많지 않다는 것.

"형님, 혹시 원한 산 거 있어? 윤유나 형수님 몰래 사고 쳤어?"

"시벌 팀장아, 뭔 개소리야. 야구선수가 원한 살 데가 어뎄어. 매일매일 성적표 딱 나오는 데서 그 성적만큼 돈 버는 곳인데. 정치질로 누구 몰아내고 하는 그런 데랑 비교하면 야구장은 깨끗한 편이지."

이한준이 시선을 허공에 둔 채, 두 손을 움켜쥐었다 풀었다 하면서 곰곰이 생각에 빠졌다.

"아무리 생각해도 나한테 해코지할 만한 인간은 안 떠오른다. 기연 씨 말대로 이상하긴 이상하네요. 굳이 나한테 그런 일을 벌일 이유가 없네. 혹시 돈 때문이면 그럴 수 있겠다 싶었는데. 이거 밤새도록 고민한 게 말짱 꽝이다. 허허."

"형님, 아닙니다. 조심할 필요가 있어요. 좀 이따 라커룸에서 선수들한테 전파 좀 해 줘요. 시즌 막판 아주 중요한 시기잖아요. 술 안 먹는 게 제일 좋지만, 술자리 가더라도 누가 지켜보고 있다가 차 빼달라고 신고할 수도 있다고. 그러니까 더 조심들 하라고. 프런트가 지시하듯 전하는 것보다 직접 겪은 형님이 얘기하는 게 훨씬 효과적이죠."

"알았다, 신 팀장. 뭔가 계속 찜찜하기는 하다만 사건이 벌어진 건 아니라 다행이야. 그래도 혹시 모르니까 무슨 얘기 들리면 알려 줘. 기연 씨도 고마워요. 점심들 잘 먹고."

문을 열고 나가는 이한준의 커다란 덩치가 눈에 들어왔다. 어디서든 쉽게 눈에 띄는 스타일이라는 점에서 우연일 가능성이 높다고 판단한다. 나름 리그에서 이름있는 스타. 진짜로 공갈이 목적이라면 뒷수습이 불가능할 정도의 유명인은 피하는 게 맞다.

하지만 계속 신경 쓰이는 한 단어. 설계. 이한준은 말이 많고 성미가 급해도 절대 허풍은 치지 않는다. 여기까지 직접 찾아왔다는 건 자기 말대로 안 좋은 촉이 왔다는 뜻이다. 흘려들어선 안 된다.

팀의 정신적 지주가 만약 음주운전으로 적발됐으면 개인을 떠나, 몽키스의 가을야구는 사실상 불가능해진다.

불현듯 한 인간의 얼굴이 떠올랐다. 절로 점심 생각이 뚝 사라졌다. 먹은 것도 없는데 급체한 느낌은 오후 내내 계속됐다.

* * *

지하철역 네 정거장을 걷는다고 꼬여있는 일들이 술술 풀릴까. 답답증이 뚫리지도, 기분이 나아지지도 않았다. 혼자 사는 집으로의 이른 귀가가 도리어 낯설기만 하다. 얼마 만인지 모르겠다. 홈경기가 있는 날 저녁은 늘 남아서 야구를 봤고, 선수들이 원정을 떠난 날은 근처 술자리에서 야구 이야기를 했다. 나만의 루틴이요 즐거움이었다.

뜨거운 물로 샤워를 하고 나니 노곤함이 몰려들었다. 바로 드러눕기는 시간이 아까워서 또 싫었다. 뭔가 허전했고 혼자서라도 취하고 싶었다.

거실 구석의 미니 술 보관고 문고리를 잡았다. 유리문 너머로 술병들이 가지런히 놓여있었다. 지금은 독한 오크향이 필요한 순간이다. 병들 틈새로 손을 집어넣어 위스키병을 집는데 옆에 있던 담금주병에 손등이 닿았다. 색바랜 견출지에 '1998년 3월 27일'이라고 적혀 있었다. 힘이 느껴지는 각진 글씨체. 아버지 사인 또한 그러했다. 우측 위를 향해 치고 오를듯한 기운이 담겼다. 그때 아버지는 오늘보다 나은 내일을 항상 꿈꿨던, 마음만은 영원한 청년이었다.

'우리 별이 장가가는 날 개봉'

날짜 옆에 적힌 글은 이제 갈색으로 변했다. 어렴풋이 그때 기억
이 떠올랐다. 누군가가 보내준 더덕이라고, 직접 캔 자연산이라며
아버지는 들떠 있었다. 더덕을 손질해 담금주병에 차곡차곡 담고
됫병 소주를 콸콸 부어 넣을 때 나도 옆에서 거들었다.

아버지는 파란색 볼펜을 꺼내 뭐라고 적을까 몇 번 망설이더니
나와 눈이 마주친 뒤 거침없이 '장가'라고 적었다. 나도 모르게 얼
굴이 붉어졌던 일과 머리를 쓰다듬으며 껄껄 웃던 아버지 웃음소
리가 함께 머릿속을 스친다.

그때의 아버지보다 지금의 내가 나이를 더 먹었다. 아버지는 영
원히 그 나이에 머물 수밖에 없다. 그때의 아버지가 꿈꿨던 것처럼,
나는 어제보다 나은 오늘을 사는 내가 될 수 있을까. 어제보다 나
은 내가 될 수 없어서 아버지는 그런 극단적 선택을 했던 것일까.

더덕주 병을 한번 쓰다듬어 본 뒤 그 옆 노란 위스키병을 꺼내
들었다. 브뤼클라딕 쿼드러플. 올 시즌 개막 직전, 아버지 사건이
비밀리에 정리됐을 때 홍희가 한 병을 건네며 말했다.

"17세기 스코틀랜드의 4배 증류 방식으로 만든 술이야. 가슴에
서 뭔가 욱할 때 그걸 가라앉히려면 이 정도는 돼야지."

알코올 도수가 무려 92도. 전구 모양의 주둥이가 좁은 글렌케언
잔 바닥에 찰랑일 정도로 따랐다. 잔 속에 코를 넣었다. 강하면서
도 독한 향이 코를 찌르고 들었다. 주저 없이 손목을 꺾어 잔을 세
웠다. 목이 타들어 가는 듯한 기운이 가슴으로 퍼져나갔다. 홍희

말대로 치밀어오르는 화기가 거꾸로 눌리는 기분이 들었다.

습관처럼 틀어 놓은 거실 TV의 스포츠 채널에선 과거 한국시리즈를 재조명하는 다큐멘터리가 흘러나왔다. 확실히 가을야구가 머지않은 모양이다.

하필 오늘, 1998년도 경기가 다뤄졌다. 기억하고 싶지 않은 그 사건. 올 초 아버지 백골이 서울 외곽 야산에서 발견된 일은 뉴스로 세상에 알려졌지만, 전모를 알고 있는 송도상 아저씨는 '신충이 자살했다'란 사실과 자신이 '타살로 위장해 파묻었다'는 사실은 비밀에 부치고 있다. 승부조작을 지시했던 자들에게 면죄부를 주는 게 억울해서, 단짝동생이 협박을 견디지 못하고 목을 맨 못난 놈이라는 꼬리표를 달게 하지 않으려고, 그리고 언젠가는 승부조작의 진실은 드러나리라는 막연한 믿음 때문에. 그때까지는 '레인맨의 저주' 사건은 미제로 남겨야 한다고 고집을 피웠다.

말대로 확실한 증거를 찾는 일이 급선무지만 지금으로선 난망하다. 세월은 증거를 삼킨다. 아버지가 유산으로 남긴 스냅볼 안의 미니 녹음테이프는 긴 시간이 흐르면서 재생불가 판단을 받았다. 그때 나는 절망했다. 여기저기 들쑤시던 경찰도 당시의 수사 기록을 뒤집을만한 특별한 단서는 아직 찾지 못했다.

다큐멘터리에서는 아버지 실종사건이 꽤 많은 분량을 차지했다. 화면 톤도, 나직이 깔린 배경음악도 분위기를 더 어둡게 만들었다.

과거를 회상하는 장면에서 김 선생이 등장했다. 이제는 대양 핀토스로 이름이 바뀐 과거 제일 핀토스의 에이스이자 1, 4차전 패전투수 김보근. 김 선생이 당시 제일 그룹 조대녕 사장을 꼬드겨 승부조작을 벌이지 않았더라면 아버지가 고민 끝에 그런 극단의 선택을 했을 리가 없다. 리모컨을 찾아서 채널을 바꾸려다 멈칫했다. 김 선생의 말이, 입이, 변명이 궁금했다. 거짓말만 늘어놓으리란 걸 잘 알지만, 헛스윙인 줄 알면서도 방망이를 내미는 타자의 입장이 되고 싶었다. 어디 한 번 던져보시지라는 마음이었다. 경기 장면이 흐르고 김 선생의 인터뷰가 이어졌다.

"1차전은 마 조금 긴장했지 않았나 싶어요. 어렵게 오른 한국시리즈였고 상대가 워낙 강팀이었으니까네. 전날 밤에 1번부터 9번까지 상대 라인업의 약점을 파느라 잠을 설쳤던 기억이 납니다."

중계 해설 때의 차분함이 인터뷰에서도 그대로 전해졌다.

"1번 오창식 선배는 바깥쪽 낮은 코스는 건드리지 않는 스타일이에요. 거기다가 스트라이크를 던질 수 있다믄 승산이 있다고 봤지요. 그러니까, 큰 경기 승부 방법은 두 가지 길이 있어요. 상대가 좋아하지 않는 쪽을 어렵게 어렵게 드가는 길이 하나고, 상대가 아주 좋아하는 쪽을 과감하게 쑤시는 길이 있어요. 좋아하는 쪽에 공 한 개 정도 뺄 수 있다믄 훨씬 더 효과적이라 이 말이죠."

김 선생은 뭔가를 생각하는 듯 잠시 말을 멈췄다. 고개를 들어 공허한 눈빛으로 저 멀리 어딘가를 쳐다봤다.

"마 너무 조심스러웠어요. 그 부담감 때문에 에이스라는 인간이, 첫 번째 길을 간 거죠. 안 치는 쪽을 어렵게 공략하는 길로."

'에이스는 아직도 그때의 선택을 후회하고 있다. 팀 이름은 바뀌었지만 여전히 김보근은 팀의 에이스, 마지막 에이스의 짐을 지고 있다'는 내레이션이 흘러나왔다. 속에서 화기가 다시 치밀어오르기 시작한 것은 그때부터였다. 먼 곳을 바라보던 김 선생이 다시 카메라 쪽을 향했다.

"그런데 진짜 후회되고 안타까운 건 그날의 승부, 그 선택 때문이 아니란 말입니다. 1차전을 이겼더라면 하는 후회가 아니에요. 더 슬픈 건…….."

김 선생이 검은 뿔테 안경을 걷어 올리며 오른손을 눈가에 가져갔다.

설마 눈물?

"2차전에서 신충이가 정말 잘 던졌어요. 나와 다른 길을 간 거지. 상대가 좋아하는 코스를 힘과 기세로 눌러 들어갔어요. 그런데, 4차전에서 내가 또 도망을 간 거라. 더 확실하게 한다고, 상대를 흔든다고 또 어려운 길을 갔어. 내가 지켜야 한다는 생각에……. 그래서 신충이를 잃었어요. 내가 4차전에 다른 선택을 했더라면, 에이스답게 상대 타선의 약점을 찾지 않고 강하게 싸웠더라면, 어쩌면 신충이한테 그런 일이 벌어지지 않았을지도 모른다는 생각이…….."

들고 있던 리모컨을 TV 화면을 향해 집어 던질 뻔했다. 배 속에 차 있던 뜨거운 기운이 머리끝까지 치솟았다. 어떤 위기 상황에서도 스트라이크 존 낮은 곳에 정확하게 떨어지는 커브를 던질 수 있는 인간이다. 거짓말을 넘어 눈물까지 흘리고 있다. 자기가 죽게 만든 사람의 원한 따위는 안중에도 없다. 1차전과 4차전 투구 내용을 상대 타선의 약점을 언급하면서 포장했지만, 그날의 야구는 고의 패배의 야구였다. 사기였고, 승부조작이었다. 독주의 위안이 아니었다면 뭔가를 부줬을지도 모른다. 휴대전화 액정이 반짝거렸다.

누군가 필요한 상황은 아니고?

홍희 메시지였다. TV를 본 모양이다. 그 한 문장만으로 무슨 말을 전하고 싶은지 고스란히 전해졌다. 친구지만, 단장이다. 지금은 팀의 가을야구를 결정지어야 하는 중요한 시기. 단장에게 개인적인 문제로 부담을 지우고 싶지 않았다.

92도짜리 녀석이 도와주고 있다

바로 휴대전화 화면의 숫자 1이 사라졌다. 훅, 하고 큰 숨을 한 번 내쉬었고 다시 술 보관고 앞에 섰다. 이번에는 뜨거운 녀석을 더블로 따랐다.

* * *

막판 순위 싸움 중인 긴장감은 그라운드 안팎이 크게 다르지 않다. 경기를 뛰는 선수는 물론이고, 구단에서 일하는 직원들도 행동 하나하나 조심스러울 수밖에 없다. 9월의 한 경기와 5월의 한 경기는 똑같이 한 경기지만 시즌 막판의 1승과 1패는 시즌 초중반과는 심리적 무게감의 차이가 상당하다.

아침에 눈을 뜨자마자, 침대에 누운 채 휴대전화를 들고 성적부터 확인했다. 다행히 몽키스는 꾸물꾸물한 안개를 뚫고 지난밤 승리했다. 선두 스타즈도 이기는 바람에 승차를 좁히지는 못했다.

식탁 위에 치우지 않은 위스키 잔이 보였다. 오크향이 아직도 실내를 떠도는 듯했다. 92도짜리는 확실히 뜨거운 녀석이었다. 몸이 술을 이기지 못해 밤새 요란한 꿈을 꿨다. 저 멀리 앞에서 평원을 내달리는 아버지의 뒷모습. 어린 나는 한쪽 팔을 뻗고 소리를 지르며 뒤쫓았다. 얕은 언덕을 오르자 갑자기 높이가 10미터도 더 되는 거대한 회색 벽이 나타났다. 처음으로 아버지가 히뜩 돌아봤다. 마지막 눈 맞춤. 나를 향해 뭐라고 외쳤는데 들리진 않았다. 그러고선 아버지는 온몸 그대로 벽으로 돌진했고, 환영처럼 어떤 물리적 충돌 없이 관통해 사라졌다. 마치 다른 세계로 쭉 빨려들어 가듯이. 내가 다가서서 만져봤을 땐 그저 차갑고 딱딱한 벽일 뿐인데. 하늘에서 굵은 눈이 떨어지기 시작했다. 어린 나는 벽 앞에서 오가지도 못한 채 엉엉 울었다. 꿈은 밤새 반복됐고 결국 잠을 설쳤다. 눅눅한 땀에 젖어서 몸이 더 무거운 느낌이다.

동시에 뇌리를 각성시키는 걱정. 이한준 음주 소동의 불길함이 다시 머릿속을 채웠다. 내 개인사와 엮인 사건이 구단으로까지 튈까 우려스러웠다. 고개를 세차게 흔들었다. 이럴 때일수록 괜히 팀에 악영향을 주면 안 된다는 다짐을 했다.

면도할 때 왼쪽부터 차례차례 밀어나갔고, 바지도 왼발부터 넣었다. 신발장 문을 열고 위아래를 훑었다. 오늘의 선택은 흰색 나이키, 역시 왼발부터 집어넣고는 운동화 끈을 단단히 묶었다. 늘어진 몸을 끌고 꾸역꾸역 나서는 출근길, 어젯밤의 흥분과 분노가 더

해져서인지 무력감이 더 커졌다. 전철역 개찰구 카드가 든 지갑 역시 왼손으로 찍었다.

몽키스 파크 3루 쪽 출입구를 통해 엘리베이터에 오르면 구단 사무실로 이어진다. 운영팀과 홍보팀, 마케팅팀은 물론이고 경영지원팀 직원들도 모두 모니터만 쳐다보고 있다. 시즌 막판의 구단 사무실 분위기다.

조미 몽키스는 이제 21경기를 남겨두고 있다. 123경기를 치르는 동안 64승 2무 57패, 승률 0.529를 기록 중이다. 어느 해보다 치열한 순위 싸움이 펼쳐지고 있다. 3위에 올라있는 몽키스는 1위 스타즈와 3경기 차이다. 시즌 내내 이닝 수 관리가 잘 된 MSG 트리오와 부상에서 돌아와 타격감을 끌어올리고 있는 외야수 주선규 등을 고려하면 3경기 차이도 기대해볼 만하다. 문제는 5위와의 승차도 3경기라는 점이다. 6위 호크스의 상승세를 고려하면 가을야구 진출도 안심할 단계는 아니다. 지금은 오필성 감독의 승부사 본능을 믿어야 할 때다.

이럴 때일수록 에이스팀은 아무 일이 없어야 한다. 강물이 막힘없이 흘러가듯이 지금은 가능한 한 루틴이 유지돼야 한다. 사소한 사건도 팀 분위기에 악영향을 줄 수 있다. 매일매일 승부를 치르는 이들은 징크스에 지나칠 정도로 예민하다. 시즌 막판에는 선수단 식당 메뉴도 잘 안 바꾼다. 구단 버스 기사님도 승리한 다음 날은 전날과 똑같은 노선으로 운행하고, 패한 다음 날은 살짝 바꾼다고 했다. 오늘 아침내 모든 행동이 왼쪽부터 시작한 것도 같은 이유다. 떨어지는 낙엽은 물론 구르는 낙엽도 조심해야 하는 시기다.

홈경기 때 선수들이 야구장에 나오는 시간은 보통 오후 1시 전후. 경기 관련 직원들은 2시 언저리에 출근한다. 에이스팀은 위치가 애매해서 출근 시간 역시 애매하다. 보통 10시를 좀 지나 어정쩡하게 나와 형식적인 업무보고를 올리고 이것저것 챙겨보다 보면 이른 점심을 먹을 시간이다.

"기연 씨, 시간 되면 모처럼 같이 점심?"

"좋습니다. 그나저나 기분은 좀 돌아오셨습니까? 어제는 걱정했지 말입니다."

"괜찮아. 가끔 기운 빠지는 날 있잖아. 입맛 돌아오라고 화끈한 빨간 국물 어때? 육개장이나 해장국 같은 거."

"노노, 빨간 국물은 안되지 말입니다. 어제 흰 국물 먹고 몽키스가 이겼으니까, 당분간은 흰 국물로 가야지 말입니다. 설렁탕이 딱입니다."

기연이 오른손 검지를 휘휘 저으며 답했다.

흰 국물이라면 설렁탕보다는 돼지국밥, 아니면 걸쭉하게 만든 크림 파스타가 더 낫지 않을까 생각하는 중 휴대전화 카톡음이 날카롭게 울렸다. 운영팀장이 보낸 메시지였다.

　　긴급회의 소집. 오후 1시 30분 전력분석실. 각 팀장 필참

철딱서니 없게 국물 색깔을 따질 때가 아니라는 생각이 퍼뜩 들었다. 어제 이한준이 찾아왔을 때부터 시작된 불길한 예감은 틀리지 않았다.

＊ ＊ ＊

회의실 공기가 잔뜩 가라앉아 있었다. 마치 독서실처럼 운영팀
장, 홍보팀장, 육성팀장 모두 고개를 숙인 채 자신들 보고서만 만
지작거리는 중이었다. 한 시즌의 결과를 가르는 아슬아슬한 승부
가 이어지는 계절. 구단 직원들도 예민해져서 지나가다 눈에 띄는
쓰레기는 모두 줍는다. 뭐든 착한 일을 하면 야구의 신, '바빕신'이
도와주지 않을까 하는 기대감이다. 모두가 조심하는 상황 속에서
지금의 이런 묘한 긴장감은 뭔가 잘못되고 있다는 뜻이다.

2군을 총괄하는 육성팀장이 먼저 입을 열었다.

"며칠 전 퓨처스리그 핀토스 전에서 벌어진 벤치 클리어링 관련
해서 KBO의 징계가 결정됐습니다. 핀토스 선수 5명, 우리 몽키스
선수 4명에 대해 10경기 출전 정지가 내려졌습니다. 10경기는 1군
경기 수 기준입니다."

"뭐라고? 10경기요? 그것도 퓨처스리그 경기 징계에 1군 경기
수를 적용한다고?"

나도 모르게 목소리가 커졌다. 기자로 지내는 동안 여러 건의 상
벌위원회를 지켜봤지만 10경기 출전 정지는 엄청난 중징계. 게
다가 야구 경기의 일부로 여겨지는 벤치 클리어링은 방망이 같은
'무기'를 들지 않는 한 중징계로 이어지지 않는다. 심지어 퓨처스
리그 경기는 중계도 되지 않는다.

"그게, 저희도 당황스럽기는 한데, 상벌위원회 입장은 2군 경기
는 교육적인 의미가 크기 때문에 모범을 보이는 차원에서 강한 징

322

계를 내린 거라고…….”

육성팀장이 머리를 긁적이며 답했다.

“KBO에는 항소 절차가 없지요?”

홍 단장이 엄한 목소리로 물었다. 목소리 톤이 변했다는 건 단단히 화가 났다는 뜻이다.

“네, 상벌위 결정에 항소할 수 없게 돼 있습니다.”

머리가 하얗게 센 운영팀장이 한숨을 쉬며 답했다.

“큰일입니다. 우효민과 조영국은 바로 1군에 투입돼야 하는데.”

홍 단장도 작게 한숨을 쉬었다. 둘 다 부상 치료 후 바로 복귀를 준비하는 중이었다. 단단한 수비력을 자랑하는 외야수 우효민은 경기 후반 대수비 요원으로 꼭 필요한 선수다. 내야수 조영국 또한 작전 수행 능력이 좋아서 조커로 요긴하게 쓸 수 있는 자원이다.

핀토스는 어차피 이번 시즌 가을야구가 어렵다. 전력상 타격은 몽키스가 훨씬 크다.

“우리가 핀토스를 자극하거나 한 일 없죠?”

홍 단장이 조심스럽게 물었고 육성팀장도 조심스레 답했다.

“사이가 좋으면 좋았지 나쁘진 않습니다. 가을에 교육리그도 같이 보냈잖습니까. 게다가 2군 경기 승패라는 게 크게 중요한 것도 아니고. 우리 투수가 던진 공이 살짝 빠지기는 했는데 위협구 상황은 아니었거든요. 근데 갑자기 핀토스 고참 최용만이가 흥분해서 뛰어나왔다고 하더라고. 하도 길길이 날뛰니까 말리고 하는 과정에서 서로 몸싸움이 있긴 했는데 주먹을 휘두르고 그런 상황은 또 아니었거든요.”

최용만이라면 그럴 수도 있겠다는 생각이 들었다. 최근 두 시즌 동안 뚜렷한 성적을 내지 못하고 있다. 나이를 고려하면 이번 시즌이 마지막이 될 가능성이 컸다. 계약 연장을 위해선 야구 말고라도 구단에 뭔가를 보여주고 싶었을 수 있다. 그 점을 고려해도 이번 행동은 지나쳤다. 수첩에 최용만 이름을 적으며 조금 더 알아봐야겠다는 생각이 들었다.

"KBO의 또 다른 결정도 좀 애매한 구석이 있습니다."

이번에는 운영팀장이 보고서를 뒤적이며 설명을 이어갔다.

"최근 KBO가 갑자기 각 구단 선수들 방망이 검사를 했습니다. 방망이에 칠해진 페인트를 집중적으로 들여다봤는데, 너무 짙다는 이유로 M사와 K사 제품에 대해 한 달간 사용 정지를 결정했습니다. 규정에는 칠을 하더라도 나무 무늬가 보여야 한다고 돼 있기는 한데, 그게 애매한 측면이 있거든요. 어쨌든 남은 시즌 두 회사 제품은 못 쓰는 걸로 결정했습니다. 회사 측에선 대놓고 반발도 못 하고 냉가슴 앓는 중인 것 같습니다. 유명 브랜드가 아니다 보니 괜히 찍혔다가 앞으로 아예 못쓰게 할까 봐요."

"우리 몽키스에도 영향이?"

홍 단장의 목소리 톤이 더 낮아졌다.

"하, 그게. 다른 팀은 잘 안 쓰는 브랜드예요. 특히 M사의 경우 공장이 우리 연고지에 있습니다. 저기 공항 가는 쪽에. 품질이 좋은 데다 지역기업 홍보 차원에서 권하기도 했고. 맨 먼저 주선규가 올 스프링캠프 때 M사 녹색 방망이로 바꿨어요. 주선규가 잘 맞으니까 여럿이 따라서 썼고. 다들 잘 아시겠지만 시즌 중 방망이를 바꾸는데 예민한 선수들이 많습니다. 당장 주선규부터 영향이 있을 테고."

시속 150km짜리 공을 때리는 도구인 방망이는 매우 예민한 물건이다. 스윙 동작은 몸 전체를 활용해야 하고 그 힘이 방망이에 제대로 전달돼야 한다. 길이와 무게는 물론 무게 중심의 위치도 선수마다 미묘하게 다른 경우가 많다. 더 큰 문제는 타석에서 평범한 실수가 나와도 타자들 머릿속에 '혹시 방망이 때문이 아닐까' 하는 선입견이 생길 수 있다는 점이다. 자꾸 생각이 남으면 집중력이 흐트러질 수 있다. 수첩에 '방망이'라고 적는 손에 힘이 잔뜩 들어갔다. 뭔가 자꾸 이상하게 굴러가는 느낌이다.

"단장님, 잔여 시즌 일정 관련해서는 어떻게 대처할까요? 저희 팬들 불만이 상당합니다."

이번에는 홍보팀장이다.

며칠 전 우천 취소 등으로 미뤄진 경기들을 재배치한 일정이 발표됐다. 일방적이라고 할 순 없지만 몽키스에게 꽤 불리하다는 평가가 많았다. 부산, 광주, 대구 등 지방 경기 일정이 계속 수도권을 왔다 갔다 해야 하는 방식으로 짜였다. 선수단의 체력에 영향을 미칠 수 있다. 기연이 전해준 야구 커뮤니티 글들을 보면 몽키스 팬들 원성이 자자하고, 다른 팀 팬조차 동정하는 분위기다.

"일정에 대해서는 대응하지 않기로 하죠. 홍보팀장님이 오필성 감독님께도 잘 말씀드려주세요. 우리가 불리하다는 느낌의 멘트 나오지 않도록. 일정 관련 유불리를 따지기 시작하면 리그 발전에 도움될 것 없습니다."

홍 단장이 고개를 숙이고 보고서 여백에 뭔가를 적으며 답했다. 만년필 촉에 종이가 긁혀나갈 정도로 힘을 꾹 준 채였다. 내색은 안 하지만 분명 심기가 많이 불편하다. 가을야구를 향한 길이 험난해졌다.

회의가 끝난 뒤 홍 단장, 홍보팀장과 함께 남았다. 아직 문제가 더 남았다는 뜻이다.

"신 팀장님, 서지은 기자 잘 알죠? 오키나와 전훈 때 우리와 술자리도 했었고."

홍 단장이 물었고 내가 시큰둥하게 답했다.

"소문을 사실처럼 써대서 워낙 악명이 높으니까요. 지은이란 별명이 달리 붙었겠습니까."

곁에서 안절부절못하던 홍보팀장이 끼어들었다.

"사실 요즘 서지은 기자 때문에 문제가 좀 있습니다. 몇 달 전에 있었던 고은돌 트레이드 건을 갖고 계속 트집을 잡아요. 그 배경에 '이상한 관계'가 있다, 뭐 이런 식입니다."

"이상한 관계라뇨?"

내가 자세를 고쳐 앉으며 물었다.

"저기, 그게……."

주저하는 홍보팀장을 대신해 홍 단장이 말을 이었다.

"제가 말할게요. 쉽게 말하면 나하고 신 팀장이 그렇고 그런 사이다. 둘이 대학을 같이 다닌데다, 현장 의견도 무시하고 고은돌을 뚝딱 팔아치워 버렸다. 에이스팀은 다른 구단에는 없는 조직이다. 기자 출신 팀장이 일종의 비선 실세 역할을 한다는 내용."

"아니 무슨 그런 소설을? 아니라고 하면 되잖아!"

순간 발끈해 놓고도 찜찜하다. 서지은이라면 충분히 쓰고도 남는다. 그럴듯하게 포장해서 길게 이어붙인 다음, 익명의 관계자 A, B를 동원해 추리소설처럼 엮는 능력으로 버텨 온 인간이다. 슬프게도 그런 기사가 독자들에게 너무나 잘 먹혔다.

"하지만 신 팀장님. 이런 내용 일일이 해명하겠다고 나섰다가 진짜 다 까발려질 수 있다고. 사인 거래는 관련 선수들은 물론 리그 전체를 해칠 수도 있는 내용이잖아요. 우리 역시 고은돌에 대해 확증을 갖고 있었다기보다 정황을 밀어붙여서 자백을 받아 낸 결과였고."

홍보팀장이 손등으로 연신 땀을 훔친다.

"네네, 단장님. 맞습니다. 그래서 더 어려운 문제입니다. 아마 어디선가 제보를 받은 것 같아요. 이리저리 둘러서 물어보는데 뒷배경이 있다는 느낌이 강하게 들었습니다. 구단 내부에선 극소수만 아는 기밀인데. 고은돌이 까발려질 위험을 스스로 감수할 스타일도 아니고."

속이 쓰려온다. 도덕, 비도덕을 제 기준으로 가르고 자신의 위치를 도덕에 위치시킴으로써 훈계하는 듯한 태도가 기사라는 이름으로 유통되는 게 현실이다. 적어도 자기가 그 위치였을 때 어떤 기준으로 생각하고, 판단하고 행동할지에 대해서는 아무런 고민도 하지 않는다. 그때그때 자신의 위치를 옮기는 일이 너무나 쉽고, 사람들은 그 기준의 변화를 쉽게 잊는다. 고은돌 트레이드는 홍 단장 결정이었다. 그때 나는 분명히 반대 입장이었다. 서지은에게 이 사실은 중요하지 않다. 누가 봐도 의외의 트레이드였고 나와 홍 단장이 대학 시절 친구였다는 사실만 의미가 있다. 둘 사이의 인과관계는 상상으로 엮으면 그럴듯한 구실이 된다. 어쩌면 아까 회의 시간에 나온 여러 악재보다 구단 내 '스캔들'로 비춰질 수 있는 이 건이 더욱 심각할 수 있다는 예감이 든다. 가을야구를 한 달 앞둔 상황. 모두가 떨어지는 낙엽도 조심하는 순간에 팀 전체의 집중력을 흔들 수 있는 폭탄이다. 애초 나는 몽키스 구단에 오면 안 되는 인간이었을까. 더 늦기 전에 팀을 떠나야 맞는 것일까.

"홍보팀장님은 공식적으로만 대응해주시죠. 고은돌 트레이드는 구단의 미래를 위한 결정이었다고 하면 되고. 혹시 신 팀장님에게도 서지은이 캐물으면 같은 방식으로 대응하고. 에이스팀은 단장 보좌 역할을 하지만 결정은 모두 홍 단장 본인이 직접 한다고 말이죠."

"단장님, 그럼 혹시 저기……."

"홍보팀장님, 스캔들은 걱정하지 마세요. 저 홍희입니다. 어릴 때부터 이런 일에 익숙해요. 만약 계속 이상한 시선으로 따지고 들면, 저한테 직접 전화하라고 해주시죠."

그러면서 호탕하게 책상을 탕탕 쳤다. 짜증 나고 속상할 수 있는 일을 일부러 홍보팀장과 함께 있는 자리에서 정리해줬다. 따로 만나서 얘기했다면 내가 야구단을 떠날 결심을 했을지도 모른다. 새삼 홍 단장의 수 읽는 능력이 대단하다고 느껴졌다. 다른 한편으로는 고마웠다.

* * *

에이스팀 사무실로 돌아오는 복도가 오늘따라 유난히 어두워 보였다. 점심때 급히 먹은 하얀 국물이 얹힌 느낌이다. 잡다한 사건 사고가 마구 뒤엉켰다. 이한준이 음주운전에 걸릴 뻔한 일이 아니더라도, 한꺼번에 쏟아진 리그의 이상한 결정들이 모두 몽키스의 가을야구를 막아서는 느낌이었다. 야구의 신이 몽키스에게 가을야구를 쉽게 허락하지 않는 것일까.

한 사건 한 사건 꼼꼼히 따져봐야겠다고 생각하면서 사무실 문을 열고 들어서는데 누군가 의자에서 벌떡 일어나 인사를 했다. 젊고 씩씩한 목소리였다.

"안녕하십니까! 팀장님."

"아? 에이전트 재철. 시즌 끝날 때 되니까 더 바빠지는 모양이네. 얼굴도 자주 보이고."

"곧 스토브리그잖아요. 열심히 뛰어야죠. 단장님과 팀장님, 그리고 우리 팬클럽 회장님도 더 잘 모셔야 하고. 하하."

기연이 짐짓 모른 척하면서 모니터에 시선을 둔다. 마우스의 의미 없는 움직임이 바쁘다. 현장 정보통을 만나자 갑자기 첫 번째 이름이 떠올랐다.

"구 실장, 최용만이 알지?"

"갑자기 왜? 표현이 좀 그렇지만 완전 끝물인 선수를."

"왜 또 삐딱해. 그래도 자기 선배잖아. 잠시 한 팀에서 뛰기도 했고"

"안 좋은 기억일수록 안 잊히는 법입니다. 발끈하고 꼰대질에 선동 잘하고. 저는 혐오합니다. 예전에 실책 하나 했다고 어린 선수들 앞에서 놀리듯이 제 볼을 톡톡 치더라고요. 살면서 그런 모욕감은 처음입니다. 그런데 뭔 일이라도? 혹시 2군 벤치 클리어링 사건 맡으셨나. 하하."

깜짝 놀랐다. 역시 정보통이다. 소문이 빠른 동네다. 구재철 대답은 명쾌하다.

"팀장님, 다른 일은 모르겠지만 벤치 클리어링은 아마 우연일 겁니다. 욱하는 성격 그거 못 죽여요. 그 나이에 2군에 있으면 모든 게 삐딱해 보이는 법이니까. 제가 경험해봐서 압니다."

말대로라면, 은퇴 위기에 몰린 고참의 충동적인 선동. 그렇다면 중징계는 어떻게 해석해야 할까. 아무리 생각해도 외부 입김 없이는 너무 과하다. 돌발적인 사건을 옳다구나 하고 이용했단 뜻일까.

"달리 들리는 소문 없어? 안에만 틀어박혀 있으니 어떻게 돌아가는지를 알 수가 있나. 아무리 생각해도 징계가 과하단 말이야."

넌지시 떠봤지만 구재철은 특유의 미안함 가득한 표정을 지었다.

"제가 아는 건 다 에이전트들 얘기라서. 뭐 있기는 있습니다. 고은돌 새 여자친구가 한때 날렸던 영화배우 지지희래요. 놀랍죠? 10살도 더 연상이라니. 하여튼 취향 별나. 이거 연예부 기자들한테 팔 수 있을 텐데. 하여튼 몽키스 소식은 들리는 족족 날려드리죠. 하하."

구재철이 과하게 웃었다. 그 웃음이 멎음과 동시에 대화가 뚝 끊기는 느낌. 뭔가 서먹한 공기. 기연의 의미 없는 마우스질이 다시 눈에 들어왔다. 그제야 깨달았다. 눈치가 없었나 보다. 서른둘과 스물여덟. 인연을 만들기 좋은 시절이다. 그간 구 실장에게 몇몇 도움을 받았으니 눈치껏 비켜주는 게 맞다.

"나 바람 좀 쐬고 올게. 지금 머리가 복잡하다고."

이 말은 사실이다.

* * *

갈만한 곳이 기껏 텅 빈 관중석뿐이다. 구장 내 매점에서 커피를 한잔 뽑아서 텅 빈 외야 한 자리를 차지하고 앉았다. 두 발을 앞 의자에 꼬아 얹고 등을 뒤로 젖혔다. 어제 안개비가 온 덕분에 그라운드 안을 떠도는 바람이 청량하다. 3루 더그아웃 앞에서 몇몇 선수들이 나와 가볍게 몸을 풀기 시작했다. 몇 시간 후면 또 오늘의 야구가 시작된다.

김 선생과의 악연은 개인사이고 또 내 스스로 풀어야 할 문제인데 막상 혼자 있으니 뭔가 허전했다. 머리를 맞대고 늘 사건 해결의 돌파구를 뚫어주던 기연이 없다니, 매사 묻지도 따지지도 않고 내 편이었던 홍 단장이 없다니. 감정을 공유해주는 사람의 중요성을 새삼 깨달았다.

수첩에 적힌 두 번째 이름이 떠올랐다. 한국스포츠의 지은이 서지은. 최근 그녀가 단독으로 보도한 기사들을 검색해봤다. 실명 대신 이니셜로 처리하기는 했지만 홍희와 나와의 관계를 의심하는 내용도 보였다. 기사의 예언대로라면 우리는 오랜 연인관계라야 한다. 그 외에서 여러 화제성 기사를 쏟아냈다. 사실 경기 상보보다 이런 구단 주변의 박스 기사들 열독율이 훨씬 높다. 하지만 취재원 없이 이런 기사들을 척척 만들어 내기란 쉽지 않다. 과연 소스는 어딜까? 그런 의문이 따라붙었다. 확인이 필요해 손은재에게 전화를 했다.

"지은이 걔 뭔데?"

"왜?"

"왜긴 왜야? 알고서 까던가. 미친 듯이 써대니"

나도 모르게 말끝이 까칠해졌고 돌아온 대답은 의외로 담담했다.

"원래 간간이 단독 터트렸잖아. 건드리지 않는 게 좋아. 그 과한 조증을 누가 말려냐."

"그럼 막아야지. 기자단 간사는 뭐 하는데? 그 회사 데스크는 왜 미친 애처럼 행동해도 방치하는데? 뭔 커넥션 있는 것처럼 까는 놈은 계속 까고, 띄우는 놈은 계속 띄우고."

"순수의 시대는 갔지. 선플이 달리던 악플이 달리던 그게 중요한 게 아니잖아. 모든 기사의 가치 판단은 조회 수. 그게 돈이고 그걸로 우리가 먹고사는 현실. 기자냐 기레기냐를 떠나서 스토리텔링에 능하다는 게 지은이의 타고난 악마의 재능이라면 재능이지."

뭔가 정보와 위안을 얻고 싶었는데, 손은재까지 개똥 같은 언론관을 들먹였다. 더 길어지기 전에 재빨리 말을 돌렸다.

"나랑 바꿔먹기 하나 하지? 이쪽은 따끈한 소식이야."

전화기 너머로 곰탱이처럼 큰 덩치가 영악한 여우처럼 머릿속으로 계산 튕기고 있는 모습이 그려졌다. 마침내 확신이 섰는지 이야기를 풀었다.

"시벌아, 오케이. 내가 아는 한도에서 먼저 풀게. 지은이가 최근에 굵직한 특종을 몇 건 했지? 근데 이상한 점이 하나 있어. 다 제보 없이는 확인 불가능한 내용들이란 말이지. 즉 발품 팔아서 발굴한 기사가 아냐. 나도 눈치 못 채다가 더 분발해야겠다 싶어서 리스트 뽑다 보니 눈에 딱 보이네. 원래 경쟁 기자들 분석하잖아."

"내부 정보 대주는 빨대야 하나둘씩 다 있잖아?"

"그 급을 넘었어. 선수들 사생활뿐 아니라, 결정권을 가진 고위층이 아니고선 알 수 없는 내용들까지 있다고. 또 자기가 담당하는 구단 외에 여러 구단에 걸쳐있어. 전방위적이라고나 할까. 지은이 걔가 아직 연차도 그렇고 그 정도까지 인맥이 넓다고는 생각 안 하는데."

"그래서, 결론은?"

"필요할 때마다 한 건씩 툭툭 던져주는 VIP급 정보원이 있지 않을까. 물론 추측이야. 기자들끼리 소스 출처를 묻는 건 자존심 상하잖아. 하여튼 그래. 자, 시벌이 이제 네 차례다. 들려주셔야지?"

"잘 들어. 스포츠신문 1면용에다 온라인 100만 뷰짜리야. 고은돌 애인이 영화배우 지지희래. 10살 연상이라니 놀랍지."

"엉? 연예 기사잖아."

"멍청이. 고은돌에 포커스를 맞추면 스포츠 기사지. 한물간 여배우보다
는 뜨는 야구선수가 더 팔리지 않겠냐? 그리고 고은돌이가 올 초까지는 걸
그룹 핫식스의 나래를 사귀었어. 몇 달 새 여자친구가 바뀐 거지. 팀 옮겨
가듯이 말이야. 그 부분을 야마로 잡아 쓰던지. 아 참, 전언으로 떠도는 애
기라 본인과 소속사에 확인은 해야 한다. 그럼 수고!"

재빨리 통화를 끊었다. 손은재의 분석도 나와 똑같았고 확신을
얻었다. 여러 구단을 아우르며 손바닥 보듯 정보를 긁을 수 있는
VIP는 이 바닥에서 손꼽을 정도다. 지은이는 특종 답례로 그쪽에
서 원하는 기사를 내보는 게 아닐까. 나와 홍 단장의 '이상한 관계'
가 대표적이다. 누가 봐도 흠집 내기. 당사자에게 사실 확인조자
없이 버젓이 실렸다. 정보를 교환하고 재가공해 새로운 뉴스를 만
드는 일이야 흔하지만, 누구를 해할 목적이라면 펜대를 악용한 범
죄다. 그걸 조장할 만한 인물은 한 명뿐이다.

김.선.생이 마침내 싸움을 걸어왔다.

그렇게 단정하자 온몸에 전율이 스쳐 갔다. 검은 뿔테 안경 뒤,
교단의 선생님 같은 인자한 인상에 속으면 안 된다. 찍은 목표물은
절대 놓치지 않는 들개 같은 속내를 가졌다. 그 강도는 갈수록 거
칠어질 것이다. 개인적으로 청산할 관계가 있는 나를 넘어 몽키스
구단으로까지 확전 조짐이다. 그래야 설명이 된다.

음주 함정, 2군 징계, 부정 배트, 악의적 보도……. 김 선생의 막

강한 네트워크라면 충분히 작업할 수 있다. 최전선에 지은이를 앞세워 여론을 호도하고 자신은 뒤에서 사람을 부려 상황을 만든다. 최악 상황이 와도 늘 자신은 2선에서 빠져나갈 구석을 만들어 놓는 재주 또한 그 인간답다.

하지만 이해되지 않는 점이 있다. 김 선생은 선수 시절 승부조작을 의심받고 있다. 즉, 증거를 가진 내가 공격권을 쥐었고 자신은 방어를 해야 하는 입장이다. 과거사를 들쑤셔서 손해 보는 쪽은 자신이다. 그런데 동시다발적으로 자극하며 되레 승부를 걸어왔다. 어떤 의미일까. 내가 가진 증거가 껍데기뿐이라는 걸 알았고, 눈엣가시 같은 존재를 이번 기회에 싹 다 밟아버리려는 걸까.

지난번 홍희와의 독대 때 녹음된 내용이 떠올랐다. 김 선생이 말했다.

"그러니까, 홍 단장도 진짜 승부의 세계에 들어와요. 몽키스도 우승 한 번 해야지. 심판 판정 도움도 받고, 해설위원들의 예상 도움도 좀 받고 해서 분위기 띄우고. 다 내가 할 수 있다니까. 약점이 아니라, 상부상조. 야구는 팀워크잖아."

홍희는 단칼에 자르며 각을 세웠다. 리그 전체 판을 쥐고 흔들 수 있는 김 선생이라면 호락호락하지 않은 몽키스가 앞으로도 걸림돌로 느껴질 수밖에 없다. 이런 식으로 자신의 위세를 앞세워 압박하려는 걸까.

나는 두 개의 카드를 쥐고 있다. 하나는 아버지가 유산으로 남긴 스냅볼 속의 미니 카세트테이프. 안타깝게도 그것의 존재를 너무 늦게 알아차렸다. 긴 세월의 충격을 견디지 못했는지, 세운상가

일급기술자들을 찾아다녔지만 녹음 내용을 살려내지 못했다. 만약 김 선생이 그 사실을 알고 있다면? 그렇다면 정보가 샜다는 의미인데 그럴 가능성은 희박하다. 측근만 알고 있는 데다 김 선생과 이어질 연결 통로는 없다.

다른 하나는 도투락 형님이 남겨준 협박 메시지와 녹취. 이 또한 증거로서의 약점이 분명했다. 과거 도투락 형님이 토토 도박에 연루됐다는 점. 일류 변호인을 고용해 도박 중독꾼의 헛소리로 몰아붙이겠지. 게다가 우리가 사인 거래와 관련한 의혹을 폭로하지 못하리라는 계산도 섰을 테다. 자칫하면 선수들 간 짬짜미 의혹은 묻히고, 구단들의 폭로전으로 치달을 가능성이 높다.

김 선생은 절대 무모한 사람이 아니다. 승부를 걸어왔다면 이미 계산이 끝났다는 의미다. 치졸하지만 또 치밀한 인간. 여기까지 생각이 미치자 오소소 소름이 돋았다.

상대 패를 알 수 없으니 당장 상황 판단이 힘들다. 다시 한번 지난번 홍희가 명품가방 사건으로 자극한 일이 걱정됐다. 그때 만나지 말았어야 했다. 내 사건을 몽키스 안으로 끌어들이지 말았어야 했다. 확전을 피하려면 결국 에이스 팀을 떠나야 할까. 자책감이 몰려들었다.

조금 이른 시간이지만 몽키스 코치들과 현장 스태프들이 그라운드에 나와 훈련 준비에 나섰다. 배팅 케이지가 홈플레이트 뒤에 세워졌고 내야 여기저기에도 그물망이 설치됐다. 다소 느슨할 수 있는 한여름과 달리 순위 싸움이 치열한 시즌 막판에는 훈련 준비에도 긴장감이 느껴진다. 일본과 미국에서 큰 발자국을 남긴 스즈키

이치로는 '준비의 준비'를 강조했다. 실전을 위해서는 완벽한 준비가 필요하고, 완벽을 위해서는 준비를 하기 위한 준비도 필요하다는 뜻이다. 그물망을 옮기는 코치와 스태프들의 표정에서 '준비의 준비'가 느껴졌다. 김 선생의 집중 포위 공격 역시 '준비의 준비'에서 나왔겠다는 생각이 들자 입 안에 쓴맛이 돌았다.

그나저나 서지은은 왜 그러는 걸까? 기자 시절 관계 좋았던 후배였을뿐더러 올 오키나와 전지 훈련 때는 나의 노력으로 타사 후배와 커플의 인연까지 맺어줬다. 인정을 생각한다면 그래서는 안 된다. 김 선생에게 약점이라도 잡혀 하수인으로 전락한 것일까.

직접 전화해서 욕이라도 퍼붓고 싶은 충동을 억지로 눌렀다. 속도 조절. 감정적으로 들이받아선 안 된다. 노련한 투수들이 위기 때 마운드 주변을 어슬렁대며 전략의 변화를 꾀하듯이. 명확한 사실관계 확인이 먼저였다. 내게도 '준비의 준비'가 필요하다.

몸을 푸는 선수들이 점점 많아졌다. 오늘 밤 몽키스 선발 호프먼이 외야 펜스를 따라 천천히 뛰며 몸을 데우기 시작했다. 살짝 내려앉은 듯한 가을 햇살과 습도 없이 쾌적한 바람. 어제와 달리 야구 구경하기 참 멋진 날이다. 안타깝게도 지금 내 처지에 그런 여유는 사치였고.

* * *

"퇴원이요?"

하루 연차를 내고 찾아온 파주 요양병원. 접수대를 지키는 늙은 단발머리 간호사 말을 듣고 깜짝 놀랐다. 암 환자 송도상 아저씨가 사라졌다. 무뚝뚝하고 독선적이긴 하지만 연락 한 통 없이 결정할 사람은 또 아니다.

"아니 어디로요? 누가요? 허락도 없이 왜?"

내 입에서 두서없는 질문이 막 터져 나왔다.

"보호자 되십니까?"

간호사 한마디에 그만 말문이 턱 막혀버렸다. 그러고 보니 그동안 아무것도 신경 쓰지 않았다. 아저씨가 무료한 병상에서 어떻게 시한부 삶을 보내는지, 치료비는 누가 내고 있는지. 이런저런 일에 집중하느라 잊고 있었다. 아저씨가 그런 일로 서운해하지 않으리라는 지레짐작. 그래놓고선 상의 없이 퇴원했다고 몹시 서운해하고 있다. 오늘 병문안을 오지 않았다면 한참을 더 몰랐을 수 있다.

"병원에서 왜 말리지 않았답니까? 시한부 환자인데."

끝까지 말이 헛나와버렸다. 친절하던 간호사 표정이 딱딱하게 굳었다.

"말리다니요? 남은 삶을 본인 의지로 살겠다는데."

퉁명스레 대꾸해 놓고선, 그게 또 미안했는지 몇몇 얘기를 전해 주었다. 딱 봐도 천성은 착한 사람이었다.

"지난 주말, 아들뻘 되는 남자가 큰 차를 가져와서 모셔갔습니다."

아들뻘의 남자라……. 아저씨는 결혼하지 않아 가족이 없다. 금방 와닿지 않는다.

"혹시, 그때 내부영상 좀 살펴볼 수 있을까요?"

간호사가 어이없다는 듯 이번에는 대놓고 껄껄댔다.

그렇다. 개인정보 관리에 민감한 병원에서 될 리가 없다. 나는 가족도 아니고 보호자도 아니며 이따금 병문안 오는 3자일 뿐이다. 막막함에 긴 한숨만 연이어 나왔다.

병동을 나와 주차장이 있는 언덕길을 터벅터벅 내려오는데 허탈감이 몰려들었다. 아저씨에게 반복해 전화를 걸어봐도 전원이 꺼져있다. 내가 모르는 뭔 일이 물밑에서 작동하기 시작했다는 느낌이 들었다. 그 느낌은 꽤나 불길했다.

차에 시동을 걸어놨지만 어디로 가서, 어떻게 움직여야 할지 갈피를 못 잡겠다. 그냥 답답한 마음에 기연에게 전화를 걸었다.

"어제 부탁한 일은 살펴봤어?"

"아……, 당장 급하신 거였나요?"

"급해! 많이!"

내 신경질에 기연이 더는 토를 달지 않았다.

"알겠습니다. 지금 하는 일은 잠시 미뤄놓고 그쪽부터 집중해보겠습니다. 한국인이 좋아하는 속도로 알아봐드리죠. 근데, 팀장님 혹시 그 소식 아십니까?"

"뭐?"

"송도상 포수님이 다음 주에 개장하는 킴스센터 센터장으로 가신답니다. 완전 열 받는 일 아닙니까. 저도 방금 들었지 말입니다."

심장 박동이 그대로 멎는 기분이었다. 이건 또 뭔 소리인가. 킴 스센터가 어떤 곳인가. 김 선생이 오랫동안 준비한 프로젝트다. 메이저리그 슈퍼 에이전트 스콧 보라스와 제휴를 맺어 만든 트레이닝 센터이자 야구 아카데미. 보라스 코퍼레이션의 훈련 및 관리 프로그램을 그대로 가져왔다고 자랑이 자자했다. 김 선생도 상당한 거금을 여기저기서 끌어와서 때려 넣었다. 현재 소속 선수들을 체계적으로 관리하는 것은 물론 중, 고등학교 선수들까지 입도선매하겠다는 계산이다. 그 원수의 소굴에 아저씨가 왜 책임자로 간다고 했을까. 결국 포섭당했다는 얘긴데……. 모든 것이 확 무너져 내리는 기분이었다. 이런 기분을 배신감이라고 부르는 걸까. 며칠 새 휘몰아치는 사건 사고에 도무지 정신을 차릴 수가 없다.

"그 소식 확실해?"

"오후에 보도자료 낸다니까 아마 맞을 겁니다. 저는 정보통인 구 실장님이 점심때 알려주셔서 미리 들었지만요. 안 그래도 막 팀장님께 전화드리려고 했지 말입니다."

역시 게임판을 움직이는 보이지 않는 큰손의 존재. 전체를 조망하면서 한 수 한 수 조정하고 있다는 의심. 사방의 여러 패들이 한낱 졸에 불과한 나를 죄어오는 느낌.

홍 단장에게도 일단은 알려야 할 것 같았다. 단장실 직통 전화는 받지 않았다. 휴대전화도 신호음만 반복해 울렸다. 갑자기 세상에서 홀로 된 기분. 시동을 걸어놓은 낡은 차만 목적지를 잃고 계속 부르르 떨고 있다.

* * *

큰 읍내를 지나자 외딴집이 드문드문 보이는 풍경이 이어졌다.
2차선 도로 갓길에 작은 이정표가 나왔고 차 핸들을 오른쪽으로
꺾었다. 아스팔트 포장이 끊어지면서 울퉁불퉁한 흙길로 변했다.
해안까지 이어지는 좁고 긴 길이었다.

목적을 갖고 찾은 곳은 아니었다. 문득 한번 와봐야겠다는 본능
에 이끌려서 왔다.

외길 끝에 이르자 검붉은 낙조가 펼쳐졌다. 한 채밖에 없는 낡
은 민박집 대문 앞에 검은 개 한 마리가 뛰노는 모습이 보였다. 피
서철이 아니고선 찾는 외지인들이 없는 쓸쓸한 해변. 아버지의 고
향이다. 이곳에서 올 초봄 아버지와 마지막 작별을 했다. 아저씨와
함께 작은 배를 함께 타고 나가 유골을 바다에 뿌렸다. 낙조를 바
라보며 서서 우리는 한참을 서럽게 울었다.

그날처럼, 해변에 검은 실루엣으로 비치는 한 중늙은이가 눈에
들어왔다. 고릴라처럼 목이 굵고 등이 굽은 남자. 주머니에 두 손
을 꽂고 서서 꿈쩍 않은 채 바다만 주시하고 섰다. 내가 한발 두발
다가가도 알아차리지 못했다. 모래에 발소리가 파묻혀서인지, 아
니면 다른 곳에 정신을 팔고 있어서인지.

남자는 자기 몸집보다 큰 재킷을 입고 있었다. 백발은 검은 머리
로 염색했고 구레나룻도 깎아 단정하기까지 했다. 여태 야구점퍼

와 환자복을 입을 모습만 봐서인지 낯설었다. 길에서 우연히 스쳤다면 못 알아봤으리라. 그의 등 뒤에서 내가 말했다.

"용서라도 빌러 왔습니까? 이제 와서."

남자가 천천히 뒤돌아봤다. 나를 보고 놀라지 않았다.

"왔나?"

"쪽팔립니까? 배신하려니까? 동생을 팔아먹으려니까?"

"뭐 그 정도까지는 아이고. 그냥 마지막 인사나 할까 해서. 어쩌면 다시 못 와보겠다 싶더라꼬."

"잠깐 들러서 슬픈 척한다고 용서가 된답니까?"

"여기 내려온 지는 한 며칠 됐다. 살날이 얼마 안 남아서 그런지 하루하루가 참 후딱이더라. 내 이제 뭐가 무섭겠노만."

최대한 비아냥대서 화를 돋우고 싶었는데, 상대가 무심히 반응해버리니 김이 새버렸다. 대화가 끊어졌다. 더 모멸 차게 몰아세워봤자 증오심만 가득한 의미 없는 질문이었다. 냉정해지고 싶었다. 나도 곁에 서서 바지 주머니에 손을 꽂고 낙조를 바라봤다.

"검은 재킷, 좋아 보입니다."

"그래 보이나? 내 눈에는 상복 같아서 좀 어벙벙해 비는데 요즘은 좀 크게 입는다 카네. 케케. 죽기 전에 몇 달만이라도 딴 세상 구경해보고 싶더라. 다른 인간들은 어떻게 사는지. 안 그라마 너무 억울할 것 같아서 말이지. 내 너무 욕하지 마라. 어차피 뒈질 놈 몰아세워서 뭐하겠노. 그리고 증거도 없다매? 그럼 방법이 없는 기잖아. 그자? 신별이 니도 아버지 일 이제 그마 얽매이고 살거라. 그칸다고 세상이 뭐 바뀌겠노. 니만 손해인기라. 인생 짧더라. 병상에서 허망하게 죽을라카이 그런 기 참 원통 터라."

"자존심은요? 억울하게 자살한 동생의 진실규명을 위해 20년간 버텨온 아저씨 자존심은요?"

"자존심을 바로 굽힐 수 있는 게 또 내 장점이라카믄 장점 아이 가."

참았던 질문을 꺼냈다.

"아저씨. 그딴 얘긴 됐고, 하나만 묻겠습니다. 김 선생한테 먼저 연락한 겁니까, 아니면 연락이 온 겁니까?"

"먼저 연락했다. 병실에서 스포츠뉴스 보는데 킴스쎈타인가 소 개하는 영상 나오데. 마치 시설이 호텔 같더라. 근사한 실내 연습 장도 있고 완전 신천지인기라. 마지막으로 저런 데서 한번 굴러보 고 싶더라. 전화했지. 맡겨줄 수 있냐고. 김 선생, 아니 김보근이도 옛날 같은 팀에서 뛰었다 아이가. 내캉 아예 안면 없는 놈도 아이 고. 케케."

"칫! 김 선생이 자선 사업가도 아니고 뭘 믿고 맡기겠습니까. 그 인간이 유일하게 겁내는 사람이 바로 아저씨라고요. 승부조작을 현장에서 목격했고, 우리 아버지 실종과도 연관돼있으니 혹시 빼 박 증거라도 꾹 쥐고 있을까 봐. 그래서 그 대가로 입 닫기로 약속 한 겁니까, 그 인간에게 면죄부를 주셨습니까?"

"뭐 결과론적으로 그렇게 된 거지. 시시콜콜 다 얘기하마 마이 길지만 아무튼 그건 미안타."

"반칙 아닙니까? 아니, 사기지. 시한부 목숨인 거 속이고 한자리 받아낸 거. 똥칠이죠."

목멜 정도도 흥분했는데 아저씨는 또 담담했다.

"아이다. 김 선생도 안다. 내가 일 년 이상 못산다는 거. 그보다 더 짧을 수도 있고. 솔직히 다 얘기했다. 그러이 맡겨준 거 아이겠나. 김 선생이 웃으면서 카더라. 가실 때까진 마음 편히 계시라고. 배려하는 거 보마 또 완전히 나쁜 놈아는 아인 것도 같고."

"바보! 아저씨를 옴짝달싹 못 하게 곁에 놔두고서 감시하는 거잖아! 제 발로 올가미에 걸린 거라고!"

"안다. 그라마 좀 어떤데? 희한한 게 다 내려놓으니까 마음이 편해지더라. 몸에 통증이 줄면서 식욕도 땡기고. 갈 때 가더라도 폼 한 번 잡아야 안 되겠나. 에어컨 빵빵하게 나오는 사무실에서 뜨뜻한 커피 들고 야구장에서 뛰는 어린 애들 내려다보는 거, 나는 그런 거 해보마 안 되나? 거기 늙은이들 로망 아이가."

"아버지가 증거로 남긴 녹음테이프가 재생 불가능하다는 거, 그것까지 까발리는 건 과하지 않습니까? 김 선생이 정보를 듣고 안심이 됐는지 미치광이처럼 날뜁니다. 반성해야 할 사람이 적반하장으로 나를 넘어 몽키스까지 치려고 한다고요. 좋으시겠습니다. 아저씨가 큰 역할을 하셨으니. 혹시나 내 욕먹고 오래 살까 봐 욕도 못 하겠네. 퉷!"

"으응? 그건 내 아이다. 괜히 패 다 깠다가는 김 선생한테 팽 당할긴데 뭐할라꼬 시시콜콜 그카겠노. 나도 뭐 하나는 쥐고 있어야지. 원래 침묵이 제일 무서운 무기 아이가."

뭐지? 아저씨가 아니라면 누가? 녹음테이프와 관련된 정보는 내 주변 사람만 안다. 술김에 도투락 아저씨한테 말한 적이 있었던가.

거기서 흘러 들어갔을까. 아니다. 기억이 없다. 그렇다면 김 선생은 어떻게 내가 쥔 증거가 무용지물이란 걸 알았을까. 의문 하나가 풀리고 새로운 의문 하나가 생겼다.

수평선 너머로 막 해가 떨어졌다. 온 바다가 곧 어둠에 덮이리라. 이제 아저씨와의 인연도 끝이다.

"모셔다드릴까?"

"아이다. 데리러 오기로 했다. 이제 거의 다 왔을 긴데."

아저씨가 손목시계를 눈앞에 대고 봤다.

"역시 사람대접이 좋습니다. 차량까지 붙여주고."

내 말은 빈정거림이었는데 아저씨는 또 헤벌쭉 웃었다. 참 배알 없는 사람. 덩치가 아깝다. 미련 없이 돌아서는데 탁한 목소리가 붙잡아 세웠다.

"아 참, 내가 전에 말했나? 아홉 명이 수비할 때 포수만 딴 방향 바라보는 거. 선수 생활할 땐 못 느꼈는데 그기 요즘 참 신기하더라. 돌이켜보이 어떤 놈이 어떤 습관 가지고 있는지 하나하나 다 보이더라꼬. 너거 아부지가 직구랑 커브는 기가 막혔는데, 견제구 그걸 참 못 던졌데이. 그거 잘 던질라믄 1루 주자를 잘 속여야 되는데. 견제를 할 긴지, 홈에다 던질 긴지 막 헷갈리게. 근데, 신충이는 오직 앞만 보고 던진 거라. 옆에는 신경도 안 쓰고 말이다. 너무 강했어. 그라마 결국 다 부러지는 긴데."

뭐라 뭐라 몇 마디 더 덧붙였는데 귀에 들어오지 않았다. 변명이요 푸념 같았다.

"지금 와서. 뭘 어쩌라고?"

"뭐 그렇다고. 그기 아쉽더라 그 말이지. 옆에서도 보고 가까이서도 봐야 뭐라도 뷔는 긴데. 신충이……, 강해. 너무 강해."

계속 주절대는 주둥이를 보고 있자니 구역질이 났다. 혀를 뽑아버리고 싶었다. 뒤도 안 돌아보고 모래사장을 저벅저벅 걸어 나와 주차장으로 향했다. 운전석 앞에 서서 담배를 물고 잠시 검은 하늘을 올려다봤다. 북두칠성 자리에서 반짝여야 할 별들은 보이지 않았다.

꼬불꼬불 이어진 비포장 길을 다시 달렸다. 길섶과의 경계조차 보이지 않았다. 올 때도 뭔가 막막한 길이었는데 돌아갈 때는 더 막막한 길이었다.

투항이든 회유든 아저씨의 변심으로 판세가 기울어져 버렸다. 내가 가진 패는 다 털린 셈이고, 김 선생은 이 기회에 아예 나의 존재까지 뭉개버리려고 작정한듯하다.

저 앞에서 둥근 헤드라이트 불빛이 조금씩 다가왔다. 보나 마나 아저씨를 모시러 온 김 선생 회사네 차량. 그냥 확 들이받아 버리고 싶은 묘한 충동을 억눌렀다. 흰색 카니발이 딜컹거리면서 곁을 스쳐 갔다.

* * *

들고 있던 볼펜 머리로 탁자 위를 톡톡 두드렸다.

바닷가에 다녀온 직후부터 또 다른 한 사람이 신경 쓰이기 시작했다. 우연히 목격하게 된 숫자 때문이다. 그와 마주했던 장면들이 소환돼 대화와 행동 하나하나 되뇌게 했다. 긴장감 없는 상태에서 들어 흘려버렸던 몇몇 단어들의 뉘앙스. 내 예민함과 집요함이 꼬리에 꼬리를 물고 의심을 만들었고, 지금 정황과 아귀가 똑 들어맞자 온몸이 부르르 떨렸다. 방금 받은 기연의 통화가 확신을 주었다.

"팀장님 측, 제대로지 말입니다. 김 선생네 회사와 갑과 을의 연결고리가 있습니다. 제가 인스타 스무 단계 이상을 파헤쳐서 확인한 건 아니고……, 자기 회사 홈페이지 대놓고 사업실적으로 홍보해놨더라고요."

이한준을 생일파티에 초대했다는 스타트업 사장. 그 회사에서 생산하는 체력분석용 소프트웨어가 이번에 개장하는 킴스센터에 납품됐다. 그러니까, 스타트업 사장은 충분히 김 선생 부탁을 들어줄 만한 위치에 있다. 설계의 의심이 짙은 대목이다. 이한준을 통하면 더 많은 정보를 얻겠지만 분개할 것 같아서 알리지는 않기로 했다. 순위 다툼이 중요한 시기, 인간관계에 따른 배신감은 타격에 영향을 미칠 수 있다. 그냥 사업에 성공한 친한 형님으로 남겨둬야 한다.

나는 지금, 김포의 한 2층 카페 창가에 앉아 몇 시간째 밖을 내다보는 중이다. 야구모자를 쓰고 선글라스를 끼고 큰 카메라까지 멨더니 불륜 전문 흥신소 직원 같았다. 어제에 이어 이틀째 잠복. 길 건너편에 개장을 앞둔 킴스센터가 보인다.

내부는 평일 낮인데도 손님이 적지 않았고, 대포 카메라는 어느새 민감한 도구가 돼버렸다. 쳐다보는 시선이 많아서 마음대로 들이럴 수 없었다. 고민 끝에 고화소의 폰 카메라 각도를 조절해 킴스센터가 들어선 커다란 빌딩 입구에 초점을 맞춰놓았다.

대책 없는 기다림은 지루한 작업이다. 종업원 눈총을 피해 두 시간에 한 잔씩 메뉴를 바꿔가면 주문했다. 좋아하는 커피도 반복적으로 마시니 속이 메슥댔다. 잠시 후면 다들 퇴근 시간. 어제에 이어 또 허탕질일까 입이 바짝 말랐다.

탁자 위 수첩을 다시 내려보았다. 일련의 사건들을 하나하나 적어가면서 재차 확인 작업을 했다. 올 초 사인 훔치기부터 음주 소동, 2군 징계와 불리한 경기 일정까지. 모두 개별적인 사건이지만 화살표를 쭉쭉 그어보면 그 끝에는 모든 사건에 개입한 김 선생이 있다. 철저한 점조직으로 설계돼 한쪽에서 탈이 나도 문어발처럼 끊겨 버린다. 서로의 연관성을 확인할 방법이 없다.

즉, 김 선생이라는 문어 몸통을 정통으로 찌르지 않으면 곁가지밖엔 못 건드린다는 뜻이다. 결국 핵심 증거가 관건인데 그건 어떻게 확보할 수 있을까. 움직여라, 자극하라. 이론상이야 그렇지만 그건 또 어떻게 접근해야 할까. 무작정 뻗치기를 하고 있지만 어디까지 가능할지. 그렇다고 경계심 없이 넋 놓고 있다간 한방에 당할 분위기다. 뭐라도 역습의 카드가 필요했다. '결정적인 증인' 아저씨의 배신이 더 쓰라렸다.

깨질 듯이 아픈 머리를 두 손바닥으로 쥐어짜는 순간, 폰 카메라에 마침내 뭔가가 잡혔다. 빙고! 인고의 뻗치기가 헛되지 않았다. 마침내 얼굴을 드러냈다. 김 선생과 그의 졸개들. 조폭 대열처럼 열을 지어 개장을 앞둔 킴스센터를 나서고 있었다.

손가락으로 폰 카메라 줌 비율을 최대한 높였다. 패거리 중 한 얼굴의 윤곽이 선명하게 잡히는 순간 셔터를 눌렀다. 예상은 적중했지만, 증거를 확보하는 과정이 슬펐다. 순수의 시대는 갔다. 그건 이해할 수 있다. 순수를 포장해 위선을 행한다면 그건 용서할 수 없다. 타인의 아픈 부위를 건드려 더 큰 상처를 주는 행위라면.

빈 커피 쟁반을 들고 일어서려는 찰나에 전화번호가 하나 떴다. 발신자가 박지현. 김 선생의 가방 비서다. 지난번에도 전화를 걸어와 김 선생과 홍 단장의 만남을 주선했다. 감정을 배제한 채 주어 없이 말하는 게 버릇일까. 생존을 위한 절제된 처세일까.

"킴스센터 개장 때 모시고 싶으시답니다."

"알겠습니다. 초대장은 미리 보내신 걸로 압니다만. 홍 단장님이 꼭 참석할 수 있도록 다시 전하겠습니다."

"아닙니다. 이번에는 신 팀장도 함께 오셨으면 합니다."

"아이고. 팀장 레벨이 낄 자리가 아니죠."

"그렇긴 합니다만, 김 선생님과 센터장님 특별 분부가 계셨습니다. 신 팀장님께도 예의를 갖춰서 초대하라고."

"많이 잔인한 분들이시네. 끅끅."

내가 억지웃음을 흘리며 창밖을 내다봤다. 박지현이 김 선생 한 발짝 뒤에서 가방을 들고 나와 통화를 하고 있었다. 세상 모든 하수인들 삶이 슬피 느껴졌다. 그는 선수로서 김 선생보다 더 뛰어난 투수였다. 하지만 은퇴 후의 삶은 모른다. 끝날 때까지 끝난 게 아니듯, 인생도 야구와 똑같았다.

킴스센터 개장 행사는 다음 주 월요일 오후에 열린다. 경기가 없는 날이긴 하지만 어쨌든 시즌 중이다. 치열하게 순위를 다투는 시기에 굳이 저 멀리 지역 인사들까지 끌어모아 행사를 치러야 할까. 시즌 종료 후 더 성대하게 치러도 좋지 않은가. 가장 민감한 시기에, 유명인들 앞에서 존재감을 과시하겠다는 속내. 천박한 유아기적 발상으로 느껴졌다. 굳이 나를 초대한 이유도 그 연장선상이겠지. 자신은 승자이고 나는 패배자라는 확인 본능. 아버지 사건과 관련해 더는 깝죽대지 말라는 공개 경고장. 잘못한 놈이 역정을 내는 어처구니없는 상황이지만 김 선생은 개의치 않았다. 원래 그런 사람이니까. 뻔뻔하게 자기최면을 걸 줄 아는 인간이 득세하는 시대다. 소시오패스들 중에 의외로 능력자가 많은 이유이기도 하다. 카페 계단을 내려오면서 폰 카메라에 찍힌 얼굴을 다시 확인했다.

* * *

"우리 단장님, 준비 다 됐습니다."

내가 기합을 넣어 묻자 발그스레 달아오른 홍 단장 얼굴에 걱정이 묻어났다.

"별 팀장, 자칫하면 진짜 스캔들 나는 거네? 걱정스럽긴 하다."

마지막 순간, 엉뚱한 대답에 김이 빠져버렸다. 미처 고려하지 못한 부분이었다. 행여 실수라도 하면 빼도 박도 못할 사생활의 낙인. 확실히 홍 단장 입장에선 예민할 만했다.

우리는 지금 파주 헤이리 인근의 작은 부티크 호텔 301호에서 창밖을 살피고 있다. 바로 옆 건물 이탈리안 레스토랑에서 늦은 점심을 먹은 직후였다. 내가 먼저 들어왔고 잠시 후 홍 단장이 뒤따라 들어왔다. 이곳이 요즘 부적절한 관계의 남녀들이 애용하는 인기 코스라고 들었다. 깨끗하게 정리된 방 안에 사용 목적이 분명한 소품들이 여기저기 놓여 있었다. 미혼에 불륜도 아닌데 뭔 문제 될까 싶지만, 재벌가의 맏딸이면 또 다르다. 스캔들 상대는 부하 직원. 안 그래도 언론에 엉뚱한 소문까지 퍼져 있는 상황이라 파파라치에게 딱 좋은 먹잇감이다.

내게는 달리 방법이 없었다. 내부 정보가 흘러나간 건 확실했고 그냥 당하고만 있으려니 무능해 보여서 미칠 것만 같았다. 유출 루트를 찾아서 뭐라도 해야만 했다. 약간의 위험 부담을 감수하더라도 덫을 쳐서 잡을 수밖에 없었다. 상대가 혹할 미끼가 필요했다. 확신은 있었지만 100% 장담은 또 다른 문제였다. 그 과정에서 홍 단장을 앞세워 이용해야 했고 민감한 입장까지 신경을 쓰진 못했다. 뒤늦게 미안한 마음이 밀려왔지만 되돌리기엔 이미 늦었다.

커튼을 살짝 열고 다시 바깥을 내다봤다. 레스토랑과 호텔의 어정쩡한 경계에 서 있는 흰색 카니발. 길거리에 너무나 흔해서 아무도 눈여겨보지 않을 차량. 그렇지만 늘 내 주변을 기웃거리는 존재. 그 존재를 문득 깨달은 것은 번호판 숫자 때문이었다. 1998. 우연이겠지만 내게는 결코 잊을 수 없는 네 자리. 어느 순간부터 그 번호판을 단 차량이 내 주변에 얼쩡댄다는 걸 깨달았다. 바닷가에서 돌아오던 외길. 헤드라이트에 비친 마주 오는 차량 번호판이 확신을 주었다. 누구와 어떻게 연관이 돼 있는지.

다리가 잘리지 않은, 문어 몸통에 접근할 수 있는 마지막 기회였다. 상대에게 스캔들 현장 포착은 거부할 수 없는 미끼였다. 미리 이리저리 말을 흘려 정보가 잘 흘러가도록 밑밥은 깔아뒀다. 예상대로 이 외진 곳까지 너무 대범하게 따라와 줘서 감사할 따름이다.

지금 짙게 선팅한 차량 운전사는 홍 단장과 내가 같이 모텔을 나오는 결정적 장면을 포착하려고 목을 빼고 있으리라. 그 사진은 지은이의 기사와 함께 또 사방으로 뿌려지겠지.

"별 팀장, 그렇지만 실패해도 원망은 안 할게."

"그 경우라면 이번 싸움은 진 거야. 작전 실패를 의미하니까."

내가 뱉어 놓고도 무책임한 말이다.

결행의 시간. 큰 호흡과 함께 혼자서 호텔 유리문을 밀고 나섰다. 굳이 선글라스를 끼지 않았고 어깨를 움츠리지도 않았다. 주차장을 향해 슬슬 걷는 척하다가, 한순간 가속을 붙여서 재빨리 뛰었다. 홍 단장과 함께 나오는 모습만을 눈 빠지게 기다렸을 카니발 운전사는 그제야 의도를 눈치챈 모양이다. 다급한 시동 소리가 들리더니 타이어의 거친 마찰음이 일었다. 보닛을 향해 좀비처럼 달려드는 나를 피해 차량은 급커브를 꺾으며 달아났다.

호텔 입구에서 큰길로 이어지는 200미터 정도의 콘크리트 진입로. 내 뜀박질로는 달아나는 차량을 따라잡을 수 없었다. 거친 숨이 한계에 다다른 그때였다. 낡은 K5 한 대가 튀어나오더니 진입로 초입을 가로로 딱 막아섰다. 정확한 타이밍에 길목 차단. 카니발이 길 중간에 갇혔다. 뒤쪽에서 내가 두 어깨를 펴고 성큼성큼

다가갔다. 저 앞 K5 운전석에서 기연이 내리더니 성큼성큼 걸어왔다. 만에 하나, 카니발이 그대로 사람과 차량을 밀치고 돌진해버릴까 우려스러웠다. 내가 큰 동작으로 손바닥을 앞으로 밀었다. 기연에게 더는 다가오지 말라는 신호였다. 어느 지점에서 우리는 동시에 멈춰 섰다. 엔진 소리만 한적한 시골의 정적을 깼다.

순순히 투항하겠거니 생각한 것은 착각이었다. 카니발 운전석 문이 갑자기 열리더니 검은 후드를 뒤집어쓰고 마스크 낀 남자가 튀어나왔다. 재빨리 도로 옆 소나무 숲으로 뛰어들었다. 예상하지 못한 전개였다.

생포해서, 직접 증언을 확보하지 못한다면 작전 실패다. 숨을 고를 새도 없이 다시 뛰었다. 살면서 이렇게 필사적으로 달려본 적이 없었다. 숨이 차는 줄도 모르겠다. 몸 안 에너지를 다 짜냈다. 도망자의 등이 보였고, 손을 뻗으면 닿을 거리였다. 거의 따라잡았다고 순간, 나무뿌리에 발목이 걸리면서 나뒹굴었다. 순식간에 거리가 확 벌어져 버렸다. 뒤쫓을 동력은 잃었다. 절망적이었다. 그때였다. 큰 소나무 밑동 뒤에서 혼령처럼 흰 그림자가 스윽 나타나더니 도망자를 막아섰다. 기연이었다. 바로 이어지는 가슴 찍어차기. 제아무리 건장한 상대라도 무도 경관 출신을 당할 순 없었다. 단박에 주저앉았다. 얼굴을 가리던 후드가 반쯤 벗겨졌다.

"아아……."

기연이 얕은 신음을 뱉었다. 숨이 차서 몰아쉬는 게 아니었다.

"으으……."

도망자도 주저앉은 채 같이 흐느꼈다. 그 또한 통증 때문이 아니었다.

　가슴이 아팠다. 기연이 몹시 슬퍼한다는 사실에. 마음 여린 사람
에겐 금지된 장면이다. 내 심장이 못 견딜까 봐 두려웠다. 차마 지
금의 광경을 볼 수 없어 뒤돌아섰다. 애써 두 주먹만 쥐었다.

　북두칠성의 여섯 번째 별. 빛나는 그 별 주변에는 보통 사람들
눈에는 보이지 않는 다른 별들이 숨어 산다. 강한 자 아래에서 기
생하는, 어쩌면 야구판의 어두운 이면처럼.

＊　＊　＊

　스콧 보라스의 보라스 코퍼레이션 트레이닝 센터는 캘리포니아
뉴포트비치와 플로리다 마이애미 두 곳에서 운영된다. 고객인 선
수들 능력을 한껏 끌어올릴 수 있는 프로그램과 최신 시설로 명성
이 높았다. 개장 당시 미국 매체들은, 만약 회원권으로 따지면 수
백만 달러의 가치라고 보도했다.

　오늘 문을 여는 킴스센터 역시 그곳에 뒤지지 않는다고 들었고,
개소식에 앞서 초청객들과 여기저기 둘러본 바로는 소문대로였다.
널찍한 실내 연습장부터 체력 단련실, 재활 치료실, 수중치료 풀
등 하나하나 다 첨단장비로 채워 넣었다. 눈이 펑펑, 입이 떡 벌어
질 정도였다. 여기서 전문가들의 체계적인 관리를 받으면 능력치
이상의 기량을 뽑아내고, 어떤 고난의 재활 과정도 이겨낼 것만 같
았다.

　김 선생 계략이야 뻔하다. 자금과 영향력, 좋은 시설을 앞세워

젊은 유망주들은 다 쓸어 담겠다는 야심. 일개 에이전시를 넘어, 야구판 전체를 삼키려는 절대 포식자 같았다. 이제 아무도 그를 막을 수가 없다.

단체 견학이 끝나자 초청객들이 모두 1층 로비로 안내됐다. 정식 명칭 '킴스베이스볼아카데미'의 개장 행사가 진행되는 곳이다. 천장이 3층 높이까지 뚫려있어서 개방감이 좋았다. 5인조 클래식 악단의 잔잔한 선율이 울려 퍼졌다. 한쪽 벽면을 장식한 대형 스크린에는 역동적인 홍보영상이 반복적으로 흘러나왔다. 초청객끼리 인사를 나누고, 다과를 즐기며 스탠딩 파티처럼 진행이 됐다.

나는 넥타이 매듭을 살짝 늘이며 곁눈으로 주변을 훑었다. 야구계에서 이름있다는 명사들은 다 모였다. '슈퍼 갑' 김 선생 초대를 누가 거부할까. 평소 야구팬을 자처하는 몇몇 정치인들과 인기 연예인들도 얼굴마담 격으로 참석했다. 예상대로 나 정도 급의 사람은 없었다. 재킷 왼편 가슴에 단 이름표의 직함이 더 초라하게 만들었다.

들리는 주변 반응은 찬양 일색. 메이저리그급이니 어쩌니 하면서 호들갑이다. 딱 봐도 해외구단 견학을 한 번도 가보지 않았을 인간들이 꼭 그딴 비유를 썼다. 기분 탓이겠지만 내 눈에는 아부 떠는 인간들까지 다 마뜩잖았다. 고개를 돌리다 하필 지은이 서지은 기자와 눈이 딱 마주쳐버렸다. 몇 초간의 눈싸움. 서지은이 먼저 멋쩍은 웃음과 함께 고개를 까딱했다. 나는 어금니를 문 채 한 손만 슬쩍 들어 보였다.

회색 정장 차림의 홍 단장이 곁에서 내 귀에 속삭였다.

"별 팀장, 뿔난 인상 좀 풀어라."

"그럴 기분 아닌 거 알잖아."

"알지. 그걸 숨겨야 진정한 고수지."

진짜 오고 싶지 않은 길이었다. 초대장은 반강제적으로 날아왔고, 참석하지 않으면 또 멘탈에서 지는 기분이었다. 김 선생은 그런 점까지 계산에 넣고 있다는 느낌을 받았다. 심리전의 고수. 무력적인 방법을 쓰지 않고는 도무지 흔들 방법이 안 보인다.

그제 소나무 숲에서 구 실장이 퍼져 앉아서 자포자기의 심정으로 실토했다.

"서른에 강제 은퇴당한 선수가 할 수 있는 게 뭐 있는데? 난 그냥 야구판이 좋았다고. 떠나고 싶지 않았다고. 어느 날 김 선생이 약속했어. 회사 하나 만들어서 선수 하나 영입해 줄 테니 잘 키워 보래. 비밀 업무만 하나 잘 처리해주면 빅 디퍼 지분도 추후 넘겨주겠다는 거야. 아니, 어느 누가 그런 제안을 거부해. 스파이니 하수인이니 그런 말 좀 들으면 어때. 신별 팀장님, 그거 알아요? 김 선생이 계산은 확실한 사람입니다. 돈 문제로는 뒤통수치거나 쩨쩨하게 굴지 않는다고. 그냥 팀장님이 못이기는 척 끝냈으면 됐잖아. 그랬으면 내 인생에도 봄날이 오는 거라고. 빅 디퍼가 내 손 일 보 직전까지 왔었단 말이야! 증거도 없는 옛날 일을 파헤쳐서 어쩌시려고. 왜 일을 꼬이게 만드시냐고! 선수 시절 못 이룬 꿈, 다시 좀 해보겠……"

내 주먹이 날아가 상대 광대뼈에 박혔다. 구 실장이 다시 한번 흙바닥에 나뒹굴었다. 발딱 일어나서 달려들지 않았다. 그냥, 무릎을 꿇고 두 손으로 바닥을 짚은 채 심하게 흐느꼈다. 그 귀태 나는 허연 얼굴이 눈물로 범벅이 졌다. 희한하게 나도 더는 화나지 않았다. 그런 짓을 하고 싶어서가 아니라 그래야 살 수 있었다는, 변명으로조차 유치한 얘기를 듣자니 그냥 슬펐다.

총명한 스물여덟 팀원도 외부인의 의도된 접근을 눈치채지 못했다. 야구라는 매개체로 엮여 자연스레 발전한 관계. 의심 없이 흘린 내부의 이런저런 말들이 정보로 가공됐고, 김 선생에게 전해져 악용됐다. '다른 일은 모르겠지만……', '저도 당한 셈이지만……' 같은 구 실장이 부주의하게 내뱉었던 말들을 흘려들었다. 나 또한 눈치채지 못했으니 누굴 탓할 수 없다. 이용당하고 사고를 치고, 상처를 주고받는 이들은 늘 아랫것들. 비루한 삶의 투쟁을 지켜보는 그 자체가 짜증스러웠다.

그리고 오늘도 보란 듯이 천하의 김 선생은 눈앞에 건재하다.

클래식 연주가 딱 멎는가 싶더니, 마이크를 든 사회자가 오른손을 들어 로비 2층 난간 방향을 가리켰다. 유럽의 오페라 극장처럼 내부로 돌출된 발코니 공간이 있었고, 두 사람이 무슨 영화제 시상자들처럼 모습을 드러냈다. 김 선생은 파란색 야구 저지를, 반 발짝쯤 뒤에서 송도상 아저씨는 검은 양복을 입고 나타났다. 환호와 박수가 터져 나왔다.

그렇지. 이런 게 김 선생이지. 역시 그답다. 발아래 잔뜩 모인 초청객들이 자신을 우러러보고, 자신은 튀는 복장으로 내려다봐야 쾌감을 느끼는 사람. 같은 눈높이의 시선은 허용하지 않는다. 딱 봐도 자신이 만든 세계에서 자신의 취향이 반영된 연출이다.

김 선생이 마이크를 들었다. 새로운 시설에 대한 자화자찬과 스콧 보라스에 대한 감사의 인사를 잊지 않았다. 다시 터져 나온 박수 소리가 잦아들 동안 잠시 뜸을 들인 김 선생은 이내 한 마디를 더 보탰다.

"이 시설은 한국 야구를 마 한 단계 끌어올리는 계기가 될 것이라 믿습니다. 이 김보근이가, 한국 야구 덕분에 이까지 올 수 있었으니까, 한국 야구에도 보답을 해야 하지 않겠십니까. 이를 위해서 야구 대표팀 소집 훈련 때 이 시설과 프로그램을 기꺼이 제공하도록 하겠심다."

기다렸다는 듯이 더 큰 박수가 쏟아져나왔다. 방송사 카메라는 물론이고 생중계를 하고 있던 야구 유튜버들이 김 선생을 클로즈업하기 위해 셀카봉을 더 길게 뻗었다. 이 또한 잘 계산된 전략이다.

돈은 힘이 세다. 지난겨울 다 죽어가는 초췌한 몰골로 나를 찾아왔던 송도상 아저씨가 염색하고, 앞니를 심고, 양복까지 차려입으니 풍채 좋은 50대 사업가처럼 보였다. 그런 아저씨를 김 선생은 이런 식으로 소개했다. 무명의 은퇴 포수. 불행한 사고로 잊혀서 야구계를 떠났던 사람. 하지만 한 시도 야구를 잊지 않았던 인물. 이제는 새로운 도전. 자신이 멋진 인생을 후원. 여러분, 격려의 박수를 보내주십시오.

즉, 아저씨는 패배자였고 자신은 구원자였다. 아저씨는 두꺼비처럼 입술을 내밀고 이죽이죽 웃었다. 보고 있자니 구역질이 났다. 바로 뛰쳐나가고 싶었다. 홍희가 뒤에서 내 소맷자락을 지그시 붙잡지만 않았다면.

솟구치는 분노를 억지로 누른 탓일까. 갑자기 물먹은 귀처럼 소리가 웅웅 울리고, 의식은 마쳐 기운이 잠긴 듯 혼몽하다. 장면이 한컷 한컷 끊어져서 눈에 들어왔다.

김 선생의 자화자찬 인사말이 더 이어진 뒤 마지막엔 아저씨에게 잠깐 마이크가 넘어갔다. 킴스센터 운영 책임자로서 요식적이나마 한마디 거들 순서였다.

"오늘 참석해주셔서 감사합니다."

역시 몸에 맞지 않은 자리. 병색을 숨기려고 분칠한 얼굴에다 두꺼비 웃음까지 지으니 진짜 광대 같았다. 그래도 사람들 앞에서 마이크를 쥐는 일이 뭐 그리 영광스러운지 계속 히죽대며 양복 안주머니에서 뭔가를 꺼냈다.

처음에는 준비한 원고를 꺼내는가 싶었다. 아저씨는 말주변이 없는 데다 사투리까지 심하다. 김 선생네 회사에서 써준 원고를 앵무새처럼 읽으리라. 그렇게 생각한 찰나였다. 뭔가 뭉툭한 물건을 꺼내더니 바로 곁에 서 있던 김 선생의 머리에 겨눴다. 행동이 너무 자연스러워서 깜짝 콩트를 연출하는 줄 알았다.

주변에서 어, 어, 거리는 소리가 들리기 시작했다. 아저씨가 손에 뽑아 든 물건은 검은 리볼버 권총이었다. 고개를 다시 좌중 쪽으로 돌리더니 카메라를 노려봤다. 두 눈알을 크게 부라렸다. 히죽이던 입매가 사라지고 말투가 매서워졌다.

"방금 소개받은 이곳 센터장 송도상이라는 사람이올시다. 98년 한국시리즈 현장에서 승부조작을 목격한 포수 송도상이기도 하고. 이렇게 실시간으로 송출되는 많은 카메라 앞에서 여기 우리 김 회장님이 투수로 뛰던 시절 어떻게 승부를 조작했고, 어떻게 진실을 숨겼는지 이제야 고하고자 하오. 이 늙은이의 바람이니 부디 5분만 경청해주오."

분위기가 심상찮게 흘러간다는 사실을 다들 감지했다.

"저 새끼 막아! 카메라 꺼!"

누군가가 거칠게 명령했고 주변에 대기하고 있던 검은 양복 넷이 합체하듯이 한 무리로 모였다. 행사 보안을 맡은 요원들이었다. 그중 무전기를 든, 우두머리로 보이는 사내가 방송국 카메라 쪽을 가리키자 나머지 셋이 우르르 달려들었다. 순간 판단이 서질 않았다. 아저씨가 뭔가 큰일을 벌였는데, 의도는 모르겠고 내가 무얼 해야 할지. 우물쭈물하는 그때, 곁에 있던 홍희가 카메라 앞으로 뛰쳐나갔다. 두 팔을 옆으로 최대한 벌려서 달려오는 사내들을 막아섰다.

"나를 치고 지나가시오."

철 지난 사극에서나 들을 법한 대사였다. 웃기는 상황인데 웃음이 나오지 않았다. 몇몇은 소란을 피해 벌써 살살 출구로 나서는 모습이었다. 막으려는 자, 찍으려는 자, 피하려는 자, 방관하는 자들로 현장은 뒤엉켰다. 다행히 방송국 사람들은 카메라를 끄지 않았다. 셀카봉을 쥐고 라이브 방송을 진행하던 야구 유튜버들도 마찬가지였다. 그들도 잘 안다. 자극적인 상황이 조회 수를 만들고 수입도 만든다는 사실을. 이런 현장은 오히려 찬스였다. 소동이 길면 길수록 더 좋다. 이제 초대받은 사람들 눈동자가 발코니 위의 한 초췌한 사람의 입에 고정됐다.

"그날 승부조작은 말이요, 이렇게 시작이 됐소."

이야기는 그렇게 시작됐다. 사람들이 웅성거리든 말든 머릿속 원고를 또박또박 읊어 나갔다. 조작이 어떻게 이뤄졌으며, 어떤 결과를 낳았고, 야구판을 얼마나 더럽혔는지 일목요연하게 정리가 됐다. 마치 한 번의 연기를 위해 수십 번을 반복해 외운 대본처럼. 누군가가 그 사건에 대해 묻는다면 주저 없이 다 쏟아낼 수 있도록. 병문안 갔을 때 들고 있던 종이가 떠올랐다. 점점 검붉어지는 아저씨 얼굴이 애잔했고, 막판엔 숨을 헐떡이면서 큰기침을 쿨럭였다.

그 공백을 참지 못하고 누군가가 끼어들었다. 카메라 옆에 서 있던 방송기자였다.

"질문 있습니다. 승부조작의 물적 증거는 있습니까?"

아저씨가 기자를 빤히 쳐다봤는데 대답은 좀 엉뚱했다.

"야구장이 왜 다이아몬드라고 불리는지 아시오? 내야가 마름모 꼴이어서? 아이지. 안에서 뛰고, 밖에서 보는, 야구를 사랑하는 모든 사람들의 땀과 열정이 비춰서 반짝반짝 빛나기 때문이라오. 그 다이아몬드를 더럽히고 독식하려는 놈은 야구의 이름으로 용서할 수 없지."

마이크를 내려놓음과 동시에 얼굴 근육의 긴장이 풀려버렸다. 다시 한번 좌중을 향해 두꺼비처럼 입술을 내밀고 히죽 웃었다. 여한은 없는 사람처럼 보였다. 김 선생 머리를 찍어 겨누고 있던 총구를 거둬들였다. 서부의 건맨처럼, 검지에 방아쇠 고리를 끼워서 몇 바퀴 돌리더니 등 뒤로 휙 내던졌다. 권총이 허공에서 빙그르르 돌더니 로비 바닥에 떨어졌다. 검은 양복 하나가 재빨리 달려가 주워들었다.

"뭐야, 장난감 총이잖아."

다시 웅성거림이 커졌다. 모든 카메라 렌즈가 다시 발코니를 향했다. 겁에 질려있던 김 선생 얼굴이 오만상 일그러졌다. 잔치판이 난장판이 돼버렸다.

"이런 미친 쌍놈의 새끼를 봤나. 이런 씨팔 무명 포수 새끼 감투 씌워줬더니, 존만 한 새끼, 여기가 어떤 자리라고……."

냉철한 김 선생이 한순간 이성을 잃었다. 두 눈썹을 꿈틀대며 분노를 드러냈다. 입술 한쪽 끝이 뒤틀렸고 하얀 이가 번뜩였다.

"이 새끼 니는 마 은혜도 모르는 개미 새끼다. 시골에 꼴아박히가 암 것도 몬 하는 놈 데려와 인생 말년에 사람처럼 살게 해줄라 캤더만, 모라꼬? 승부조작? 이 은혜도 모르는 천박한 기, 엎드려가 절을 해도 모자랄 판에 진실을 밝힌다꼬? 증거도 없는 기 무슨 헛소리고. 그러니까 송도상이 니가 지금껏 이케밖에 못 산기다."

김 선생도 체격이라면 밀리지 않는다. 한바탕 욕설을 퍼부으며 두 손으로 아저씨의 멱살을 꽉 쥐었다. 발코니 난간 쪽으로 휙 밀치는가 싶었는데, 순간 아저씨 몸뚱이가 장풍을 맞은 것처럼 난간 너머 허공으로 붕 떠올랐다. 마치 자신의 동력으로 튀겨나간 사람처럼. 체공시간은 짧았다. 바로 다이빙 선수처럼 수직 낙하해 뒷머리가 대리석 바닥에 꽂혔다. 둔탁한 추락음과 사방의 비명이 동시에 터져 나왔다.

불과 몇 초 사이의 일이었다. 나는 봤다. 발코니 위에서 아래를 내려다보는 김 선생의 하얗게 질린 얼굴을. 절명한 아저씨 모습과 자신의 두 손을 번갈아 쳐다보면서 부르르 떠는 모습을. 카메라들이 집요하게 그 장면을 좇았다. 아저씨 몰골은 처참했다. 깨진 머리통에서 흘러내린 검붉은 피가 바닥을 잠식해나갔다. 희한하게도 얼굴만은 헤벌쭉 웃고 있었다.

"견제구, 거기 중요하데이. 1루 주자를 잘 속이야 되는데. 너거 아부지가 그걸 참 못 던졌데이."

불현듯 그 대화가 생각났다. 덧붙여 이런 말도 했던가.

"앞만 보믄 안 되는데……. 강하기만 하면 결국 꺾이는데……. 옆도 봐야 하고, 다가가야 뭐라도 뵈는 긴데."

그때는 말의 행간을 알아차리지 못했다. 이게 아버지의 영원한 단짝 포수 송도상만의 방식이었던가. 눈앞의 일이 여전히 비현실적이었다. 나도 모르게 두 손바닥으로 양쪽 볼만 문지르고 있었다.

에필로그

여의도 방송국을 나서자 가을 단풍이 예쁜 공원과 마주했다. 김 선생의 승부조작과 아버지 실종사건과 관련해 잡혀있던 마지막 인터뷰를 막 끝냈다. 지난주 참 많은 신문, 방송, 인터넷 언론사 기자들을 만났지만 시간 제약 상 긴 세월 입안에서 맴돌던 얘기들을 다 들려줄 순 없었다. 하지만 오늘 지상파 녹화는, 한 사건에만 집중해서 만드는 90분짜리 심층 고발프로그램이었다. 10년 전에도 아버지 관련 사건을 한 번 다뤘던 「사건과 진실」. 긴장한 탓인지 어떤 대목에서 과하게 울컥했고 증언은 두서없었지만 많은 얘기들을 쏟아낼 수 있었다. 미공개 증거물들 하나하나 카메라 앞에 들어 보이며 설명을 곁들일 수 있어서 좋았다. 스튜디오 조명이 꺼지자 온몸의 땀샘이 팽창하며 혈이 다 뚫리는 기분이었다. 녹진한 피로감이 몰려왔다. 녹화 마지막에 담당 PD가 도발적으로 물었던가.

"송도상 씨의 행동은 자발적이었을까요? 예기치 못한 사고일까요? 진짜 궁금하단 말입니다?"

예민한 문제였다. 자발적이란 단어를 나는 입 밖에 내지 않았다. 그건 아저씨의 큰 그림을 훼손하는 일이니까. 대답은 단순했다.

"죽은 사람 생각은 아무도 알 수 없지 않습니까. 어떤 판단을 하든 100% 정답일 수 없다는 거죠."

사실 나도 궁금했다. 아저씨의 진짜 의도가. '포수는 원래 속이는 직업 아이가.' 어쩌면 그 말속에 진실을 담고 있다고 생각한다.

사고 직후 김 선생은 즉각 반격에 나섰다. 상대가 추락사할 정도로 세게 밀치지 않았고, 승부조작 주장은 황당함 그 자체라고 일축했다. 거물급 변호인을 앞세워 가짜 권총을 이용한 강압적 협박의 법리가 이렇니 저렇니 따졌다. 하지만 그게 본질이 아니라는 걸 사람들이 알아챘다. 김 선생이 더 크게 떠들수록 진실 추궁 앞에 내몰렸다. 가설이 쏟아졌고 야구계가 양분됐다. 마침내 사람들이 '98년 코리안시리즈 승부조작' 사건에 귀를 기울이기 시작했다.

다행히 여론은 아저씨의 행동에 우호적이었다. 정확히는 우호적이라기보다 호기심 때문이었다. 언론의 세계는 야구의 세계보다 넓었다. 스포츠부뿐만 아니라 사회부 기자들이 움직이기 시작했다. 천하의 김 선생 영향력도 거기까지는 미치지 못했다.

결정적으로 1분짜리 짧은 동영상이 하나 떠돌았다. 김 선생, 즉 젊은 시절 투수 김보근일 때 승부조작 의심 투구만을 편집본으로 보니 더 확신을 심어 주었다. 말로 떠도는 것보다 몇천 배 파급효과가 있었다. 사실 그 영상은 하나뿐인 팀원 기연이 밤을 새워 만들었고, 자신의 SNS 인맥을 총동원해 퍼트렸다. 미숙함을, 미안함을 그렇게라도 갚고 싶었나 보다.

올바른 언론관 운운하던 손은재까지 창작의 세계에 가세했다. 1998년 한국시리즈 투포수에 얽힌 장문의 인간 스토리. 한 사람의 운명을 안타까워하고 한 사람의 의리는 칭송하는, 속된 말로 눈물 없이는 읽을 수 없는 신파조 기사였다. 다만, 주변 관심이 사건이 아닌 사람에 쏠릴수록 부담스러웠다. '진실의 공유' 부분에서 아쉽기도 했고.

아저씨 시신은 인계받는 대로 화장할 예정이다. 인적 없는 그 바닷가에 뿌리리라. 아버지 곁으로 가고 싶다고 밝힌 적은 없지만 그러기를 바란다는 걸 잘 알고 있다. 배터리는 말없이도 서로의 마음을 읽는 사람이니까. '지은이' 서지은이 카톡이 아닌 장문의 메일을 보내왔다. 이런저런 그간의 사정에 대한 해명의 글. 미국 보라스 코퍼레이션에서 일할 수 있도록 해준다는 솔깃한 제안에 자신도 속았다는 내용이었다. 뭐 그러거나 말거나. 따로 답장하지는 않았다.

몇몇 후속 절차가 남아있지만 사건은 표면적으로 그렇게 끝이 났다. 끝의 기준이 어디까지인지는 미묘하지만.

미해결.

내 판단은 그랬다. 은폐 사건을 알렸지만 100% 진실을 풀지 못했다. 사람의 희생이 뒤따랐다. 결말이 투명하지 못했다. 어쩌면 영원히 진실에 다다를 수 없는, 전모가 명쾌하지 못한 사건. 그렇다면 내게는, 에이스팀에는 미해결의 사건이다.

하지만 어디까지 할 수 있고 어디 이상은 할 수 없다란 사실을 아는 사람은 나 뿐이다. 이쯤에서 멈췄으면 싶었다. 회피하거나 무기력해서가 아니다. 여기까지가 한계이고 나는 최선을 다했다. 아버지가 남긴 유산에 갇혀 긴긴 세월 청춘이 아팠다. 이제 어두운 굴레를 벗고 내 삶을 살고 싶었다. 밤의 술기운에 의존하지 않는, 찬란한 아침 햇살과 함께 하는.

김 선생의 최후 반격이 곧 시작될 테다. 야구판에서 퇴출당하지 않기 위해 모든 수단 방법을 동원하겠지. 돈은 힘이 세지만 여론은 그것보다 더 세다. 시시콜콜 법리를 따져 사법적 판단이 가능한들 별 느낌이 없었다. 정의로운 야구를 믿는 사람들의 심판과 단죄가 더 중요했다. 나는 후자의 선택을 더 존중하리라.

두 손을 바바리 주머니에 찔러 넣고 붉게 물든 여의도 공원을 다시 바라봤다. 가을 햇살까지 완벽한, 걸어만 다녀도 기분 좋아지는 날인데 갈 곳이 마땅찮았다. 녹화가 길어지는 바람에 어정쩡한 시간이 돼버렸다. 뜬금없이 뜨끈한 순두부 생각이 나서 국회 지하철역 방향으로 걸었다.

어제 몽키스는 또 졌다. 선두와 다시 3.5경기 차 3위. 5위와도 다시 3.5경기 차. 좁혀질 듯 좁혀지지 않는 승차. 방심은 금물이다. 한방에 와르르 무너지면 나락이다. 포스트시즌을 향한 살얼음판 전쟁은 진행형이다.

진동모드로 해놨던 휴대전화가 코트 안에서 울었다. 하나뿐인 팀원 기연이었다.

"팀장님, 큰일났지 말입니다. 우리의 에이스 호프먼의 여섯 살 난 아드 님이 유치원에서 그만 어린 친구들과 크게 싸웠답니다. 오늘 밤 출격을 앞 두고 집안 문제로 스트레스를 받게 할 순 없죠. 우리가 먼저 달려가서 상 황을 살펴봐야지 말입니다."

전화를 끊자마자 이번에는 홍희였다.

"어머 씨발, 그날 방송 카메라 앞에서 깝작댔더니 우리 엄마가 그걸 또 봐버렸네. 마 피디 그 인간이 찔렀나 봐. 잔소리가 장난이 아냐. 재벌 가문 맏딸 체통이 그게 뭐냐고, 그래서 혼사가 성사되겠냐며 핀잔먹었다고. 구 단 지원금 싹둑 자르면 곤란한데. 낮맥이라도 하면서 상의가 필요해. 지금 당장."

대꾸 없이 전화를 끊고 씁쓸한 웃음을 지었다. 지나가는 택시를 손들어 세웠다.
"기사님, 일산 대화역 앞에 큰 야구장이 있습니다. 최대한 빨리 부탁드립니다."
택시가 강변북로를 내달리기 시작했다. 한강 풍경을 잠시 보다 가 어깨를 뒤로 젖히고 눈을 감았다. 몽키스 구단에 입사하고 다사 다난했던 첫 시즌이 끝나간다. 첫 출근날 느꼈던 낯선 장소와 생경 한 업무에 대한 두려움. 미지의, 고난의 길일지라도 어느 날 아침 눈뜨면 익숙해져 있으리라 다짐했었다. 인생은 그렇게 쌓이는 것 이니까. 지금이 그 순간이다. 내가 내게 물었다. 내게 야구란 무엇인가.

맨 처음 기억나는 야구는 캐치볼이었다. 해가 강변 너머로 가라앉을 무렵이었다. 강물도 하늘도 붉은색으로 물들었다. 강둑 고수부지에서 아버지와 캐치볼을 했던 기억이 아스라이 떠올랐다. 나는 아버지의 가슴을 향해 힘껏 공을 던졌다. 아버지는 그 공을 다시 내 가슴으로 돌려줬다. 열 발자국 넘게 떨어져 있었지만 오가는 공의 무게감만으로 묵직한 무언가가 전해졌다. 그렇게 주고받는 캐치볼이야말로 야구의 기본이었다.

캐치볼은 단순해 보이지만, 중요한 기본 동작이다. 둘씩 짝을 이뤄서 공을 주고받는 훈련이다. 캐치볼은 상대가 받기 좋도록 가슴을 향해 던져준다. 너무 강해도, 너무 약해도 안 된다. 상대방이 이걸 받을 거라는, 내가 받을 수 있게 던져 줄 것이라는 신뢰를 바탕으로 한다. 많은 투수들이 캐치볼을 하는 동안 새 구종을 완성시킨다. 메이저리그의 전설적 마무리 투수 마리아노 리베라 역시 '전기톱'이라 불렸던 컷패스트볼을 캐치볼하다 깨달았다.

야구는 캐치볼이다. 너와 내가 공을 주고받는, 신뢰와 믿음을 기반으로 한 배려의 동작. 떨어져 있지만 하나로 연결해 주는 너와 나의 야구. 공을 주고받는 동안 글러브 안에서 느껴지는 따뜻하고 묵직한 무언가가 있다. 이건 캐치볼을 해본 사람만 알 수 있다. 지금까지 주변의 많은 이들이 좋은 공을 던져줬다. 그들과 캐치볼을 주고받으면서, 너와 나의 야구를 통해 성장했다는 생각이 든다. 이제 내가 좋은 공을 던져줄 때다.

마침내 저 멀리 파란 하늘, 하얀 양떼구름 아래로 몽키스 파크

지붕이 보이기 시작했다. 오늘 밤 저곳에서 양 팀 에이스끼리 격돌한다. 가을야구를 결정 지을 분수령이다. 관중들 함성이 한밤을 뒤덮으리라. 내 가슴이 벌써 콩콩 뛰기 시작한다.

〈끝〉

※ 이 작품은 픽션으로 특정 구단이나 이름, 사실과 관련이 없습니다.

몽키스 구단 미해결 사건집

1판 1쇄 찍음 2023년 11월 28일
1판 1쇄 펴냄 2023년 12월 8일

지은이 | 최혁곤·이용균
발행인 | 박근섭
편집인 | 김준혁
펴낸곳 | 황금가지

출판등록 | 2009. 10. 8 (제2009-000273호)
주소 | 06027 서울 강남구 도산대로 1길 62 강남출판문화센터 5층
전화 | 영업부 515-2000 **편집부** 3446-8774 **팩시밀리** 515-2007
홈페이지 | www.goldenbough.co.kr

도서 파본 등의 이유로 반송이 필요할 경우에는 구매처에서 교환하시고
출판사 교환이 필요할 경우에는 아래 주소로 반송 사유를 적어 도서와 함께 보내주세요.
06027 서울 강남구 도산대로 1길 62 강남출판문화센터 6층 민음인 마케팅부

© 최혁곤·이용균, 2023. Printed in Seoul, Korea
ISBN 979-11-7052-332-1 04810
ISBN 979-11-7052-333-8 04810(set)

㈜민음인은 민음사 출판 그룹의 자회사입니다.
황금가지는 ㈜민음인의 픽션 전문 출간 브랜드입니다.